Erwin Strittmatter

Ochsenkutscher

Roman

Aufbau Taschenbuch Verlag

ISBN 3-7466-5415-7

1. Auflage 1996
Aufbau Taschenbuch Verlag GmbH, Berlin

Umschlaggestaltung Bert Hülpüsch
unter Verwendung eines Fotos aus
dem Privatarchiv E. Strittmatter
Satz LVD GmbH, Berlin
Druck Elsnerdruck, Berlin
Printed in Germany

HANS MARCHWITZA

dem väterlichen Freunde
zum 60. Geburtstag

Es klatscht. Lope fährt aus seinem Traum in die Wirklichkeit. Seine rechte Wange brennt. Er ist quellwach und setzt sich im Bett auf. Mutters wehende Rockfahne verschwindet bei der Tür. Das Türschloß schnappt knallend ein. – Eine Ohrfeige. Er hat eine Ohrfeige erhalten, weiter nichts. Lope kennt das. Mutter hatte ihn geweckt, er schlief wieder ein, sie wurde ärgerlich.

Trude spielt mit einem Käferchen. Ein Viereck des rotweiß gemusterten Bettbezuges ist für Trude ein Zaun. Darüber darf das Insekt nicht hinaus. Trudes dünner Zeigefinger wacht darüber. Der Nagel an Trudes Finger ist abgeknabbert und feucht. Lope lugt zum Waschkorb. Der Säugling schläft. Die Mutter hat ihn trockengelegt. Sie ist schon aufs Feld gegangen. Lope ist zufrieden. Er bewegt sich ganz leise. Die Kleine muß bis zum Mittag schlafen. Das erspart ihm das Trockenlegen. Er flüstert zu Trude hinüber: „Du bist still. Ich nehm dir sonst den Käfer weg.“ Trude nickt. Er läßt sich wieder zurückfallen. Einschlafen. Vielleicht findet er seinen Traum wieder.

Der Traum war so:

Er saß auf der Schulbank. Es war der Platz des Klassenersten. Sonst sitzt er auf der Läusebank. Er verhielt sich still. Der Lehrer mußte gleich eintreten. Die Klasse lärmte. Er lispelte die Hausaufgabe vor sich hin. Er wollte den Lehrer nicht enttäuschen. Der Lehrer trat ein. Die Klasse brüllte: „Guten Morgen!“

Der hagere Lehrer sagte schrill und drahtig: „Moan!“

Sein geschwungener, glatt angedrückter Schnurrbart zitterte ein wenig. Ein Wetterzeichen. Der Lehrer warf die Bücher aufs Katheder. Er stellte sich davor, schlug die Augen nieder, faltete die Hände am unteren Rockrand, er begann zu beten: „Lieber Gott . . ."

„. . . mach mich fromm", brummte die Klasse, „daß ich in den Himmel komm!"

Die grellgrauen Augen des Lehrers wurden wieder sichtbar. Er räusperte sich. Er begann zu singen: „Ich hab von ferne . . ."

„. . . Herr, deinen Thron erblickt", kreischte die Klasse, „und hätte gern mein Herz vorausgeschickt und hätte gern mein müdes Leben . . ." Der Lehrer senkte den Blick nicht mehr. Er ließ ihn durch den Schulraum schweifen. Er schaute auf die Kindermünder und suchte solche, die nicht sangen. Er fiel auf Lope. Die Brauen des Lehrers rutschten auf die oberen Augenlider. Seine Nasenwurzel verwandelte sich in eine Hautkerbe. Er gab der Klasse ein Zeichen: Weitersingen! Er sang selbst noch im Gehen: „Schööööpfer der Geister, dir hingegeben." Dann duckte er sich katzig: „Was fällt dir ein?" Seine Stimme schrillte zwischen die letzten Töne des Gesanges, „was fällt dir ein, dich – auf den ersten Platz zu setzen? Willst mir wohl die ganze Bande verlausen, he?"

Lope sprang auf. Er wollte dem Wütenden seine Hausaufgabe entgegenschnurren.

Zu spät. Der Lehrer war schon bei ihm. Er hob seine Hand. Lope fühlte den leisen Luftzug. Eine Ohrfeige knallte auf seine Wange. Die Ohrfeige war von Mutter. Der Traum hätte anders ausgehen können, sie war dazwischengetreten. Vielleicht hätte er den Lehrer mit der Hausaufgabe überzeugen können. Er saß nicht ohne Kenntnisse auf dem Platz des Klassenersten.

Er müht sich, wieder einzuschlafen. Dabei wird er immer wacher. Trude beginnt auf ihren Käfer einzureden. Schließlich gibt er Schlaf und Traum auf. Er kullert sich aus dem Bett. Der Steinfußboden der Schlafkammer ist kalt. Er hüpft auf einem Bein in die Küche. Dort macht er sich das Haar naß. So sieht er wie gewaschen aus. Seine dünnen, blassen

Beine fahren in die Hose. Ein Loch. Der große Zeh bleibt darin haken. Gestern riß er sich's ein. Das war am Stacheldrahtzaun an der Viehkoppel. Die Hose sagte: Praatsch! Das Loch war wie ein Maul. Das Hemd blitzte dahinter wie eine Zahnreihe. Gestern abend steckte er die Hose hinter den Küchenofen. Er mußte das wegen der Mutter. Jetzt muß er sie flicken. Er schiebt den Besenstiel unter den Türgriff. Trude muß ausgesperrt werden. Sie ist noch klein und klatscht ... Der schwarze Zwirn ist aufgebraucht. Da nimmt er Ofenruß und schwärzt den weißen. Er zieht das Loch zusammen. Die Falten reibt er zwischen den Ballen seiner mageren Hände glatt. Wieder flutschen seine Beine durch die Hosenröhren, wie weiße Pfeile. Jetzt kann er den Besen vom Türgriff nehmen. Trude hat bereits am Türgriff gerappelt. Er fegt geschäftig die Asche beim Küchenherd zusammen. Trude kommt. Sie hat die dünne Rechte zur Faust geballt. Sie grinst: „Ich will eine Schachtel!" Er gibt ihr eine leere Streichholzdose für ihren Käfer.

„Mußt dich selbst waschen, keine Zeit heute."

„Kaltes Wasser?"

„Ja."

Trude heult. In Lope rührt sich Mitleid. Manchmal sitzt es bei ihm in der Brust, manchmal in den Augen. Heute spart er Arbeit und Zeit durch das Mitleid.

„Na, laß, aber sag Mutter nichts."

Dieser Traum aber auch! Er hat zu lange im Bett gelegen. Er muß jetzt Windeln waschen und spülen, sie stehen eingeweicht im Waschzober am Ofen. Er arbeitet hastig und halb.

Die Windeln kochen. Der ätzende Wrasen durchwalmt die Küche. Lope schneidet Brot für sich und die Schwester ab. Auf den Brotlaib hat die Mutter mit dem Daumennagel ein Zeichen geritzt, das tut sie jeden Morgen, bevor sie zur Arbeit geht. Bis zu dieser Marke darf er abschneiden. Das Brotstück ergibt zwei Scheiben. Er gießt die vorgekochte Suppe aus Roggenschrot in die Eßnäpfe. Sie essen pustend und klappernd, schmatzen die Teller leer, verspeisen den Rest aus dem Topfe, kratzen mit den Löffeln jedes Krümelchen heraus und sind noch nicht satt. Lope versetzt mit seinem schwarzrandigen Daumennagel das Zeichen am Brotlaib. Das ergibt eine dünne Scheibe. Er teilt sie mit der Schwester.

„So, das muß jetzt reichen!" Er sagt es, um den eigenen Appetit einzudämmen. – Dann hängt er die gelbgestriemten Windeln auf die Schnur. Das Kind im Wäschekorb schläft. Gott sei Dank, schläft noch. Trude muß hinaus auf den Gutshof. Sie macht sonst die Kleine mit ihrem Singsang von „Fliegmariechen" wach. Lope legt seine Schiefertafel zwischen Lese- und Rechenbuch. Er klemmt sie mit dem Schieferkasten zusammen unter den Arm. Dann schließt er die Wohnung ab. Den Schlüssel hängt er sich mit einer Schnurschlinge um den Hals.

In der Schulpause springt Lope nach Hause. Die Kleine ist wach. Sie schreit. Er muß sie trockenlegen. – Er kommt in die Klasse zurück. Die anderen sitzen schon mit gefalteten Händen auf ihren Plätzen.

„Wo treibst du dich herum?" Die Stimme des Lehrers ist wie eine Peitsche.

„Ich . . . war zu Hause zum Essen." Lope lügt es. Er will von den anderen nicht gehänselt werden. Nur Mädchen legen sonst Kinder trocken.

„Da hast du wieder zu lange gefressen." Es kommt gallig, vergiftet. Der Lehrer stakt durch den Klassenraum. Seine Augen sind graugrüne Glasknöpfe. Er steht am Papierkorb.

„Wer hat sein Butterbrot wieder da hineingeworfen?"

Kurt Krumme, der Häuslersohn, duckt sich. Die dickpatschigen Hände einiger Mädchen weisen auf ihn. Die Augen des Lehrers bohren sich in Kurt Krummes Gesicht. Kurt Krumme zieht sich zögernd mit eingeknickter Hüfte vom Sitz hoch.

„Wie oft habe ich gesagt, daß Brot nicht in den Papierkorb gehört! Wie oft soll ich's noch sagen? – Wer sein Brot nicht essen mag, lege es aufs Katheder. Ich geb's meinen Hühnern."

Albert Schneider bringt sein belegtes Brot nach vorn.

„Mensch, der ist verrückt . . . Schinkenbrot." Paule Wenskat flüstert es in der vordersten Bank. Der schmächtige Paule Wenskat. Trine Fürwell, eine Bergmannstochter, legt ihr Margarinebrot dazu. Orge Pink klatscht seine Pflaumenmusschnitte drauf. Die Habichtaugen des Lehrers stieren zum Katheder. Lope hat sich über die vordere Bank gelegt. Er erwartet Stockhiebe für seine Verspätung. Der Lehrer ist mit den Frühstücksbroten beschäftigt. Lope liegt ergeben auf der Pultbank. Ein Gelächter taut auf. Die Hautkerbe an der Nasenwurzel des Lehrers wird flacher. Er geht zu Lope, richtet ihn auf, gibt ihm nur ein fahriges Kopfstück: „Morgen pünktlicher, verstanden?"

Lopes Pünktlichkeit regelt die kleine Schwester. Ein Glücksspiel mit den Hieben! Wenn die Kleine naß bleibt, schreit sie. Die Mutter prügelt ihn mittags mit dem Holzpantoffel. Legt er das Kind trocken, kommt er zu spät zum Unterricht, prügelt ihn der Lehrer mit dem Stock. Heute ging es gut. Er entscheidet sich für die Prügel des Lehrers. Er legt die Kleine lieber trocken.

Lope setzt sich in seine Läusebank. – Das war schon eine Weile her, da hatte Trude Läuse bei den Zigeunern aufgelesen. Die Zigeuner rasteten auf dem Dorfanger und brieten einen Igel. Das Erlebnis war gerade in die Erinnerung der Kinder eingeklungen, da gewahrte der Lehrer eine Kopflaus auf Lopes dickem Haarwulst. Mit seinem Raubvogelblick erspähte er sie. Er setzte Lope auf die Läusebank. Sie steht abgesondert an einer Längsseite des Schulzimmers. Viele Läusebrüder haben aus Langeweile die Anfangsbuchstaben ihrer Namen in sie eingeritzt. Klobige Buchstaben, mit Tinte ausgeschmiert.

Läuse also! Die Mutter durchsuchte damals alle getragenen und hängenden Kleidungsstücke der Familie. Sie fand hin und wieder eine Kleiderlaus. Eine bei sich, eine beim Vater. Kopfläuse bei Trude. An diesem Tage ging sie weder aufs Feld noch in den Herrschaftsgarten. Mag werden, was da will, aber Läuse, nä! Es hob ein großes Kochen und Säubern an. Der Vater schnitt Lope das Haar. Er war ausnahmsweise einmal nüchtern dabei. Deshalb überzogen Absätze, Stufen und Treppen den schmalen Schädel des Jungen wie einen Rebhügel. Trudes Haar wurde mit Sabadillessig durchtränkt. Für Tage trug sie ein Tuch. Danach hätte die gnädige Frau in ihrem besten Pelzmantel bei den Kleinermanns auf dem Fußboden frühstücken können – sie hätte keine Läuse in das Schloß getragen. Die Mutter durchsuchte noch wochenlang allabendlich Trudes wüste Haarzotteln. Es rührte sich nichts mehr. – Lope blieb aber auf der Läusebank sitzen. Der Unterricht zog an seinen Augen vorüber. Er fühlte sich wie damals, als er krank im Bett lag. Die Familie setzte sich an den Tisch, aß Pellkartoffeln, und er mußte zuschauen. Er war Gast in der Schule. Ein Junge aus dem Wagen eines Puppenspielers, der nach wenigen Tagen wieder weiterzog, der nicht die richtigen Bücher hatte und niemals gefragt wurde. Lope benutzte Gelegenheiten. Er stellte sich vor den Lehrer. Sein kahlgeschorener Schädel mußte auffallen. Eine Laus hätte sich darauf wie ein Elefant in der Wüste ausgenommen. Der graugrüne Blick des Dorflehrers schien an der glatten Fläche abzugleiten. Er fiel auf andere Dinge. Als das mit den Läusen passierte, ging Gottlieb Kleinermann, der Vater, unrasiert umher. Er wollte sparen. Er wollte nicht mehr saufen. Der Teufel weiß, weshalb er sich das vornahm. Wollte er dem gnädigen Herrn vielleicht zwei alte Pferde abkaufen? Wollte er sich selbständig machen, freikaufen damit?

Später ging alles wieder normal zu. Liepe Kleinermann soff wieder. An Feiertagen arbeitete er grundsätzlich nicht, verdammt noch mal! An normalen Sonntagen arbeitete die Frau, Mathilde, im Herrschaftsgarten, in den Gewächshäusern oder in der Schloßküche. Liepe ging dann zum Barbier und ließ sich rasieren.

Allerlei Neuigkeiten beim Barbier.

„Die Kaiserin ist krank. Die Frau des Kaisers, mein ich. Ach herrje!"

„In Sachsen wird mit richtigen Gewehren auf die Roten geschossen."

„Auf die Roten? – Warum nicht, das sind solche, die bloß nicht arbeiten wollen. Sie wollen alles teilen. Aber wenn niemand nicht arbeitet, gibt es nichts zu teilen, bitte."

Im Wirtshaus bei Wilm Tüdel bestellt Liepe einen Schnaps. – Weshalb nicht? – Ist etwa nicht Sonntag? – „Weshalb arbeiten sie nicht, wie vernünftige Deutsche, die Roten, mein ich. – Einen Pfefferminz noch! – Wenn man nicht arbeitet und streikt, kommt man bloß auf dußlige Gedanken. – Einen Bitteren zum Schluß, einen Magentrost!"

Dann geht Liepe heim. Er ist seinen Bart los. Er hat eine schwere Zunge. Mit dieser Zunge versucht er hochdeutsch zu sprechen. Er verlangt auch hochdeutsche Antworten von den Kindern. Nach seiner „Konfürmation" wollte er eigentlich „Handwörker" werden. Fleischer wollte er werden. Schon im letzten Schuljahr half er im Schlachthaus des Dorfschlächters. Seinen Wunsch zerfraßen die Ochsen des gnädigen Herrn.

„Ooodnung und Saubakeit im Schlllachthaus!" Er nimmt den Eimer von der Wasserbank und kippt ihn auf den Fußboden der Küche. Alles geht, wie oft erprobt: Trude greift leise jammernd nach Birkenbesen und Scheuerlappen, sie verteilt damit das Wasser im Raum.

„Der Stift rennt wieda mit langen Loden um den Wurstkössel herum! Sollen die Läuse vülleicht in die Grützwurst fallen, wie?"

Das ist das Einsatzzeichen für Lope. Er holt Handtuch und Schere, setzt sich auf den wackligen Ofenhocker und legt das Handtuch über seinen Rockkragen. Den Kamm holt der Vater selbst torkelnd aus dem Versteck. Versteck? – Ja. Was brauchen die Kinder den Kamm? Sie brechen nur die Zähne aus. Das Haarschneiden beginnt. Liepe verrichtet es in betrunkenem Zustand mit Geschick und Ausdauer. Nichts von einem Rebhügel! Alles ist glatt. Dabei berichtet er munter von seinen Erlebnissen im Schlachthaus und beim Viehtreiben. Und was er alles kann! Er kann Wurst machen und einen ausgewachsenen Bullen abstechen. Einen, den man mit Blende und gefesselten Vorderfüßen über die Landstraße treibt. Die Kinder sind vergnügt. Wenn der Vater betrunken ist, ist er lustig. Sie versäumen nicht, ihn an manche Vorfälle zu erinnern. Sie kennen seine Geschichten.

„Das war, die Kuh hatte zu kleene Beine ... äh, kleine Beene ... oder bleine Keene ...", verbessert sich Liepe. – Einmal schor er vor Begeisterung und Eifer auch das heulend abwehrende Mädchen. „Bei dir höcken doch auch die Läuse, denke ich. Jaaa, Ooodnung und Saubakeit im Schlllachthaus ist Grundbedüngung."

An normalen Tagen spürt man Liepe im Haus kaum. Wenn er abends vom Hofe hereinkommt, ißt er schweigend und setzt sich dann auf die Ofenbank. Er kaut Priem und bindet Rutenbesen, oder er bessert etwas an seinen Pferdegeschirren aus. Seine kleinen, grauen, zuweilen traurigen Augen sehen selten von der Arbeit auf. Er denkt sich an seinem Schicksal wund. Das paktiert mit dem gnädigen Herrn. Sonntäglich betäubt er das Brennen der Wunden mit Alkohol. An den Abenden der Woche erfummelt er sich mit dem Besenbinden das Geld für die betäubende Medizin. Manchmal nickt er bei der Arbeit ein. Sein Kopf sinkt nach vorn. Speichel rinnt aus seinem Mund. Die Lippen entblößen die Stoppelzähne. Schließlich sinkt sein Kopf auf die Ruten des Besens. Dann wirkt Liepe wie ein besenbartiger Ginstergreis. Die Kinder schlüpfen belustigt in die Schlafkammer. Liepe sucht an solchen Tagen sein Bett gar nicht auf. Er schläft, wie er ist, auf der breiten Ofenbank. Die Frau, Mathilde, spricht mit ihm wie mit einem Kinde. Sie ist der Kapitän des kleinen Familienschiffes. Er ist nicht einmal ein Steuermann. Er fuhr mit dem Familienschiff um eine Boje herum. Es ist sein siebzehntes Lebensjahr, diese Boje. Seine Gedanken, diese pickenden Möwen, umkreisen diesen Zeitpunkt seines Lebens. Als er die Frau heiratete, als sie ihn nahm, flammten seine Wünsche nach einem anderen Leben noch einmal in ihm auf. Das war um sein fünfundzwanzigstes Lebensjahr. Sie hatte es damals so eilig. Sie war so bienig geschäftig. Was sie anpackte, ächzte unter ihren harten Händen. Er hoffte, daß sie ihm helfen würde. Aber da kamen schon die Kinder. Viel zu früh. Freilich tauchten Wege aus der Enge manchmal blitzlang hinter seiner schmalen Stirn auf. Sie wurden aber immer wieder von diesen kleinen, ewig hungrigen, schreienden Wänsten versperrt. Er sprach über seine Gedanken nicht zu seiner Frau. Sie ahnte sie wohl. Nein, er widersprach nicht. Die Kinder waren eben da. Sie wurden zur Feder des Uhrwerks, das in den Arbeitstagen ablief, sich abnutzte. –

Er ist selten gereizt oder patzig, der Liepe. Ausgenommen an den Sonntagen, wenn er vom Barbier kommt. Dann schweigt eben Mathilde. Mag er mit dem Wasser planschen, der alte Esel. Wenn er nur sonst keine Dummheiten macht. An solchen Tagen findet sie sich auch mit seiner albernen Wichtigtuerei ab.

Liepe arbeitet auf dem Gutshofe mit zwei Pferden. Er ist dabei, das zweite Gespann aufzubrauchen. Also ein guter Kutscher! Tiere, Geschirr und Gerät gehen gepflegt aus seinen rissigen Händen hervor. Selten, daß er abends seinen Platz auf der Ofenbank nicht einnimmt. Die Familie wartet dann mit dem Abendbrot. Mathilde läuft unruhig in der Küche auf und ab. Sie schaut unauffällig aus dem Fenster. Rein aus Gewohnheit. Im Fenster steht ein viereckiges Stück Finsternis.

„Wird wohl wieder was verschieben." Sie brummt das mit ihrer halben Männerstimme. Die Worte nehmen ihre fleischigen Lippen kaum in Anspruch. Verschieben? Das ist eine Arbeit, die Lope noch nicht kennt. Es scheint nichts für Kinder zu sein. Auch das Decken und Kalben der Kühe geht die Wänste nichts an. Lope muß also warten, bis er groß ist. Dann wird er wohl das Verschieben lernen.

Er braucht nicht zu warten. Eines Abends ruft ihn der Vater vom Abendbrottisch weg. Sie gehen auf den Hof. Lope muß sich vor die Stalltür stellen.

„Du bist jetzt schon groß genug und kannst mir dies und das helfen!"

Auf dem Hofe hantiert nur noch die Frau des Vogtes mit Eimern am Brunnen. Der Vater weist mit einer Neigung seines schmalen, schlotternden Körpers nach dort hin. „Wenn sie weg ist, pfeifst du ein Lied!"

Sie geht, sie schlägt die Tür ihrer Wohnung zu. Lope pfeift: „Ein Mädchen wollte Brombeern pflücken . . ."

Der Vater kommt. Er trägt einen gefüllten Sack. Er hat ihn über Schultern und Nacken liegen. Auch er schaut sich noch einmal prüfend um. Er muß die Augen verdrehen unter der Last. Sie gehen durch die Viehkoppel. Lope muß so um dreißig Schritte vorausgehen. Er soll wieder pfeifen, wenn jemand kommt.

„Wieder das gleiche Lied?"

„Ist doch quarkegal", ächzt der Vater.

Sie haben die Koppel durchquert. Jetzt gehen sie am Dorfrand entlang. „Zum Bäcker", stöhnt der beladene Liepe. Der Junge stapft hurtig voran. Er tut es unbefangen, wie am hellichten Tage. Was kann geschehen? Vater ist bei ihm. Das ist ein neues, gutes Gefühl. Die Wiesen sind taufeucht. Die Sterne liegen im rabigen Dunkel wie aneinandergefallene Funken im Ofenloch. Es grillt im Grase. Es grischelt in den Bäumen. Etwas Schwarzes steht am Rande des Feldes. Lope zuckt. Der Schreck zerrt seine Lippen breit. Sie wollen sich nicht zur Pfeifründe formen.

„Harre, meine Seele ...", pfeift er dann doch. Nach den ersten Tönen ein dumpfes Aufschlagen im Grase. Der Vater hat den Sack abgeworfen. Er hat sich in einen kleinen Graben rollen lassen. „... harre des Herrn!" pfeift Lope weiter. Er starrt auf das länglich dunkle Ding. Es bleibt stehen. Lope rupft einen Grasbüschel aus und wirft verspielt nach dem schwarzen Ding. Liepe ist herangekommen. Er berührt mit der Rauhhand die Schulter des Sohnes: „Wo?" Sein Atem geht noch keuchend von der Last. Der Junge erschrickt. Er fängt sich wieder und weist mit der in der Schreckbewegung aufgeflogenen Hand zitternd auf das schwarze Etwas vor sich.

„Dummlack", kommt es raunzig, „der alte Pflaumenbaum. Der letzte Hagel hat ihm die Krone abgeschlagen." Liepe nimmt den Jungen bei der Hand. Er führt ihn. Lope geht zum ersten Male mit dem Vater Hand in Hand.

Die große, rissige Hand des Vaters zittert ganz leise. Nur so unter der Haut. Lope versucht, im Dunkeln das Gesicht des Alten zu erkennen. Der wischt mit der Linken den Schweiß von Stirn und Augen.

„Wenn da doch jemand steht, dann sagst du: ‚Jetzt müssen wir gleich an dem Nest sein. Da sitzt ein Rebhühnchen auf Eiern', ja?"

„Wie, welches Rebhühnchen?"

„Na, bloß so ..."

Es ist nichts anderes als der Rest eines Pflaumenbaumes. Liepe atmet auf.

„Ja, da kannst du sehen, man muß nicht immer gleich solche Bange haben, hähä!"

Der Vater geht zurück, huckt den Sack wieder auf. Sie kommen zum Hofe des Bäckers. Liepe findet sich gut zurecht. Das hintere Tor ist nur angelehnt. Er stößt mit dem Fuß dagegen. Sie gehen über den Hof in die Backstube. Dort steht der weißbeschürzte Bäcker. Er wirft einen unwilligen Blick auf den Jungen. Liepe nimmt den Bäcker beiseite. Sie flüstern miteinander.

„I wo, denk doch nicht!“ Liepe stößt unruhig mit dem Fuß an den Sack. Es raschelt trocken darin. Lope ist nie in einer Backstube gewesen. Das Brot für die Familie holt er im Laden ab. Neue Eindrücke fallen durch seine glänzenden Augen. Ihr verwaschenes Blau zwischen den skrofulösen Lidrändern läßt sie aussehen wie kleine bunte Fenster. Da sind nun der Backofen, die Tröge, die Teigteilmaschine. Der bauchige Bäcker schlürft davon. Der Vater keucht noch. Der Bäcker kommt wieder zurück und hält Lope eine Zuckerstange unter die Nase. Der sieht nur noch die Zuckerstange, keine Brotschieber, keine Kuchenbleche mehr.

Sie gehen den gleichen Weg zurück. Die Bäckerei verschwindet im Abendnebel. Liepe beginnt mit gestrafften Knien auszuschreiten.

„Iß jetzt deine Zuckerstange, sie gehört dir allein. Du hast dafür gearbeitet. Du brauchst den Weibern nichts abzugeben.“

Lope nickt zufrieden. Er beißt ab. Der Vater ist stehengeblieben. Er klimpert mit losem Geld, zieht es aus der Tasche und versucht es im Dunkeln zu zählen. Auch Lope hält ein. Er sieht sich kauend nach dem Vater um.

„Daß du der Trude nicht erzählst, wo wir waren! Du bist jetzt schon bald ein Mann. Das Weibervolk muß den Quark wissen.“

Lope läßt die Zuckerstange im Ärmel verschwinden. Männer essen keine Zuckerstangen. Liepe steckt in jede Tasche etwas von dem Gelde. Sie gehen nicht wieder Hand in Hand. Weshalb auch? Den Pflaumenbaumstumpf kennen sie ja.

Liepe wird froh und gesprächig. Alles in allem, Lope sei jetzt schon erwachsen. Er müsse so manches wissen und lernen, was Kindern verheimlicht werde. Nächstens solle er beim Kalben der Kühe zusehen dürfen. Lope ist wieder mit seiner Zuckerstange beschäftigt. Sie glitzert speichelnaß im Mondlicht. „Denkst du, ich habe etwas Unrechtes getan?" fragt der Vater mehr sich selbst. Er habe das Pferdefutter den Monat über gut eingeteilt, das sei nur der Hafer gewesen, der übrigblieb. Lope steckt den Rest seines Naschwerkes in den Mund.

„Es kann doch niemand sagen, daß meine Pferde Dürrländer sind, oder?" will der Vater wissen.

„Mmmnein", sagt Lope.

Er versteht noch wenig von Pferden.

„Jaja, da kannst du sehen, was das ausmacht: Kartoffeln, Sonnenblumenkerne. Fett wie Schnecken werden die Pferde davon."

Lope schaut auf den Mond. Er leckt sich die Lippen und nickt stumm.

„Wie?", der Vater fährt herum, „den übrigen Hafer dem Inspektor zurückgeben?"

Lope hatte eigentlich nichts gesagt. Nein, für so ungescheit solle er den Vater doch nicht halten, hähä! Das fehlt noch gerade! Die Worte seines Selbstgesprächs hüpfen Liepe wie Frösche aus dem Munde: Kein Kutscher gibt zurück, was er herausgewirtschaftet hat. Was würde geschehen, wenn er, Liepe, damit begänne? – Sie würden doch über ihn herfallen. Wie? Ja, punktum und basta.

Die Mutter empfängt sie mürrisch: „Alles ist kalt geworden. Was soll der Fratz so lange in der Nacht draußen?" Liepe bläst mit vollen Backen auf die dampfende Kartoffel, die er pellt. „Wovon hast du so rote Finger, hast du geblutet?" Lope schüttelt den Kopf. Er leckt die Finger nachgenießend ab. Nach dem Essen schlüpft er in die Kammer. Trude und die Kleine schlafen schon. Das Bett steht im grausilbernen Mondlicht. Es ist immer noch das kurze Kinderbett. Trude und er haben es zusammen. Nun muß er wohl ein langes bekommen. „Du bist jetzt schon bald ein Mann." – Ein Mann kann nicht mit dem „Weibervolk" zusammen schlafen.

Liepe sitzt mit übergeschlagenen Beinen auf der Ofenbank. Seine Augen verfolgen die Bewegungen, die sein rechter Fuß mit dem Holzschuh ausführt. Seine Hände liegen auf den Rocktaschen.

„Du bist wohl ganz und gar verrückt." Mathilde stützt die Hände in die Hüften. Ihre Klumpennase ist blaß. Die Mundwinkel sind wie Drähte aus Zorn. Alle Falten des Gesichts hängen daran.

„Was mußt du den Jungen mitnehmen? Bloß weil du allein die Hosen voll Angst hast."

„Er hat bessere Augen, ich wollte . . . hier ist mein Geld für deine Schuhe." Liepe sieht sie von unten herauf an. Er faßt in die Tasche.

„Schuhe, Schuhe? Quark, Schuhe! Schnaps. Behalt deine Silberlinge. Ich verdien mir meine Schuhe selbst. Das kannst du dir merken. Mach ich selber, und wenn ich auf die Nase falle."

„Eben . . ."

„Ach, eben! Ich pfeif auf solche Schuhe. Wenn sie dich schnappen, dann hast du deine Schuhe! Und dann der Junge, nein, geh mir los." Freilich, die Hälfte des Erlöses vom verschobenen Hafer sollte Liepe gehören. Wer aber kann wissen, ob er wirklich vorhatte, das Geld für Schnaps auszugeben? Kann er vielleicht keine Pläne haben? Auch andere Menschen auf Erden haben Pläne. – Es glaubt niemand mehr an seine Pläne. –

So sitzt er; er würde die Nacht auf den Zinken einer Egge geschlafen haben, wenn er die Frau damit von der Redlichkeit seiner Absicht hätte überzeugen können.

Wo der Park noch nicht anmaßend mit Douglastannen, Korkeichen und Mandelbäumen prahlt, steht das Sekretariat. Es steht unter ländlichen Birken, Robinien und dunklen Fichten. Es ist aus den gleichen Steinen erbaut, mit dem gleichen Mörtel verputzt und trägt so leuchtende Dachsteine wie das Schloß. Es hebt sich nicht so hoch und hell wie dieses in den Himmel, es ist aber auch nicht so niedrig und dunkel wie die Hütten der Gutsarbeiter. Efeu und wilder Wein wuchern um den Eingang und die Fenster. Eine Wand aus grünen Blättern. Das Paradies von drei- bis vierhundert Gutssperlingen. Manchmal pulvert der Inspektor an seinen tollen Tagen eine Schrotladung hinein.

„Die Spatzen sind die Prroleten unter den Vögeln! Prrrradautz. Hoa, hoa, hoa, hoaaaa!“ Die Stimme des Inspektors. Jeder Grashalm auf dem Gute kennt sie. Alles wird ein wenig kleiner vor Respekt. Sie überflutet den Hof, die Gemüsegärten und den halben Park. Als ob man barfuß über einen Stoppelacker geht, so hart, rauh und stachlig ist diese Stimme. Der Kartoffelschnaps der Brennerei ist schuld daran, daß sie so hart ist.

„Die Hecke muß weg!“ stachelt die Stimme. „... muuuß weg“, hallt es aus einer Tenne zurück.

„Ein Spatz frrißt am Tage – wenig gerrechnet – zwanzig Grramm Getrreide. Macht bei drreihunderrt Spatzen auf den Tag sechs Kilogrramm. Das sind – wenig gerrechnet – drreihundert Spatzen im Jahrr, zweitausendeinhunderrtundneunzig Kilogrramm gleich drrreiundvierrrzig Zentner und achtzig Pfund.“ Aber der gnädige Herr will sich gerade in dieser Angelegenheit nicht überzeugen lassen.

„Es nisten auch Fliegenschnäpper und Rotschwänzchen in der Hecke, lieber Konrad.“

„Hat sich was, Herr Landrrat, bei dem frrechen Sauvolk von Spatzen fühlt sich kein menschenwürrdiger Vogel wohl.“

„Nun, aber die Spatzen fressen ja wohl nicht nur Getreide, sondern auch andere Vegetabilien, Konrad.“

„Vegetabilien, als da sind Kirrschen, Salatpflänzchen, keimende Errbsen und derrgleichen mehrr.“

„Ach was, ich meine auch Würmer und Schnecken.“

„Wenn – mit Verrlaub zu sagen, gnädiger Herr –, wenn man sie ihnen in den Schnabel stopft.“

„Ach, gehen Sie doch! Ich habe ja schließlich auch meine Erfahrungen, nicht?“

Die Spatzenschlacht ist ausgekämpft. Die Blätter der grünen Wand rascheln leise. Die verjagten Vögel kehren zeternd zu ihrem Genist zurück.

Außer dem Inspektor und seiner Frau wohnt noch jemand

im Sekretariat; ihn stören die Spatzen nicht. Es ist der Gutssekretär Ferdinand. Er ist der Sohn des Dorfmüllers.

Als Kind soll er klug gewesen sein. Man erzählt es auf dem Gutshof und im Dorfe. Jetzt kann das niemand mehr beurteilen. Sein Vater wollte einen Pfarrer aus ihm machen. Er schickte ihn in die Kreisstadt Ladenberg auf die hohe Schule. Das hatte seinen Grund. Der Ortspfarrer hatte einmal in einem Gleichnis einen Müller erwähnt. Er ließ den Müller in seinem Gleichnis Mehl mit Kleie fälschen. Da verließ Ferdinands Vater die Kirche, wie er es auf jeder anderen Versammlung auch getan hätte. Er schwor, nicht wieder hineinzugehen, selbst wenn die Kirche abbrennen sollte. Insgeheim wartete er auf den Augenblick, wo sein Sohn die Kanzel besteigen würde. Er sollte den grauen Pfaffen in den Ruhestand predigen. Auf diese Weise wollte er dem Geistlichen beweisen, daß der Kopf eines Müllers das kluge Predigen erlernen könne, niemals aber die Hand eines Pfarrers den kornkundigen Griff des Müllers.

Ferdinand ging mit zweckenbeschlagenen Schuhen in die Stadtschule. Er kam nur in den Ferien nach Hause.

Dann ging er barfuß. Er nahm Vogelnester aus und wunderte sich über die kleinen Häuser des Dorfes. Die Kartoffeln mußten ihm zum Abendbrot geschält werden.

Als er sechzehn Jahre alt war und immer noch im schwarzen Kirchanzug seines Vaters in die Schule ging, verliebte er sich in die Tochter des Gutsherrn. Das Schloßfräulein hieß Kriemhild von Rendsburg. Es war damals fünfzehn Jahre alt. Das Schloßfräulein wurde daheim von einer Hauslehrerin unterrichtet. Die Brüder des Fräuleins waren noch klein. Die Hauslehrerin verschroben, Vater und Mutter immer mit anderen Dingen beschäftigt, die Dorfmädchen zu dumm, die Burschen zu frech. So blieb der Sohn des Müllers. Er war der einzige Mensch im Dorfe, mit dem sie in den großen Ferien über Mädchenromane sprechen konnte. Sie sprachen wohl nicht nur darüber. Die Ferien vergingen. Ferdinand verspürte danach keine Lust mehr, in die Schule zu gehen. Er wisse jetzt genug, erklärte er dem Vater. Der starrte ihn mit aufgerissenen Augen unter bemehlten Wimpern an. Er verprügelte ihn und sperrte ihn drei Tage ins Müllerkämmerchen auf der Windmühle. Auch das fruchtete nicht. Der Alte beschloß seufzend, ihn als Lehrling auf die Mühle zu nehmen.

Ferdinand hatte von der Mühle keine hohe Meinung. Nein, immerfort wie ein Schneehase wollte er nicht umhergehen. Er sah ja geradezu tagaus, tagein wie ein weißer Schornsteinfeger aus. Dazu sei er übrigens nicht auf die hohe Schule gegangen. Da warf ihn der bucklige Müller hinaus.

Kriemhild von Rendsburg fand es reizend, von einem Dorfjungen so stark geliebt zu werden. Es war wie in einem ihrer Romane. Sie schwor und trampelte darauf, daß Ferdinand ein Naturbursche sei. Sie hielt ihn für stark, weil er sich um ihretwillen mit seinem Vater entzweite. Sie zog unter viel Tränen und Verworrenheit ihren Pappi zu Rate. Sie beschwor ihn, Ferdinand im Gutssekretariat zu beschäftigen. Der alte Herr von Rendsburg runzelte die hohe Stirn. Er hatte keine Schwäche für verkrachte Gymnasiasten. Er war wohl selbst einer. Kriemhild ließ nicht ab, ihn zu bewegen, ihre Liebe nicht zu zerstören. Sie sagte allerdings nicht „Liebe", sie sagte „Freundschaft". Schließlich gab der gnädige Herr dem Drängen seiner verwöhnten Tochter nach. Ferdinand wurde für sein Essen und ein Taschengeld als Volontär im Gutssekretariat eingestellt.

Es zeigte sich, daß es kein schlechter Gedanke war. Die Zahlen des alten Gutssekretärs Ladewig begannen zittrig zu werden. Der gnädige Herr ging nur mit Widerwillen seine Aufrechnungen durch. Ein Jahr später starb Ladewig. Ferdinand wurde Gutssekretär.

Aber schon nach diesem einen Jahr stellte sich manches heraus: Die Liebe zwischen Ferdinand und Kriemhild war nicht ein so großer Brand. Auf Kriemhilds Seite war sie jedenfalls nach dieser Zeit nur noch wie eine verlöschende Braunkohle im Herd der Schloßküche. Sie hatte inzwischen gelernt, auf feurigen Pferden über die Äcker zu reiten. Das Temperament, mit dem der Gutssekretär Ferdinand dienen konnte, war ihr zu gering. Es genügte ihr nicht mehr, täglich von seinen himmelblauen Blicken umlagert zu sein. Sie war für männliche Taten. Was aber sollte Ferdinand tun? Sollte er vielleicht in den Schloßgraben springen? Aus all den Schlingpflanzen unter Lebensgefahr eine Seerose für sie pflükken?

Der Herr Gutssekretär Ferdinand läßt bei Lopes Mutter seine Wäsche waschen. Langsam und versonnen schaukelt sie am Sonntagmorgen auf der Leine vor dem Gemüsegarten: eine veilchenblaue Unterhose aus Seide, Hemden mit blauen Sternchen am Latz, cremegelbe Taschentücher mit großem, blaugesticktem Namenszug. O ja, feines Zeug! Der Herr Gutssekretär. Liepe kommt lallend vom Barbier. Die Kinder erwarten Schlachthaus-Exerzieren. Mit unsinnigen Bewegungen tritt der Vater an das geöffnete Fenster. Die Mutter hantiert draußen mit der Wäsche.

„Wäschst du immer noch für diesen Bock?"

Keine Antwort.

„Er bezahlt dir wohl deine Schuhe, wie?"

Keine Antwort. Die Mutter sieht nicht einmal von ihrer Arbeit auf.

„Dieser bleiche Bock! Er frißt zuwenig; hähä, gönnt sich kein Fressen; steckt alles in die Bücher."

Liepe schlägt das Fenster zu. Er wendet sich an die Kinder. „Wenn man arbeitet, so richtig arbeitet, wird man nicht bleich und braucht keine Bücher! Na ja, seht ihr?"

Die Kammertür schlägt zu. Ein Bett knarrt. Die Kinder atmen auf. Sie laufen kichernd hinaus. Manchmal holt Ferdinand seine Wäsche am Sonntag selbst ab. Er benutzt die Zeit, wo Liepe zur Abendfütterung im Stall ist. Manchmal aber klopft er mit dem Handrücken an die Fensterscheibe. Sein Wohnstübchen liegt hinterm Sekretariat. Der dicke, blaue Stein des Ringes klirrt über das Glas. Ferdinand trägt ihn am kleinen Finger der linken Hand. Lope schaut erst eine Weile diese Hand an. Sie hängt schlapp, wie ein grauweißes Tuch, am Gelenk. Dann begreift er. Er huscht durch das Sekretariat in Ferdinands Stübchen. Es duftet nach abgelagertem Zigarrenqualm. Im kleinen Eisenofen flackert trotz der warmen Witterung Feuer. Das Bett ist zum Sonntag mit einer grauen Wolldecke bedeckt. Die Ecken der Decke sind mit großen Hufeisen bemalt. Die Hufeisen werden von Reitpeitschen gekreuzt. – Eine Pferdedecke. – Ein langes Brett, auf dem Ferdinands Bücher stehen, hängt über dem Bett. Unter dem Bücherbrett, dort, wo der Kopf des Herrn Sekretärs zur Nacht ruht, hängt ein kleines Bild: Kriemhild von Rendsburg, als sie noch Zöpfe trug. Hinter das Bild ist eine dunkle Rose gesteckt. Sie läßt abendmüde die ersten Blütenblätter auf die Bettdecke fallen. Auf der andern Seite des Stübchens steht eine Art Sofa. Gutsstellmacher Blasko hat es für den Herrn Sekretär angefertigt. Darüber hängen gekreuzte Florette und ein Eichenkranz. Ferdinand sitzt am Tisch und blättert in einem Stoß Zeitungen. Das Tischtuch ist angeschmutzt: Spuren ausgeschwappten Kaffees, heruntergefallene Zigarrenasche, kleine Tintenkleckse haben sein Weiß mit unregelmäßigen Mustern verziert. Lopes Blicke wandern durch den Raum. Er ist nicht das erstemal hier.

Unaufgefordert setzt er sich auf das Sofa. Ferdinand hat die Ellenbogen auf den Tisch gestützt. Sein Kinn ruht auf den Handwurzeln. Seine langen, dürren Finger reichen dabei bis hinauf in das lange, schüttere Haar. Seine müden Blicke kommen aus der Zeitung wie von weit her. Sie suchen im Dämmerlicht nach dem Jungen. Zwei Kummerfalten durchziehen sein weißes Gesicht von den Nasenflügeln bis zu den Mundwinkeln. Tiefe Vorflutgräben! Seine Lippen sind möhrenrot und glänzend.

„Du könntest wohl nicht mal zur alten Krampe gehen und mir einen Rollmops holen?"

„Ja! Wo hast du den vertrockneten Blumenstrauß gelassen, da oben, Herr Sekretär?"

„Ach, weißt du, der war so langweilig, ich habe ihn ver . . . ja, ich habe ihn verbrannt."

Lope schaut auf das Feuer im Ofen. „Jetzt?"

„Nein, nicht gerade jetzt; immerhin schon jetzt; aber vor einer Weile, ja."

„Du konntest ihn wohl nicht mehr brauchen? – Und das Märchenbuch?"

„Das liegt hier!" Ferdinand holt es unter den Zeitungen hervor. Lope nickt, Erwartung in den Augen. Ferdinand geht an den kleinen Wandschrank. Es ist eine braungesengte Kiste über dem Eisenofen. Er holt eine Untertasse und ein Zehnpfennigstück.

„So, geh jetzt, bitte, ja? Es wird sonst zu spät. Wenn du wiederkommst, will ich dir ein Märchen vorlesen."

Lopes Holzpantoffeln klappern durch das Sekretariat. Es rennt sich so leicht, wenn Ferdinand „bitte" sagt. Vater, Mutter, der Lehrer, der Vogt, der Inspektor, sie sagen immer nur: „Du mußt!" Fünf Minuten später stellt er vorsichtig den silbergrauen Rollmops auf den Tisch. Er setzt sich wieder auf das Sofa. Ferdinand holt eine zweite Untertasse. Er legt den Rollmops da hinauf und gibt die erste mit der Brühe dem Jungen. Er holt einen Kanten Brot aus dem Schränkchen dazu. Sie essen beide.

„Hat sie gebrummt?" erkundigt sich Ferdinand und kaut.

„Sie sagte: ‚Immer am Abend, wißt ihr das nicht früher?'"

„Was sagtest du?"

„Nnnnichts."

Ein Pfau schreit in den Abend. Ein Pferd wiehert. Aus der Schloßküche dringt Tellergeklapper und Mädchengekicher zu ihnen herüber. Ferdinand öffnet das Fenster.

„Es scheint heute draußen schön zu sein?"

„Du warst wohl noch gar nicht draußen, Herr Sekretär?"

„Nein, ich hatte zu tun. Das heißt, ich war auch draußen, aber die meiste Zeit saß ich hier ... Was ich sagen wollte, du kannst mir wohl vielleicht noch die Wäsche von der Mutter holen, ehe wir zu lesen beginnen."

Lope springt auf. Er ist schon wieder bei der Tür.

„Sag Mutter, daß ich zum Bezahlen selbst hinüberkomme, morgen; vielleicht nicht gerade morgen, Dienstag oder so ..."

Lope kommt mit dem Packen zusammengelegter Wäsche.

„Herr Sekretär, du mußt heute, bitte, willst ... wollen schneller lesen, ich muß gleich wieder zurück, die Mutter ..."

„Jaja, schon gut, aber weißt du, wir werden das Märchen nur halb lesen, man kann ... Eigentlich kann man sie schon schneller lesen, aber man hat dann nicht den Genuß."

Ferdinand steckt sich eine Zigarre an. Lope schweigt und reibt sich die immer schmutzigen Hände an den Hosen. Die schmalen Hände des Sekretärs wühlen in den Blättern des Buches. Er hüstelt. Ein dicker blauer Ring aus Zigarrenrauch steigt in die Zimmerschwüle und löst sich in der Nähe des geöffneten Fensters auf.

„Es war einmal ein König, der hatte eine Tochter, die war so schön wie der taufrische Morgen. Ihre Stimme war wie Ammersang, ihre Lippen schimmerten paradiesapfelrot. Ihre Zähne waren so weiß wie reine Blütenblätter von Margeriten. Ihr Haar glänzte wie die Gerste im Sommer, es hing in Lokken, gleich goldenen Korkenziehern, auf ihre Schultern . . ."

„Was sind Korkenzieher, Herr Sekretär?"

„Korkenzieher sind Instrumente. Die reichen Leute öffnen damit ihre Weinflaschen. Ein Stück gedrehtes Eisen mit einem Holzgriff zum Anpacken. Das heißt, sie machen nicht gerade nur die Weinflaschen damit auf, es können auch Likörflaschen, Sektflaschen, geradezu alle Flaschen sein."

Lope weiß weder, was Likör- noch was Sektflaschen sind. Er will nicht weiter fragen, er ist begierig auf das Märchen.

„Und da war der Sohn des Müllers. Er schlief in der Mühle bei den Mäusen. Sein Gesicht war mehlgrau wie die staubigen Blätter des Sauerampfers am Wege. Seine Zähne waren so gelb und groß wie die eines Pferdes. Sein Haar stäubte, wenn er seine Kappe aufstülpte. Im Juni stäuben die Roggenblüten so. Seine Stimme war grob wie Getreideschrot. Seine Finger waren verbogen und hart wie die Zinken eines eisernen Rechens. – Eines Tages nun ritt die Prinzessin auf ihrem goldgezäumten Apfelschimmel bis dicht vor die Mühle. Sie rief mit ihrer schönen Stimme etwas zur Sackluke hinauf. Der Müller konnte es beim Gedröhn der Mühle nicht verstehen. Da hielt er die Mühle an, zog seine Kappe und verbeugte sich dreimal bis zur Erde . . ."

„War er so lang?"

„Nein, nicht gerade so lang; gewissermaßen auch nicht bis auf die richtige Erde, bis auf den Fußboden der Mühle natürlich."

„Ach so, hmmmm!"

„Da mußte die Prinzessin lachen, jedesmal, wenn sie den Mund dabei auftat, hüpfte ein Goldstück aus dem paradiesapfelroten Munde. Es fiel klirrend auf den alten Mahlstein am Fuße der Mühle. Die Augen des Müllersohnes wurden darob so groß wie Spechtlöcher in einem alten Kiefernstamm. Er fragte nach dem Begehr der Prinzessin. ‚Komm herunter und spiel mit mir', zwitscherte das Fräulein. Sie wippte mit der goldenen Reitgerte. Der Sohn des Müllers erschrak. Er wurde so blaß, daß das Mehl auf seinem Gesicht fast wie Ofenruß aussah. Nachher schämte er sich. Da wurde er rot. Seine Wangen prunkten rosarot wie ein Sommerabend durch den Mehlstaub. Doch die Prinzessin wurde ungeduldig, sprang vom Pferde und stürmte die schwankende Mühltreppe hinauf.

‚Wenn du nicht zu mir kommen willst, so komme ich eben zu dir.'

Sie stieß mit ihrem vergoldeten Stiefel ein klein wenig zornig an einen Mehlsack. Der Sohn des Müllers verharrte stumm wie ein Stamm.

‚Zeig mir die Mühle!' Die Prinzessin packte ihn bei der Hand. Er zog seine Hand zurück, scheuerte sie an seiner Hose und hielt sie ihr ganz verschämt wieder hin ..."

„Lope – Lope!"

„Die Mutter ruft. Ich muß gehen, Herr Sekretär."

„Ja, Kind, geh! Und hab schönen Dank für die Besorgung."

In der Tür dreht sich Lope noch einmal um. „Und hat er das Gold nachher unter der Mühle eingesammelt?"

„Vielleicht nicht gerade eingesammelt – na, wir werden ja sehen."

Wenn Lope an das Küchenfenster tritt, kann er zu Blemskas hinübersehen. Er kann sich mit Fritz Blemska Zeichen geben. Fritz ist zwei und Marta Blemska ein Jahr älter als er. Einmal hat Lope sich vorgenommen, alles recht schnell zu machen, auch die Schularbeiten. Er wollte Fritz im Alter einholen: sie wollten zusammen konfirmiert werden. Aber so schnell Lope auch alles machte, Fritz blieb zwei Jahre älter.

Blemskas Haus ist bis an den unteren Dachrand aus großen Feldsteinen erbaut. Wenn Lope lange am Küchenfenster auf ein Zeichen von Fritz warten muß, werden die Steine lebendig. Einen sehr verzackten nennt er den Teufelskopf. Der

Teufelskopf bewegt die Eselsohren, wenn Lope lange hinstarrt.

Onkel Blemska fährt die kleinsten Pferde auf dem Gutshof. „Meine Puppen“ nennt er sie. Sie glänzen wie braune Ostereier, die man mit Speckschwarte eingerieben hat. Blemska hat sich mal mit dem gnädigen Herrn gehabt, erzählt man sich auf dem Gute. Blemska und der gnädige Herr waren allein auf dem Felde. Es gab einen Wortwechsel unter vier Augen, aber Wenskat, der Leibkutscher, hielt mit der Kutsche bei einer Schonung. Er hörte alles.

„Sie sind so dumm, wie es eben nur ein Pferdechauffeur sein kann“, soll der Herr gar nicht so fein und ruhig wie sonst gesagt haben.

„Aber doch so schlau, daß ich Ihre Frau aufklären könnte“, hat der Blemska wohl geantwortet.

„Sie meinen die Gnädige?“ beeilte sich der Herr hinzuzusetzen.

„Gnädig hin – gnädig her, aber genau die meine ich!“

Und der Wenskat will auch noch gehört haben, wie der Herr eine Weile darauf gesagt hat: „Na, wie Sie wollen, Blemska, aber als Leibkutscher würden Sie sich bei mir doch auch ganz gut stehen.“

„Darauf habe ich gerade noch gewartet. Der arme Wenskat soll wohl das Herzbluten kriegen? Ich habe jedenfalls nicht die richtige Zunge zum Speichellecken“, hat Blemska wieder geschrien. Da soll der gnädige Herr ganz wütend ins Schloß gegangen sein. Wenskat mußte mit der leeren Kutsche hinterherfahren.

Seitdem weiß Leibkutscher Wenskat nicht mehr so recht, woran er ist. Er hat das Gerede aufgebracht, Blemska bekäme seit jenem Tage eine Mark und fünfzig mehr. Es kann wahr sein, man weiß es nicht, jedenfalls sähe Wenskat den Blemska lieber heute als morgen vom Gute ziehen.

Lope hat keine Furcht vor Onkel Blemska wie die anderen Gutsjungen. „Bist ja auch ein armer Deibel“, sagt Onkel Blemska manchmal. Und wenn Lope zu Blemskas kommt, hebt er ihn bis an die niedrige Balkendecke und ruft: „Na, was machst du nun, du kleiner Bankert?“ Das ist wohl, weil Lope oft im Park an einer Bank spielt. Onkel Blemska hat auch ein paar Bücher. Es stehen aber keine Märchen darin wie in den Büchern vom Herrn Sekretär. Blemska liest manchmal an Sonntagvormittagen darin. „Das ist mehr wert, als in die Kirche zu latschen", sagt er.

Tante Blemska hat einen Riß in der Oberlippe. Die Lippe sieht aus wie ein gespaltenes Stück Holz. Tante Blemska ist fast immer traurig und zischt dabei durch die zerklüftete Oberlippe. Ihr flacher Leib wird von dürren Beinen geschleppt. Manchmal, wenn Vater beim Barbier ist, kommt Onkel Blemska zu Kleinermanns in die Küche. Er redet dann mit Mutter von den schweren Zeiten.

„Das hast du dir auch nicht träumen lassen, Mathilde, daß du mal zu gar nichts kommst, was?" kann Onkel Blemska fragen. Manchmal kommt Vater betrunken vom Barbier, und Onkel Blemska ist noch bei Kleinermanns. Dann braucht Lope nicht zu fürchten, daß es Schlachthaus-Exerzieren gibt. Vater geht gleich in die Kammer. Er spricht dort vor sich hin oder singt.

„Das macht, weil er vor Blemska Schiß hat", sagt die Mutter.

In der Mitte des Parks, rechts vom Rosenrondell, steht zwischen Flieder- und Schneebeerenbüschen eine Bank. Bis zur Mitte des Parks kommt selten jemand von den Herrschaften. Deshalb gehört die Bank Lope. Unter der Bank in der schwammigen Lauberde befindet sich sein Kuhstall. Abgeschlagene Henkel von Steinguttöpfen und Porzellantassen sind seine Kühe. Er hat weiße, blaugesprenkelte und solche mit Goldrücken. Die goldrückigen lassen sich sehr schlecht melken. Es sind die Herrschaftskühe. Sie liefern die Milch für die Schloßküche.

„Ho-ho . . . na, na . . . steh doch", sagt Lope tätschelnd und ahmt das Melkgeräusch nach: schmurr, schmurr!

Elisabeth, die kleine Schwester, sitzt auf der Bank. Sie hält einen Schneebeerenzweig und macht: „Da, da, dajuuuch! Da, da, da, pioooch!" Sie zieht ihren Nasenausfluß geräuschvoll zurück. Wenn Lope vom Spiel aufblickt, gewahrt er manchmal ihre Not und sagt besänftigend, wie zu seinen Kühen: „Komm her, du kleine Rotznase, du Ferkelchen!"

Er putzt ihr mit einem verschmierten Tuch die Nase. Dann beugt er sich wieder zu seinen Kühen unter die Bank. – Wie das nur kommt? Die Braune melkt nur auf drei Strichen. –

Stimmfetzen flattern durch die Büsche: „Teerosen ... Hochstamm ... Busch in voller Blüte ..."

Lope lugt wie ein Dachs aus dem Dunkel seiner Bankhöhle. Es ist die Stimme des gnädigen Fräuleins. Das gnädige Fräulein, ja, es schreitet mit Gärtner Gunkel zwischen den Rosenstämmen einher. Es trägt in der einen Hand einen Bleistift. Von Zeit zu Zeit schreibt es etwas in ein kleines Buch ein. Von der Schreibhand hat es den weißen Handschuh gezogen. Lope setzt sich sittsam auf die Bank. Er verfolgt die Bewegungen des gnädigen Fräuleins und beobachtet auch das Mienenspiel im Gesicht des Gärtners Gunkel. Er darf hier nicht sitzen; wenn er allein gewesen wäre, würde er sich durch die Büsche davongemacht haben, aber da ist Elisabeth. Er muß auf sie achtgeben.

Das Fräulein wallt über den Rasen: eine weiße Fahne bei lauem Winde. Manchmal bleibt es bei einem Rosenbeet stehen. Es sagt einen Rosennamen. Gärtner Gunkel nickt und zerquetscht Blattläuse zwischen seinen hornigen Fingern.

„Hach, Gunkel, wenn ich wüßte, wohin ich mich um Pluto-Rosen wenden soll. Das hieße doch einen Schritt weiterkommen. Die schwarze Rose geht mir nach bis in meine Träume." –

Gärtner Gunkel schweigt und zerquetscht eine grüne Blattspinne. Das ungleiche Paar ist herangekommen. Lope kann Spuren von Grasgrün auf den weißen Schuhen der Dame erkennen. Eigentlich hat er noch nie weiße Schuhwichse gesehen. Er wird sie sich von Stina, dem Stubenmädchen, zeigen lassen. Das gnädige Fräulein blättert hastig im Buche. Ihre Fingernägel glänzen wie dicke Tautropfen. Lope schaut ihr Haar an. Es quillt unter dem weißen, breitkrempigen Hut hervor.

„... und hing in Locken, gleich goldenen Korkenziehern,

auf ihre Schultern ..." Er muß sich von Mine in der Küche außerdem einen Korkenzieher zeigen lassen.

„Da, da, pomm, plutt, ia, iuuuch!" macht Elisabeth. Das Fräulein wendet sich jäh. Lope fühlt Röte in sein Gesicht schießen. Er packt die Kleine unsanft und will davon. Das Fräulein ist mit raschen Schritten auf ihn zugekommen. Ihr Handschuh fällt auf den Boden. Lope weiß von Ferdinand: man muß ihn aufheben. „Galant sein", nennt es Ferdinand. Er hebt ihn auf. Das Fräulein verzieht die Lippen zu überraschtem Lächeln. Der Mund quillt wie eine feine rote Schnittwunde aus ihrer weißen Haut. Gärtner Gunkel verschluckt einen Tadel. Beifälliges Lächeln durchsäuert sein Gesicht. Er nimmt einen trockenen Ast vom Wege und wirft ihn ins Gebüsch.

„Ach, du Teinchen, wat pielst du denn, wat?"

Elisabeth bleibt stumm. Sie zieht die Lippen weinerlich zurück. Lope reicht der Dame den Handschuh.

„Ja, danke! – Sehr aufmerksam von dir. Ist wohl dein Schwesterchen, hm?"

Lope nickt und zieht wieder sein schmutziges Tuch hervor. Das Schloßfräulein ist schneller. Es nimmt sein Spitzentuch, wischt der Kleinen die Nase und wirft das Tuch ins Gebüsch. Dann nimmt es mit spitzen Fingern den Bleistift und macht „Kicks! Ja, da, da, kicks uuuund kicks!".

Elisabeth hält nichts von diesem Spaß, sie beginnt jetzt wirklich zu weinen.

„Ach, ach, aaach, wer wird denn weinen? Nö, nö, nö, du!"

Pause. – Ratlosigkeit auf beiden Seiten.

„Macht euch nach Hause! Was lungert ihr hier herum?" Gunkel ist ungehalten. Sein saures Lächeln platzt wie eine übergärige Essigflasche.

„Aaaber, Gunkel!" Das Fräulein geht wieder zu den Rosen hinüber. „Bääääh, uaaaa, bääh." Elisabeths Heulen steht anklagend im stillen Park. Das Fräulein kommt wieder zurück.

„Wie heißt du denn?"

„Kleinermann."

„Wie?"

„Gottlob Kleinermann."

„Ach, seltsam! Dann bist du ja ...“, sie sieht sinnend auf. „Dann bist du ja das Kind von Mathilde. Von Mathilde und ... Ja, ja, danke, wie interessant!“

Noch einmal schaut sie Lope an, dann schickt sie sich an zu gehen. „Ja, schönen Dank auch! Du bist ja ein vollkommener Kavalier. Jööööi!“

Lope hat seine Hände in die Hosentaschen gesteckt. Sicher hat das Fräulein sie so angeschaut, weil sie nicht sauber waren. Sie hat also nichts dagegen; er darf hier sitzen und seinen Kuhstall haben. Er hätte ihr seine Kühe zeigen können – aber nein! Elisabeth beruhigt sich. Die Schwarzdrossel singt in den Silbertannen. Draußen auf den Feldern klappert ein Wagen.

Lope hat das gnädige Fräulein schon oft gesehen. Einmal kam sie aus Ferdinands Stübchen, als er ihm einen Brathering brachte. Heute kannte sie ihn nicht.

Auf dem Gutshof läuft Lope dem Vater in die Hände. Der fährt Mist mit Wechselwagen.

„Was schleppst du großer Bengel dich mit den kleinen Kindern rum? Hast du nichts anderes vor? Wo steckt Trude? Geh lieber Birkenreisig schneiden, großer Schloddrian, mit kleinen Kindern spielen, was?“

Lope stiehlt sich über den Hof. Er findet Trude und übergibt ihr die Kleine, holt sich ein Messer aus der Küche und geht pfeifend die Dorfstraße entlang, der Heide zu. Albert Schneider steckt den Kopf durch die Zaunlücke am elterlichen Hofe.

„Jetzt haben wir den Fußball vom Sportklub abgekauft.“

„Wann?“

„Gestern. Aber du kannst nicht mitspielen. Bloß die, die zusammengesteuert haben. Siehst du, ich hab dir's gleich gesagt: weshalb hast du nicht mitgesteuert?“

„Oooch, der alte Ball! Eine richtige Flanke, und er platzt.“

„Bäh, nee, er platzt nicht! Und wenn er platzt, näht ihn Schuster Schurig wieder, hat er gesagt.“

„Er platzt aber gleich wieder.“

„Dann näht er ihn wieder, hat er gesagt.“

„Und dann platzt er immer wieder, tausendmal platzt er, ja.“

„Er näht ihn millionenmal wieder, na? Du bist bloß neidisch, weil du nicht mitspielen kannst, äääh!“

Lope grapscht einen Stein und wirft ihn ... Krachend schlägt er gegen den Bretterzaun. Der Kopf von Albert Schneider verschwindet. Ein anderer Stein von Schneiders Hof fliegt auf die Straße. Er plumpst in den Mahlsand. Dort wirbelt er eine Staubwolke auf und kullert in den Nachbargarten.

Lope ist längst weiter. Beim Heidhügel, auf dem die Schäferei steht, schneidet er eine Bürde Birkenruten zusammen. Er dreht ein Seil aus Honiggras und umschnürt die Birkenruten damit. Das geht schnell. Er kümmert sich kaum um die Eidechsen. Sie schlängeln sich raschelnd durch das Heidegras. Der Schafstall ist geschlossen. Die Tiere blöken darin. Schäfer Malten hat sie nicht ausgetrieben. Lope beschließt hinaufzugehen. Minka, die zottige Hündin, muß jetzt Junge haben. Hunde hecken im März oder April, hat jemand gesagt. Minka ist kein gewöhnlicher Hund, sie kann ebensogut jetzt hekken.

„Minka, Minka, Miiiinkaaa!“ Hinter der Schäferei jiffst ein Hund. Sie ist eingesperrt. Lope überlegt. Es ist so gut wie sicher, sie hat Junge. Lope beginnt zu laufen.

Schafstall und Wohnung des Schäfers sind aus Feldsteinen erbaut. Manche von ihnen glitzern. Goldkörnchen scheinen darin eingepreßt. Die Tür zu Schäfer Maltens Stube besteht aus zwei Teilen. Manchmal klappt er nur den oberen Teil auf. Er lehnt dann auf der unteren Hälfte und sieht pfeiferauchend ins Dorf hinunter. Der obere Türteil ist ein dunkles Viereck. Er ist wie ein Rahmen. Manchmal steht der halbe Malten in diesem Rahmen. Das sieht so aus wie die Kaiserbilder in der Stube. Heute ist dieser Rahmen leer.

„Miiiinka!“

Oben wird hastig die untere Tür aufgestoßen. Eine Frauengestalt kommt heraus. Sie verhält ein Weilchen und stolpert vorwärts. Sie kommt auf Lope zu. An einer Krüppelkiefer bleibt sie wieder stehen. Sie hält sich daran fest. Da gewahrt die Frau den Jungen und geht schwankend weiter.

Lope erkennt Stina. Sie ist bleich wie Wäsche. Ihre Augen

sind klein, rot und tränennaß. Stina strafft sich. Sie will mit unwahrem Lächeln an Lope vorüber.

„Sind die Jungen tot?“ Lope bleibt stehen.

„Was ... welche Jungen?“

„Warum jault sie, hat er sie eingesperrt? Hat er die Jungen ins Wasser geschmissen?“

Stina beginnt zu begreifen. Ihr Gesicht ist gerötet. Ihre Rechte krampft sich in die Herzkuhle.

„Na ... nein, sie heult wohl bloß so.“ Abwesendes Lachen.

„Weshalb hat er sie eingesperrt?“

Stina zuckt die Schultern und geht weiter. Lope blickt auf den Weg.

„Stina, du blutest ja! Hast du dich geschnitten?“

„Geschnitten? – Ja, verdammt, eine Wunde am Bein, so unglücklich, ja. Aaach, da kannst du sehen.“

„Hat er's nicht verbunden?“ Lope weist mit gewinkeltem Arm zur Schäferei.

„Verbunden? ... Ja, hat er auch ... und blutet immer noch ... das da. Dieser elende Säbel vom gnädigen Herrn ... fällt von der Wand, ich will ihn aufheben, ja, ich trete auf den Griff, sie stellt sich auf, diese Klimpe, sticht mich ins dicke Fleisch, ooooh, mein Gott!“

„Ja, ja, da hast du was gemacht.“

„Ooooh, ich ...“

„Hast du weiße Schuhwichse?“

Stina stutzt. „Weiße? – Wozu?“

„Nur so. Damit kannst du wohl das Grüne vom Gras aus den Schuhen putzen?“ Stina versteht nicht. Der Hund heult. Sie wendet sich ab und geht weiter. Der Junge springt in Maltens Stube. „Weshalb hast du sie eingesperrt, hat sie geworfen?“ fragt er ohne Gruß.

Schäfer Malten kehrt ihm den Rücken zu. Er hantiert mit Instrumenten. „Sie ist nicht eingesperrt, sie ging doch ...“ Malten wendet sich langsam dem Jungen zu. „Ach so, Minka, nein, sie hat nicht geworfen. Minka meinst du also. Zum Sultan, es ist vorbei. Keine Jungen dieses Jahr, nein.“

Lopes Eifer zerschellt wie ein zerworfenes Glas. „Aber warum hast du sie eingesperrt?“

„Sie war mir im Wege bei Schah ... Sie hat Flöhe, wie Mistkäfer so groß."

„Stina hat draußen geweint. Ich sah es. Aber sie wird nicht sterben? Oder wird sie doch sterben? Sie blutete noch. Wenska blutete damals auch, als er in die Sense trat. Er starb nicht."

Malten wirft die gesäuberten Instrumente in einen Blechkasten. „Nein, nein, natürlich wird sie nicht sterben, wenn du Stina meinst, beim Elefanten des Kalifen. Sie weinte, sagst du?"

„Ich sah es an ihren Augen. Sie wischte sie mit dem Ärmel ab ... Weshalb ließ sie den Säbel nicht liegen? Der gnädige Herr hätte ihn selbst wieder an die Wand gehängt. Vielleicht ist er vergiftet."

„Säbel?" Malten stutzt. „Freilich, ach so, der Säbel, jaja! Was fassen ihn die Mädels an? Es ist doch kein Küchenmesser, keine Sichel, pfui Teufel."

„Kannst du etwas machen, wenn er vergiftet war?"

„Was denkst du!" Der Schäfer weist auf ein Glas. Es steht verschlossen bei anderen Gläsern auf einem Brett neben Maltens Ruhestuhl. In klarer Flüssigkeit liegt darin eine zusammengeringelte Kreuzotter. „Drei Tropfen davon, und sie lebt wie zuvor."

„Und das Blut?"

„Das Blut ... das Blut springt zum Herzen zurück. Außerdem ist nicht gesagt, daß der Säbel vergiftet war. Vielleicht ist er alt und rostig."

„Wenn ihn der gnädige Herr aus Afrika mitgebracht hat, dann, dann ... hat er mehr Gift als alle Schlangen zusammen."

„In Afrika gibt es keine Säbel, Junge. Nicht die Spitze von einem Säbel. Es sei denn, wir schleppen sie erst hin."

„Aber er war auch in der Türkei, sagte Herr Sekretär."

„Er war wohl überall, außer in der Hölle, na ja, weiß man das? Vielleicht kommt er daher?"

Malten macht sich jetzt am Ofen zu schaffen.

Lopes Augen wandern. Seiner Neugier entgeht kein neues Spinngewebe in den Balkennischen. Da ist der ausgestopfte

Habicht mit den wütenden Augen. Er hat sich einmal auf ein Junglamm fallen lassen. Da erschlug Malten ihn. Da sind die vielen Töpfe und Töpfchen mit Salben und Gallerten. Die schmutzigen Flaschen mit braunen, grünen, roten und milchigen Flüssigkeiten. Das Strickstück vom alten Schneider, der sich im Soff erhängte, liegt neben der Bibel. Da sind Knochen von toten Menschen, unzählige Holzschieber mit schmutzigen Griffen stehen in einem Regal mit glattgeschliffenen Leisten. Dort trocknen Blätter und Blüten von Pflanzen. Ein Gewirr kleiner, verstaubter Säcke hängt von den Deckenbalken herab. Trockene Pflanzen rascheln darin, wenn Malten mit dem Kopf daran stößt. Gebündelte Kräuter hängen über dem Ofen. Flockiger Staub nistet zwischen ihren Stengeln.

Hinter dem Ofen ist Maltens Lagerstatt. Sie ist ein Häuschen für sich. Eine Holzvertäfelung schützt sie gegen die rauhe Wand aus Feldsteinen. Auf einem Sims liegen alte Bücher. Ihre speckigen Lederrücken haben graugrünen Schimmel angesetzt. Vor dem Bett – es liegt wie ein ruhendes Riesenschaf in all seinem Gewölle – hängt eine rotgemusterte Gardine. Sie ist auf eine Birkenstange gezogen und läßt sich hin und her schieben.

Wenn die Bettbutze mit der Gardine geschlossen ist, kann man Malten nicht sprechen. Nacht oder Tag, im Betthäuschen brennt dann die zerbeulte Sturmlaterne. – Man kann warten und rufen. „Nicht zu Hause, zum Donnerschlag!" – Seine Stimme ist brausend wie Frühjahrswind. Buchblätter rascheln wie trockenes Laub.

Wempels Wilhelm wurde von der Kreuzotter gebissen, erzählt man. „Lieber, lieber Malten", wimmerte er, in die Stube stürzend. „Ich sehe, du studierst, ja, das muß wohl sein, damit du anderen Menschen Hilfe bringen kannst, aber dieses Biest, es hat mich gebissen, die Otter, was soll ich sagen . . . ich glaube, ich bin schon blitzeblau – du mußt mir helfen!"

Schäfer Malten muß nicht. Das Wörtchen „muß" ist eine summende, kitzelnde Mücke in seiner Ohrmuschel.

„Renn neunundneunzigmal um den Schafstall!"

„Malten, Malten, das kann ich wohl nicht mehr. Wenn du

nur einmal hersehen würdest, wie weit ich von Kräften bin! Nein, das kann ... das geht nicht mehr."

„Renn neunundneunzigmal um den Schafstall!" kommt es eindringlicher.

„Nein, nein, du mußt es brennen! Ich fühle, wie es zum Herzen rinnt. Mein Blut ist wohl schon kloakig und klumpig wie Froscheier."

„Renn neunundneunzigmal um den Schafstall, bei den goldgezackten Myriaden!" Und die Scheiben der Schäferstube zittern vom Schall der Stimme.

„Ich falle beim dritten Male, du wirst es sehen. – Wegen mir, ich renn auch, aber du bist schuld an meinem Tode, ooch, mein Blut, vielleicht ist es jetzt schon blau und steht wie ein Zimmermannsstift fest in den Adern."

Keine Antwort.

Wempels Wilhelm erhebt sich, schlurft nach draußen. Er setzt sich auf den großen Stein bei der Tür. Sein Leben lang ist er ungern gelaufen. Und jetzt, kurz vor seinem Tode, soll er neunundneunzigmal, neunund ... nein, er kann nicht. Außerdem ist das Blut jetzt hart, er kann ja hören, wie es in den Adern knarrt. Er sitzt noch eine Weile auf dem Stein und stirbt dann.

„Die Otter hat ihn gebissen, aber an Faulheit und Einbildung ist er gestorben", erklärt der Schäfer. Die dürre, abgehetzte Karline Wempel holte ihren dicken, toten Mann mit der Schubkarre von der Schäferei ...

Daran muß Lope denken.

„We ... wenn der Säbel doch vergiftet war, dann wird Stina sterben wie Wempel."

„Ein Säbel ist keine Otter. Überdies ist das Mädchen nicht dick und faul, und ich habe noch stärkere Mittel als dieses." Malten weist auf das Schlangenglas. „Es macht Vergiftete wieder lebendig, die schon an die drei Tage auf dem Kirchhof gelegen haben, sapperment!"

Malten hat sich wieder dem Herde und seinen rußigen Töpfen zugewandt. Lope prüft den Inhalt eines Glases.

„Das hast du wohl da drin?"

Keine Antwort.

Malten rasselt mit dem Schürhaken im Ofenloch. „Kerrrrl, Junge, beim grünen Ganges, du fragst einem ja ein Loch in den Brägen."

„Ist das das Gift von der Schlange?"

„Ich habe ihr die Giftzähne ausgerissen."

Malten hat sich umgedreht. Er geht ungeschlacht grinsend auf Lope zu, packt ihn jäh, reißt ihn hoch und läßt ihn bei ausgestrecktem Arm zappelnd in der Luft hängen. Er schaut mit alterlosem, gütigem Blick in Lopes rotumränderte Augen.

„Deine Augen, Junge, der Teufel müßte ein altes Kirchenweib sein, wenn da nicht was dahinter sitzt. Mit solchen Augen kannst du später manches machen. – So, und jetzt still, du kleine Dreckschleuder, nichts mehr gefragt! Geh und laß den Hund raus!"

Lope steht auf dem Fußboden und schlenkert die Arme. Er muß den schweren Griff des Schäfers abschütteln. Dann rennt er hinaus. Der weiße Sand in der Schäferstube mülmt auf.

Und dann liegt Lope im Heidekraut. Den Hund über sich. Er stellt sich tot. Der Hund stößt die Nase gegen seine Füße. Er beschnuppert Lopes Hände und Hüften. Lope springt kreischend auf. Der Hund packt ihn. Sie wälzen sich. Sie kullern kopfüber ins Kartoffelstück. Die untergehende Sonne ist eine rote Kugel auf den Waldwipfeln. Milde Röte gießt sich über schwammige Wolken. Zwei Elstern schäkern sich waldwärts. Der Abend flötet seinen Frieden über das Dorf. Erde und Himmel singen ihr Abendlied. Das aber scheint Töne zu enthalten, die nicht jeder hört. Stina, das Stubenmädchen, zum Beispiel hört davon nichts.

Ferdinand? . . . Ach, von Ferdinand gar nicht zu sprechen. Die Witwe des Krämers Krampe zählt ihre Tageskasse. Sie spuckt sich auf die Finger. Mathilde Kleinermanns Gedanken umkreisen ein Paar Schuhe. Kräftige Schuhe mit kernigen Sohlen, die sich ihre zehn Jahre tragen lassen.

Liepe Kleinermann sitzt auf der Ofenbank und klopft seine Vergangenheit nach wunden Stellen ab. Malten, Schäfer Malten, ist vor die Tür getreten. Aus seiner Pfeife quirlen seidigblaue Wölkchen. Auf seinem fettigen Schäferkittel spiegelt sich der Sonnenball neben ein paar Blutspritzern.

Es wird nicht nur auf dem Dorfanger Fußball gespielt. Der Ball der Bauernsöhne ist ohnehin wieder geplatzt. Auf dem Gutshof hat man eine eigene Mannschaft. Es spielen dort Paule Wenskat, Fritz Blemska, Orge Pink, einige Bergmannssöhne; überhaupt alle, die nicht zum Lederball steuern konnten. – Manchmal sind es zuwenig Jungen. Dann spielen die Mädchen mit. Zwei Feldsteine sind das Tor. Die Mädchen sind gute Torwächter. Sie sind geschickt im Fangen. Mancher Ball bleibt in den Röcken hängen.

Der Ball ist aus Stroh, Stroh mit Sackleinewand umnäht. Die Leinewand war einmal ein derber Zuckersack. Einer der Jungen hatte ihn auf dem Hof der Krämerin Krampe „gefunden". Genäht hat den Ball Frieda Wenskat. Sie hat Klumpfüße und nur in ihrer Kinderzeit einmal passende Schuhe für ihre Füße gehabt. Jetzt ist sie sechzehn Jahre. Sie hat sich von den Stubenmädchen der Herrschaft das Nähen abgeguckt. Sie näht Nesseljacken und billige Röcke für die Frauen der Gutsarbeiter und schöne gestreifte Schürzen mit dreieckigem Latz. Die Gutsarbeiterfrauen tragen sie sonntags. Wenn Frieda einen Ball für die Jungen näht, stellt sie Bedingungen. Die Jungen müssen ihr versprechen, unter ihrem Fenster zu spielen. – „Jaja, Frieda, wir werden vor deinem Fenster die Kaule treiben."

Das Gekreisch der Kinder beginnt. Frieda setzt sich hinter die Fuchsienstöcke. Ihre Gesichtshaut ist weiß bis in die Ohren hinein, wie Keime an Kellerkartoffeln. Ihre breiten Lippen sind grau wie ausgelaugtes Essigfleisch. Sie hat durstige Augen, wie Blutegelköpfe saugen sie sich in die Gesichter anderer Menschen. Ihr Gesicht ist ein toter Teich zwischen dem welligen Wald ihres Braunhaares und der hügeligen Landschaft ihrer Brüste. Wenn die Jungen vor ihrem Fenster, heiß wie Hähne, in den Ball hacken, steckt sie die Zunge zwischen die graublauen Lippen. Die Zunge gleitet dort wie auf Schienen hin und her. Manchmal erhebt sie sich im Eifer des Zuschauens. Gleich darauf knickt sie wieder zusammen. Ihr Oberkörper kämpft draußen vor dem Fenster mit. Die Beine unter der Nähmaschine verbieten ihr solche Begeisterung.

Lopes Nase und seine Wangen sind rosa angelaufen. Auf

seiner Stirn stehen kleine Schweißperlen wie heller Samt. Seine Mannschaft droht zu verlieren. Er ruft Trude. Trude hüpft in Holzpantinen über die Schwelle. Sie stellt sich ins Tor. „So, jetzt soll's mit dem Deubel zugehen, wenn wir nicht gewinnen."

Orge Pink auf der anderen Seite dreht sich wie eine Jungkatze nach ihrem Schwanz. „Wie? Das gibt's nicht! Ist ja Mannschaftsverstärkung!"

Er ruft seinerseits einen von der Dorfmannschaft herein. Die Dorfmannschaft hat Spielpause. Schuster Schurig muß erst den Ball flicken.

„Das gibt's erst recht nicht", ereifert sich Lope. „Er hat nich bei uns gesteuert."

„Ooooch, zu so einem dreckigen Ball auch noch steuern", sagt Klaus Tüdel. Er ist der Sohn des Gastwirtes und kam über die Gutsmauer.

„Was hast du hier zu melden? Das ist unser Ball!" schreit Paule Wenskat von der gegenüberliegenden Seite. Er hat sich sein schmutziges Taschentuch als Schweißfänger um die Stirn gebunden.

„Tüdel, Tüdel, Bierpantscher", ruft Marta Blemska aus einer Ecke.

„Halt die Gusche, alte Ochsenliese!"

„Gib ihr 'n paar drauf!"

Hinter der Gutsmauer hat sich die unbeschäftigte Dorfmannschaft versammelt. Durch ihren Zuruf ermutigt, geht Klaus Tüdel einige Schritte auf Marta Blemska zu: „Wenn ich dir hinkomme!"

„Tüdel, Tüdel, Bierpantscher", diesmal ruft es Trude.

„Meeeensch, du alte Läusetrude ..."

„Wenn er mitspielt, gehe ich aus dem Tor", ruft Trude.

„Wer hat ihn gerufen?"

„Paule Wenskat."

„Er hackt uns unsern Ball kaputt."

„Tüdel, Tüdel, Bierpantscher", ruft ein kleines Mädchen im Schutz einer Haustür.

Frieda hat sich hinter den Fuchsienstöcken aufgerichtet und hält sich am Fensterkreuz fest. Sie will das Fenster öffnen, taumelt und fällt wie bestraft auf ihren Stuhl zurück. Der Ball ist wieder in Bewegung. Er rollt auf Tüdel zu. Ein Mädchen rennt und will ihn in Sicherheit bringen. Klaus spuckt verächtlich drauf. Er trifft das Mädchen. Es ist Marta Blemska, der er ins Gesicht gespuckt hat. Sie springt ihn wie eine gereizte Glucke an. „Duuu, duuu, hast mich bespuckt." Ihre blauroten Finger fahren ins Gesicht des Jungen. Der taumelt zurück. Die Dorfmannschaft vom Anger springt über den Gutszaun.

„Da kommen die anderen", Trude kreischt es.

„Looos!" ruft Paule Wenskat. Er sieht sich nach Lope um. Lope fährt aus seinen Holzpantinen. Er klemmt die Zunge gespannt zwischen die Zähne. So geht er auf Albert Schneider los. Albert ist um zwei Jahre älter als er.

Die Schlacht ist im Gange. Sie wogt über den Gutshof.

Trude eilt Marta zu Hilfe. Sie stellt Klaus Tüdel ein Bein. Alle drei wälzen sich am Boden. Die Mädchen mit aufgelösten Haaren. Der Junge ächzend unter ihren geschickten Kratzfingern.

Andere Bauernsöhne steigen über die Gutsmauer. Paule Wenskat haut ihnen mit einer Zaunlatte über die Hände. Lope und Albert Schneider haben sich gepackt.

„Und wenn ich tausend Läuse kriege ... mit dir werde ich noch fertig", knirscht Albert Schneider.

„Läuse?" – Das ist ein Hieb für Lope. Er schraubt sich aus Alberts Umklammerung. Er ballt die Fäuste. Wie einen Schloßenregen läßt er ihre Schläge auf Alberts runde Brust donnern. Ab und zu fliegt auch ein Schlag hinauf in das Gesicht des Bauernsohnes. „Ich, ich habe keine Läuse mehr, damit du es weißt."

Albert Schneider, der Größere und Überlegenere, weicht zurück. Er erspäht neue Angriffsmöglichkeiten. Zunächst duckt er sich und weicht Lopes schnellen Schlägen aus. Dann faßt er nach den Beinen des tobenden kleinen Kerls. Er umklammert diese dünnen Stelzchen. Lope fällt in einen Aschehaufen. Die Asche hüllt beide in eine schmutziggelbe Wolke.

Trude ruft: „Looope, Looope, der Herr Sekretär hat nach dir gefragt."

Lope liegt unter Albert. Aber als Albert Trudes Stimme und etwas vom Sekretär hört, läßt er von seinem Opfer ab. Er fühlt sich nicht mehr so ganz sicher. Vielleicht ist der Sekretär, dieser lange Schludrian, schon in der Nähe. Die kleinen Kampfhähne erheben sich. Lope wischt sich die Asche aus den Augen. Trude ist herangekommen.

„Wo ist Herr Sekretär?" will Lope wissen.

„Er sitzt am Fenster und wartet."

Trude hilft dem Bruder bei der Reinigung. Sie schimpft wie ein Sperlingsweibchen auf den großen Albert. Albert Schneider springt, schmutzig wie er ist, über die Mauer zurück auf die Dorfstraße. Der Gutshof wird wieder leer und still. Die anderen Dorfjungen sind durch das Hoftor auf die Straße hinausgegangen. Ein Gutstor ist keine Bauernhofpforte. Es kann jeder hindurchgehen, wenn es der Inspektor nicht sieht, bitte.

„Das Schwein, das", droht Trude gegen die Mauer, hinter der Albert Schneider verschwunden ist.

„Laß", besänftigt Lope. „Ich werde ihn schon runterkriegen, wenn ich zwei Schuljahre weiter bin."

„Tüdel, Tüdel ... Bierpantscher", ruft das Mädchen aus einer Ecke. Klaus Tüdel ist längst nicht mehr zu sehen. – Es wird Sonntagabend.

Der Herr Sekretär hat gemalt. Auf dem Tisch steht der große Farbkasten mit Wasserfarben: Papierfetzen mit Farbproben liegen verstreut im Zimmer. Ferdinands Gesicht ist geglättet. Er läßt einen weißen Brief träumerisch durch die Finger gleiten. Seine Finger sind weiß und feingliedrig wie Quekkenwurzeln. Der kleine Finger der rechten Hand schleppt an einem dicken Siegelring. Der Siegelring hat einen blauen Stein und verschlungen lateinische Großbuchstaben darin.

Ferdinand blickt in den Sekretärgarten. Blütenrispen und Brennesseln spielen bis an die Fensterscheiben hinauf. Giersch und Kletten, Knopfkraut und wilder Rhabarber wuchern im Gärtchen. Einmal hat Herr Sekretär von Blumen geträumt. Er hat sie hier pflanzen wollen. Kußroten Mohn, turmsteile Zierlupinen, samtäugige Stiefmütterchen, scheu duftende Schwertlilien, ach ja. Dann kamen immer wieder andere

Dinge. Sie fraßen seine Freizeit. Er schien zu höheren Aufgaben bestimmt. Die Erde trug ihn, ja, aber vielleicht gehörte er zu den Blumen, die jahrelang Blätter treiben und über Nacht mit einer fremden, dufthäuchigen Blüte überraschen.

Solche Gedanken nun! Und dahinein platzt der zerschundene Lope.

„Guten Abend! Ja ... ooo, wie? Hm, da hast du einen Kamm."

Lope stellt sich auf einen Stuhl. Der Spiegel hängt zu hoch. Die Asche setzt sich wie Goldstaub auf die Zinken des Kammes.

„Du hast wohl heute gemalt, Herr Sekretär?"

„Ja ... nein, eigentlich nicht gemalt, in Aquarellfarben geträumt. Ja, so könnte man sagen."

Das versteht Lope nicht. „Wieder Blumen und den nackten kleinen Jungen mit Pfeilen wie den einen Sonntag?"

„Ja, etwas Ähnliches schon, vielleicht etwas zarter ... aber das verstehst du wohl nicht? Na, du kannst nachher die Entwürfe sehen."

„Die Blätter da? Wenn ich einen roten Bleistift hätte, wie du manchmal, könnte ich auch rote Blätter malen, du, das könnte ich."

Der Sekretär beugt sich zum Fenster. Er lauscht.

„Könntest du mir vielleicht den Brief zum Inspektor bringen?"

„Ja, kann ich. Wie ist es, mußt du ihm einen Brief schreiben? Du siehst ihn doch jeden Tag und kannst es ihm sagen."

„Aber das kannst du noch nicht wissen: es ist vornehmer ... Ja, wenn man sich manche Sachen nicht sagen kann, ist es vornehmer, wenn man einen Brief darüber schreibt. Übrigens ist der Brief auch nicht direkt für den Herrn Inspektor bestimmt. Du kannst ihn vielleicht auch seiner Frau abgeben. Ich denke, es ist geradezu richtiger, wenn du ihn der Frau Inspektor abgibst. Wirklich! Du kannst den Brief nicht sofort abgeben, sondern erst warten, bis die Frau Inspektor allein ist."

„Ja, das kann ich, es ist besser, weil der Inspektor mich

nicht leiden mag. Da gebe ich ihm auch nicht den Brief von dir, Herr Sekretär. O ja! Wo ist er?"

Der Sekretär schiebt den Brief mit gespreizten Fingern in Lopes Jackettausschnitt. „Verlier ihn nicht!" Lope klappert davon.

Stille im Stübchen. Eine Ente ratscht auf dem Gutshofe. Ferdinand trommelt mit den Queckenfingern über den Tisch. Bei jedem Geräusch lehnt er sich aus dem Fenster. Eine Tür wird zugeschlagen. Jemand räuspert sich laut und gewöhnlich. Eine grüne Gestalt geht eilig am Fenster vorüber. Ferdinand nimmt nur einen Farbhauch davon wahr. Er atmet tief und wartet wieder.

„Ach ja!"

Lope tritt klappernd wieder ein.

„Und?"

„Er gung ..."

„Wohin?"

„Er gung in die Brennerei, und da bin ich rein, und die Frau Inschpektor stand am Fenster und sagte: ‚Na?' Da gab ich ihr den Brief. Aber du hast nicht draufgeschrieben, an Frau Inschpektor oder so was. Du hast es vergessen, na ja."

„Er ging!" verbessert Ferdinand nachdrücklich, „er ging!"

„Ja, er gung und hatte mich nicht gesehen, wo ich am Zaun stand."

„Ich meine, es heißt ‚ging', wenn jemand gegangen ist."

„Ja, und sie hat ihn hier reingesteckt von oben, das war putzig", Lope ahmt die Bewegung an seinem Hemdausschnitt nach. „‚Danke' hat sie gesagt, und ‚was du schon alles kannst. Ich habe gerade nichts hier, was ich dir geben könnte, aber vielleicht das nächste Mal!' Wenn du bald wieder einen Brief schreibst, Herr Sekretär, und dann bringe ich ihn wieder rüber, und dann gibt sie mir etwas, ja?"

Ferdinand reicht ihm wortlos einen Rotstiftstummel.

„Hat er die Taler, die sie ausspuckte, aufgehoben oder nicht? Wie ist es, Herr Sekretär?"

„Ach so, du meinst im Märchen?"

„Ja."

„Aber erst holst du mir wohl noch, bitte, die Wäsche von der Mutter!"

„Hm!“ Der Junge ist schon wieder draußen.

Der Sekretär hat sich zurückgelehnt. Ein Flug wilder Enten durchfurcht im Keil den Abendhimmel über dem Park. Eine Schneeschleppe, denkt der Sekretär, eine Schneeschleppe in weißen Bauschwolken. Drüben in der Wohnung des Inspektors wird gegen die Wand geklopft. Es sind kleine, pickendbohrende Schläge wie das Geräusch eines Holzwurms. Ferdinand zählt, es sind elf. Das raspelnde Klopfen wiederholt sich, er zählt wieder elf. Lope kommt lärmend. „Mutter hat die Rechnung mitgeschickt, sie hat gleich mit dem roten Bleistift von dir geschrieben. Es gung ... ging fein.“

Ferdinand langt befremdet nach dem ausgefransten Stück Papier. Es ist ein Blattstück aus einem Schulheft. Er liest. Seine Stirn wird kraus wie Wasser im leichten Wind. Dann gleißt ein Lächeln über seinen Mund.

„Rote Schrift, wie der Lehrer, jaja!“

„Rote Schrift? Eifersucht ... ach so, ja natürlich, rote Schrift ... Was ich sagen wollte: sie war wohl böse, die Mutter, mein ich?“

„Was, ‚ei verflucht!‘ hast du gesagt? Du findest das Buch wohl nicht? Es steht da oben!“

„Ja doch, ja!“ Der Sekretär geht verwirrt und gebeugt zum Bücherbrett. „Wie weit waren wir eigentlich?“

„Wo er sich die Hände so an den Hosen abwischte.“ Lope streicht erwartend mit seinen kleinen Händen über seine Beinkleider. Die Hände sind noch bronzefarben von der Asche. Ferdinand blättert. „... Wenn du nicht zu mir kommen willst, so komm ich zu ...“

„Das haben wir schon, Herr Sekretär!“

„Ach so! ... scheuerte sie an seiner Hose und hielt sie ihr dann wieder verschämt hin.“

„Ja!“

„Er führte sie durch die Mühle, sie staunte und drückte seine großen Hände. Am Mahltrichter zeigte er ihr die federnde Weidenrute. Diese Rute schnellt auf, wenn das Korn im Mahlgang zur Neige geht, sie zerrt an einer Schnur, und die Schnur geht in das Kämmerchen des Müllers. Am Ende der Schnur hängt ein Glöckchen. Die Rute federt. Die Schnur zittert, und es läutet. Da wollte die Prinzessin auch das Glöckchen sehen. Er führte sie ins Müllerkämmerchen. Dort setzten sie sich auf das Lager des Müllers, und sie sagte: ‚Hier ist es aber schön und heimlich, und wie ist es, wenn wir uns beide so eine Hütte im Wald bauen würden, von der niemand etwas weiß?‘ – Sie sah seine großen Hände mit den harten, groben Fingern an und strich einmal leise darüber. Er sagte nur: ‚Na ja, und das Holz?‘ – ‚Das schlagen wir, das schlägst du im Wald. Der Wald gehört ja meinem Vater, dem König, und er erlaubt es mir.‘ – ‚Na ja, und was werden wir essen?‘ – ‚O ja, ach so! . . . oooch, ich bringe alles mit, mein Pferd und die . . . Ja, alles, auch zu essen. Und dann sammeln wir Beeren und essen sie, und wir essen Pilze, ja, Pilze. Ach, vielleicht brauchen wir gar nicht soviel zu essen, wenn wir recht glücklich sind‘ . . .“

Und dann wühlen sie beide in dem verworrenen Leben des Müllersohnes, der an die Freundschaft der Goldprinzessin glaubte. Manchmal hält der Sekretär inne und seufzt. Lope knabbert erregt an einem alten Knopf, den er aus der Hosentasche gezogen hat. Draußen aber rinnt die Dunkelheit durch die Parkbäume. Auf dem Gutshof gehen die Sonntagsgeräusche schlafen.

Lopes Spannung haucht sich in einem Seufzer aus.

„Auch hier im Gutswald, Herr Sekretär, wohnen sie da auch manchmal, der Müller und die Prinzessin?“

„Vielleicht nicht gerade hier . . . Immerhin, es ist ja nicht unmöglich, vielleicht wohnen sie gerade hier. Man weiß ja nicht.“

„. . . man weiß ja nicht“, wiederholt Lope.

Trude ist in die kleine Sekretärstube getreten. Eine Weile konnte sie Lope mit schmerzvollem Gesicht und Gesten seiner beaschten Hände zum Schweigen bringen. Aber Trude hat keine Ehrfurcht vor Märchen und Geschichten.

„Lope, Abendbrot, aber gleich“, sagt sie schroff. Lope schließt die Finger um seinen Rotstiftstummel und geht grußlos mit der Schwester davon. Der Sekretär träumt ins Dämmerdunkel.

Die Petroleumlampe in Kleinermanns Küche blakt. Ihr

matter Schein ist von Öl durchtränkt. Lope kommt wie vergoldet aus dem Märchen. Das Samtweiß der geschälten Pellkartoffeln nimmt gelbe Aschespuren an. Der Vater war am Vormittag beim Barbier, jetzt ist er nüchtern. Kleine blaurote Hautsäcke hängen unter seinen Augen.

„Die Kaiserin ist gestorben", sagt er mit aufgerauhter Stimme.

„Was ist dabei?" will die Mutter wissen.

„Sie war eine gute Frau, eine gute Landesmutter."

„Schöne Landesmutter, die nichts dagegen tut, wenn der Vater sich dünnmacht!"

„Dann hätten sie ... dann hätten sie ihn aufgefressen."

„Wer?"

„Die ... die Matrosen. Ausgeschlossen, er konnte nicht bleiben."

„Ein Vater krepiert für seine Kinder, ein richtiger Vater, ja!"

„Aber, wenn sie ihn umbringen wollen?"

„Ach Quatsch!"

„Ich habe sie einmal im Kriege gesehen." Liepe meint die Kaiserin. „Sie gab unserm Flügelmann die Hand und fragte nach seiner Familie."

„Was hatte er davon?"

„Er hatte keine, nur eine Braut ... der ging es, glaube ich, gut!"

„Alles Theater."

„Hatte sie eine Krone auf?" erkundigt sich Lope.

„Eine Krone? ... Ja, und die Steine ... die Edelsteine darauf waren so groß wie Mistkäfer", lügt Liepe.

„Dann muß sie aber schwer gewesen sein."

„Sie wog ihre zehn Pfund und drückte die Stirn der armen Frau in Falten."

„Verdämele die Kinder nicht!"

Sie essen schweigend weiter. Elisabeth ist müde. Sie beginnt zu weinen. Liepe erhebt sich. Er zündet mit einem Kienspan umständlich seine halblange Pfeife an.

„Das sind wohl meine Schuhe, die da so stinken", fragt die Frau. Liepe stiert auf eine große Fliege an der Wand. Nach einer Weile sagt er, sich umdrehend: „Morgen ist Deputatausgabe."

Die Deputatausgabe überwacht der Inspektor. Früher tat es der Vogt Bremme. Seit sich herausstellte, daß trotzdem manchmal ein Sack zuviel aufgeladen wurde, tut es der Inspektor selbst. Man muß sich um alles kümmern, alles, alles! „Wieg nicht so reichlich, Blemska! Ein Schaufel wieder rraus!"

Lope mag den Inspektor nicht. Er hat oft aus einem Versteck heraus zugesehen, wenn der Inspektor mit den Arbeitern wetterte. Der Inspektor trägt einen grauborstenen Pinsel auf seinem Hut. Wenn er schimpft und randaliert, wippt dieses Haarbüschel hin und her. Es pendelt wie ein Pferdeschwanz in der Fliegenzeit. Es fällt aber nicht herab, weil es in einem silbernen Metalltütchen steckt. Das Tütchen sitzt am Hut, es ist dort vielleicht angenagelt. Außerdem trägt er immer grüne Anzüge. Sie sind so grün wie Kartoffelkraut im Juni. „Das ist, weil er sich so besser in den Schonungen verstecken kann", sagt Kutscher Blemska.

„Muß er sich denn verstecken?"

„Freilich, er muß uns doch kontrollieren."

Inspektor Konrad trägt überdies putzige Stiefel. Niemand auf dem Hofe hat solche Stiefel. Sie sind zweiteilig. Der Inspektor kann die Schäfte abnehmen und daheim lassen. Dann geht der gefürchtete Mann mit langen Strümpfen, die bis unter die Knie reichen, auf den Feldern umher.

Das Deputatgetreide wird auf einem Leiterwagen zum Bäkker und zum Müller gefahren. Auch der Müller bäckt Brot. Es ist flach und sauer. Nur wer Schulden beim Bäcker hat, holt Brot vom Müller. Am Deputattage gehen die Gutsarbeiter nach Feierabend zum Verrechnen zu den Geschäftsleuten. Für Kleinermanns geht die Mutter. „Du läßt dich am Ende behumpsen", sagt sie zum Vater. Aber auch die Mutter bringt kein Geld zurück. Sie trägt in der zusammengehaltenen Schürze Seifenpulver, Malzkaffee, Salz, ein Tütchen Pfeffer, etwas Mostrich in Papier eingewickelt, ein neues Schulheft für Lope, ein Paket Stecknadeln, zwei Sternchen Zwirn und andere Dinge, die der lange Monat im Haushalt aufzehrte. Es geht nicht immer so gut. Manchmal kommt sie mit leerer Schürze. Ein Rest von Broten bleibt ungetilgt stehen und frißt sich ins neue Deputat.

„Nun hab ich den Monat wieder keine Wolle nehmen können, und ihr seid die reinen Reißdeibel! Solche Löcher wieder." Sie setzt sich mit zusammengekniffenen Lippen hin und näht Sackleinewand über die Füßlinge der Strümpfe. Liepe trägt Fußlappen in seinen Holzschuhen.

Nichts Gescheites von Strümpfen; gerade nun, wo die Kinder am Sonntag zu dieser dämlichen Feier gehen müssen. Der gnädige Herr ließ durch Inspektor und Vogt sagen: „Eine öffentliche Totenfeier für die Kaiserin bei Tüdel."

Alle Gutsarbeiter mit Frauen und Kindern werden natürlich erwartet.

„Gibt's auch Tanz hinterher und Freibier?" fragt Kutscher Blemska im Sekretariat an.

„Tanz wohl nicht gerade anläßlich einer Totenfeier. Aber ... immerhin Freibier. Wenn vielleicht auch nicht gerade Freibier, Kaffee für die Frauen und so. Es ist schon möglich."

Die Strümpfe mit der aufgenähten Sackleinewand über Sohlen und Zehen sind Lopes geringstes Bekümmernis. Er kann gut die langschäftigen Schnürschuhe von Mutter anziehen. Sie trägt sie nicht mehr. Sie haben zu hohe Absätze. In den hohen Schuhen verschwindet die Sackleinewand und der Strumpf bis zur halben Wade.

Und doch ist Tanz bei Tüdel. Der Arbeiter-Radfahrerverein hat Stiftungsfest. Wer ein Fahrrad hat, ob Bergmann oder Bauernsohn, ist im Arbeiter-Radfahrerverein. Von den Gutsarbeitern hat niemand ein Fahrrad.

„Wann hat der Rradfahrerverrein sein Fest bestellt?" rollt die Stimme des Inspektors durch Schenkstock und Gaststube.

Wilhelm Tüdel putzt den Bierhahn und versteckt sein Gesicht hinter dessen Mittelsäule.

„Wann hat err bestellt, frrage ich!"

„Vor drei Tagen." Tüdel hebt bedauernd die Schultern.

„Und wann habe ich bestellt?"

„Gleich als sie tot war."

„Rrichtig, und das ist, sage und schrreibe, jetzt fast eine Woche herr, daß die Kaiserrin starrb."

„Aber es kommen doch nicht so viele bei euch, daß der Saal voll wird." Tüdel wird geschäftsmutig.

„Werr weiß das? Duu?"

Tüdel weicht wieder bis an den Gläserschrank zurück. „Wenn's nicht so wäre, daß es genau zwei Jahre her sind, wo er gegründet wurde, hm; seitdem hat er die Bannerweihe, das erste Stiftungsfest, die Silvesterfeiern, das Sternfahren, das Sportfest, ja, alles bei mir abgehalten."

„Was Sterrnfahren, was Bannerrweihe? Begrreifst du Sack nicht, daß es hierr um etwas anderres geht?"

Tüdel begreift nicht. Das Vereinszimmer ist groß genug für eine Totenfeier. Der Radfahrerverein hat drei Fässer Bier bestellt. Für den Tod der Kaiserin wird höchstens Kaffee bestellt werden. Schweigend nimmt Tüdel die geriffelte Flasche mit Kornbranntwein vom Regal und gießt ein.

Der Inspektor greift hastig zu. Er beugt den Kopf weit zurück. Sein Mund unter dem strammen Stehbart wird zu einem Loch. Der Schnaps versickert darin wie in der Ölbuchse einer ungeschmierten Radachse.

Tüdel gießt wieder ein. Diesmal spült sich der Inspektor mit dem Kornschnaps Mund und Zähne. Er gurgelt kurz damit und langt schon nach dem dritten Glase.

„Irronie!" sagt er, noch halb gurgelnd. „Irronie! Der rrote Rradfahrrerverrein tanzt zur Totenfeier. Esel, derr du bist, verrstanden?"

Gärtner Gunkel kommt und will wissen, wo er die Lorbeerbäume aufstellen soll. Zwei Gutsarbeiterinnen bringen Sträuße dunkler Rosen aus der Zucht des gnädigen Fräuleins vom Schlosse.

„Verrflucht! Trragen Sie sie ins Verreinszimmer! Die Hunde aber auch! – Noch einen", er wendet sich wieder an Tüdel. Der hat die Flasche bereits ins Regal zurückgestellt.

Der Vorstand des Radfahrervereins tritt grußlos ein.

„Hast du Eis aufs Bier gelegt?"

Tüdel nickt. Der Inspektor bedient sich indes noch einmal

selbst. Dann geht er, sich lauthals räuspernd, zu Gärtner Gunkel und den Frauen in das Vereinszimmer.

Das Fest des Radfahrervereins beginnt um fünf Uhr im Saal. Um sieben Uhr beginnt sich das Vereinszimmer zur Totenfeier zu füllen. Der gnädige Herr hatte im Sinn, die Totenfeier fallenzulassen. Dieser Fuchs von Tüdel fand einfach das Vereinszimmer ausreichend für ihn. Der Inspektor versucht, vom Donnerwasser befeuert, zu versöhnen. Er erfüllt die Bibliothek mit seinen Argumenten: „Ich errlaube mirr zu bemerrken: das Verreinszimmer ist wirrklich grroß genug."

„Was sagt die Frau Pastor dazu? Wird ihr Vaterländischer Frauenverein vollzählig erscheinen?"

„Err wirrd ... err wirrd! Was soll sie sagen? – Von mirr aus gesehen – mit Verrlaub zu sagen – scheint die Verrquikkung von Totenfeierr und Tanz sehrr günstig. Man kann wenigstens den Leuten zeigen, wie ..." – er sucht nach dem rechten Wort – „... wie pietätlos die Rroten sich benehmen. Ich meine – damit wirr uns rrecht verrstehen – wenn Sie errlauben – man müßte in der Rrede ... in der Rrede, meine ich ..."

Der gnädige Herr wendet sich nachdenklich seinem Schreibtisch zu. Darauf liegt diese Rede. Er sagt die Totenfeier nicht ab.

Frieda Wenskat hat sich von den beiden Frauen, die die Rosen brachten, ins Vereinszimmer führen lassen. Sie soll an der Kasse sitzen. Das ist gut für sie. Das ist sogar am besten für sie. Unter dem Kassentisch kann sie ihre Füße verbergen. Sie stecken in großen Tuchschuhen wie in Kähnen. Auch Frieda mühte sich, die Feier zu verschönen. Auf einen Fahnenfetzen stickte sie mit grünem Perlgarn eine Inschrift. Der Fahnenfetzen ist wie ein Sonnenrad zugeschnitten. Die Stickerei wurde mit Reißzwecken an das Rednerpult geheftet. Das Rednerpult hat Gutsstellmacher Blasko angefertigt.

„Schlafe in Frieden!" ruft die Stickerei Frieda Wenskats der toten Kaiserin nach. Das „Schlafe" wurde größer als der „Frieden". Die Buchstaben stehen nicht gerade. Sie stehen auf wackligen Füßen, wie Frieda.

Die ersten Kinder kommen. Sie stellen sich scheu an die

Wand und schauen auf Frieda. Frieda hat ein schwarzes Band in ihr Haar geknüpft. Feierlich, wie eine Fremde, sitzt sie vor zwei übereinandergestellten Blechtellern: die Kasse. Baßtöne der Tanzmusik durchzittern schrummend Wände und Türen. Zwei Konfirmanden bringen das tragbare Harmonium des Pastors. Sie stellen es schweigend neben das Rednerpult. – Leute quellen durch die Tür.

„Zwanzig Pfennig, bitte", sagt Frieda bescheiden und fremd. Es ist ihr Vater, der nach Geld sucht.

„Ich denke, es ist frei", Kutscher Wenskat wühlt verlegen in seinen Taschen.

„Unkostenbeitrag", erklärt Frieda kühl.

„Wie?" Er hat seinen Groschen gefunden.

„Saalmiete, Kaffee und das andere zugunsten des Vaterländischen Frauenvereins. Von den Unkosten für Stickgarn gar nicht zu reden."

Wenskat hat den zweiten Groschen in seiner Westentasche gefunden. Er hat nichts mehr gegen den Unkostenbeitrag einzuwenden. „Na ja, wenn man es richtig nimmt. Unkosten habt ihr ja!"

Es kommt der Vogt mit einem hohen, abwaschbaren Kragen. Der Kragen ist hart wie Holz. Es sind Sprünge, feine Rillen darin. In ihnen sammelt sich der Schmutz bei der Reinigung wie dunkles Blut in feinen Äderchen. Der lockere Knoten seines Trauerbinders wirkt wie eine Umrahmung des goldig blinkenden Kragenknopfes. Seine Frau trägt eine Mantille aus Krimmer. Sie hat ihr in der Mitte gescheiteltes Haar mit Zuckerwasser glattgestrichen.

Liepe Kleinermann trägt zu seinem dunklen Kirch- und Bräutigamsanzug ein weißes, wollenes Vorhemd. Er spricht hochdeutsch, obwohl er nüchtern ist.

Lope hat sich zu den Kindern gestellt. Die haben sich rings an den Wänden des Vereinszimmers verteilt. Lopes wirres Haar ist gescheitelt. Die schiefe Naht von Lopes Scheitel zieht sich von der linken Seite der Stirn zur rechten Seite des Hinterkopfes. Er hat sein widerborstiges Haar mit viel Wasser gefügig gemacht. Die dicken Tränen von zwei Wassertropfen trocknen auf seinen glühenden Wangen. Sie hinterlassen bräunlichgraue Spuren auf der Haut. Die Bänke der Gutsarbeiter sind fast gefüllt. Auch auf den Stühlen, die für den Vaterländischen Frauenverein vorgesehen sind, sitzen schon einige Frauen. Karline Wempel könnte gut die Hälfte ihres Sitzplatzes an die dicke Krämerin Krampe abgeben. Karline hängt dürr und verbogen auf ihrem Sitz. Der reine Kleiderhaken. Unter den Gutsarbeiterinnen fehlt Lopes Mutter.

„Was hab ich mit der Kaiserin zu tun?" sagte sie und band Trude die rote Schleife ins Haar. „Kaiserin, Kaiserin, sie nimmt Reißaus nach Holland, stirbt dort, und ich soll hier darüber heulen!"

„Das ist, du hast vor nichts Respekt", brummte Liepe, der an seinem schwarzen Rock bürstete.

„Hab ich auch nicht, sie sind alle nackend zur Welt gekommen."

„Aber man legte sie sofort in eine goldene Wiege, das ist es!" Liepe bläst über seinen halbsteifen Hut.

„Als ich noch drüben war, sah ich einmal den gnädigen Herrn in Unterhosen; es war auch weiter nichts."

„Wie, wollte er zu dir?"

„Dämlack!"

Der Pastor kommt wie zu jedem Begräbnis. Seine grauen Augen kniffeln prüfend hinter der goldberandeten Brille. Es stellt sich heraus, daß das tragbare Harmonium nicht am rechten Platz steht. Er will nicht musizierend unter dem Rednerpult des gnädigen Herrn sitzen wie David vor Saul. Orge Pink und Albert Schneider tragen es dienstbeflissen in die andere Ecke des Zimmers. Dort sitzt Gutsstellmacher Blasko. Er untersucht mit seinem übriggebliebenen Auge gelangweilt die Verleimung des braunpolierten Harmoniumkastens. Die Frau Pastorin mit hochgewölbter Brust und frohfunkelnden Augen hinter dem Kneifer zählt die erschienenen Mitglieder des Frauenvereins. Es ist der Kaffeeportionen wegen.

„Siebenundzwanzig", ruft sie in die Gaststube. Gedrechselte Worte. Sie trifft auf den gnädigen Herrn. Der schreitet seiner Familie voran. Er reicht der Pastorfrau bieder die Hand. Sie macht einen halben Knicks. Der Kneifer auf ihrer

Hakennase wackelt. Der Herr bleibt an der Kasse stehen. Er zieht wortlos einen Zwanzigmarkschein.

„I-ich bedaure, we-nig Wechselgeld", stottert Frieda. Sie stampft auf ihrem Tuchschuh. Der Herr macht eine großmütige Geste. Er geht weiter. Sein kalter Blick bleibt an dem ausgestickten Sonnenrad mit dem großen „Schlafe" und dem kleinen „Frieden" haften. Er schüttelt unwillig den Kopf. Seine Augen suchen den Pastor. Der Pastor sitzt zwinkernd hinter seiner Brille am Harmonium. Ein Kämpfer hinter einer Verschanzung. Die Blicke des Herrn gleiten hinüber zum Lehrer. Der Lehrer hat seinen Schulchor im Türrahmen des Billardzimmers aufgestellt. Er scheint mit seiner Stimmpfeife beschäftigt zu sein.

Frieda hat feinfühlig den Unmut des gnädigen Herrn wahrgenommen. Sie erhebt sich mit aufgestützten Armen schuldbewußt ein wenig vom Kassensitz. Blut zum Erröten fehlt ihr. Sie entschuldigt sich mit einem holprigen Knicks. Dann fällt sie wieder in sich zusammen. Der gnädige Herr nimmt ihr Gebaren nicht wahr. Die gnädige Frau kommt in einem hochgeschlossenen schwarzen Kleid. Der Kragen ist mit eingenähten Stäbchen steif und stehend gearbeitet. Sie schwebt vor Fräulein Kriemhild, die schwarze Seide und hauchdünne dunkle Handschuhe aus Tüll trägt. „Sie hat den Ofen ausgeräumt, sie hat vergessen, sich zu waschen", würde man sagen, wenn Karline Wempel solche Handschuhe trüge. Dieter und Aribert, die Herrensöhne, folgen Kriemhild. Sie haben ihre Schülermützen unter den Arm geklemmt und gehen, sich schiebend, hintereinander.

„Es stinkt hier wie im Schafstall", flüstert Aribert, der ältere, dem Bruder über die Schulter zu. Dieter drückt, gebeugt nach vorn fahrend, seine Mütze ins Gesicht. Er muß sein Lachen ersticken.

„Ich muß doch sehr bitten", zischt die Stimme des Hauslehrers hinter ihnen. Der Hauslehrer ist mit einem Cut bekleidet. Seine Gesichtszüge sind eingeeist. Das graue Haupthaar, der kleine melierte Spitzbart unterstreichen diese Winterlandschaft. Unter dem Arm trägt er eine blaue Mappe: das Manuskript der Rede des gnädigen Herrn.

Die herrschaftliche Familie sitzt auf geschnitzten Lehnstühlen. Sie wurden aus dem Schloß herübergebracht. Die Stühle der Herrschaft stehen dicht vor dem Rednerpult mit der runden Sonne und ihrem dürftigen Strahlenkranz aus mattschimmernden Reißzwecken. Lope sucht nach Ferdinand. Sein Blick verweilt eine Weile auf dem blauroten Gesicht des Inspektors. Der Schnurrbart liegt in diesem Gesicht wie eine umgekippte Drei. Da ist auch das rundlich-quabbelige Gesicht der Frau Inspektor mit den lustig kullernden Augen. Sie trägt eine gekreppte Frisur.

Ferdinands Gesicht findet Lope nicht. Auch Schäfer Malten und Blemska fehlen. Dafür sitzt Kutscher Wenskat, wichtig wie zwei Männer, auf seinem Platz. Er hat den Prolog für die Feier zu sprechen. Der Hauslehrer hat ihn ausgewählt.

Wenskat hätte der Gutsarbeit einen Tag fernbleiben dürfen, um den Prolog zu lernen. Aber er wehrte ab: „Das lernt sich bei mir wie geschmiert, ganz von allein, wenn ich auf dem Bock sitze." Er fürchtete, daß Blemska ihn an diesem Tage vertreten würde.

Kutscher Wenskat ist der Theatermann des Dorfes. Er singt sonst Couplets beim Radfahrerverein, beim Rauchklub, beim Ortsverein, oder wo er auf irgendeinem Fest gebraucht wird. Es wird still im Zimmer. Die gesammelten Blicke des Vaterländischen Frauenvereins ruhen musternd, wartend oder wohlwollend auf der herrschaftlichen Familie.

Noch einmal wird die Tür heftig aufgerissen. Gendarm Gumprich tritt prustend ein. Er bläst die Backen auf, um nicht mit geöffnetem Mund nach Atem ringen zu müssen. Sein bartloses Gesicht ist ohne Alter. Ein Reklamegesicht aus einer vergilbten Zeitung. Der Inspektor hat ihn herbeordert. Es ist eine Störung der Feier durch den Radfahrerverein zu vermuten. Das Erscheinen des Gendarms findet auch den Beifall des gnädigen Herrn. Er fühlt sich nicht so vereinsamt mit seiner Feier.

Gumprich begrüßt den gnädigen Herrn über die Köpfe hinweg. Er schlägt die Hacken zusammen und legt die Hand militärisch an den Tschakorand. Der gnädige Herr nickt verbindlich zurück.

Gumprich bleibt an der Tür stehen. Er nimmt seine starre Kopfbedeckung ab, wischt mit dem Taschentuch über Stirn und Schweißleder und setzt dann seinen Diensthelm wieder auf. Das verursacht einen hohlen Ton, wie Sand auf einem Sargdeckel. Der einzige Ton im Raum. Der gnädige Herr gibt dem Lehrer das Zeichen zum Anfang. Der wendet sich hastig den Kindern zu. Er bläst zappelnd in seine Stimmpfeife. Die Kinder nehmen den Ton summend auf. Der Lehrer erhebt die Hände und läßt sie schwungvoll fallen.

Die Stimmen aus fröhlichen Kindermündern setzen ein wie trauriger Herbstwind: „Du edle Landesmutter, durch Dornen ging Dein Weg ..."

Die Leute vom Radfahrerverein im Saale essen Kartoffelsalat und Bockwurst. Männer und Frauen, die vorher im Tanz durcheinanderquirlten, haben sich an einer langen Tafel niedergelassen, wie ein Bienenschwarm, wenn die Königin sich auf eine Bohnenstange setzt. Tellergeklapper, Schmatzen und das Summen der Tischgespräche dringen nicht bis in das Vereinszimmer. Die Musikanten weigern sich, während des Essens zu spielen. Sie haben ungute Erfahrungen gemacht. Auch sie haben Anspruch auf Kartoffelsalat und Bockwurst. Es ist vorgekommen, daß beides nachher nicht ausreichte, weil die Vereinsmitglieder zu kräftig reinhielten.

Im Vereinszimmer eilt Kutscher Wenskat zum Rednerpult, um seinen Prolog über die Hörenden auszuschütten. Sein Stuhl kippt nach hinten zwischen die mageren Knie der Karline Wempel. Wenskat stellt sich in strammer Haltung wie weiland auf dem Kasernenhof auf. Seine Augen suchen die herrschaftliche Familie.

„Still und einfach war Dein Leben,
treu und fleißig Deine Hand,
sanft war Dein Hinüberschweben
in das bessere Heimatland ...",

deklamiert Wenskat mit viel Kutscherkraft in der Stimme.

„Ich erhebe das Glas auf das Wohl unseres Arbeiter-Radfahrervereins ‚Solidarität' mit dem Wunsche, daß er blühen und gedeihen möge und daß die Mitglieder wachsen mögen – ich meine die Zahl der Mitglieder, ja! Frei Heil! Prost!"

„Proooost", summt, grölt und scheppert es. Die vollen Gläser klirren und ticken aneinander.

Kutscher Wenskats Prolog ist verhallt. Manche Mitglieder des Vaterländischen Frauenvereins fahren sich mit blaugedruckten Schürzen über die Augen. Andere haben Taschentücher. Sie schneuzen sich. Die Krämerin Krampe raschelt in der Rocktasche mit Papier und fummelt Zuckerstückchen hervor. Sie kaut sie ungerührt. Ihre dicken Wangen wabbeln wie Sülze.

Die Kinder singen: „Fahr wohl in Frieden, edle Frau! Dein Erdenkampf ist ausgekämpft ..."

Die kurzen Finger des Pastors wühlen in den weißen Tasten des Harmoniums wie Kinderbeine in Schneewehen. Lope hackt mit dem Fuß nach hinten aus. Jemand hat an einen seiner hohen Schuhabsätze gefaßt. Er fühlt, daß eine Hand daran biegt und versucht, den Absatz abzubrechen, wagt aber nicht hinunterzusehen. Augenblicklich forscht der Vater mit traurigen Augen herüber. Der Vater schaut wohl auf seinen Scheitel.

Im Saal hat die Tanzmusik wieder eingesetzt. Das Harmonium des Pastors im Vereinszimmer weint. Das Festkomitee des Radfahrervereins tanzt seine Extratour. Bergleute, ihre Frauen, Bauernsöhne, Mädchen haben sich bei den Händen gepackt und einen Kreis um die Tanzenden geschlossen. Springen, Trampeln. Der Paukenschläger hat Mühe, Tanztakt zu halten. Dichter schließt sich der Kreis. Die Tänzer genießen ihre Ehre. Schließlich taumeln sie nur noch zwischen Armen und Beinen der Kreisenden umher oder bleiben verständnisvoll lächelnd stehen. Die Musik preßt einen Tusch aus den Instrumenten. Die Geehrten werden gepackt, emporgehoben und zum Schenkstock geschleppt. „Hoch! Hoooch! Hooooch!" Die Radfahrer rufen, rumpeln und trampeln.

Die Hochrufe dringen auch in das Vereinszimmer. Dort ist eben das Grablied der Kinder verklungen. Der Pastor schiebt die Registerstöpsel des Harmoniums zurück. Der Lehrer wischt sich Schweiß von der Stirn. Er spielt Erschöpfung, um das Vereinszimmer verlassen zu können.

Auch er ist Mitglied des Radfahrervereins. Das Singen ist aber heute sein Dienst. Der Lärm im Saal zieht ihn an. Außerdem wäre ein Glas Freibier jetzt nicht zu verachten.

Auch der gnädige Herr hat die Hochrufe gehört. Er erhebt sich. Bitterkeit umspielt den Mund seines kalten Gesichtes. Seine Finger fahren etwas verlegen durch die Offiziersfrisur. In den Augen der Mitglieder des Frauenvereins glimmt Bewunderung.

Bäcker Bähr beißt die Spitze seiner Zigarre ab. Er spuckt die Tabakkrümel auf den Boden zwischen sich und die Frau Pastor. Frau Pastor rafft ihren Rock etwas zur Seite. Ihre Augen strahlen gleichbleibende Fröhlichkeit. Der gnädige Herr überschaut die Totenfeiergemeinde. Er sammelt sich zur Rede. Seine Zunge netzt die schmalen Lippen seines Mundes.

„Verehrte Trauergemeinde, Männer und Frauen der nationalen Sache, meine lieben Gutsarbeiter!" beginnt er. „Wer von Ihnen konnte sich einer tief ins Herz bohrenden Trauer erwehren, als es hieß: Unsere gute Kaiserin, die tapfere Gemahlin unseres schmählich verjagten Kaisers, ist nicht mehr? – Wer konnte das? Wohl keiner unter Ihnen, verehrte Anwesende. Die Sonne des Reiches ist untergegangen. Die Leuchte in Tagen der Kriegsverwirrnis, in den dunklen Nöten unseres Volkes ist verlöscht. Wir beklagen ihren Tod um so mehr, als er fern ihrer geliebten Heimat, fern von ihren Landeskindern und fern unserer Anteilnahme an sie herantrat ..."

„Mensch, laß das sein!" Lope feuert zum zweiten Male aus. Diesmal wagt er es, hinunterzuschauen. Unten hockt Albert und tut so, als ob er an seinen eigenen Schuhbändern nestelt. „Ich tret auf deine dreckigen Pfoten!" flüstert Lope. Albert Schneider grinst und fährt verstohlen wieder hoch.

„... und wer wird sie uns ersetzen? Wer wird sie uns ersetzen, frage ich, verehrte Anwesende? Sie wissen es nicht, und ich weiß es auch nicht. Wer einmal als Soldat die Kraft verspürte, die sie ausströmte, wenn sie Herzen aufrichtend und heilend durch die Lazarette ging, wird sie nie vergessen, kann sie niemals vergessen ..."

Liepe Kleinermann nickt beifällig und beißt auf seinen Priem. Der braune Saft droht über die Mundwinkel zu rinnen. Lope schaut auf den Vater. Er ist stolz auf ihn. Der Vater hat die Kaiserin gesehen. Liepes Augen bohren sich andachtsvoll in die Stuhllehne Bäcker Bährs. Die Krämerin Krampe raschelt mit Papier und kaut.

„... aber wir denken nur an unsere Trauer. Unsere Augen umfloren sich im eigenen Leid, ohne zu bedenken, um wieviel schmerzlicher der Verlust der edlen Mutter ihre eigenen, leiblichen Kinder berühren muß. Auch sie sind ruhelos geworden, nachdem die Wirrnis, die unser geliebtes Vaterland beherrscht, ihnen die Heimstatt und nun auch noch die Mutterliebe raubte. Nur wer einmal an der Bahre seiner eigenen Mutter stand, wird ermessen können, was das bedeutet. Was aber haben wir, die wir unsere Kaiserfamilie verjagten, in die Verbannung welscher Lande schickten, dafür eingetauscht?"

„Waaaldesluuust, Waldesluuust ...", schmettert die Trompete im Saale. Ein Angetrunkener grölt dazu. Schuster Schurig bohrt mit einem Streichholz im Kopf seiner kurzen Tabakpfeife.

„... die Pietätlosigkeit des Publikums hat in erschreckendem Maße zugenommen. Man singt zotige Lieder, während andere weinen, einen Verlust, der in den Kammern ihres Herzens nagt, in der Seele tragen ..."

Der gnädige Herr wird unruhig und nimmt das Manuskript vom Pult. Er hat die Rede, die sein Hauslehrer für ihn ausarbeitete, nach dem Fingerzeig des Inspektors ein wenig verändert. Er hat etwas über und etwas unter die Zeilen geschrieben. Nun schlingen sich die Fäden zweier Sätze ineinander. Niemand scheint das übrigens bemerkt zu haben. Der zwinkernde Blick des Pastors gilt wohl mehr den Konfirmanden.

Der Inspektor streicht sich befriedigt über die Kolbennase und zäumt seine Stimme zu einem „Sehr richtig!" auf. Die peinliche Lage des gnädigen Herrn wird vom Aufhorchen der Versammelten überdeckt. Bäcker Bähr leckt schmatzend am Deckblatt seiner Zigarre. Lope benutzt die kurze Unterbrechung, um seinem Peiniger auf die Finger zu treten. Albert Schneider schreit leise: „Aua!"

Orge Pink versetzt ihm einen zurechtweisenden Schlag in die Hüften. Der Lehrer tritt wieder ein. Dafür geht Gendarm Gumprich hinaus. Er lüftet den Tschako. Sein Kürbiskopf kommt zum Vorschein. Frieda Wenskats Augen bohren sich in das milchige Gesicht des Försters. Der Förster zwinkert ihr zu. Friedas arme Beine stampfen aufgeregt unter dem Tisch.

„. . . Und der Kaiser selbst? Wie wird er es tragen? Kann etwas schmerzlicher sein, als daß ein Mann seine geliebte Frau, die Gebärerin seiner Kinder, die Kameradin in seinem schicksalgetränkten Leben und die Trostspenderin seines Herzens für immer verliert? Sie ist unserem Landesherrn ohne Zögern in die bittere Verbannung gefolgt, obwohl sie hätte im Vaterlande bleiben können. Wir, denen die nationale Sache Herzensbedürfnis ist, hätten dafür eingestanden, daß ihr fürderes Leben zwischen ihren Landeskindern unangetastet geblieben wäre. Sie jedoch folgte ihrem Gemahl; wir verwaisten, und doch . . ."

Es wird heftig an die Tür des Vereinszimmers geklopft. Gleich darauf wird sie aufgerissen. Einer vom Radfahrerverein steckt seinen Kopf in den schwülen Raum. Rosenduft, Lorbeergeruch und Rauch wallen darin wie eine sacht kochende Gemüsesuppe durcheinander.

„Bäcker Bähr hat eine Extratour!"

„Bäcker Bähr! Bäcker Bähr! Bääcker Bäähr!" rumort es nebenan.

Der dicke Mann läuft bis in seine Glatze hinauf rot an. Seine patschigen Teighände zerhecheln den Rest seiner Zigarre. Sein klobiges Gesäß rutscht halb vom Stuhl.

„Bäcker Bääähr! Bäcker Bääähr!"

Der gnädige Herr hat seine Rede unterbrochen und sieht sich erst hilflos, dann zornzuckend im Zimmer um.

„Bäcker, los, tanzen!" fordert der in der Tür stehende Radfahrer rauh. Bähr wendet sich langsam und schiebt wie ein gleitender Mehlsack vom Stuhl.

„Der Gendarrrm! Wo ist der Gendarrrm?" Der Inspektor rast, radieschenrot. Bäcker Bähr plumpst auf seinen Sitz zurück. Die Köpfe der Trauergemeinde wenden sich der Tür zu. Der gnädige Herr steht einsam wie eine Eibe im Moor. Er sieht auf lauter Rücken und Nacken.

„Err warr doch hierr! Wo ist err? Wenn man ihn brraucht, ist err verrschwunden." Schaumige Speicheltröpfchen spritzen wie Sprühregen aus dem Munde des aufgeregten Inspektors. Er beugt den Nacken wie ein Stier vor dem Angriff.

Gendarm Gumprich kommt. Der Radfahrer ist im Gewühl verschwunden. Es war ein Fremder, einer von den Eingeladenen.

Was soll Gumprich tun? Er steckt die Daumen hinter das Koppel. Seine kleinen, im Fettgesicht schwimmenden Augen blinkern über die Reihen der Sitzenden hin.

„Ich denke, Sie haben Dienst?" Die Worte knallen wie Schüsse.

„Auch im Saal, Herr Inspektor!"

Der gnädige Herr klopft mit beringter Hand auf das Rednerpult. Die Hörer wenden sich herum wie Schulkinder, die bei einer Unaufmerksamkeit ertappt wurden.

„Lott is tot, Lott is tot", summt die Musik im Saale.

„. . . Sie sehen schon . . . an diesem kleinen Zwischenfall sehen Sie schon, meine Lieben, was in unserem Vaterlande alles möglich ist, nachdem wir die Obrigkeit verjagten. Wer hätte . . . sagen Sie selbst, wer hätte früher gewagt, in so absichtlicher Weise eine Gemeinschaft zu stören, die um den Tod eines geliebten Landeshauptes trauert?"

„Sehr richtig!" bekräftigt der Inspektor wieder.

Der gnädige Herr sucht derweil im Manuskript die Stelle, an der er seine Rede unterbrach.

Bäcker Bähr sitzt zusammengesunken auf seinem Stuhle. Er schaut zu Boden.

Neue Verzögerung: der Lehrer tritt wieder ein. Dann doch wieder die Rede:

„. . . wir verwaisten, sagte ich, und doch war diese Verwaisung keine so vollständige wie nun. Gewiß, die Landesmutter weilte nicht mehr unter uns, aber ihr Herz schlug Fäden zur Heimat aus Heimweh und Sorgen um das Ergehen ihrer Untertanen. Immer noch spürten die Aufgeschlossenen, die Zurückbleibenden ihre Anteilnahme, die Güte ihres Herzens über Länder, Flüsse und Meere hinweg."

Der Lehrer grinst und holt seine Stimmpfeife aus der Tasche. Er weiß wohl nicht, welches Meer zwischen Deutschland und Holland liegt.

„Nun aber steht dieses Herz still, für immer still, liebe Trauergemeinde. Nie mehr wird sich die edle Frau über Soldatenbetten beugen, nie mehr wird sie gerade den Frauen des Vaterländischen Frauenvereins richtungweisende Worte zurufen. Nie mehr werden wir ihr zujubeln können, wenn sie sich huldvoll zu uns neigt, unsere Nöte abtastet, unsere Sorgenbündel erleichtert . . ."

Aus Frauenmündern quillt Begräbnisschluchzen. Die Krämerin Krampe wirft die leere Zuckertüte unter den Stuhl von Karline Wempel. Karline wischt eine Träne, die wie Tau an der Spitze ihrer langen Nase blinkt, mit dem Handrücken ab.

Im Saal geht es jetzt familiär zu. Man tanzt „Der Schuster flickt die Schuh" und kitzelt die Frauen dabei an den Waden. Man poltert den „Schwedischen Mann" übers Parkett. Der Kußwalzer mit Kniekissen und biergebadeten Küssen rauscht vorüber. Man rast im „Rixdorfer". Die Männer sind schon unsicher auf den Beinen. Die Weiber rammen sie mit wollüstig vorgestreckten Bäuchen. Die Frauen sind kreischende Sieger. Die Männer plumpsen angerempelt wie reife Pflaumen aufs Parkett. Schneller wird die Musik; immer schneller das Gegeneinanderrennen, Rempeln, Rammeln, Rutschen und Fallen. Schweißige Gesichter, reibende Hände an Hinterteilen, aufeinanderstrebende Bäuche, gleitende Beine und Bums: „In Rixdorf is Musike, Musike . . ."

„Das soll nun ein politischer Verein sein?" bemerkt Blemska im Schenkstock. Eine Stimme aus dunkler Nische antwortet ihm: „Man kann die Kaplane abschaffen, die Kirchen, Kegelbahnen, Karusselle, aber den Rixdorfer und den lieben Gott, nä, den Rixdorfer schafft ihr nicht ab, das weiß ich, schafft ihr nicht."

Blemska schweigt. Er hat nur mal reingeschaut, um sich Pfeifentabak zu holen.

Die große Rede im Vereinszimmer neigt sich dem Ende zu.

„Ob sie Kuchen zum Kaffee haben oder bloß so?" flüstert Karline Wempel zur Krämerin Krampe. Die Krämerin sieht wurstig vor sich hin. Sie zuckt mit den Achseln. Ihr Speckrükken wackelt.

„. . . das Chaos scheint über uns hereingebrochen zu sein. Wie Brückenpfeiler stehen die wenigen Menschen, die dem Vaterlande treu weiterdienen im Wirbel des schmutzigen Flußwassers, das aus Fabriken und Straßengossen in den reinen Strom der Vaterlandsliebe fließt. Stet und treu und über sich den Steig tragend, der in ein neues Reich glücklicher Menschen führen soll. Vielleicht sind wir diesen Tagen nicht mehr fern; vielleicht müssen wir aber auch noch warten, lange warten, und erst unsere Enkel erleben sie wieder. Vorläufig wirbelt es, tanzt es um uns, ja tanzt, alles tanzt."

„Bravo!" Die Stimme des Inspektors kommt wie aus einer Höhle.

„Bravo!" murmelt, zischt, brummt und zirpt es. Stühle werden gerückt, das Harmonium gibt beim Zuklappen einen langen Brummton von sich. Albert Schneider grinst, Lope stakt auf seinen Stöckelschuhen zur Tür. Der Kaffee kommt.

„Kuchen . . . nein!" Kaffee ohne Kuchen? „. . . Haben doch keinen . . . Zuckerkuchen?"

Stimmengewirr wie in einem Vogelnest bei der Fütterung. Der Pastor schüttelt dem gnädigen Herrn die Hand. Frau Pastor bewundert Fräulein Kriemhilds schwarzes Seidenkleid. Dieter und Aribert beginnen sich mit den Dorfjungen zu schubsen. Liepe steckt sein weißes Vorhemd, das beim Sitzen bauschig herausquoll, hinter die Weste. Die Rosen neben dem Rednerpult werden nächtig und welk. Der Lorbeer hat seinen Ruch im Ansturm des Tabakdunstes an sich gezogen.

Frieda Wenskat zählt klimpernd die Kasse. Der Gutsförster steht hinter ihrem Stuhl, hilft und haucht ihr dabei in den Nacken. Unbeachtet, wie ein verlegter Lappen, hängt das Sonnenrad mit dem großen „Schlafe" und dem kleinen „Frieden" am Rednerpult.

Lope langt am dunkelbedachten Gutsarbeiterhaus an. Faustdicke Finsternis. Eine Gestalt hastet die Steinstufen herunter.

„Herr Sekretär?“ fragt er ins Leere. – Keine Antwort. – Die Mutter liegt im Bett und blinzelt. Trude und Elisabeth schlafen.

„Jetzt kommst du erst?“ fragt die Mutter und gähnt angestrengt. „Nun man marsch, ins Bett!“ Nach einer Weile: „Säuft Vater?“

„Ja, es gibt Kaffee.“

Stille, Finsternis, nur die Holzwürmer ticken in den Brettern der Bettstellen.

Frieda Wenskat lehnt es an diesem Abend ab, von ihren Begleiterinnen heimgebracht zu werden. „Trinkt euren Kaffee in Ruhe“, sagt sie. Sie gibt die Abendkasse bei der Pfarrersfrau ab. „Ihr wollt doch sowieso noch ein bißchen zum Tanz dableiben. So was ist nichts für unsereinen“, sagt sie zu den Frauen, die sich um sie bemühen.

„Na, aber wirst du dir nicht Hals und Genick brechen in dieser Finsternis? Es macht uns wirklich nichts aus ... Wir können ja wieder zurückgehen.“

„Nie und nimmer!“ Das kann Frieda nicht verlangen. Sie wackelt sich mit ihren Stöcken die Gasthaustreppe hinunter. Unten aber wartet Gutsförster Mertens. Er hat sich an einen Lindenstamm gepreßt, Förster Mertens, den sie im Dorfe den Milchbart nennen. Das Pürschen ist sein Beruf. Er schleicht sich auch an Frieda heran. Frieda hat nichts dagegen, daß Mertens seinen grünberockten Arm um ihre prallbusige Taille legt.

„Ach, so ein Männerarm ...“, seufzt Frieda, „was für eine Kraft ...“, sie wollte sagen: ‚Zärtlichkeit‘, „... in ihm steckt.“ Aber sie hat von Stina, dem Stubenmädchen, das kleine Büchlein „Die Jungfrau im Verkehr mit dem starken Geschlecht“ gelesen. Sie weiß, daß man erst die Leine fassen muß, um einen streunenden Hund zu fangen.

„Sie, bei Ihnen kann ich fast ohne Stöcke gehen“, jubelt sie. Sie hebt für einen Augenblick den rechten Stock auf. Der Förster ist darauf nicht gefaßt. Er schwankt. Bald wären beide dabei auf den regenweichen Weg gefallen.

In der Nähe des Dorfangers versucht Mertens, Frieda zu küssen. Sie entzieht sich ihm nach Vorschrift durch eine rasche Wendung des Kopfes. Auch dabei stellt sich heraus, daß ihre Füße unverläßlich sind und für dergleichen Manöver nicht taugen.

„Wenn ich dich jetzt nicht gehalten hätte, wärst du lang hingeschlagen", mahnt er.

„Jaja, so hilflos ist man", Frieda beginnt gekränkt zu weinen, „ein Gespött für Gott und alle Welt." Er beruhigt sie und führt sie bis an die Gutsmauer. Da hat nun Frieda ihren Halt, aber sie wehrt sich auch nicht mehr. Der Himmel verzeih ihr den Fehler, aber „Die Jungfrau im Verkehr mit dem starken Geschlecht" ist sicher nur für Mädchen geschrieben, die nicht so vereinsamt sind wie sie, für Mädchen, die auf festen Füßen stehen. Sie läßt sich küssen.

Der Milchbart ist – wenigstens bei Frauen – ausgesprochen mutig. Er kennt kein Reglement. Frieda bebt, und er wird dreister.

Eine Gestalt schält sich aus dem Dunkel. Sie steht dicht vor ihnen.

„Nanu, wohl besoffen?" fährt Mertens sie an.

„Ich werd dir gleich, besoffen, du Ludrian, du Kinderschänder, der du bist." Leibkutscher Wenskat ist es. Mertens läßt die zitternde Frieda fahren. Er macht sich brummend aus dem Staube.

„Geiles Mensch, sollst dich was schämen!" zischt Wenskat seine Tochter an. „Wenn's der gnädige Herr erfährt, jagt er dich vom Gutshof, weil du sowieso keine Gutsarbeit machen kannst. Bist du denn verrückt?"

Jaja, Frieda sieht es schon ein, daß sie verrückt war. Es rinnt nur so von ihren Wimpern. Der Vater faßt sie mit derbem Griff und schleift sie zur Wohnung.

„Kann er dich vielleicht heiraten? Du weißt, daß er nichts hat und seine Beine unter den Tisch der Schloßküche steckt. Außerdem kann der gnädige Herr einen verheirateten Gutsförster nicht brauchen. Der Etat verträgt's nicht, daß sie verheiratet sind, die Gutsförster, hat der Herr Sekretär gesagt."

Was kümmert Frieda der Etat des gnädigen Herrn? Sie wollte ein wenig Liebe, weiter nichts. Aber die Liebe ist wohl nur für stolz auf gesunden Beinen einherstakende Menschen.

Und der Sommer verglimmt über Wald und Sand. In bleichen Blättern raschelnd, nässelt der Herbst über die Heide. Lope malt rotes Herbstlaub an die Scheunentore. Er malt auch Albert Schneider mit dickem Bauch und dürren Beinen an die Gutsmauer.

„Dis ist Ahlbert Schneither", schreibt er darunter. Dank für Ferdinand, der ihm den Rotstift schenkte. Der Stift verhilft ihm zu roter Rache.

Der Winter weht weinend in den Schornsteinen. Die Wagendeichseln sind doppelt dick im Schnee. Die Dreschmaschine summt von Dunkelheit zu Dunkelheit. Weihnachten, Schweineschlachten, Kartoffelklöße und die neue Mütze mit angenähten Ohrenklappen. Von Ferdinand einen Brathering am ersten Feiertag. Brief für die Frau Inspektor und ein Stück Schokolade dafür. Die Abende, da man nicht weiß, was man tun soll, dem Vater Birkenreisig beim Besenbinden zureicht oder mit Trude Vater, Mutter, Kind, mit Elisabeth Tierarzt spielt. Dann nach langen Wochen mit nassen Strümpfen über dünngeschlitterten Holzpantinen der Frühling mit Murmeln aus gebranntem Lehm, aufeinanderhockenden Fröschen, Steinwürfen nach aufgeplustert singenden Staren, kreischenden Katzen auf den Getreideböden und Bergen ausgestochenen Löwenzahns für die Kaninchen. Die Henkelkühe unter der Parkbank werden mit Schafen aus den silberborstigen Kätzchen der Weiden ausgetauscht. Ohrfeigen dafür von Gärtner Gunkel, aber auch ein Lob vom Inspektor für ausgenommene Sperlingseier. Die Löcher in den Hosen vermehren sich wie Mäuse. Die Mutter benötigt Zwirn. Lope soll Zwirn vom Bäcker Bähr holen. Die Bäckerin mit den glatten Lippen wie Einweckringe und den beiden weißen Kämmen im schwarzen Haar sagt: „Zwirn? – Habt ihr nicht . . .?" Sie blättert im Kontobuch. „Nein, das geht nicht. Sag Mutter, sie soll erst mal begleichen!"

Lope geht zur Krämerin Krampe, verlangt Zwirn, schwarzen und weißen, ja. Die Krämerin neigt den Kopf überlegend zur Seite: „Habt ihr hier nicht noch etwas stehn?" Ihre dicken Finger rascheln durch einen Berg angeschmierter Zettel. „Ja, hier . . . das war am siebzehnten August vorigen Jahres schon.

Da kannst du sehen: ein Röllchen Garn, ein Priemtabak und drei Heringe, macht zusammen siebzig Pfennig. Wann wollt ihr das bezahlen?“

Lope schweigt. Er will wieder gehen. Die Krämerin krächzt. „Kannst du nicht schon was verdienen, großer Lulatsch?“

Er schaut sie fragend an.

„Komm, kannst mir gleich ein Faß Heringe auszählen helfen! Ich kann so schlecht in die Tonne runter.“ Er folgt ihr in den Nebenraum. Sie wälzt sich die Stufen hinunter, als hätte sie Schlepperketten unter dem Rock.

Sie zählen Heringe. Lope reicht sie ihr in die roten Hände. Die Krämerin zählt laut. Ihre blauen Lippen raspeln aufeinander. Sie läßt die Heringe in ein Faß mit brauner Lauge plumpsen.

„Siebenundachtzig, achtundachtzig, pööóh, nicht so schnell, Junge. Ich ersticke ja!“ Die Krampe hustet fett und spuckt aus dem geöffneten Fenster in den Hof hinaus. „Schöne, speckbucklige Heringe! Wieviel waren's?“

„Achtundachtzig!“

„Ja, richtig. Du paßt auf! Na ja, warum denn nicht? Könntest jeden Tag eine Weile kommen und nachsehen, ob es zu tun gibt!“

Lope nickt.

„Einundneunzig, zweiundneunzig ...“ Sie zählen lange, und bei dreihundertsiebenundvierzig haben sie beide die Zahl verloren.

„Herrje, du mußt besser Obacht geben!“ tadelt die Krampe. „Ich denke manchmal an was anderes.“

Sie zählen wieder zurück, und es sind doch dreihundertsiebenundvierzig. – Die Heringe im Faß gehen zur Neige. Lope hängt nur noch auf dem Rande. Sein Oberkörper schafft wie aus einem Schacht immer wieder neue Salzfische ans Tageslicht.

„Neunhundertsiebenundneunzig, neunhundertachtundneunzig ...“ Lope wühlt in der ätzenden Salzlake. – Nichts mehr. Er muß noch einmal hinunter, wühlt, plantscht – nicht einen Schwanz!

„Da soll doch der Dei . . .! Da kannst du sehen, wie man betrogen wird! Tausend sollen's sein. Du bist Zeuge, wenn der Reisende kommt. Zwei Heringe zuwenig, zwanzig Pfennig, so kommt man um sein Geld."

Lope leckt die Lake von den Fingern. Er hilft das leere Faß in den Hof rollen und wäscht sich an der Pumpe die Hände. Für die Arbeit erhält er einen Schreibblock, wie ihn die Malzkaffeefirmen als Zugabe liefern, und ein Sternchen Zwirn.

„Der Block ist für deine Arbeit, aber den Zwirn schreibe ich auf. Mutter soll beim nächsten Deputat mal dran denken!"

Lope geht die Dorfstraße hinunter, schnuppert an seinen Heringshänden und blättert in seinem Block. Er ist zufrieden. Er hat mit seinen Händen etwas verdient. Und sie riechen jetzt nach Arbeit. Nun kann er mit dem Rotstiftstummel auf Papier malen, vielleicht sogar rote Blumen zeichnen wie Ferdinand.

„Du mußt dich jetzt um Elisabeth kümmern, ich gehe auf Arbeit", sagt Lope zu Trude, wenn er am Nachmittag zur Krämerin Krampe geht. Er wäscht sich zuvor die Hände und kämmt sich nach seiner Art. Jetzt kann er auch den Kamm erreichen, so groß ist er schon. Jaja!

Die Krämerin sitzt auf einem Lehnstuhl im Laden und ächzt. Sie kaut Kaiserkragen, Schnecken und Butterhörnchen und trinkt Kaffee dazu.

„Junge, gut, daß du kommst, mein Herz, es macht wieder nicht mit. Du mußt zu Schäfer Malten und meine Herztropfen holen. Da liegen fünf Mark. Verlier sie nicht und sag Malten, die starken, die ganz starken, es steht wie ein Stein, mein Herz, und wackelt nur noch dann und wann." Sie prüft Lopes Hosentasche auf Löcher und steckt das Geld selbst hinein. „So, und jetzt hältst du die Hand drauf und gehst langsam, damit es nicht rausschuckelt, und unterwegs siehst du immer wieder nach, ob es noch drin ist!"

Lope geht wie ein Lahmer. Er preßt die Hand auf den Schlitz seiner Hosentasche.

Malten hört den Jungen an und grinst. Sein moosgrauer Backenbart rutscht hin und her.

„Sie soll nicht soviel fressen. Ihr Herz liegt im Fett wie ein Dotter im Ei."

Lope hört nicht. Er tätschelt Minka und sieht sich dabei in der Stube um. Alles, wie es war, nur auf dem Simsbalken sind zwei Gläser mit Fröschen dazugekommen.

„Hast du eine Schlange geschlachtet?"

„Ja, sie hatte den Bauch voll!"

„Wie ist es, du hast mir doch im Winter versprochen, weißt du nicht, die eine Geschichte hast du mir versprochen. Das weißt du doch noch?"

Schäfer Malten weiß. „Na ja, der Sud muß sowieso noch kochen." Er wendet sich von seinen Tiegeln und setzt sich auf den Rand seiner Bettbutze. „Laß den Hund raus, sonst geht mir der Jungbock in die Weinstöcke."

Lope kommt zurück und hockt sich auf die Fußbank unter Maltens birkenen Ruhestuhl.

„Das war im Lande Larebü. Dort lebte der Mann Retiebra. Er hatte viele Brüder. Retiebra und seine Brüder arbeiteten jeden Tag vom Hahnenschrei bis zum Eulenruf. Vogelfleißig waren sie, sage ich dir. Und wenn sie ums Dunkelwerden heimkehrten, hatten sie Löcher in ihren Leinenkitteln, wie Kuhmäuler so groß. Sapperment, so groß, ja! Sie vernähten ihren ganzen Verdienst bei diesen Löchern. Wenn sie morgens auszogen, war kein einziges Loch im Wams, am Abend aber bläkte ihre Haut wieder durch die Leinwand. Es kamen Zeiten, wo sie hungerten, und sie liefen löcherig herum, denn sie waren genötigt, ihren Verdienst zu verfressen.

Ihr Herr war Red Echier. Er ging in seidenen Kleidern und wohnte in einem Palaste. Er erntete, was sie pflanzten, befahl, was sie zu weben hatten. Er brauchte, was sie bauten, hatte viele Frauen und Pferde. Red Echier zahlte Retiebra und seinen Brüdern den Verdienst, wenn er Lust hatte. Wenn er keine verspürte, klagte er über den König, dem er einen Scheffel Steuern zahlen müsse, und ließ Retiebra und die Brüder ohne Verdienst in ihren Hütten hausen. – Schockschwerenot, so einer war das!" Malten spuckt auf die Diele. „Eines Nachts erschien dem hungrigen Retiebra in seiner kahlen Kammer eine Fee. Sie hatte Hände wie Honigseim und Beine wie Blütenblätter – der Teufel soll's holen, das hatte sie. Wenn mir recht ist, trug sie ein Kleid aus gesponnenem Glas. Ihre Augen leuchteten wie Tautropfen im Sonnenlicht. Da staunst du, was?"

„Da konnte der doch sehen, wie sie nackend war, wenn sie Glas ..."

„Du großer Gott, sie hatte doch einen Unterrock an, ach, was sage ich, einen, zweie mindestens, wenn nicht noch mehr, die waren schwarz wie ein Kohlenschacht. Da bist du vielleicht angeschmiert, wenn du denkst, daß man durch das Glaskleid ihren Bauch sah. Na, is egal, jedenfalls beugte sie sich über Retiebras Lager und sagte: ‚Ich bin eine gute Fee, Retiebra, du erkennst mich wohl nicht?' Retiebra richtete sich auf und antwortete: ‚Das kann jedes Waschweib sagen. Spuck mir dreimal ins Gesicht, und wenn es trocken bleibt, will ich gerne glauben, daß du eine Fee bist.' So war er, und die Fee tat, was er verlangte. Nicht so viel Speichel wie von einer Spinne war in seinem Gesicht. Retiebra blieb trotzdem mißtrauisch. Da er aber sowieso nicht schlafen konnte, hörte er ihre süßen Worte an bis zum Morgen. Am Morgen mußte er der Fee versprechen, sich nach ihren Worten zu verhalten. Retiebra meinte, na, er wolle sehen ... Da verschwand die Fee, denn der Hahn im Palaste Red Echiers krähte. Retiebra und seine Brüder mußten zur Arbeit ausziehen. Und jetzt – bei der gestreiften Katze – ging es los mit Retiebra ... Jaja, jetzt kocht mir meine Brühe aus dem Kasserol." Malten springt auf und rührt in seinem Tiegel.

Lope geht mit den Herztropfen in der Hosentasche den Heidberg hinunter. Er muß an Retiebra und an seine Brüder denken. Daheim verzichtet er am Abend auf seine Pellkartoffeln. Er kann das aushalten. Sein Magen knurrt nicht, er ist Retiebra. Aber er hat vergessen, daß er von der Krämerin die Butterhörnchen erhielt, die sie nicht schaffte, weil es ihr sauer hochkam.

Der Inspektor geht jetzt auch wochentags an manchen Abenden in die Brennerei. Er spielt mit dem Brenner „Sechsundsechzig". Sie trinken dabei, und zuletzt lallen sie nur noch und duzen sich.

„Ha-ast du die Rotzehne noch hi-hinten, oder was ist los?"
„Nein, die li-liegt schon lange unter dem Tisch, aber ick kann sie nich aufheben, sonst kommt mir alles hoch, verflucht."
Frau Inspektor ist immer allein, wo soll sie hingehen? Die Frauen der Gutsarbeiter sind nicht standesgemäß. Die Vogtsfrau schläft ein und sticht sich mit der Stricknadel in die Brust, o je!
Die Mädchen vom Schloß sind draußen im Dorf. Der Frühling singt in ihrem Blut. Eine Zeitlang ist sie eifersüchtig und schleicht sich unter die Fenster der Brennerei. Sie sieht immer dasselbe: die Frau des Brenners schläft, und das Mädchen sitzt in der Kammer und stopft Strümpfe. Daran liegt es also nicht.
Sie verfällt auf allerlei Kniffe, ihren Mann am Abend daheimzuhalten: einmal zieht sie sich gleich nach dem Abendbrot, während er die landwirtschaftliche Zeitung liest, nakkend aus. Sie gibt ihm einen Gutenachtkuß in den Nacken.
„Gehst du so ins Bett?" fragt er, ohne von seinem Artikel über die Vernichtung der Quecken aufzublicken.
„Ja, es ist schwül, ich schwitze so!"
„Na ja."
Er liest weiter. Das ist alles. Sie wartet, aber er geht in die Brennerei.
Der Herr Sekretär hat an die Wand geklopft. Sicher leidet auch er wieder unter seiner Einsamkeit. Sie hat mit ihm über die ihre gesprochen. Er schreibt ihr manchmal Briefe. Die summen vor Sehnsucht. Er sucht darin ihr Los mit Zitaten von Dichtern zu lindern. Aber das waren Männer, sie ist eine Frau. Sie springt aus dem Bett, wirft ihr Nachthemd über, geht zum Fenster und räuspert sich.
„Sind Sie da?" flüstert er. In den Sträuchern wispert der Wind.
„Ja, mein Mann ist wieder drüben, ich liege hier wie in einem Sarge."
„Oh, sagen Sie das nicht, die Stille . . . ich meine diese Sargstille und gewissermaßen auch die Einsamkeit . . . man kann fast sagen, alle beide zusammen . . . formen an unserer Seele."

„Seele, ja“, wiederholt sie ganz wach und zieht den Hemdausschnitt über ihren Brüsten zusammen. Sie hängen im Rahmen ihrer Fenster: er lang und dünn, die Hände wie zwei weiße Lappen auf das Fensterbrett gelegt, sie rundlich und rot, mit kullernden Grauaugen und einem Blick, der die Haut von Männern kitzeln kann. Ihre dicken Würstchenfinger reißen unruhig an den Rispen der Brennesseln. Sie reden von abseitigen Dingen, ohne sich zu begegnen. Ihre Gedanken fahren wie kleine Schiffe ohne Verständigung auf der Weite des Meeres aneinander vorüber.

„Ich habe nichts als das Nachthemd an“, sie beugt sich etwas weiter hinaus, ohne den Halsausschnitt zu verschließen.

„Sie sollten nicht so leichtsinnig sein, Sie könnten sich erkälten ... Wenn auch nicht gerade erkälten, aber in der Nacht strömt die Erde zuweilen Dünste aus, die dem Körper, besonders dem nackten Körper, nicht gerade dienlich zu sein scheinen.“

So sind sie miteinander. Sie wirft verfängliche Feuerbälle. Er pustet weichdaunige Federn zurück.

Lope hat sich etwas Feines ausgedacht. Er erhielt zu seinem Rotstift noch einen Bleistift von der Krämerin. Drei Schreibblöcke liegen unter dem Strohsack seines Bettes. Die Mutter meint, er könne sie als Ersatz für Schulhefte verwenden. Der Lehrer sagt: „Solche Dinger ohne Zeilen? Du bist wohl verrückt. Ein anständiges Heft will ich sehen!“

Lope kann also gut ein Märchen auf so einen Block schreiben. Er geht in die Büsche hinter seiner Parkbank und schreibt das Märchen von der Schweinehochzeit:

„Es war einmal ein Schwein, aber es war gar nicht wahr daß sie Hochzeit machten. Das ist ein Märchen hat Orge Pienk gesagt. Ich habbe es auch gesähn, sie springen aufeinander und dann gruhnzt er. Soviel mal er gruhnzt soviel Förkel hat Klaus Tiedel auch gesagt. Er wurde Schweihnekönig unt wenn sie nich gestorm sind leben sie noch heute.

Lohpe Kleinermann.“

Er legt den Block wieder zu den anderen unter seinen

Strohsack. Am nächsten Abend flattert er zusammen mit einigen Ohrfeigen an seinen Kopf. Die Mutter steckt den Block in den Ofen.

„Seht euch diesen Bengel an, so was Verdorbenes mit seinen neun Jahren nun schon, nä, nä!"

Sie sieht zum Vater, Liepe schaut vom Besenbinden auf. „Hat er es vielleicht von mir? Das kann er doch nur von dir oder von . . ."

„Jajajajaaa, sei still! Von dir hat er die Hosen."

Liepe schaut eine Weile auf das spitze Messer in seiner Hand und wendet sich dann wieder schweigend seiner Arbeit zu.

Lope geht enttäuscht zu Bett. Er hat wohl zu viele Fehler in sein Märchen geschrieben. Wenn er größer ist und ohne Fehler schreiben kann, wird er das Märchen von dem Jungen aufschreiben, der immer auf der Läusebank sitzen mußte und doch König wurde. Er wird es Ferdinand zeigen.

Der Frühling steigt höher. Er drängt. Es bleibt nicht so zwischen Herrn Sekretär und der Frau Inspektor. Einmal fängt Ferdinand doch einen ihrer Feuerbälle.

„Ich halte es hier drin nicht mehr aus", sagt sie eines Abends. „Immer dieses Warten, und nachher kommt er und sucht in der Küche nach seinem Bett. Er deckt sich mit einer Tischdecke zu, schläft auf der Milchbank und streichelt die Zentrifuge."

Da muß auch Herr Sekretär lachen. Er lacht von tief innen. Das macht sie mutig. „Ich gehe jetzt in den Park, und wenn Sie nicht mitgehen, sind Sie schuld, wenn ich mich vor einem Tier, einer Eule oder was, erschrecke."

Ferdinand fühlt sich rot werden. Sein Herzschlag hallt wie Schläge an eine gefüllte Kiste. Ein Reigentanz von Möglichkeiten kreist vor seinen Augen.

„Sie müssen denken, ich sei aufdringlich oder so . . . aber es ist nur . . . weil ich fühle, daß Sie mich verstehen; weil ich . . . weil ich Vertrauen zu Ihnen habe . . ."

Ihre Worte finden Ferdinand in seinen Phantasien. Sie rufen ihn. Er fühlt, daß er antworten muß.

„Sie werden doch nicht so gehen wollen, ich meine, so im ..."

„Nein, nein, sehn Sie: Sie denken nun doch schlecht von mir!" Sie huscht ins Zimmer zurück, sucht nach ihren Kleidern.

„Nein, ich denke durchaus nicht ... hören Sie noch?"

Keine Antwort. Da wird auch sein Fensterrahmen leer. Zwei Fenster werden geschlossen, zwei Türen öffnen sich geräuschlos, schließen sich ebenso. Zwei Menschen verhalten ihren Atem, hören ihren Herzschlag bis in den Hals hinauf hallen.

Der Gutshof liegt wie immer um diese Nachtzeit. Liepe Kleinermann wälzt sich wach in seinen Jugendjahren. Die Frau des Vogtes hat einen Hustenanfall. Das Mädchen des Brenners stopft Strümpfe. Der Brenner spielt mit dem Inspektor Karten.

„Vierrzig! Hast du keinen Trumpf mehrr? Warrum stichst du nicht?"

„Du hast mir nur drei Karten gegeben."

„Du siehst, ich habe sechse! Wo sind die anderren?"

Sie streiten eine Weile, lachen dann und beginnen unter dem Tisch nach den fehlenden Karten zu suchen. – Frieda Wenskat liest bei schwimmender Nachtkerze Romane. „Das Schwälbchen", ausgezeichnete Romane für die Familie, hundert Hefte. Pferde klirren mit Halfterketten am Raufenrand. Eine rindernde Kuh brummt in sich hinein.

In der Schloßküche halten zwei Mädchen einander durch Gruselgeschichten wach.

„Wenn er gleich nach seinem Nachttee klingelt, gehst du heute", sagt die eine gähnend. „Ich kann ja nicht jeden Abend ... ich bin so müde. Haach, er kann ja nicht genug kriegen."

„Ob ich das wagen kann?" fragt die Jüngere abenteuerlustig und schüttelt sich. „Wo liegt sein Schlafanzug, wenn ich ihn reichen muß?"

„Haaach ... Er liegt zusammengelegt auf dem Kopfkissen seines Bettes. Du siehst es schon!"

Fledermäuse segeln wie Schatten von Vogelwesen ums

Scheunendach. In den Heckenruten raspeln Zwergmäuse. Der Holunder duftet nachtschwer. In der Schloßküche schrillt die Klingel. –

Ferdinand und Frau Inspektor gehen durch den Park. Sie schweigen. Sie sind wie Kinder, die einen reifen Apfelbaum verbotenerweise schütteln: die Früchte liegen im Grase; ihre Taschen sind zu klein, um sie zu bergen.

„Schöne Nacht", sagt sie munter und blickt an ihm hoch.

„Jaaa!" sagt er zittrig fröstelnd. Er steckt eine Hand in die Tasche seines schwarzen Rockes. Sie nimmt es wahr wie eine Offenbarung.

„Haben Sie kalte Hände?"

Er zieht seine Hand wieder heraus.

„Nein, das gerade nicht; es ist vielleicht mehr eine Angewohnheit von mir."

Sie ergreift seine Hand. Sie fühlt, wie sie zittert. „Nein, kalt ist sie nicht, aber was Sie für weiche Hände haben. So dünne Finger! Das sind ja fast Kinderhände!"

„Jaja!" Er läßt seine weißen Finger von den ihren knautschen wie ein Taschentuch.

„Wenn Sie nun mein Kind wären, mein großer Junge?"

„Hähähimm!"

Sie lacht selbst über ihren Einfall. „Ich meine, dann könnte niemand etwas dagegen haben, wenn wir hier so gingen."

„Hat denn jetzt jemand etwas dagegen, ich meine, kann uns jemand hindern . . ."

„Nein, nein, das gerade nicht, aber Sie müssen bedenken . . . wissen Sie was? Der Kies knirscht hier so, er könnte uns verraten. Setzen wir uns lieber auf eine Bank?" Sie zieht ihn, ohne seine Antwort abzuwarten, auf eine Bank zwischen Büschen. Es ist Lopes Bank am Rosenrondell. Sie ist so toll, die Frau Inspektor!

Sie durchklopft alle Kammern ihres Herzens, in denen die verstaubten Liebeleien ihrer Jungmädchenjahre zwischen Eheerfahrungen und Enttäuschungen, zwischen Veilchensträußen und Quarksäcken, Käsebrettern oder der Geldsumme für den Gutskauf fragend nebeneinander ruhen. Es ist der Beginn eines ganz gewöhnlichen Liebesabenteuers, einer banalen Liebelei, keine Besonderheit mit raffinierten Reizen. Sie treibt wie Unkraut. Doch Herr Sekretär, dieser bleiche, von seiner Konfirmandenliebe verbogene Ferdinand, fühlt höhere Mächte in sein Herz hauchen. Jenes fiebrige, blutdurchwallte Persönchen, das neben ihm sitzt, seine Hände drückt und verlangend zu ihm aufschaut, ist ein unfertiger Mensch, ein Stückchen Rohstoff aus Gottes Werkstätten. Und Gott hat es ihm, Ferdinand, dem Büchermenschen, dem Seelensucher, zur Veredelung anvertraut.

„Kennen Sie die Leiden des jungen Werther?"

„Ist das der junge Buchhändler aus Ladenberg, der manchmal zu Ihnen kommt?"

„Nein, es ist ein Liebesroman von Goethe; eigentlich nicht direkt ein Liebesroman, sondern mehr die Geschichte einer Enttäuschung."

„Ach ja, Romane! Als ich noch drüben Mamsell war, las ich einen. Er handelte von einer Frau, die ihren Mann langsam mit der Lauge von ausgekochten Bieruntersetzern vergiftete. Als er starb, merkte sie erst, daß sie ihn liebte. Aber es war zu spät, und traurig war es. Er las sich sehr schön, sage ich Ihnen. Sie werden ihn sicher kennen, bei den vielen Büchern, die Sie lesen."

Nein, Ferdinand wußte nichts von der Lauge aus Bieruntersetzern.

„Da können Sie sehen, was ich alles gelesen habe! Aber jetzt, jetzt komme ich nicht mehr dazu. Ich habe vollauf zu tun mit den zwei Kühen, Käse machen, kochen. Meine Kleider nähe ich mir selbst, damit ich kein Geld zur Schneiderin tragen muß, und ..." – sie beginnt zu schluchzen – „was ist der Dank dafür? – Er ist nächtelang auswärts, trinkt und trampelt auf meinen Gefühlen; kratzt darin herum wie ein Hahn im Blumenbeet. Jaja, Sie werden es kaum glauben, wie unglücklich ich bin! Oh, wenn ich Sie nicht hätte. Ihr Klopfen an die Wand, Ihre Briefe! Hier trage ich sie, so wahr ich hier sitze", und sie preßt ihre fleischige Hand auf die pralle Brust.

Ferdinand wird unruhig. Die Frau Inspektor läßt ja jede Vorsicht fallen! Es ist doch möglich, daß sie gehört werden? Aber er wagt seine Bedenken nicht zu äußern. Eine Weile sieht er auf das kleine, bebende Weib. „Erlauben Sie, daß ich eine Ihrer Tränen küsse?“

Sie zuckt freudig zusammen, rutscht an ihn heran. Schütteln, Schluchzen. Der letzte Stoß eines Gewitterregens. Dann beugt sie ihren Kopf zur Seite. Ihre Wange mit den Tränen steht vor seinem Munde. Er drückt seine Lippen vorsichtig drauf, ohne Glut. Sein dünner Arm schlingt sich um ihren Nacken. Ein Bindfaden um einen reichlich gefüllten Sack! Er fühlt Bewegung unter ihrer Haut. Kochende Flüssigkeit in einem verdeckelten Topf!

„Sie schmecken doch so salzig“, lacht sie schon wieder und meint ihre Tränen. Ihre fleischigen Lippen entblößen beim Lachen die stumpfen Zähne. Ferdinand wird auch von diesen Kälberzähnen gerührt, er fragt nicht mehr, er muß auch diese Zähne küssen. Er nimmt ihren Mundgeruch wahr und wird nüchterner.

„Du hast Lippen wie Samt und Seide, außerdem hast du keinen Bart. Es ist so unappetitlich mit einem Bart. Manchmal hat er Bierschaum dran, oder der Geruch von sauren Heringen steht noch darin.“

„Hämm! Sollten wir nicht etwas leiser sprechen? Sie sind so unvorsichtig!“

„Ach du!“ Sie reißt ihn an sich und legt einen Kuß auf seinen Mund wie ein Sülzpflaster. „Weshalb sagst du noch ‚Sie‘ zu mir, du hast mich doch zuerst geküßt?“

„Eigentlich wollte ich Sie nicht küssen; ich war nur so gerührt . . .“

„Ach, sag das nicht! Sag, daß du mich ein klein wenig lieb hast!“

Wieder zieht sie ihn an sich. Sie betastet mit feuchten Lippen seine Augenlider, seine Stirn, schließlich seinen Hals und drückt sie wieder taumelig auf seinen Mund. Sie atmet stöhnend, stößt mit den Händen seinen schwarzen Schlapphut herunter, wühlt mit den Fingern, diesen stumpfen Rechenzinken, in seinem spärlichen Haar wie auf grasloser Wiese. Vom Schlosse blinkt ein Licht herüber. Es ist die Nachtlampe aus dem Zimmer des gnädigen Herrn.

Ein verfrühter Hahn kräht. Eine Fledermaus huscht wie ein

dunkler Gedanke durch die Schneebeerenbüsche. Frau Inspektor hält ihren Kußregen ein, ohne die Lippen von Ferdinands Gesicht zu lösen. Was, wenn ihr Mann nach Hause kommt und sie nicht vorfindet? fällt ihr ein. – Nun, er wird betrunken sein und das Schlafzimmer vermutlich nicht aufsuchen. Und wenn er nüchtern sein sollte? – Wenn er . . . dann kann sie sagen, sie sei zur Frau des Vogtes gerufen worden: starker Husten, Herzbeklemmung oder so . . .

„Naaa, woran denken Sie . . . äh . . . denkst du?"

„Hast du gefühlt, daß ich dachte? Wie du mich kennst! – Ach, weißt du, es ist so schön, verstanden zu werden. – Ja, ich habe daran gedacht, ob ich wohl glücklicher wäre, wenn ich Kinder hätte."

„Warum hast du eigentlich keine Kinder?"

„Ja, das ist es eben! Keiner weiß, wer daran schuld ist, daß wir keine bekommen. Er sagt, er sei schuldlos, er sei ein Mann, wie er im Buche stehe. Und ich? – Ich habe solche Sehnsucht nach Kindern, daß ich manchmal mit meinen alten Puppen spiele. An manchen Abenden, wenn du klopftest, da . . . ja, ich kann mir nicht denken, daß ich schuld sein soll. Ich bete so oft zu Gott, lege volle Ähren unter mein Bettuch, esse seit Jahren am Silvesterabend dreizehn rohe Eier . . . nein, nein, ich kann nicht schuld sein."

„Das muß sich doch – wie soll ich sagen – feststellen lassen."

„Jaaa!" sagt sie begeistert und läßt sich langsam hintenüber auf die Sitzfläche der Bank gleiten.

„I-ich meine, ein Arzt müßte das doch sicher unschwer – wenn man so sagen darf – herausfinden können."

Sie hat den Arzt nicht gemeint und denkt nicht daran, sich hochrot und mißverstanden wieder aufzurichten. Ferdinand sitzt steif, die Hände zwischen die dürren Knie gepreßt: ein Konfirmand im Bordell! Er hat einmal so eine Sehnsucht zu stillen versucht und hat . . . ja, ungute Erfahrungen dabei . . . ach, es ist ja kaum auszudenken.

„Du, duuu!" kommt es zärtlich. Der Lockruf einer Taube! Sie richtet sich halb auf, sucht seine Hände, zieht ihn an sich.

Ferdinand bebt, fühlt das Zittern in ihren Schultern, spürt

die Wärme ihres fiebrigen Körpers. Ein Gefühl der Leichtigkeit, der Verantwortungslosigkeit beginnt sich in ihm auszubreiten. Er fühlt wie damals, als er bei seinem Abgang von der Schule mit einem Weinrausch sein Gewissen zum Schweigen brachte. Der Mann, das Männchen, eines seiner millionenhaften Varianten im Tiergarten der Erde erwacht in ihm.

„Wir wollen ... du, wir wollen es trotzdem nicht darauf ankommen lassen, hörst du?" mahnt sie. – Er will nicht, Gott bewahre! Er will nicht! Noch einmal dieses ...

„Sei vorsichtig!" und sie ist wie eine Nachtblüte eines unbeachteten Unkrautes.

Über die Dorfstraße rasselt ein früher? ein später? Wagen. Ein Mistkäfer brummt gegen die Sträucher und klatscht auf die Erde. Das Licht im Zimmer des gnädigen Herrn verlischt.

Und das Jahr durchzieht das Dorf. Der Juni stäubt über windbewegte Getreidefelder. Der Juli klirrt harfend in gilbenden Halmen. Wie von Schmetterlingsflügeln getragen, flattert der August über die flimmernde Heide. Der September ruht reifend in den Bäumen. Oktober trägt Rauch von Kartoffelkraut unter seinem gelbbunten Mantel. November nässelt sich nebelig durch kahle Äste. Weiß und schneegedämpft schleicht der Dezember zimmerwarm und bratäpfelduftend durch die Häuser. Der helle Januar rasselt mit klirrenden Eisketten. Februar mit ersten Mücken und Maskenspielen auf dem Anger, und endlich der März mit gesprenkelten Staren, gelben Ostersternen, Staub- und Grünhauch über den Wiesen.

Lope kann jetzt den Malzkaffee in das oberste Fach des Regals im Laden der Krämerin packen. Er braucht sich dabei keinen Ziegelstein mehr unterzulegen. Der Krämerin geht es schlecht. Sie wird wohl bald sterben. Malten muß immer stärkere Tropfen kochen. Trotzdem kann sie ihr Herz fast mit den Händen packen, wenn sie in den Mund greift, so hoch oben schlägt es.

„Wie die Großhändler nur einen so scharfen Essig zum Verkauf bringen können! Die Leute werden ja alle blaß wie weißer Mohn. Sie brennen sich faustgroße Löcher in den Magen, wenn sie ihn so verwenden."

Die Krampe sorgt sich um das Wohl ihrer Kundschaft, sie läßt Lope einen Eimer Wasser holen und in die Essigtonne schütten. Sie steckt den Finger ins Spundloch und leckt ihn ab: „So, nun hat die Sache gleich ein Ansehen, aber vorher!"

Ein andermal kann sie sich über die Streichholzfabrikanten aufregen. Sie sparen so gewaltig mit den Schachteln, es hat fast keine Art mehr. Sie soll sich nicht aufregen, ihr Herz ... Ja! „Was nutzt einem eine vollgepfropfte Streichholzschachtel? Man muß sie direkt zerstören, wenn man sie öffnen will!" Wie gut, daß sie auch daran gedacht hat: sie holt eine Anzahl leerer Streichholzdosen aus einem Schubfach und läßt Lope aus zehn Schachteln elf machen.

Lope, ja, Lope, er ist gewissermaßen der letzte Sonnenstrahl ihres Erdendaseins. Die anderen werden kommen und nur erben wollen, wenn ihr Herz eines Tages tatsächlich in den Schmutzeimer springt. Lope wird dastehen und weinen, weiter nichts. Deshalb soll er es jetzt noch gut haben. Er darf alles aufessen, was sie auf ihrem Teller zurückläßt. Was ißt sie denn noch? So gut wie gar nichts! Sie schafft ja nicht einmal mehr einen ganzen Ring Bockwurst, von den zehn Brötchen, die Lope täglich vom Bäcker holt, würden mindestens zwei jeden Tag verschimmeln, wenn Lope nicht ... und der Quarkkuchen hat fast keinen Geschmack mehr für sie; von Butterhörnchen und Kaiserkragen ganz zu schweigen. Sie würgen sie fast ab, obwohl sie eine Kanne Kaffee dazu trinkt.

Eines Tages legt sie sich, und der Laden bleibt geschlossen.

„Ja, nun ist es wohl soweit, und der Herr im Himmel hat kein Einsehen mit mir. Ich möcht es – hach, erst mal verpusten –, möcht es meinem ärgsten Feind nicht wünschen, daß – pööööh – er so ein Herz bekommt wie ich. Ein Stein ist beweglich wie ein Wiesel dagegen." –

Lope rennt zweimal am Tage nach Tropfen zu Malten auf die Schäferei. Er gießt frische Salzlake auf die Sauergurken und sortiert die matschigen aus. In die Marmelade muß er Wasser gießen, damit sie nicht eintrocknet, und die stockige Schicht von den Margarinepäckchen kratzen. –

„So ein Schaden nun, pööööh! Und der Herr da droben hat

kein Einsehen. Er wird mich arm machen, daß ich ... pööööh ..."

Lope muß zum Tischler Tannig laufen und einen weißen Sarg für die Krämerin Krampe bestellen und bezahlen, ehe ihr Geld alle wird. Sie ist noch ein Fräulein, und der weiße Sarg steht ihr zu. Nun soll Malten kommen. Vielleicht hat er doch noch etwas, wenn sie ihm die ganze Kiste Zigarren mit den abgeplatzten Deckblättern gibt. Aber Malten kommt nicht.

„Frißt sie noch?"

Er läßt sich von Lope erzählen, was sie tagsüber verzehrt.

„Sag ihr, sie soll drei Tage und drei Stunden, von heute mitternacht an gerechnet, nüchtern bleiben. Nicht einen Kuchenkrümel darf sie essen, hörst du? Dann werde ich einmal vorbeikommen."

„Was, auch noch verhungern bei meinem Leiden? Pööööh, der ist wohl ... nänänäää! Einen Tod kann man bloß sterben."

Lope bringt die Wohnung in Ordnung und kehrt die Stuben.

„Du mußt nicht so aufdrücken – oooch! – mit dem Besen. Ich kann doch nicht jedes Jahr einen neuen kaufen. Die Borsten nutzen sich so schnell – pööööh – ab."

Lope streichelt den Fußboden nur noch.

„Zieh das oberste – pööööh – Kommodenschubfach auf! Dort liegt, ja, liegt ein dickes Kontobuch. Hach, jetzt wieder, pööööh, aaa! Die ersten Seiten, die beschriebenen, reißt du aus und verbrennst sie. Die auf dem Finanzamt brauchen nicht zu wissen, was ich eingenommen habe dieses Jahr, wenn ich nun – pööööh – doch sterben muß."

Der Junge reißt die besagten Seiten aus, was weiß er vom Finanzamt? Die Krämerin versucht sich aufzurichten.

„Verbrenn sie gleich, ich will es sehen. Ooooh! – Das Buch, die leeren Blätter, kannst du behalten. Sie werden ja doch kommen und erben, und du wirst nichts haben ... Jetzt hast du wenigstens das."

Lope schaut das Buch an. Die vielen leeren Seiten! Ein so großes Buch mit harten Deckeln hat nicht einmal der Lehrer.

„Den Sarg hast du also bestellt, einen weißen? Hast du einen weißen gesagt?"

„Ja. Er hat aber nur Hobelspäne reingemacht, wo man liegt."

„Hast du das gesehen?"

„Er hat doch nur Hobelspäne. Wempel, den die Otter biß, liegt auch auf Hobelholz."

„Geh – pööh – und sag, er soll Heu reinmachen. Späne – pöööh – hab ich das verdient?"

Lope kommt zurück, sie liegt aufgedeckt. Ihre blaugestriemten Krampfaderbeine strampeln.

„Das Deckbett ist ja – pöööh – schwer wie ein Sack. Gib mir die Rechnung vom Sarg, ist sie quittiert?" Sie steckt sie unter das Kopfkissen. „Wirst du weinen, wenn ich sterbe?"

„Mal sehen!"

„Aaach, es wird wohl niemand weinen, wenn ich tot bin. Schrecklich, daß man nichts mehr sehen kann, wenn der Sarg zu ist. Pöööh! Du mußt aufpassen, ob sie bei mir Musik machen. Ich habe es ins Testament schreiben lassen: ... wenn sie keine machen lassen – pöööh – dann komme ich, und sie können nicht schlafen. Wie ein Salzsack werde ich ihnen auf der Seele sitzen."

Lope nickt und ist nicht wenig stolz auf seine neue Aufgabe.

„Und jetzt geh und sprenge noch etwas Wasser über den losen Tabak. Er wird sonst trocken, krümelig und wiegt fast nichts mehr!"

Lope tut auch das.

Am andern Nachmittag ist sie tot. Das Deckbett liegt auf dem Fußboden. Ein Bein hängt vom Bett herunter.

„Ist was zu machen?" fragt Lope zögernd.

Schweigen. Eine dicke Fliege steigt summend von ihrem Munde auf. Ein süßlicher Geruch steht im Zimmer, und die dicken schwarzen Hühner picken mit den Schnäbeln gegen die Scheiben. Sie warten auf Futter.

Lope friert. Dabei steht draußen gelbe Sonne am Stallgiebel. Er rennt zum Leichenwäscher.

Am Tage ihres Begräbnisses geht er noch einmal in ihr Haus. Die Jalousie ist halb aufgezogen. Hinter dem Ladentisch hantiert eine magere Frau mit gelbledrigem Gesicht. Ein kleiner, graubärtiger Mann manscht im Gurkenfaß.

„Wird Musik gemacht?“ fragt Lope.

„Was willst du?“ schnarrt die hagere, fremde Frau unfreundlich.

„Wenn sie keine Musik machen, hat sie gesagt, wird sie kommen und Salz über ihre Seele streuen, hat sie auch gesagt.“

Die Frau sieht zum Mann hinüber.

„Zweihundertvierundfünfzig“; er hält inne.

Die Frau schaut zu Lope zurück wie ein Huhn auf einen übergroßen Regenwurm.

„Er scheint verrückt zu sein“, flüstert der Mann, „er hat so was . . . so was wie Verrückte in den Augen“, und laut: „Hier hast du!“

Er streckt Lope die Gurke hin, die er gerade zu den weichen in den Eimer werfen wollte. Lope nimmt die Gurke und geht grußlos.

„Siehst du!“ prahlt der Mann.

Die Glocken läuten zum Begräbnis der Krämerin Krampe, Lope weint nicht. Er späht durch die Spalten der Gutsmauer und legt die Hände trichterförmig an die Ohren. Sie singen nur! Wie kann die Krämerin zu wissen kriegen, daß sie ohne Musik begraben wurde?

Seit dem Tode der Krampe ist Lope arbeitslos. Der Vater zeigt ihm, wie man Besen bindet.

„Was hat er bei ihr schon gehabt?“ sagt die Mutter und meint die tote Krampe.

„Na, gehabt! Er war gut aufgehoben und lernte dies und das . . .“

„Bei der geizgebeizten Schraube?“

„Manchmal hat er doch auch Kaffee und Kuchen . . .“

„Ach, gerade! Was sie nicht fressen konnte, weiter nichts.“

Lopes dickes Kontobuch erwähnt niemand. –

Seit dem Tode der Krampe hat Lopes Leben ein Loch, das er zudecken muß. Aber ... ratsch! Schon reißt sich ein neues.

„Weshalb darf man nicht über die Saat gehen? Man geht ja auch über die Wiesen, wenn das Gras noch kurz ist", fragt er eines Abends den Vater.

„Über die Saat? Na, die Saat ist geweiht. Jedes Krümchen Brot ist heilig. Das ist, weil es der liebe Gott wachsen läßt und die Körner macht. Was Gott macht, darauf darf man nicht trampeln ..."

„Die Wiesen macht wohl der Herr Jesus?"

„Gott macht alles, alles, er ist der Vater!"

„Macht er auch Holzpantoffeln?"

„Du lieber Himmel, na da!" wirft die Mutter ein. Spottfalten umspielen ihren Mund. Liepe schaut hilflos auf.

„Nein, Holzpantoffeln ... aber alles, was wir essen. Der Roggen ist weiter nichts wie Gras, wenn Gott keine Körner hineinlegt."

„Hat er so viele Hände?"

„Mindestens tausend, wenn nicht noch mehr ... das ist ... das wirst du später spüren ... wenn er seine Hände wegnimmt, dann ist ... alles geht verkehrt ... aber dazu bist du noch zu jung."

Die Mutter schüttelt unwillig den Kopf und knallt die Wasserpfanne zu. Vater und Sohn binden Besen.

Dunkelperlig hängen die Blaubeeren, und die Preiselbeeren lachen wie kleine Sonnenküsse am Gekräut. Pfifferlinge drükken gelbleuchtend Moos und Kiefernnadeln zur Seite und sind da. Steinpilze stehen mit braunen Köpfen zwischen den Stämmen der Kiefern.

Um diese Zeit schickt der Lehrer die Kinder während der Unterrichtsstunden in den Wald. Gegen Mittag bringen die Mädchen Beeren in ihren Schürzen. Die Jungen haben Pilze in ihre Mützen gesammelt. Der Lehrer läßt eine Liste führen: wer ein Pfund Blaubeeren bringt, erhält fünf Schläge geschenkt, ein Pfund Steinpilze macht drei geschenkte Schläge, ein Pfund Pfifferlinge nur zwei.

Albert Schneider hat nur zwei größere Steinpilze gesucht.

In jeder Hand trägt er einen. Der Lehrer besieht sie sich kritisch.

„Sie sind doch nicht madig?"

„Neieiein!"

„Gut, sechs geschenkt."

Die Mütze von Orge Pink ist gefüllt. Grauweiße Stiele von Steinpilzen stehen über den Rand hinaus.

„Da sind doch Butterpilze dabei", behauptet der Lehrer.

Orge Pink hebt die Schultern.

„Na, sagen wir, drei geschenkt, mehr kann ich für Butterpilze nicht ausgeben."

Lope trägt Pfifferlinge im Taschentuch und Steinpilze in der Mütze.

„Ach so, Pfifferlinge! Und in so einem dreckigen Taschentuch? Bah! – Macht zwei."

„Hier!" Lope weist auf die Steinpilze in der Mütze, „die auch!"

„Na, dann drei zusammen!"

Der Lehrer steht an der Wandtafel und läßt Pilze und Beeren in Körbe schütten. Der Klassenerste sitzt am Katheder und schreibt die geschenkten Schläge ein. Sind Lopes Pilze weniger wert als die von Albert Schneider und Orge Pink? Das ist wohl, weil er auf der Läusebank sitzt!

Am nächsten Tag findet er ebenso viele Birkenpilze wie Albert Schneider; mal sehen, was der Lehrer sagt!

Er stellt sich beim Abgeben hinter Albert auf.

„Fünf", sagt der Lehrer zu Schneider, „es sind nämlich nur Birkenpilze."

„Vier", taxiert er zögernd bei Lope. Am nächsten Tag sammelt Lope fleißig. Bevor sie aus dem Wald gehen, schielt er in Albert Schneiders Mütze. Er stellt fest, daß er mehr Pilze fand als Albert. Da geht er zurück und versteckt, was er mehr fand, unter Moos und Heidekraut.

Nachmittags sammelt Lope Pilze für die Mutter. Er holt erst die vom Vormittag aus dem Versteck. Dann geht er tiefer in den Wald hinein. Er kommt bis zum dichten Tannenwald, den sie die „Kapelle" nennen. Dort sind die Zweige so dicht, daß man bei einem Gewitterregen nicht naß wird.

Lope schlüpft sicher wie ein Kaninchen in die Kapelle. Es ist nicht ausgeschlossen, daß der Müller und die Prinzessin in so einem Walde ihre Hütte haben.

„Wohin?" herrscht eine blecherne Stimme ihn an. Sie kommt aus einer Wolke Tabaksqualm. Der blaue Qualm zieht beizend in Lopes Nase.

Der junge Gutsförster sitzt im Schirm unter dem Hochsitz. Lope sieht ihn an. Ein Frosch vor der Ringelnatter! Die Läufe der Jagdgewehre starren wie dunkle Augen. Lope steht wie ein Reisigbündel. Der Pilzkorb an seinem Arm zittert. Der Grüne stellt die Flinte umständlich beiseite und kommt näher. Seine Augen sind grüngrau und bohrend. Paul Wenskat und Klaus Tüdel waren auf Wildkaninchen, fällt Lope ein. Sie trafen den Förster, rannten davon und machten vom Wege aus lange Nasen. Der Förster schoß, und es klapperte in den Zweigen. – Weshalb sollte Lope davonrennen? Er ist nicht auf Kaninchen aus.

„Schönes Früchtchen!" zischelt der Förster. Er hat blonde, fast weiße Bartstoppeln. In der Sonne schimmern sie rötlich.

„Hast du einen Beerenschein?"

„Nein, ich habe bloß Pfifferlinge ..."

„Quatschkopf, Pfifferlinge. Pilzzettel ist dasselbe wie Beerenschein, verstehst du?"

Schweigen. – Förster Mertens saugt an seiner Pfeife. Der Speichel kocht darin. – Auf dem Porzellankopf grasen kastanienbraun gemalte Rehe auf einer giftgrünen Wiese.

„Wie heißt du?"

„Lope."

„Das will ich nicht wissen! – Wie weiter?"

„Ich heiße Gottlob Kleinermann, geboren am siebenten August neunzehnhundertvierzehn."

„Wo holt dein Vater das Birkenreisig?"

„In den Grubenbrüchen."

„Ist das wahr?"

„Manchmal hole ich es, dann gehe ich ..."

„Na?"

„... dann gehe ich immer auf den Heidberg."

„Ahaaa, da haben wir's ja! Den Korb her!"

Der Milchbart reißt Lope den Korb vom Arm und schüttet die Pilze auf den Waldboden. Er trampelt mit seinen Pürschstiefeln darauf herum.

Lope sieht die hellbraunen Pürschstiefel über die dottergelben Pfifferlinge tanzen. Der Korb fliegt in den Tann. Lope geht und holt ihn wieder. Er rennt davon und spürt die Augen des Försters noch lange im Nacken. Es bohrt in seiner Brust, als ob er auf einen Nagel gefallen wäre. Ein neues Gefühl.

Lope trifft Blemska auf einem Feldweg. Blemska wendet mit dem Zweischarpflug.

„Na, bist mir ja der richtige Pilzjunge! Hast wohl auf den Bäumen Pilze gesucht, was?"

„Er hat sie mir zertrampelt."

„Wer?"

„Förster Mertens."

„Dieser grüne Milchbart?"

„Er war verrückt, weil ich manchmal Birkenreisig für Vater hole."

„Alles, alles hat dieses Volk in den Klauen, nächstens wird man seine eigenen Läuse nicht mehr knacken dürfen. – Wo ist er?"

Blemska fragt es wütend. Seine Augen werden murmelrund. Lope zeigt schüchtern zur Kapelle hinüber.

„Halt die Pferde, bis ich zurückkomme."

Blemska springt mit seinen zerrissenen, erdbeklebten Schuhen über die Furchen. Er verschwindet im Waldstück. Das Stechen in Lopes Brust ist verschwunden. Dafür zittert er inwendig. Es kann Angst, es kann aber auch Freude sein. Nach einer Weile kommt Blemska zurück.

„Er war nicht mehr da. Er kann Gott danken, daß er nicht mehr da war."

„Er hat aber die Flinte, Onkel Blemska."

„Ach was, Flinte. Geh jetzt und such Pilze! Und wenn er kommt, wenn er wieder kommt, so pfeifst du auf zwei Fingern, verstanden?"

Und Lope geht wieder in die Kapelle. Sein Herz klappert fast. Er späht und lauscht mehr, als er sucht. Wird Blemska seinen Pfiff hören? Am liebsten möchte er es probieren. Aber dann wird Blemska vielleicht wild und böse auf ihn sein. Es dauert fast bis zum Abend, ehe er sein Körbchen wieder voll Pilze gelesen hat. Der Milchbart kommt nicht wieder.

Wenn der Wald seinen Segen einstellt, beginnt eine harte Zeit in der Schule.

„Das Einmaleins mit der Siebzehn, Wenskat, los!"

Paule Wenskat steht und druckst. „... viermal siebzehn iäst ... iäst achtundsechzig, fünfmal siebzehn iäääst fünfundneunzig."

„Was?"

„Iäääst fünfundachtzig."

„Ich seh schon, du kannst es nicht. Und vor drei Wochen, sage und schreibe drei Wochen, habe ich es aufgegeben."

„Neee!"

„Was sagst du? Nee hast du gesagt? – Komm vor! Das heißt immer noch nein, nein heißt das, verstehst du? Und dann lügst du! Lügt auch noch, der Kerl! Habe ich es nicht aufgegeben?"

„Ja", brummt es unpersönlich aus der Klasse.

„Schneider, hab ich es aufgegeben oder nicht?"

Albert Schneider springt auf: „Fünfmal siebzehn ist fünfundachtzig."

„Na, da seht ihr es, warum kann es der Schneider?"

Der Lehrer schließt den postgelben Wandschrank auf. Er holt einen Weidenstock hinter den Wandkarten hervor und schwippt damit durch die Luft.

„Wäre ja noch schöner! Vor drei Wochen aufgegeben, und der Lümmel hat immer noch nicht gelernt. Du kannst ja noch nicht einmal dein Deputat ausrechnen, wenn du aus der Schule bist."

Er nähert sich Paule Wenskat. Paule steht an der Vorderbank: ein Verurteilter vor dem Schafott! Zuerst tut er weinerlich. Dann fällt ihm etwas ein, und er grinst: „Krieg noch achte geschenkt, Herr Lehrer."

„Wofür?"

„Für Heumachen und Pilze."

„Stimmt das?"

Der Klassenerste raschelt mit der Liste: „Ja, stimmt, achte noch."

Der Lehrer schluckt seinen Zorn und schlägt mit Wucht gegen die Wandtafel.

„Alle achte gestrichen! Das nächste Mal gibt's ... hier ... schwipp ... ich kann dir sagen!"

Die Felder leeren sich. Der Wind weht ohne Widerstand über die Ebene. Der Regen wäscht Himmel und Erde. Dann kommen doch noch klare Sonnentage, die Drillmaschinen scheppern blechern über die feuchtkrümeligen Äcker. Die Handsäer gehen stampfend und streuend mit erdbeklebten Stiefeln übers Feld. Scharen von Staren umschwärmen die frischen Furchen. Die Neusaat steckt Spitzen aus den Erdkrümeln. Die Spitzen sind mehr rot als grün. Wenn sie länger werden, spielen sie zitternd im fahrenden Herbstwind. Spätherbst. – Es beginnt eine ruhigere Zeit im Dorf. –

Aribert und Dieter von Rendsburg erhalten Reitunterricht. Der Inspektor erteilt ihn. Weshalb nicht? Wozu war er Wachtmeister bei den Gardeulanen?

„Arbeitstempo ... Teerabb", kommandiert er.

Der Reitunterricht findet zunächst an der Longe in der Koppel statt. Die Reithalle ist noch nicht hergerichtet. Die Gutskinder haben frohe Tage. Sie stehen bei der entlaubten Holunderhecke bei den Scheunen und schauen zu.

„Mensch, bloß gut, daß ich nicht reiten lernen muß bei dem da!" sagt Paule Wenskat. Er wirft, wenn der Inspektor ihnen den Rücken zukehrt, immer einmal eine Handvoll Sand oder einen kleinen Stein nach den Pferden. Manchmal trifft er. Das Pferd feuert oder pendelt nervös mit dem Schwanz, wie nach einem Peitschenhieb. Die Söhne des gnädigen Herrn wackeln dann wie Papierpuppen.

„Gerrade sitzen, Herr Arribert, grrade sage ich."

Aribert müht sich. Der Inspektor läßt die Longe los. Er zündet sich eine Zigarre an. Paule Wenskat wirft einen spitzen Schotterstein. Ariberts Pferd bäumt sich schnaubend. Röte schimmert in seinen Nüstern. Ausgehungert nach Sprüngen sprengt es vorwärts. Aribert wühlt sich mit beiden Händen in die Mähne. Hopp! Über den Koppelzaun. Der Inspektor strampelt händefuchtelnd hinterdrein. Aribert fällt nicht. Er krampft sich jetzt in die Mähne. Das Pferd kreist in weichem Galopp auf dem Saatfeld. Da läßt Aribert sogar die Mähne fahren und greift nach den Zügeln. Sicher wie ein Sieger ruft er: „Das ist Sache! Wir wollen hier weiterreiten, Inspektor. Hier geht's schön, keine Stöße!"

Der Inspektor protestiert. Er saugt aufgeregt an seiner Zigarre. Sicherheit im Sattel könne man auf diese Weise nicht erwerben. – Aber Aribert will weicher reiten. Aribert will.

„Ich will aber heute hier bleiben. Dieter, du mußt es auch versuchen!"

Aribert bringt das Pferd zum Stehen. Es ist ein geduldiges Gästepferd. Es nahm den Steinwurf hin wie den unangebrachten Gertenhieb eines Sonntagsreiters.

Der Inspektor fügt sich knurrend. Sie reiten einen dunklen Kreis auf dem Saatacker aus. Ein riesiges Rattenloch im Brot. –

„Wie ist es, wenn die Pferde die Saat zertrampeln?" fragt Lope am Abend den Vater beim Besenbinden.

„Die Pferde, die sind dumm. Grün ist grün und Gras ist Gras; so sind die Pferde! Sie haben nichts mit Gott zu schaffen."

„Hat er sie nicht auch gemacht, wenn er hundert Hände hat?"

„Gemacht? Ja, er hat sie gemacht, aus Lehm, aus Ton, vielleicht . . . mehr aus Mist, aber sie spüren ihn nicht. – Sie spüren die Peitsche, den Hafer hinter den Zähnen . . . das ist – für sie ist der Mensch mehr als Gott. Der Mensch, der Mensch . . ." Liepe fällt etwas ein. „Der Mensch ist so etwas wie der Stellvertreter des himmlischen Gottes auf der Erde." Liepe lächelt selbstzufrieden über diese Lösung. Lope ist neugierig auf die Zeit, wo er Gott spüren wird. Er beschließt, mehr Kartoffeln zu essen. Dann wird er wohl schneller wachsen.

Die Tage hüllen sich in dichte Nebel. Die Nächte sind voll Wind, dünnem Regen und Blätterrascheln. Keine günstige Zeit für die Frau Inspektor und Ferdinand im Park. Sie will sich trotzdem auf eine regennasse Bank setzen. Immer noch glüht sie so. Der Rieselregen verdampft geradezu auf Haar und Stirn bei ihr. Ferdinand zieht sich fröstelnd in seinen abgeschabten Mantel zurück. „Nein, lieber nicht heute, man kann sich so leicht erkälten und ist dann nur noch ein halber, na, vielleicht ein dreiviertel Mensch."

„Ooooch", sagt sie enttäuscht.

„Findest du nicht, daß das Leben gewissermaßen nur ein Bruchteil seiner selbst ist, wenn der Geist irgendwie behindert . . . wie soll ich sagen, durch Schmerzen oder Unwohlsein auf den Körper . . . ausschließlich auf ihn und seine Bedürfnisse hingelenkt wird?"

Frau Inspektor hat darüber noch nicht nachgedacht. Aber wenn Ferdinand es sagt – sie nennt ihn jetzt Ferdi oder Ferdichen –, wenn Ferdi es sagt, wird es schon so sein. Er hat sie mit sich gezogen. Sie gehen weiter in den Park hinaus. Bei jeder Bank versucht sie ihn zurückzuhalten. Für Ferdinand sind Bänke in dieser Nacht die reinsten Lasterbetten. Er gibt es nicht auf, sie zu sich in die wuchernden Gärten seiner Gedanken zu holen, die keinen Platz für Ruhebänke haben.

„Du wolltest auch über den Sinn der Einsamkeit nachdenken. Hast du es getan? Ich meine . . ."

„Ja, aber je mehr ich darüber nachdenke, desto mehr Sehnsucht bekomme ich nach dir. Ich könnte am hellichten Tage ins Sekretariat kommen und dich küssen, überallhin."

Und er wird wieder gerührt.

Aber es wird doch wohl Winter, und so sieht er selber ein, daß es draußen im Park nicht mehr geht. Ferdinand rückt seinen schwarzen Kleiderschrank beiseite, leiht sich Meißel und Hammer und stemmt in der Nachtstille, wenn der Inspektor in der Brennerei spielt, einen Stein nach dem anderen aus der Wand. Zuerst ist das Loch nur klein, sie können sich gerade in die Augen sehen. Es wird aber größer, und schon können Küsse hindurch. Eines Tages sind sie soweit. Sie schiebt auch ihren Schrank vor die geheimnisvolle Pforte. Beide brechen die Rückwände aus diesen nach Mottenpulver duftenden Kleiderkisten. Nun sind sie zusammen, wenn sie wollen.

„Ein schöner Gedanke, bald wie im Roman!" sagt sie.

„Ich denke mir so etwas aus, wenn ich hier sitze und dein Klopfen oder das Knarren deines Kleiderschrankes höre."

„Aber der Schutt, der Mauerschutt, meine ich; es geht wohl doch nicht gut."

„Nein, nein! Aber es ist so wohltuend, an solche Möglichkeiten zu denken, daß man . . . es ist vielleicht schöner, es gar nicht zu tun, nur daran zu denken."

Dabei bleibt es für Ferdinand. Frau Inspektor ist tatkräftiger. Sie hat zwei Vorhänge für Ferdinands Fenster angefertigt. Feste Vorhänge, durch die niemand hindurchsehen kann, wenn sie zusammen in Ferdinands Stübchen sitzen.

„Willst du es wirklich wagen?" fragt er. Seine Stimme zittert dabei.

„Wagen? – Ich habe einmal ein Kinostück gesehen, da wagten sie noch ganz andere Dinge als das. Du wirst es nicht glauben, aber sie ging sogar nachts, als alles schlief, aus dem Bett und zu ihrem Geliebten. Ihr Mann hatte den Arm um sie geschlungen. Sie legte ihm eine große Puppe, mit der sie sonst spielte, hinein. Dann kam sie zurück, zog die Puppe wieder aus der Umklammerung und schob sich selbst in den gebeugten Arm des Mannes. Es war weiter gar nichts dabei."

„Nicht möglich!" staunt Ferdinand.

Es kommen die Abende hinter den Vorhängen. Sie bringt Äpfel in ihren rundlichen Armen, preßt sie an die Brust wie in einen weichen Teig, aber Ferdinand ist verändert, verängstigt, nachdenklich. Er küßt sie kaum. Sie sitzen auf dem Sofa, sehen sich an und seufzen.

„Schwer?"

„Schwer", sagt sie und wirft sich mit geschlossenen Augen zurück.

Er geht zum Bücherbrett, beugt sich über die Bände. Er sucht und bringt ein Buch, blättert darin. Sie ergreift schnell noch einmal seine Hand, um ihn abzulenken. Ferdinand aber ist schon im Buche. Er beginnt, ihr aus Manzonis „Verlobten" vorzulesen.

„. . . eine einzige Neigung hat bisweilen über das Gemüt des Menschen Macht genug, um seiner Lage jeden erfreulichen Trost zu nehmen; man denke nun, wenn zwei ihn beherrschen und die eine mit der anderen im Kampfe liegt. Der arme Renzo war soeben das Schlachtfeld zweier solcher Neigungen, er wollte vorwärts eilen und zugleich sich niemandem verraten ..."

Ferdinand liest mit leiser Stimme. Die fetten Fingerchen der Frau Inspektor zerrupfen das Lesezeichen. Am Schluß des Kapitels bricht ihre Unruhe aus den Dämmen: „Mein Gott, wie langweilig! Sie können und können sich nicht kriegen. Ich kann mir nicht denken, daß so etwas vorkommen kann."

„Soll ich aufhören und ein andermal weiterlesen? Klassische Werke kann man nicht in einem Zuge aufnehmen. Es ermüdet. Das heißt, man kann sie lesen, aber der Genuß bleibt nicht an allen Stellen gleich stark."

„Es zieht sich hin wie zäher Teig." Sie schaut ihn gereizt an.

„Soll ich dir lieber ein Gedicht vorlesen?"

Sie schürzt ihre fleischigen Lippen. „Na ja, Gedichte sind nicht so lang."

Unbeirrt sucht Ferdinand wieder zwischen seinen Büchern. Er bringt einen Gedichtband.

„O sei nicht traurig, weine nicht, mein Kind,
und laß uns scheiden, ohne es zu müssen.
Zwei Schmetterlinge nahm der Frühlingswind
auf seine Schwingen, daß sie satt sich küssen ..."

Ferdinand nimmt die Augen aus dem Buche. Sie ist an seiner Seite eingeschlafen. Ihre Unterlippe hängt herab. Speichel rinnt über ihr Kinn.

Der Herbstwind hat auch Lope von seiner Parkbank vertrieben. Sein Bett teilt er immer noch mit Trude. Mutter wirft beim Aufräumen alles hinaus, was nicht unter die Kissen des Bettes gehört. Seine Bücherei ist jetzt der Heuboden. Ganz hinten im Heu, wo durch einen Glasziegel spärlich Licht in das duftende Dunkel fällt, hat er sich ein Nest gebaut.

Zwischen Spinnweben und weichem Grasstaub sind seine Dinge aufbewahrt. Die Blöcke von der Krampe, das Kontobuch, der Rest eines grobzinkigen Kammes, ein kleines Taschenmesser, das er von Klaus Tüdel gegen eine Blindschleiche eingetauscht hat, und ein Knäuel aus Bindfadenresten, die zu einer Pferdeleine verknüpft sind.

An einem Sonntagvormittag steigt er in sein Versteck und findet es besetzt. Aribert und Dieter von Rendsburg nisteten sich in seiner Heustube ein. Sie begaffen seine Zeichnungen. Er hört ihre Stimmen und schleicht an den Rand des Nestes. Sie wiederholen lachend, wie er den Namen schrieb: „Lohpe Kleinermahn."

„Der denkt, wunder wie fein er malen kann", bemerkt Aribert. Er wirft den Block achtlos ins Heu. Lope fühlt wieder das Stechen wie von einem Nagel in der Brust.

„Spitzbuben, Halunken!" ruft er in die Heuhöhle, dann will er wieder zur Leiter. Aribert ruft: „Du, bleib hier! Wir wollen Zigaretten rauchen!"

Dieter sammelt die Blöcke ein. Er steckt sie unter den Dachbalken zurück. „Ja, bleib hier!" ruft auch er. „Wir haben uns deine Bilder angesehen. Komm, dann kriegst du Buntstifte und kannst mehr malen!"

Lope bleibt und rutscht ins Nest zu ihnen hinunter. Sie reichen ihm eine Zigarette. Er mag nicht rauchen. Er will sehen, ob sie es besser vertragen als er. Einmal hat er aus Vaters halblanger Pfeife geraucht, da mußte er sich erbrechen. Das erzählt er Aribert und Dieter nicht. Sie schimpfen ihn einen Feigling. Aribert raucht schon. Er bläst Lope höhnisch Rauch ins Gesicht. Auch Dieter will eine Zigarette anzünden. Er faßt das Streichholz so kurz, daß es ihm beim Aufflammen die Fingerkuppen verbrennt.

„O Mensch", stöhnt er, läßt es fallen und schnippt die Finger, Kühlung suchend, durch die Luft. Das Zündholz fällt ins Heu, rutscht durch die sperrigen Halme nach unten. Es knistert leise. Das Heu brennt. Die Jungen fahren auf.

„Jetzt habt ihr was gemacht!" Entsetzen in Lopes Gesicht.

„Können wir doch, ist doch unser Heu", erwidert Aribert. Er und Dieter stehen mit staunoffenen Mündern. Dieter beginnt zu zittern. Lope ist hemdärmelig. Aber die Herrensöhne haben vollständige Anzüge an. „Zieht eure Jacken aus und schlagt drauf!“ schreit er.

„Auch noch unsere Jacken verbrennen, was?“ Aribert bleibt hochtrabend und protzig. Der Feuerschein spiegelt sich in seinem Gesicht wider. Lope springt zur Leiter.

„Nun reißt er aus, der Feigling“, höhnt Aribert.

Lope ist schon im Pferdestall. Er hakt einen Tränkeimer aus und ächzt damit die Leiter hinauf. Das wenige Wasser will nicht ausreichen. Die Flamme wird kleiner, aber der Brand frißt unterm Heu weiter. Dieter beginnt zu heulen, Ariberts herrisches Wesen fällt in sich zusammen. Das Knistern wird stärker. Rauch fährt den Jungen in die Augen.

Lope ist wieder im Pferdestall, er holt einen zweiten Eimer. Auch unten im Stall ist schon Rauch, die ersten Kutscher kommen zur Mittagsfütterung.

„Hoii, verfluchter Bengel, was hast du angestellt?“ kommt es aus einem Stand.

Lope schleift seinen Eimer schweigend über den Stallgang, der Kutscher folgt mit einem Eimer. An der Leiter holt er Lope ein. Es ist Blemska.

„Feuer, Feueueuer! Schnell die Stalleimer her!“

Lope gießt seinen zweiten Eimer ins rotglimmende Loch. Zischend saugt die Flamme auch noch das Wasser aus Kutscher Blemskas Eimer. Es klappert auf der Leiter. Andere Kutscher kommen.

„Eimerkette!“ brüllt Blemska.

Er reißt dem auf der Leiter stehenden Kutscher den Tränkeimer aus der Hand.

Neues Zischen, graue Heuasche stiebt, dicker Rauch in wirbelnden Wolken. Die Rendsburgjungen schlagen nach Funken auf ihren Röcken.

„Glotzt nicht so dämlich, helft lieber!“ schreit Blemska sie an.

„Wir sollen uns wohl die Sonntagssachen verbrennen“, sagt Aribert, wieder schnippisch.

„Ich werd dir gleich mit Sonntagssachen! Geh mir aus dem Wege, du Hurenbalg, sonst schlag ich dir den Eimer um den Nischel!“

Immer mehr gefüllte Eimer werden gebracht. „Kommt doch näher", brüllt Blemska, „soll ich mich denn alleine räuchern, ihr Hasenschwänze?"

Kutscher Müller, der manchmal sonntags mit Liepe zum Barbier geht, wagt sich weiter vor. Müller ist nicht ganz nüchtern. Er schwankt unter der einseitigen Last seines Eimers.

„Paß auf, daß du nicht explodierst, altes Schnapsfaß", ruft Blemska und hält sich einen nassen Lappen vor Mund und Nase.

Unten im Stall keifen Frauenstimmen.

„Jetzt wird's", bemerkt Blemska und stürzt von neuem vor. Seine Gestalt wird von Qualm und Heuasche eingehüllt. An der Leiter steht Leibkutscher Wenskat. Er nimmt die Eimer ab und gibt sie dem hin und her hastenden Lope. Lopes Arme wollen nicht mehr. Er reicht einen Eimer Wasser hinüber zu Dieter. Der packt so zaghaft zu, daß der Eimer auf den gestampften Lehm fällt. Das kostbare Wasser ist dahin.

„Ach, der kleine Herr Dieter macht schon Sachen", droht Wenskat wohlwollend.

Blemska ist wieder nach vorn gekommen.

„Ich glaube, wir schaffen's", sagt er heiser und entreißt Müller den Eimer. Müller setzt sich angerempelt auf die Hose. Blemska steht im ausgebrannten Loch. Er späht und lauscht.

„Es knistert nicht mehr. – Oder hört ihr noch was?"

Wenskat kommt nach hinten.

„Geh du mal rein, ob du noch was hörst."

Blemska stößt ihn vor. Wenskat streckt den Arm vor die Augen und geht zaghaft zur Brandstelle.

Irgendwo auf dem Hofe schnarrt die Stimme des Inspektors.

„Konrad kommt", Müller stößt Blemska in die Seite.

„Der fehlt mir noch gerade. Scheiß dich nicht ein mit dem Pinselträger. Sauvolk, alle miteinander!" Blemska brüllt es. „Ich hab's satt, soll der alte Hurenbock selber kommen mit seiner scheinheiligen Fratze. Is ja sein Heu, was verbrennt, seine Scheune, nicht unsere. Kann sich ruhig mal die feinen Finger am eigenen Mist dreckig machen."

Blemskas rauchheisere Stimme überschlägt sich. Speichel spritzt von seinem Munde.

„Is aus", sagt Wenskat, der zur Leiter zurückkommt. Aber Blemska hört es nicht mehr. Er hat Lope gepackt und legt ihn übers Knie ... löst mit einem Ruck seinen Leibriemen, haut zu.

„Aua, aua, nich, Onkel Blemska", Lope schreit und zappelt widerspenstig.

„Ich werde dich lehren, hier herumzukokeln, Nichtsnutz, verfluchter! Was hast du, was habt ihr hier überhaupt zu suchen?"

Er blickt auf die Herrschaftsjungen. Aribert und Dieter stehen schon an der Leiter. Kutscher mit fragenden Augen versperren ihnen den Weg.

Blemska läßt Lope los und packt Dieter.

„Wer hat das angebrannt?" Blemska rast.

„Aua, aua", klagt Lope und reibt sich.

„Der", Aribert zeigt auf seinen Bruder und zittert. „Bitte, bitte, Herr Blemska, ich war's nicht, ich werd's nie wieder tun."

„Ihr Schweinehunde! Lumpenvolk elendes, brennt uns die Bude über dem Kopf zusammen!"

„Bitte, bitte, lieber Herr Blemska, aufhören, bitte, bitte!" Blemska drischt, eine Maschine, deren Schwungrad sich nicht von einem Pfiff aufhalten läßt.

Seine Hosen rutschen. Sie ruhen wie ein nach unten gefallener Vorhang auf den Füßen; sein Hemdrand wippt auf und nieder wie der Rockrand einer kartoffelhackenden Frau. Aribert versucht zu entkommen; aber immer ist der Abgang bei der Leiter noch versperrt. Schon saust Blemskas Gurt klatschend auf ihn nieder.

„Sie haben mich gar nicht zu schlagen!"

„Da werde ich dich fragen, du Sauigel, du verdammter!"

„Aua, es ist doch unser Heu!"

Blemska packt jetzt auch Aribert. Seine Hände machen eine zermalmende Bewegung, er wirft den Gurt weg und nimmt die Fäuste.

„Lassen Sie mich los ... sofort. Ich sage es dem Pappi."

„Ja, dem lieben Gott auch noch, was? Bei mir werden keine Ausnahmen gemacht. – Auch noch frech werden, du Bürschchen, du, wie?"

Blemskas runde Fäuste trommeln. Aribert fliegt wie eine ausgestopfte Puppe hin und her.

„Was ist denn los?" übertönt auf einmal die Donnerstimme des Inspektors alles. Inspektor Konrad steht auf der Leiter. Blemska wollte eben Aribert auslassen; als er die Stimme des Inspektors vernimmt, packt ihn ein neuer Wutanfall. Die anderen Kutscher treten scheu zurück.

„Komm man her, du Untier!" brüllt Blemska den Inspektor an, „kriegst gleich mit."

Das fuselgedunsene Gesicht des Inspektors bleibt bewegungslos. Es ist das erstemal in seiner Dienstzeit, daß seiner Donnerstimme der Respekt versagt bleibt. Konrad steht wie mit der Leiter verleimt. Die Kutscher weichen mit hilflos herabhängenden Armen zurück. Ein Vulkan ist ausgebrochen: Klatschen, Toben und Brüllen. Blemska packt Aribert mit beiden Händen, hebt ihn hoch und wirft ihn durch die rauchige Luft in das verkohlte Heu. „Kanaille, du!"

Langsam verläßt Inspektor Konrad die Leiter. Er macht dem nachdrängenden Liepe Platz. Liepe stiert in den beißenden Qualm. Es dauert seine Zeit, bis er die Lage erfaßt hat. Dann aber packt er sich Lope und grapscht nach Blemskas Riemen, der in der Wasserpfütze liegt. Er schlägt zwei-, dreimal zu. Blemska entreißt ihm wortlos den Riemen. „Daß ich dich nicht mit verwamse, Speichelfresser, erbärmlicher!"

Liepe taumelt zurück. Andere Kutscher drängen sich vor.

„Er war's nicht, Liepe. Er hat gelöscht."

Liepe schaut mit blödem Gesicht auf den Jungen. Lopes Gesicht ist unter schwarzem Rußgeschmier mehlige Blässe. Er wimmert nicht mehr, aber Tränen, so groß wie Erbsen, kullern aus seinen rotumliderten Augen.

Eine Stunde später kommt Stina, das Stubenmädchen, zu Kleinermanns in die Küche. Liepe soll zum gnädigen Herrn kommen und den Jungen mitbringen. Liepe zieht seinen schwarzen Kirchanzug an. Die Mutter wäscht Lope Gesicht und Ohren. Dann gehen sie hinüber in das Schloß.

Liepe klopft zaghaft an die Tür des Vorzimmers. Bis an diese Tür hat sie Stina gebracht und ist dann verschwunden. Im Vorzimmer knurrt ein Hund. Diener Leopold kommt und öffnet. Leopold ist putzig angezogen. Bald wie die Dorfburschen bei der Fastnacht. Leopold trägt eine gestreifte Jacke, kurze Puffhosen aus Samt und weiße Strümpfe dazu, wie manchmal die Mädchen. An Leopolds Schuhen blinken silberne Schnallen.

„Was wollt ihr?“ fragt Leopold barsch.

„Wir wollen zum Herrn Landrat“, flüstert Liepe. „Das ist ... er hat uns ... Stina war bei uns ... wir sollen mal kommen, hat sie gesagt ... ich weiß ja nicht.“

„Hä, Landrat, das war einmal vor sieben Jahren. Wißt ihr denn immer noch nicht, daß es Herr von Rendsburg ist, zu dem ihr wollt?“

„Lassen Sie Kleinermann nur vor, Leopold“, sagt der gnädige Herr aus dem Arbeitszimmer, und Leopold macht eine Verbeugung zur Tür hin. Sie treten ein. Liepe hält seinen steifen Hut in der Hand und bückt sich. Lope denkt, der Vater sucht etwas, und er sucht seinerseits den Teppich ab. Da liegt aber nichts. Sie bleiben an der Tür stehen. Der gnädige Herr schreibt noch.

Das Arbeitszimmer des gnädigen Herrn hat Wände aus Büchern. Bücher bis an die verzierte Decke hinauf. Die Bücherrücken sind golden beschrieben. Wie viele Märchen von Gold und Edelsteinen mögen darin stehen? – Großartige Pflanzen stehen in bemalten Kübeln. Ihre Blätter sind so breit wie Brotschieber. An der Fensterwand hängen Bilder. Auf den Bildern sind Männer mit Schnauzbärten und Frauen mit nackten Schultern zu sehen. Die Köpfe der Männer sind so groß wie Lopes Kopf, wenn er in einen Spiegel schaut. Es ist auch ein Hund mit dicker Schnauze da. Dieser Hund ist nie auf dem Gutshofe zu sehen. Lope hat dieses weiß und schwarz gefleckte Tier nur einmal beobachtet, als er auf seiner Parkbank saß. Es kratzte ein wenig zwischen den Blumen und hockte sich hin. Der scheckige Hund fährt mit dem gnädigen Herrn in der Kutsche und im Auto mit.

„Kommen Sie nur näher, Kleinermann!“ Der große Hund

steht auf und beschnüffelt den Vater. Er kommt mit seiner Nase auch an Lopes nackte Füße.

„Mensch, so ein Vieh", brüllt Lope und erhält vom Vater dafür einen Knuff.

„Bitte, Kleinermann, erzählen Sie, wie es sich zutrug ... Ich meine, das mit dem Brand vorhin."

Der Vater erzählt stockend, was er weiß. Er spricht vornehm und zirpend, fast wie Trude, wenn sie dem Lehrer antwortet. Lope muß über den kalbsgroßen Hund lachen. Der fegt mit einem Schwanzhieb Bleistift und Papier vom Tisch des gnädigen Herrn.

Vater bückt sich. Er hebt den Bleistift auf und flüstert Lope zu: „Los, aufheben!"

Lope hebt das Papier auf. Der gnädige Herr winkt ungeduldig ab. „Lassen Sie nur, Kleinermann, erzählen Sie weiter!"

„... und dann war es schon aus!" erzählt der Vater, „aber Blemska hat gesagt, daß es schon ganz schön brenntete ... ja, schon ganz schön, und da habe ich eben unsern Lope ... ja, unsern Lope hab ich denn hergenommen und ... eben verdroschen ... habe ich wollen, aber da hat der Blemska ..."

„Waren Sie auch zugegen, als Blemska meine Jungen schlug?"

„Nein, das war schon mehr vorbei, glaube ich, es war überhaupt schon ganz und gar vorbei."

„Haben es die andern Kutscher noch gesehen?"

„Ich weiß es ... nein, ich weiß es nicht genau ... na ja, der Müller, was der Müller ist, der war eigentlich ... war der eigentlich nicht da? Ja, der war da."

Lope nickt.

„Bestellen Sie also die anderen Leute zu mir, wenn Sie gehen."

„Zu Befehl, gnädiger Herr!" Der Vater schlägt die schiefen Absätze seiner Schuhe zusammen.

Er kommt dabei ins Taumeln.

„So, Junge, nun erzähl du mal, was du weißt, aber nicht lügen, sonst ... ich lasse dich sonst vom Gendarmen abholen."

Lope denkt daran, wie es sein muß, wenn ihn die Klotzfäuste vom Gendarmen Gumprich packen würden. Er beginnt stotternd: „Da-da ha ... da hat der ..."

„Was hast du überhaupt auf dem Heuboden gewollt?" unterbricht der Herr.

Lope zögert. Der Vater versetzt ihm wiederum einen Knuff.

„Ich, ich wollte meine Blöcke, das Papier und etwas aufschreiben von ..."

„Er führt also ein geheimes Tagebuch", bemerkt der Herr belustigt zu Liepe.

„Verzeihung, gnädiger Herr, meine Frau hat ihn schon verdroschen deswegen; diese Schreiberei! Man muß denken, ich hab ihn so schlecht erzogen; aber Sie wissen ja, daß er nicht von mir ..."

„Lassen Sie das, Kleinermann!"

Lope erzählt von Aribert und Dieter. Der Herr springt auf, geht zu einem Tischchen und zeigt auf eine Schachtel. „Waren es solche Zigaretten?"

Lope nickt. Rendsburg wirft das Kästchen zornig auf seinen Schreibtisch. Er geht einige Male im Zimmer auf und ab. Der große Hund geht mit. Er klopft mit dem Schwanz an Stuhllehnen und Schrankecken. Der Schwanz sieht aus wie ein Ast ohne Blätter.

„... und denn haben wir alle Keile gekriegt", beendet Lope seinen Bericht.

„Ach so! Wer hat euch geschlagen?"

„Blemska, mit 'n Riemen auf 'n Arsch."

Liepe reißt entsetzt die Augen auf. Ein neuer Puff läßt Lope bis dicht an den Schreibtisch taumeln. Der gnädige Herr kaut an seiner Unterlippe.

„Du hast also nicht geraucht?"

„Nein, ich wollte sehen, ob sie kotzen."

Von Rendsburg schaut lächelnd auf Liepe.

„Verzeihung, bitte um Verzeihung, Herr, Herr! Er hat es nicht von mir ..."

„Aber das ist doch nicht wichtig, Kleinermann!"

Von Rendsburg ist wieder aufgestanden. Sein Gesicht hellt

sich auf wie ein Saatfeld in der Sonne. Er beugt sich, packt Lope bei den Schultern.

„Gut also, ich glaube dir, und ich hoffe, daß du im Leben immer die Wahrheit sagen und einmal ein tüchtiger Soldat werden wirst, verstanden?"

Er reicht Lope die Hand. Lopes graue Finger und der braune Handrücken liegen darin wie eingewickelt. Auch dem Vater gibt der gnädige Herr die Hand.

„Unbesorgt, Kleinermann, der Junge ist richtig."

„Wenn Sie meinen, gnädiger Herr . . . Zu Befehl!" Liepe taumelt wieder.

„Es ist gut, Sie können jetzt gehen!"

Liepe bückt sich noch tiefer als beim Eintreten. Sein Hut fällt dabei herunter. Er klappert nicht. Auf dem Fußboden liegen ja bunte, dicke Tücher. Der Hund schnappt nach dem Hut. Der Vater schiebt den Hund beiseite und hebt den Hut selbst auf.

Er macht nochmals einen tiefen Bückling und sagt dann: „Ich danke, ja, danke schön."

Sie sind schon bei der Tür, da ruft sie der gnädige Herr zurück. „Einen Augenblick, Kleinermann." Der Herr hat sich erhoben und steht vor der einen Wand aus Büchern. Seine Finger laufen wie weiße Spinnenbeine über die Buchrücken. An einer Stelle halten sie eine Weile an. Dann laufen sie wieder weiter. Am Ende der zweiten Reihe werden zwei der Spinnenbeine zur Schere und ziehen ein Buch heraus.

„Da!" sagt der gnädige Herr und reicht das Buch Lope, „das sollst du zur Belohnung haben, es war eine tapfere Tat, mein Junge. Kannst du denn auch schon lesen?"

„Es geht noch schlecht", meint der Vater, „es ist . . . er ist ja nicht von mir, gnädiger Herr . . . aber es wird schon . . . dann werde ich es ihm . . . werde ich es ihm eben vorlesen, bitte."

„Na, schön denn."

„Was sagst du, wenn dir jemand etwas schenkt?" fragt der Vater Lope.

„Na, schön", sagt Lope auch zum gnädigen Herrn und steckt das Buch unter seine Jacke.

„Weißt du nicht, daß man danke sagen muß, wenn man etwas kriegt? ... Geschunken, gekrochen kriegt?" fragt der Vater Lope, als sie auf der Treppe sind, wo sie Leopold nicht mehr hören kann. Lope weiß es nicht. –

Sie kommen wieder in die Küche zur Mutter. Der Vater beginnt stärker zu taumeln.

„Ooodnung und Saubakeit im Schllachthaus ...", lallt er. Da weiß Lope, daß es Sonntag ist. Die Mutter steht mit geröteten Augen am Herd. Lope zeigt ihr zögernd sein Buch.

„Verfluchter Rauch heute in der Küche", die Mutter wischt sich über das Gesicht.

„Wo ist Rauch?" krächzt der Vater und beginnt zu singen:

„In Hamburg, da bin ich gewesen,
in Samt und Seide gekleidt ..."

„Hör auf mit dem Geplärre!" Die Mutter schiebt den taumelnden Vater beiseite. „Zieh dir lieber deine guten Sachen aus!"

Da sieht Lope ganz deutlich, daß die Mutter geweint hat.

„‚Ich glaube dir', hat der gnädige Herr gesagt, Mutter, und dann hat er mir das gegeben."

Auf einmal möchte Lope die Mutter umarmen, wie er es früher manchmal getan hat. Die Mutter fährt sich wieder mit der Schürze ins Gesicht und nimmt dann plötzlich Lopes Kopf zwischen ihre dickfleischigen Hände. Sie schaut eindringlich in das immer noch nicht ganz saubere Gesicht des Jungen. Ihre harten Augen werden wieder weich und tränen.

„Geh, sonst brennt mir das Essen noch an. – Nichts wie Sorgen hat man doch mit dir."

Der Vater hat inzwischen das Buch genommen. Er blättert darin wie in einem Kartenspiel.

„Ja, ja ... is ja ganz ooodentlich, is ja ganz schön, is das, aber zehn Mark wären besser gewesen. Denkste nich auch, Mathilde, wären besser gewesen ... das ist ... das hier kostet doch keine fünfe, bitte."

Lope reißt sich von der Mutter los. Er grapscht das Buch aus den Händen des Vaters. Er schiebt es wieder unter seine Jacke. Der Vater taumelt ein wenig. Er will protestieren.

Dann stutzt er und glotzt. „Das mußt du ... das mußt du hoch in Ehren halten", lallt er. Er steht noch eine Weile und wischt sich einen Tropfen von der Nase. Dann geht er in die Kammer. Dort singt er weiter:

„... meinen Namen, den darf ich nicht nennen,
denn ich bin ja ein Mädchen fürs Geld."

Dorfgespräche sind wie Feuer im Heu. Lopes Tat ist zum Dorfgespräch geworden. Sie sprudelt über die Lippen der Frau Inspektor. „Ein lieber Kerl, der kleine Lope!" sagt sie zu ihrem Mann. „Wenn er so bescheiden dasteht, den Brief in der Hand ..."

„Wie?" Der Inspektor hält beim Zeitunglesen inne.

„Er bringt mir manchmal die Post, wenn der Briefträger nicht erst reinkommen will."

„Ach so! Ja, scheint 'n tüchtiger Junge zu sein ... Neulich hatte er die Hosentaschen voll Spatzeneier, hahahaha!"

Und Karline Wempel mummelt aus zahnlosem Munde zur alten Schneider. Die alte Schneider klatscht es durch den Lattenzaun zum Schuster Schurig: „Aber wenn Blemska nicht gekommen wäre, wer weiß ..."

„Freilich, freilich; aber der Junge hat doch zuerst gelöscht, das muß man sagen."

Bei Bäcker Bähr tratscht man im Laden vom Brand. Der Pastor vernimmt davon, augenzwinkernd hinter seiner Brille. Der Lehrer wird nachdenklich, als ihm Tischler Tannig die Brandgeschichte erzählt.

„Soso, der Lope also!"

Tags darauf darf Lope in der Schule seine Sachen nehmen und die Läusebank verlassen.

„Du hast wohl nun keine Bienen mehr, oder wie?" fragt der Lehrer schonend. Lope schüttelt heftig den Kopf.

„Man antwortet, wenn man gefragt wird. Es ist unhöflich, nur mit dem Kopf zu schütteln. Merk dir das! Setz dich mit in die Bank von Albert Schneider!"

Albert Schneider zieht eine Grimasse. Er rafft seine Bücher und rückt übertrieben schroff zur Seite.

„Hab dich nicht so albern, Schneider!“ tadelt der Lehrer. „Kleinermann hat nun keine Läuse mehr, nicht, Lope?“

„Nnnnein!“

„Sie sind wohl gestern mit verbrannt?“ fragt Albert Schneider flüsternd seinen Hintermann.

Der Lehrer tut herzlich. Er erzählt und läßt schließlich Lope berichten, wie sich alles zutrug.

„Da habt ihr es“, sagt der Lehrer, „so bietet sich auch dem kleinsten und ärmsten Jungen Gelegenheit, Gutes zu tun. – Was aber den Privatunterricht anbetrifft, so seht ihr, daß er nicht besser ist als der eure. Was haben sie sich erzogen, die Herrschaften? – Zwei jugendliche Brandstifter.“ So unvorsichtig äußert sich der Lehrer, wenn es um seine Berufsehre geht.

Hauslehrer Matthießen geht derweil im Schloß umher wie die weiße Ahnfrau. Man sieht ihn kaum. Sein Platz an der Tafel bleibt tagelang leer. Nur Mine, das Küchenmädchen, staunt ihn an wie eine Erscheinung, wenn er in der Küche ißt.

In der Schulpause findet sich Albert Schneider mit seinem neuen Bankgenossen ab.

„Wir wollen jetzt Freunde sein. Du kannst bei uns Fußball mitspielen, wenn du auch nicht mitgesteuert hast.“

Den Lehrer haßt Albert jetzt.

„Albern, hat er gesagt . . . albern, weil ich Albert heiße, ich weiß schon. Du, das kann ich dir sagen: er kriegt mein Brot nicht mehr für seine Hühner, lieber trample ich drauf!“

Kurz wie ein Kinderkleid ist der Ruhm. Lope erfährt es am folgenden Tage.

Läuselope hatte man ihn bisher in der Schule gerufen. An seinem Ehrentage nannten sie ihn alle Lope, manche Mädchen sogar Lopchen. Tags darauf nennt ihn Klaus Tüdel zum ersten Male „Ferdl – Feuerlöscher“.

Ist Lope vielleicht ein Pferd? Wiehert, schnaubt oder stampft er wie ein Zosse?

„Ich werde dir's sagen, weil du mein Freund bist“, zwinkert Albert Schneider, falsch wie der Zopf der Frau Lehrer. „Das ist . . . das ist, weil du von Ferdinand bist.“

Da weiß es Lope, daß „Ferdl“ nichts mit „Pferd“ zu tun hat, aber was hat er mit Ferdinand gemeinsam? Sie sind nur neidisch, weil Ferdinand ihm Märchen vorliest.

Was ist mit Blemska? Er fährt vor seine eigene Wohnung und hängt den Pferden einen Heusack vor. An Deputat ist doch noch gar nicht zu denken? Blemska lädt Säcke auf. Aber darin sind die Oberbetten, die Wäsche, Gardinen, Kleider und der Kleinkram seiner Familie. Blemska und seine dünnbeinige Frau mit der Hasenscharte laden den wurmstichigen Kleiderschrank auf. Die Kinder kommen mit den Teilen der Bettstellen und den abgebrochenen Beinen der braunen Kommode aus dem Haus. In der Kiste, die, mit Fächern versehen, als Speiseschrank diente, liegen abgelatschte Holzpantinen und löcherige Schuhe neben zwei Bildern: „Die Kreuzigung Christi“ und „Die Speisung der Fünftausend“. Das sind Frau Blemskas Heiligtümer. Sie hat sie mit schmutziger Wäsche umwickelt.

Blemska wurde entlassen. Er zieht ins Gemeindehaus am Waldrande, dorthin, wo bis vor einem Jahre die alte Beeren-Tine wohnte.

Gemeindehaus – das sind einige Kubikmeter dumpfer Luft, die durch Balken und Bretter zusammengehalten werden. Durch Dach und Decken scheinen Sonne und Sterne. Unter den Dielen wuchert der Schwamm in grauen Geflechten. Die Ziege meckert durch die Stallwand in die Küche. Über der Küchentür klafft ein Rauchloch, weil der Herdrauch bei manchen Winden nicht durch den Schornstein will.

„Er kann doch nicht die Söhne des gnädigen Herrn verkloppen! Weshalb ist er immer so verrückt?“ sagt Leibkutscher Wenskat. Er ist zufrieden, daß Blemska endlich vom Hofe geht.

„Die können ruhig mal Keile kriegen; schade, daß ich sie damals nicht erwischte“, erwidert Kutscher Müller.

„Wo?“

„Na, ist das vielleicht ’ne Sache? Streichen mir die Fenster mit Teer zu, und ich verschlafe fast den ganzen Montag!“

„Ach, hör auf! Du tust doch keiner Mücke was. Außerdem, was geht Blemska das verbrannte Heu an?“

„Du bist ja verrückt!“

Blemska ist ruhig wie ein Teich bei Windstille.

„Heul nicht!“ sagt er zu seiner weinenden Frau und wirft zwei Birkenbesen und den Scheuerlappen auf die Fuhre. „Es wird überall Brot gebacken.“

„Nänänä, hättest du nicht die Herrschaft um Verzeihung bitten können? Die gnädige Frau ist doch nicht so. Sie hätte ...“

„Sie hätte gesagt: ‚Blemska, du bist endlich der richtige Mann, der meine Jungen mal vertobakt hat.‘ Glaubst du das? Sei still jetzt!“

Aber Frau Blemska greint und zischt durch die Hasenscharte: „Und die Bude da: Wanzen solln drin sein und Läuse. Mensch, so viele. Mäuse im Winter aus dem Wald.“

„Ach, papperlapapp! Hier hatten wir im Sommer feuchte und im Winter frostglitzernde Wände. Dazu Kröten im Keller. An der Kommode werden die Mäuse nicht knabbern. Das bißchen Brot fressen wir selbst.“ Er nimmt den Futtersack von der Deichsel und pfeift stockend: „Im Grunewald, im Grunewald ist Holzauktion ...“

Er will's den Weibern, die mit Arbeitsgeräten klatschend am Gutszaun stehen, zeigen, daß ihm nichts Besseres widerfahren konnte als diese Entlassung. Wie sie ihn anschauen! Wie einen Kranken, einen Aussätzigen, der vor die Tore der Stadt geschickt wird.

Lope steht schulfertig auf den Steinstufen.

„Sag dem Lehrer, wir komm heute nicht, wir ziehen um!“ ruft Fritze Blemska kinderstolz. „Und wenn ihr Fußball spielt, dann komm ich rüber, aber Marta kommt nich wieder ins Tor, die hat ja Angst vorm Ball.“

Lope nickt. Frau Blemska bringt die Ziege und bindet sie an den Wagen. Das Tier meckert wehleidig, sein Schwanz wakkelt, als ob Wind ginge.

Mit Frau Inspektor ist nicht mehr alles so, wie es sein soll. — Man kann nicht sagen, daß ihr Mann weniger trinkt oder früher von seinen Spielabenden heimkehrt. Sie spielen jetzt zu dritt. Der dritte Mann ist der neue Inspektor vom Nachbargut. Er ist etwa vierzig und unverheiratet. Schmisse überziehen sein Gesicht wie Kratzspuren von Hühnern ein glattes Gartenbeet. Manche Narben sind so tief, daß steife Bartstoppeln mit ewigem Gastrecht aus ihren Ecken wachsen.

Sein kahlrasierter Schädel sitzt auf einem Stiernacken. Sie streiten nicht mehr, wenn in vorgerückter Stunde Kartenblätter fehlen, weil sie unter zweckenbeschlagenen Schuhsohlen liegen. Sie erzählen dann von Weibern. Der neue Inspektor ist wie ein Hahn ohne Henne. Er sitzt auf den Zäunen der Nachbarschaft und blinzelt nach Gelegenheiten.

„Er schnitt Häcksel und konnte ja nicht hören, was wir in der Küche trieben. Sie war so ausgehungert, so ausgehungert, meine Herren. Sie stand am Herd und ließ alles zu, was ich wollte. Wenn das Schneiden in der Häckselkammer aufhörte, hielten auch wir ein, und sie klapperte mit Töpfen. Wenn der Mann neu eingelegt hatte und wieder zu schneiden begann, waren wir, haha, waren wir gewissermaßen ein Stroh lang sicher. Schließlich gingen wir auf die Bank. Reizvoll, sage ich Ihnen, Herrschaften, reizvoll, nicht alles so auf einmal zu haben, nein, immer so Stroh für Stroh.

Nach einer Stunde kam der Mann schwitzend in die Küche und sagte: ‚Für eine Woche genug!' und meinte den Häcksel. ‚Für eine Woche?' fragte die Frau und tat ungläubig. ‚Na, schneid man Mittwoch wieder! Sonst kommen wir nicht aus. Es sind jetzt vier Kühe, mußt du bedenken!' Sie nickte mir zu, und ich ging."

So sind die Geschichten, die der neue Inspektor vom Nachbargut zum besten gibt.

„Sauigel, der Sie sind", lallt der Brenner und schenkt wieder ein. „Man merkt, Sie haben studiert, oder haben Ihnen die eifersüchtigen Männer das Gesicht zerkratzt?"

Der Neue hüllt sich in verschmitztes Schweigen. Nach einer Weile wendet er sich an seinen Kollegen, der nachgenießend seinen steifen Bart streicht.

„Übrigens: Sie, gerade Sie sitzen hier, saufen und haben ein

Frauchen im Stalle stehen, nach dem sich mancher die ganzen Handflächen belecken würde. Sind Sie so sicher?"

„Hahaha! Da müssen Sie gerade kommen, Sie olles zerkratztes Mistbeet! Na, nichts für ungut, Prost!"

Sie lallen von anderen Dingen.

„Sie werden sich wundern, was alles in die Reichswehr wandert!"

„Ja, ja, ganz klar: Wer läßt sich ... welcher vaterländisch überzeugte Mann läßt sich von den Proleten regieren, diesen Kinderköpfen mit verschmierten Händen. ‚Das setzt dem Faß die Krone auf', sagte neulich einer in der politischen Versammlung. Er behauptete, der ‚Stahlhelm' bereite den nächsten Krieg vor. ‚Das setzt dem Faß die Krone auf!' Hahaha, haben Sie je so etwas Dummes gehört? Sie beherrschen ja nicht einmal die einfachsten Redewendungen, diese Schwachköpfe von Funktionären."

„Der Schnaps regiert die Welt!" stammelt der Brenner. „Er wird von Rot und Schwarz gesoffen, meine Herren. Der Destillateur ist König, meine Herren, sein Gold sind Rüben und angefrorene Kartoffeln, o bitte."

„Prost!"

Dann singen sie: „O Deutschland hoch in Ehren" und „Die Wacht am Rhein".

„Und wenn wir wieder hochkommen wollen, dann nur durch Männer mit Ko-Kopf! Jawohl!"

Der Inspektor klopft sich auf die Brust. Sein Bauch wakkelt. Die aufgereihten Silbermünzen seiner Uhrkette klingeln.

Sie gehen auseinander, nennen sich gegenseitig echte deutsche Männer, die den Trunk noch zu ehren wissen ...

„... und die den Frauen noch was bieten können, meine Herren, sie gewissermaßen davon abhalten, in die Parlamente zu rennen und ihre ungeborenen Kinder in fortschrittlichen Reden auszuspucken, das mein ich. Habe die Ehre!"

Die Welt veränderte ihr Gesicht vom Geschwätz dieser schnapsstinkenden Dreimännerrunde nicht.

Im Inspektor ist aber doch hin und her ein Härchen von den Reden hängengeblieben. Er kriecht noch in der gleichen Nacht in das Bett seiner Frau. Sie hat nichts dagegen. Schon am nächsten Mittag nimmt er sie wieder. Sie weiß nicht, wie ihr geschieht.

Am Mittwoch läßt sie Ferdinand allein durch den Park staken. Ferdinand ist nicht gerade zerschmettert von dieser Treulosigkeit, aber enttäuscht ist er immerhin. Er hatte sich für diesen Abend vorbereitet, mit ihr über die Heilkraft der Keuschheit zu sprechen. Zitate von Dichtern schwirren ihm durch den Kopf. Außerdem hat er sich diesbezügliche Aussprüche einiger Philosophen auf kleine Zettel geschrieben. Das Licht im Zimmer des gnädigen Herrn verlischt hinter den Vorhängen.

Der Nachtwächter bläst auf der Dorfstraße die zweite Nachtstunde an. Da geht Ferdinand in sein Sekretariat und schreibt der Frau Inspektor einen Brief:

„Ich habe die ganze Nacht gewartet, wenn auch nicht gerade draußen, man kann auch drinnen im Herzen warten. – Weißt Du, wie das ist? Der Herzschlag lärmt durch seine Kammern. Man muß den Atem halten wie einen knurrenden Hund, und draußen ist Stille, kein Klopfen von Dir, wie ein Kellergewölbe ist die Welt . . ."

Morgens läßt Ferdinand Lope holen. Lope muß, bitte, den Brief noch vor Schulanfang nach nebenan zur Frau Inspektor bringen.

Ferdinand hat noch einiges hinzuzuschreiben. Lope sitzt wartend auf dem Sofa. In der Schule lassen sie nicht nach, ihn „Ferdl – Feuerlöscher" zu rufen. Er vergleicht sein Gesicht, das er im Spiegel mustert, mit Ferdinands trauergetränkten Zügen. Seine Augen wandern von Ferdinands Stirn über dessen niedergeschlagene Augen zur Nase. Hat er eine so lange, spitze Nase? Nein, seine ist runder und etwas kolbig wie die der Mutter. Und diese Wand von einer Stirn. Sie reicht bei Ferdinand fast bis auf den halben Kopf hinauf. Bei Lope stehen dort Haare wie eine Bürste.

Bei den Händen wird er unsicher: Wenn er sich den blaugesteinten Ring wegdenkt und die seinen weißer, will ihm scheinen, er habe die gleichen Hände wie Herr Sekretär. Weshalb ist Mutter nicht mit Ferdinand verheiratet, wenn er, Lope, das Kind von ihm und Mutter ist? – Wenn eine Kuh vom Bullen ein Kalb hat, sind sie so gut wie verheiratet, hat Paule Wenskat gesagt.

Frau Inspektor steht zaushaarig und erst halb angekleidet am Herd. „Schon so früh hat er dich rufen lassen deswegen", sagt sie gar nicht freundlich wie sonst. Sie reißt den Briefumschlag mit einer klebrigen Haarnadel auf und liest ihn brummend. Lope wartet hüstelnd auf Botenlohn. Frau Inspektor blickt auf, zerreißt den Brief und wirft ihn ins Herdfeuer.

„Ich habe heute leider rein gar nichts für dich", sagt sie unwillig. „Aber du kommst ja mal wieder vorbei, was?"

„War sie schon auf?" fragt Ferdinand zitternd und blaß.

„Ja, sie sagte aber nicht ‚danke'. Sie steckte ihn auch nicht hier oben rein. Da hast du nun so lange geschrieben und wohl doch noch Fehler gemacht, Herr Sekretär."

„Wie meinst du das?"

„Sie steckte ihn in den Ofen, wie Mutter meinen Block."

Ein Frost fiel also in die Blüten der Liebe von Frau Inspektor und Ferdinand. Das Kraut, das diese Blüten trieb, schien nicht winterbeständig zu sein.

Sie kommt am Nachmittag selbst mit einem belanglosen Zettel als Vorwand zu ihm ins Sekretariat. Sie findet ihn allein.

„Er hat sich jetzt geändert, mußt du wissen."

„Trinkt er nicht mehr? Ich meine, geht er nicht mehr in die Brennerei?"

„Nicht gerade das, aber er ist jetzt so lieb zu mir, so richtig lieb, Ferdi, kannst du das verstehen?"

Ferdinand wird nachdenklich. Er spielt mit der Löschwiege.

„Doch, du mußt das verstehen, Ferdichen! Wir sind nun einmal verheiratet, er und ich. Ich bin so sündig, und er blieb so, wie er war. Oh, wie schlecht wir . . . wie schlecht ich war. Vielleicht hatte er Sorgen und verschonte mich. Männer haben manchmal Sorgen, wo Frauen keine sehen: aber jetzt ist er so zärtlich. Er kommt des Nachts heim und küßt mich, und er kommt mittags heim und fragt mich, ob es mir gut gehe. ‚Der Inspektor vom Nachbargut ist ein Schwein', sagt er. Er wolle Gott danken, daß er nicht wie ein Hund nach Knochen schnappen müsse, die unter die Tische biederer Eheleute fallen. Ja, so sagt er. Wie findest du das, Ferdichen?"

Ferdinand schweigt. Die Sonne flimmert in den kurzen Flaumhärchen auf dem Vorderteil seines Kopfes.

„Du mußt nicht denken, daß ich dich nicht mehr liebe, Ferdi, guter Ferdi. Du wirst immer der Mann bleiben, den ich vielleicht am meisten geliebt habe, am meisten, ja. Aber ich bin doch nun mal mit dem andern verheiratet. Weißt du was? Wir wollen trotzdem Freunde bleiben. Bruder und Schwester. Nicht mehr so sündig, nein? Ach herrje, ich muß ja nach der Milch sehen! Ich stehe hier und rede, als ob es nichts anderes auf der Welt gäbe. Gibst du mir die Hand darauf? Nein, du gibst sie mir nicht: Ich kann das verstehen, so sündig, wie ich bin. – Auf Wiedersehen, Ferdi! Bleib mein Freund, mein Bruder meinetwegen! Wie du willst. Und vergiß mich nicht ganz!"

Die Tür fällt ins Schloß. Schritte klappern durch den Gang.

Ferdinand hört sie drüben mit den Herdringen rasseln. Er stützt eine Hand unters Kinn und versinkt in Grübeleien. Die Sonne tanzt über Zahlen. Es sind die Milchleistungen der Herdbuchkühe.

Viele Tage geht Ferdinand, sich zerbohrend, hin und her. Seine Abende sind still wie Grabkapellen. Nur die Rispen der Brennesseln rischeln an den Fenstern. Er beginnt die Nesseln zu hassen. Mit der Papierschere schneidet er ihre samenkrümeligen Spitzen ab. Er besinnt sich auf seine Bücher. Er liest sich in die honigsüßen Lieben Stifterscher Edelmenschen hinein. Er flieht in die eigene Vergangenheit.

Seine Schülerliebe taucht blau und an den Rändern rot im stillen Teich seiner Erinnerungen auf. Kriemhilds Schneezähne hinter paprikaroten Lippen. Er breitet ihre Briefe auf seinem Tisch aus. Er vergegenwärtigt sich die Stunden, in denen jeder einzelne Bekenntnis in Tintenschrift wurde. Das füllt einen Abend aus. Er denkt an das süße Ziehen in seinem Herzen, an den traumhaften Zwang, unter dem er die Schule verließ. Er vergegenwärtigt sich die abträglichen Szenen mit seinem Vater. Der Alte griff damals mit haarigen Raufhänden in seine versteckt stehenden Blumen. Das füllt einen anderen Abend aus. – Und jetzt?

Fernen scheinen vom Himmel herabgefallen zu sein, Fernen, die man mit trabenden Pferden in Jahren nicht zu durchmessen vermag. Äußerlich sind Kriemhild und er durch dreißig simple Schritte getrennt. –

„Aber die innerlichen Weiten, die zu überwinden sind, machen den Menschen klein wie eine Fliege an leerer Stubenwand." –

Sie geht mit Gärtner Gunkel umher, bettet ihre Sehnsüchte in Rosenblüten, filtert sie durch Farben und Düfte. „Farben, die für niemand verglühen, Düfte, die in den Raum hinaus streben, ohne auf den verstehenden Ruch liebender Nüstern zu treffen. – Gärtner Gunkel ist nahe, darf den Namen der Rosen hören, wenn sie fremdländisch ihrem Munde enttönen. Er schaut ihr über die Schulter, wenn sie ihm etwas erklärt. Ihr Haar streift sein Gesicht, wenn sie sich umwendet, um seines Einverständnisses sicher zu sein. Ihr weißer Schuh bleibt in der weichen Erde unter den Stämmen stecken. Sie steht gelassen auf einem Bein wie ein Flamingo und läßt ihn sich über den schmalen Fuß streifen. Ihre adelig gepflegte Hand legt sich auf seine riesige Pranke, wenn er mit den Wurzelfingern in einer Blüte herumstochert. Er geht an ihrer Seite, und der Rhythmus ihrer Bewegungen prallt an ihm ab wie sanfte Wellen an einem Stein."

Solche und ähnliche Sätze schreibt Ferdinand in sein Tagebuch. Wenn es dasteht, Tinte auf Papier, wird er ruhiger. Er hat die Rispen der Nesseln vernichtet. Er hat sie gehindert, ihre Aufgabe zu erfüllen. Aber er hat der Erde seines Gärtchens nichts Neues, Besseres aufgetragen. Noch in der gleichen Nacht schreibt er Kriemhild von Rendsburg einen Brief. Der Brief ist angefüllt mit Plänen um sein Gärtchen. Es wimmelt darin von kaum auszusprechenden Rosennamen. Er schrieb sie sich aus dem Lexikon ab. Zarte Gerüche durchwehen den Brief. Farben stehen in herben Kontrasten nebeneinander oder vereinigen sich zu südlichen Leuchtsinfonien. Er bittet darin um ihren Rat bei der Auswahl der Sorten.

Und er versäumt nicht, anzudeuten, daß er, wenn es das

Schicksal schon nicht anders gewollt habe, ihr in der Beschäftigung mit ihren Lieblingen in tausendfältigen Rosenreizen nahe zu sein beabsichtige.

Ferdinand schickt den Brief mit der Post und wartet eine Woche auf Antwort: keine Zeile. Er wartet eine zweite Woche und trifft während dieser Zeit zufällig Gärtner Gunkel.

„Sie woll'n ooch Rosen züchten, hat 's gnädige Frallein gesogt? Na, da machen Se man ersch Ihr'n Garten in Ordnung, sonst wächst nich amal eene gewöhnliche Heckenrose drin!"

Ferdinands Rosen werden zu Eisblumen. Sie wird ihm also nicht schreiben. Verlacht sie seine Pläne? Er denkt an ihren Mund, an diesen Mund, als er damals sagte: „Das ist nun alles? Weißt du, ich finde die Liebe furchtbar fad. Wenn das die Liebe ist, von der die Dichter so viele Bücher geschrieben haben, dann existiert sie wohl mehr innerlich, mehr gedanklich im einzelnen Menschen, aber so zu zweit? Du mußt doch zugeben, daß da wenig von ihr zu fühlen ist! Bist du nur ein einziges Mal auf zusammengeknoteten Stricken durch mein Fenster gestiegen? Hast du jemand erschlagen um meinetwillen? Bist du ein Büßer, ein Mönch geworden, damit du in dieser Verkleidung bei mir ungehindert ein und aus gehen konntest? Du trittst nicht vor meinen Vater hin, der Tag für Tag mit Worten wie feine Sägen in den Stamm schneidet, auf dem er den Blütenstrauch unserer Liebe vermutet. Ach, Pappi! Er braucht sich wirklich nicht zu mühen. Bei uns blüht nichts. Eine Knospe war da, ein einziges Hagelkorn fiel auf ihre Hülle, und sie winterte aus. Bist du nun, um mir zu gefallen, etwa einer von den Dichtern, von den Künstlern geworden, die Gedichte auf herzliche Heimlichkeiten schreiben oder in Farben ihre innere Glut auf Leinwand malen? Hast du im Park unter Jasminen, die ihren Duft verströmen, zur dunklen Laute gesungen?" Ferdinand wußte damals nicht, was die Dichter über die Liebe schrieben. Stricke für nächtliche Fensterfahrten durchschnitt seine Ehrfurcht vor dem gnädigen Herrn wie ein scharfes Messer. Mönch oder Büßer zu werden, davon hielt ihn der Gedanke ab, daß er dann Kriemhild nicht sehen würde, ach ja! Und wen sollte er töten um ihretwillen? Vielleicht Lehrer Matthießen, der wie ein Geliebter mit ihr durch den Garten ging und mit einer Häkelnadel die Staubgefäße einer Kirschblüte zählte?

Aber Künstler, weshalb sollte er kein Künstler werden können? Er begann damals zu lesen, was die Dichter über die Liebe schrieben. Er fühlte, es war nicht schwer, selbst etwas Derartiges zu sagen, wenn man zwei, drei Tage weiter nichts tat als Gedichte lesen. Die ganze Welt bewegte sich eigentlich auf Reime hin, wollte darin gefangen werden, um ein Kunstwerk zu sein. Butter kam zur Mutter, und die Fliegen hatten Sehnsucht nach dem Ruch der Ziegen. Er schrieb Kriemhild von der Seligkeit, die ihn durchsäusele, vom Durchbruch seines eigentlichen Wesens: er, der Sohn des Müllers, nun ein Dichter, Denker, Gott weiß was alles!

Sie schrieb ihm in eitler Sehnsucht, daß sie sein erstes Gedicht erwarte. Er lieferte es:

„Wie sind voll Sehnsucht meine Finger
zu streicheln deine Locken, diese Dinger.
Ohn' dies trag ich in meinem Herzen,
nur immer blutig-rote Schmerzen.
Und schau am Abend zu den Sternen,
die flimmern in den weiten Fernen ..."

Er kann es noch jetzt auswendig. Sie schien mit seiner Kunst nicht zufrieden zu sein. Ihr Brief brachte Muster aus Zeitungen und Monatsschriften.

Er machte noch eines, es war bestimmt besser, aber er sandte es nicht ab. „Ein Künstler trennt sich nur ungern von seinen besten Werken." Das hatte er irgendwo gelesen.

Er begann zu malen. Es fand sich noch ein Tuschkasten aus seiner Schulzeit. Da war zum Beispiel in einem Buche das Bild zweier Liebender, die von den Früchten eines Herzkirschenbaumes aßen. Der Baum war fast geleert, und die Kahlheit des Herbstes blinkte schon durch seine Zweige. Das zeichnete er ab und tuschte es aus.

Ihr Antwortbrief sagte, das könne man in jedem Kitschladen kaufen, nichts Eigenes darin, nein.

Sie zog sich zurück. Die Briefe – wenigstens die ihren –

wurden seltener. Er sah sie mit dem Gutseleven über die Wiesen reiten. Der junge Mann hob im Reiten ihr Taschentuch auf, das, weiß wie eine Erdbeerblüte, auf einen Maulwurfhaufen gefallen war. Langsam gewöhnte er sich daran, resigniert beiseite zu stehen. Ein Händedruck von ihr, eine zufällige Begegnung vermochten ihn tagelang zwischen Himmel und Erde zu halten. Für die andere Zeit blieben ihm die Bücher. Er las nicht mehr, um sich für eigene dichterische Taten zu inspirieren, er suchte nach Aufzeichnungen, die den Zustand seiner Resignation, des langsamen Verzichtes, widerspiegelten. Ein Tagesfußmarsch Ferne lag bereits zwischen ihm und Kriemhild.

Ein junger Vetter, Student der Tierheilkunde, war gekommen und fuhr mit ihr im Dogcart durch das herbstliche Land. Blätter raschelten unter sanft rollenden gummibereiften Rädern. Der Vetter drückte Kriemhilds Hand, wenn er ihr die Zügel übergab, rasch aus dem Gefährt sprang, um ihr einige Haselnüsse aus regennassen Zweigen zu schütteln . . .

Ferdinand blieb nicht immer auf seinen Höhen. Es steckte wohl auch noch irgendwo ein Stück Mensch in seinen Hosen. Wenn er zu den Viehställen ging, um sich Zahlen für seine Statistiken zu holen, mußte er bei der Wäscherei vorüber. Da war Mathilde mit nassen Kleidern in der Bauchgegend, die ewige Wäscherin. Gerötet, blutdurchwebt leuchtete ihr Gesicht mit den kalten, graugrünen, abschätzenden Augen aus dem wallenden Brodem, der aus dem Waschfaß aufstieg. Ihre Blicke trafen auf Ferdinand und riefen in ihm das Gefühl hervor, als ob sie ihn auszögen.

Diese Fülle weiblicher Kraft, wenn sie die schweren Wäschekörbe über den Gutshof zum Bleichplatz schleppte! Dieses Muskelspiel in nackten Waden! Einmal fiel bei ihrem wiegenden Gang Wäsche aus dem Korb. Ferdinand kam vorüber, hob sie auf und legte sie wieder hinein.

„Oooch!“ sagte sie nur, stellte den Korb nieder und begann mit ihm zu sprechen. Wieder stand er unter dem Blick ihrer Augen, ausgezogen – nackt, ein vor Sehnsucht ausgehungertes Gerippe.

„Sie haben doch auch dann und wann schmutzige Hemden“, sagte sie, auf seine Handgelenke stierend. Er machte eine Bewegung mit den Schultern, um seine Hemdstulpen im Rock verschwinden zu lassen, aber schon brannten ihre Blicke an seinem Hals und hingen am Rand seines wohl nicht mehr ganz weißen Kragens.

„Bringen Sie mir nur Ihre dreckige Wäsche, ich schlafe hinter der Kammer im Waschhaus.“

Und Ferdinand brachte seine Wäsche zu ihr. Sie sprach mit ihm wie mit einem Kinde. Sie hatte Kuchen für ihn, den ihr das Küchenmädchen zusteckte. Sie fand mit unbeirrbarem Blick alle Stellen seiner Kleidung, an denen Knöpfe fehlten. Sie nähte die Knöpfe an, ohne daß er sich entkleiden mußte. Aber dann waren diese Knöpfe irgendwo an der Hose.

„Sie können ja hinter den Schrank treten und sich dort die Hose ausziehen“, funkelte sie. Er gehorchte ihr wie einer Mutter. Er reichte ihr, seine Unterhose mit der Hand am Bauche zusammenhaltend, das Beinkleid. Sie sah kritisch um die Schrankecke und sagte nur: „Ach du lieber Gott.“

Ferdinand fühlt sich unbehaglich, wenn er daran denkt, daß es nicht bei den Knöpfen der Oberhose blieb. Sie hatte Röntgenblicke. Augen, die fast zwangen ... auch zu anderen Dingen ...

„Du bist ja man ein kleiner liebeloser Spatz“, girrte sie. Er fühlte sich von ihr wie auf den Schoß genommen. Ihr Körper war wie eine blutdurchströmte warme Wiege. Ihre Schenkel wie Zangen, ihre Arme wie Fesseln ... Als sie wußte, wie weit sie war, diese Wäscherin Mathilde, greinte sie nicht. Kaum, daß Ferdinand davon erfuhr. Er gewahrte im Laufe des Frühlings das Anschwellen ihres Leibes. Er stand davor wie ein Unbeteiligter.

„... Kannst du mich etwa heiraten, mein Kleiner? Das kannst du sicher nicht. Deine paar Groschen reichen ja kaum zu Rollmöpsen.“

Ferdinand senkte kindlich den Kopf: ein Schulbub, der Karussell fuhr, ohne zu zahlen, und dafür mit einem Tadel nach Hause geschickt wird.

„Ich weiß einen, der mich will. So will, wie ich bin. Er wird das Kind anerkennen. Du kannst gehen, wohin du willst. Ich werde dir . . . werde dir nie im Wege sein."

Keine Träne an Mathildes Wimpern, sanfter ihr sonst stechender Blick, wie hinter der Gaze eines Fliegenfensters.

„Bring mir weiter deine Wäsche und bleib mir gut! Du kannst ja . . . kannst ja fast nichts dafür! Was den anderen anbetrifft, so brauchst du ihn nicht zu fürchten; er ist ein . . . ist ein . . . na, du siehst es schon." So blieb es. Ferdinand verfolgte aus der Ferne die Geburt seines Sohnes wie ein Hahn das Schlüpfen der Küken. Er war selbst noch so – er gestand sich nicht ein, wie kindlich – und nun der Sohn! Manchmal wollte er an Wunder glauben.

Mit der Erinnerung an diese Zeit verbringt Ferdinand seinen Sonnabend. Es genügt ihm eigentlich, so zu sitzen und nachzudenken. Aber immer noch dringt die Welt ins Reich seiner Gedanken und verführt zu Taten.

Er leiht sich am Sonntag von Wenskat Spaten, Rodehacke und Rechen.

„Am Sonntag zum Wegebau?" fragt Wenskat pfiffig.

„Nein, nicht Wegebau, Wenskat. Das Kraut im Garten wächst mir ja fast die Fenster zu . . . wie soll ich sagen, es wuchert eigentlich ohne Nutz und Zweck."

Ferdinand streift Handschuhe über und reißt die Brennesselstauden vor seinen Fenstern aus. Sie sind schon hart und holzig wie junge Bäume. Ferdinands lange Arme ragen aus den Rockärmeln. Er kann nicht verhindern, daß die haarigen Brennblätter seine Pulse streifen und daß ihr Gift die Haut darüber ätzt und Entzündungen mit weißen Punkten zurückläßt. Er streicht über die stechenden Stellen. Unangenehm, sehr unangenehm! „Vierhundert Gramm dieser Pflanzen enthalten soviel Eiweiß wie hundert Gramm Sojabohnenschrot", bemerkt der Inspektor. Ferdinand kann sich damit nicht aufhalten. Er hat große Dinge vor. Die weißen Wurzeln der Giersch krümmen sich wie Würmer unter seinen Füßen. Knopfkraut liegt welkend auf aufgewühlter Erde. Er arbeitet fast zwei Stunden, dann kann er kaum noch den Stiel der

Haue halten. Brennende Blasen blähen sich wassergefüllt in den Handflächen unter den Fingerwurzeln. Graben kann er wohl am nächsten Sonntag.

Es ist noch einiges am Anlageplan seines Gartens zeichnerisch zu Ende zu bringen. Mit wirrem Haar unterm Hut schaut er verschnaufend zum Fenster von Frau Inspektor. Die Gardine bleibt steif und still. Hinter der dünnweißen Wand kann er allerlei vermuten.

In der Schule rüstet man zum Kinderfest. Das erste Kinderfest nach dem Kriege.

„Was hatten wir unterm Kaiser für schöne Kinderfeste!"

„Hat er sie vielleicht bezahlt?"

„Das nicht, aber er gab die Gelegenheiten. Wenn ich an das Sedanfest denke!"

Kinder gehen von Haus zu Haus, sammeln eingeweckte Früchte, Augustäpfel, Butter, Mehl. Bäcker Bähr bäckt Kuchen, stiftet den Krümelzucker, eine Dose Bonbons und andere Näschereien. Den Laden der Krämerin Krampe hat Kaufmann Knorpel übernommen. Seine gelbsüchtige Frau steht mit weißem Arbeitsmantel wie ein Schneemann im Laden und sagt süßlich: „Haben Sie sonst noch Wünsche?" und: „Womit darf ich dienen?"

Die Krämerin Krampe fragte: „Was willst du?"

Ein feines Geschäft, ein Fortschritt für das Dorf. Knorpel, mit dem kleinen zerfransten Knebelbart und der Hakennase, hantiert hinter dem Laden mit Gurken und Heringen, wie einst Lope unter Aufsicht der Krampe. Manchmal schreibt Knorpel mit großen, weißen Buchstaben auf eine schwarze Holztafel: „Sauerkraut heute frisch eingetroffen!"

Die gleiche Tonne trifft im Gange eines Monats dreimal frisch ein. Knorpel ist Geschäftsmann. Lope geht zur Knorpel und verlangt zwei Päckchen Waschblau.

„Bitte, mein Sohn, sonst noch Wünsche?"

„Nee, nee, Mutter bezahlt selber, wenn wir Deputat kriegen."

Frau Knorpel grapscht nach den Waschblaupäckchen und deutet auf ein Schild. „Kannst du lesen?"

„Ja."

„Na, dann bitte!"

„Borgen tun wir morgen", liest Lope stockend.

„Afferei", sagt die Mutter daheim, und Lope braucht nicht wieder zu Knorpel zu gehen.

„Wir bittän um einä kleinä Gabä für das Kinderfest", deklamieren die sammelnden Kinder.

Frau Knorpel gibt drei Pakete Malzkaffee aus Restbeständen der Krampe, Schulhefte mit ausgeblichenen Deckeln, deren Seiten Sirupspuren tragen, zwei Kartoffelschäler, fünf Päckchen Ponynadeln und fünfundzwanzig Glückwunschkarten zur silbernen Hochzeit. – Tischler Tannig fertigt den Stern für das Armbrustschießen der Jungen an. Albert Schneider und Klaus Tüdel holen ihn ab. Sie befestigen ihn an einer langen Stange. Sie schreiben mit Blaustift auf die klobigen Strahlen: „Erster – zweiter – dritter Preis, Trostpreis" und sägen mit einer Stichsäge den ersten und zweiten Preisstrahl an.

Barbier Bulke, der zugleich Postbote, Fleischbeschauer, Dorfschneider, Leichenwäscher und Nachtwächter ist, verspricht, mit Zappel-Schulze, Flötenheinrich, Tuba-Schutzka Musik zu machen. – Das Kinderfest kann beginnen.

Der Vater mustert im Kirchrock, mit weißem Vorhemd und steifem Hut, noch schnell seine Kinder. „Immer dieses rote Ding von Schleife", tadelt er Trudes Haartracht. „Wir sind doch keine Roten nicht."

„Warum nicht?" fragt die Mutter und zupft das Seidenband bauschig. „Freilich, du bist immer blau."

Der Vater blickt gequält auf Lope. „Die Hände auch gewaschen?"

Lope streckt sie ihm hin und erhält einen scherzhaften Klaps darauf.

„Du mit deinen Schreiberfingern wirst im Leben kein Gutsarbeiter!"

„Was du immer zu blubbern hast, alter Saufaus", fällt die Mutter ihm ins Wort.

„Wollen wir machen, daß wir fortkommen. Ich glaube, sie singen schon", fiebert Trude.

Und das Fest beginnt. Singend ziehen die Kinder zum Heidberg.

„Iiiim Gleichschritt, maaarsch!" kommandiert der Lehrer.

„Das Wandern ist des Müllers Lust, das Wandern", singen sie.

Staub wirbelt auf und fliegt mülmend über die blühende Augustheide. Schäfer Malten sperrt die scheuen Schafe ein, und Minka bellt klagend.

„Abteilung halt! Liiinksum! Wegtreten!"

Wie ein Sack ausgeschütteter Fliegen schwirrt es summend über den Heidberg.

„Hier Sacklaufen der Mädchen!" Frau Lehrer hebt den Arm, sie steht achtungheischend im weißen Kostüm wie eine Statue auf einem Feldstein. Ihr falscher Zopf liegt – ein dunkler Heiligenschein – unbeteiligt auf ihrem Kopf.

„Hier Sternschießen der Jungen!" schmettert Wenskat, der als Mitglied des Schulvorstandes und allgemeiner Vergnügungswart das Armbrustschießen leitet.

Der Lehrer verhandelt mit Fleischer Franzke und Wilm Tüdel. Bunte Kleider, Haarschleifen, neue Schuhe, weiße Sporthemden, zuckerwassergetränkte Scheitelfrisuren, braune Kinderarme, Taschentücher in schwitzenden Mädchenhänden, Schlipse an Konfirmandenkragen, protzige Kavaliertücher, schiefe Bügelfalten, seidene Socken, gestreifte Blaudruckschürzen, zerbeulte, runde und steife Männerhüte, Spazierstöcke, vereinzelte Zigarren wie Sitzstangen an Starenkästen, pomadenstramme Bärte, staunende, lachende, kritisch wachende, verschlagene Augen.

Arbeitslose, Heidreiser zerrupfende, nutzlos herabhängende oder in Hosentaschen gestopfte Hände und rennende, stehende, schreitende, wartende Füße in blühendem Heidekraut.

Klaus Tüdel schießt den ersten Preis ab und tuschelt Albert Schneider beim Spannen der Armbrust zu: „Mehr rechts halten!"

Eierlauf und Hahnschlagen der Mädchen. Verbundene Augen, geschulterte Dreschflegel.

„Wieviel Finger zeig ich?" fragt Frau Lehrer, nachdem sie einem Mädchen die Augen verbunden hat.

„Fimwe!"

„Gut, du kannst nichts sehen!" Sie dreht das Mädchen einige Male hin und her, damit es sein Richtungsgefühl verliert. Die Geblendete geht zögernd, zählt ihre Schritte, stolpert, hält sich rechts. Der Tontopf, den sie treffen soll, steht links. Dreimal schlägt sie zu. Dumpfer Aufschlag des Flegels, geknickte Erikastengel. – Nichts.

Die Dorfkapelle ist angekommen. „Die Schlittschuhläufer" von Waldteufel, in Töne verwandelt, gleiten über die Sommerheide. Schulentlassene Mädchen summen mit, packen einander, machen Tanzschritte. Der Lehrer erscheint mit blecherner Bonbondose unterm Arm. Wie ein Säer schreitet er durch das Heidekraut, und quarrend, streitend wie Krähen, folgen die Kinder. Breitwürfige Saat blauer, roter, grüner Bonbons. Raffen, Reißen, Schubsen und Ohrfeigen, volle Münder, verklebte Lippen. Quakender Tusch der Kapelle: „Hoch, hoooach, hoooch!"

Albert Schneider hat die Zeit des Zuckerregens benutzt, um den zweiten Preis abzuschießen. Lope läßt zwei Hände geernteter Zuckerstücke in seine Hosentasche gleiten.

Neues Drängen am Wurststand. Mit weißer Schürze steht Fleischer Franzke vor seinen Holzmulden.

„Antreten! Es geht um die Wurst!"

Der Herr Lehrer scherzt. Beifälliges, von Murmeln durchbrochenes Lachen der Erwachsenen. Kinder kauen noch an Zuckerstücken und halten schon je eine Wurst in Händen. Die bringen sie den zuschauenden Eltern oder verschlingen sie bis auf Reste, die sie kleineren Geschwistern schenken. Sie stellen sich zum Reigentanz auf.

„Alle Vögel sind schon da" und „Hänschen klein ging allein" spielt die Kapelle, und die Tuba wackelt einen halben Takt hinterdrein wie ein brummender Bär. Frau Lehrerin klatscht in die Hände. Die Musik setzt aus. „Hänschen klein" hat keine Zeit mehr, zur Mutter zu eilen. Es fällt unterwegs in einen Teich – „Plämmmmps", verklingt der letzte Ton der Posaune – und aus!

„Auf, ihr Turner, frisch und frei!
Holt den Wanderstab herbei ..."

singen die Kinder. Verschlungene Figuren aus buntbekleideten Kinderkörpern, Mühlen- und Sternfiguren, ausgestreckte Arme, Schlangen sich haltender Hände, eine Brücke aus wurstprallen, patschigen und hungrigen Ärmchen mit klebrigen Fingern. Mädchen und Jungen zu Paaren.

Lope tanzt mit Maria Schneider, der Schwester von Albert Schneider. Sie sind an der Reihe, durch den Brückenbogen aus Kinderarmen zu schlüpfen. Maria, klein und rundlich. Ihre steifen Zöpfe biegen sich am Ende nach oben. Ihre blauen Augen blühen wie Blüten von Vergißmeinnichtblumen. Ihre Patschhand mit den Grübchen drückt aufgeregt Lopes Spargelfinger. Ein neues, ungekanntes Gefühl durchzittert Lope. Dankbar fällt sein Blick in die Blauaugen Marias.

„... ziehet aus mit leichtem Sinn
rüstig durch die Welt dahin!
Trallala, trallala, trallalalalalala"

singen sie und stellen sich am Ende wieder in die Reihe. Ihre hochgehaltenen Hände verschmelzen wieder zu einem Brükkenbogen.

Für Maria ist Lope nicht „Ferdl – Feuerlöscher". Er ist ihr Tänzer. Er drückt ihre Finger, sie drückt die seinen ... Von diesem Händedruck an fahren neue Gedanken wie aufgescheuchte Fliegen durch Lope.

Der Reigentanz ist zu Ende. Die Musik spielt wieder. Am Schießstern sind nur noch wenige Strahlen. Lope schießt Löcher in die Luft. Ein großartiger Gedanke: wenn er den dritten Preis abschießen und bekränzt unter den Königen ins Dorf marschieren würde?

„Du schießt noch die Sonne herunter, so dusselig hältst du die Armbrust", sagt Kutscher Wenskat und richtet Lopes Hände.

Auch der dritte Schuß geht nicht ins Ziel, dafür holt Klaus

Tüdel auch noch den dritten Preis herunter, der vereinsamt am Mittelteil des Holzsternes hing.

„Antreten zum Einmarsch!“ befiehlt der Lehrer. Er steckt sich nach getaner Arbeit eine Zigarre an.

Die Kapelle spielt den Fridericusmarsch. Der Lehrer geht am Kinderzuge auf und ab und kommandiert: „Links, zwei, drei, vier; links, zwei, drei, vier!“

„Immer wenn die Pauke bumst, mußt du mit dem linken Bein auftrampeln“, sagt Orge Pink zu Lope.

An der Spitze des Zuges marschieren die Sieger. Albert Schneider mit der Eichenschärpe um Schulter und Hüften. Klaus Tüdel wie in einem Blätterwald unter seinen zwei Auszeichnungen. Auch Trude trägt einen Kranz. Sie siegte beim Eierlaufen.

„Keine Kunst“, sagt bissig ein Mädchen, „sie hatte einen so großen Löffel, und das Ei lag darin wie in einer Schüssel.“

Kaffee und Kuchen im Gasthaus. Die Musik spielt von der Bühne: „Aus der Jugendzeit, aus der Jugendzeit ...“ Die Kinder schwatzen, schmatzen, und eifrige Mädchen tanzen schon.

„O wie liegt so weit, o wie liegt so weit ...“, sie tanzen das Geschmachte wie einen Walzer.

Nach dem Kaffee wogt's im Saal wie ein kochender Brei. Mutigere Jungen tanzen mit größeren Mädchen. Mädchen mit um den Hälsen verschlungenen Armen tanzen stockend und übend, Jungen haben einander gepackt und schieben sich hin und her wie Pakete. Mütter, mit den Allerkleinsten auf den Armen, schunkeln lachend mit erhobenem Zeigefinger durch den Saal. Lope tanzt mit Paule Wenskat und sieht zu Maria Schneider hinüber, die unschlüssig auf der Mädchenseite steht.

„Drei Tänze Damenwahl!“ verkündet der Lehrer.

Beifallgekreisch. Mütter holen ihre Söhne, Töchter ihre Väter. Lope sitzt und kaut an seinem letzten Stück Kuchen. Mutter ist nicht da. Weshalb hält sie sich immer daheim? Sie war nicht zur Totenfeier für die Kaiserin, sie kam nicht zum Kinderfest.

Der zweite Tanz für die „Damen“ beginnt. Lope möchte

unter den Tisch kriechen, zum Fenster hinausspringen: Maria Schneider kommt über das Parkett auf ihn zu. Sie macht einen artigen Knicks und fragt: „Lope, du mit mir?“

„Mensch, du mußt doch gehen!“ Paule Wenskat kippt den Stuhl, und Lope stolpert auf Maria zu. Sie schieben sich auf der Tanzfläche hin und her und wagen nicht, sich anzusehen.

„Ich glaube, es ist ein Walzer“, bemerkt Maria schüchtern, und dann drehen sie sich. Lope sieht Albert Schneider mit Tina Fürwell vorüberkreisen. Aber sie hängen an der Decke, und der bronzierte Kronleuchter steht girlandengeschmückt auf dem Parkett.

„Bist du auch so verdreht?“ fragt Maria.

„Und wie!“

Sie bleiben stehen, suchen einander festzuhalten, erhalten einen Schubs von einem vorübertanzenden Paar, drehen sich wieder weiter, weiter; und der Saal mit bunten Kleidern, geröteten Gesichtern, Lehrer und Eltern kreist wie ein Karussell.

Väter hantieren mit Streichhölzern an den Lichtern von Lampions. Die Kleinkinder halten die bunten Laternen an steifen Armen. Fratzenhafte Monde, erleuchtete Blattgebilde, flackernde Sterne und bunt leuchtende Töpfe wogen vor dem Gasthaus durcheinander. Schließlich formt sich eine vierzeilige Reihe. Der Lehrer kommandiert, Mädchen kreischen, Kleinkinder weinen.

„Muß i denn, muß i denn zum Städtele hinaus . . .“, intoniert die Kapelle. Der lichtbunte Zug wälzt sich durch die Dorfstraßen. Große Rede des Lehrers vor dem Schulhaus. Dankworte des Schulvorstandes, Gähnen müde geplapperter Münder, Stearinduft verlöschender Kerzen. – Das Kinderfest ist aus.

„Möge uns Gott alle gesund erhalten, daß wir im nächsten Jahre wieder ein so schönes Kinderfest feiern können“, erhebt der Redner des Schulvorstandes die Stimme zum Schlußsatz.

Warmer Augustwind weht über die Heide, Nachtfalter flirren um letzte Lampions.

Fett und plusterig fällt die zweite Brut der Schwalben aus den Nestern. Federbällchen fliegen davon. Dachfirste und Telefondrähte sind gesäumt von Vogelleibern. Kartoffelkrautfeuer durchbeizen die nebeligen Morgen. Kartoffeln kullern aus Wagenkästen in die Keller. Die Kinder hacken die Knollenfrüchte auf dem Acker des Lehrers. Frau Lehrer bäckt Kuchen aus Brotteig und kauft den billigen Kaffee aus dem Nachlaß der Krämerin Krampe für die fleißigen Kinder.

Frost fällt, und das Gras wird grau. Lope verdient einige Groschen beim Rübenziehen. Er steckt seine frostklammen Finger in die Hosentaschen oder haucht auf ihre Spitzen, um sie zu erwärmen. Der Atem fliegt in weißen Wölkchen aus den Mündern der Rübenzieher.

Wieder Winter mit hockenden Krähen im Gutsgarten und Hasenspuren um die Häuser. Lope macht sich nützlich, wo er kann: hilft beim Besenbinden, besorgt einen Tannenbaum für den Kaufmann, holt Pferdemist für Ferdinands Garten und schneidet bei Schäfer Malten getrocknete Pflanzen zu Tee. Aber soviel er auch arbeitet, es fehlen ihm Märchen und Geschichten.

Ferdinand sagt: „Du mußt dich jetzt mühen und, wie soll ich sagen, versuchen, selbst zu lesen. Als ich so alt war wie du, las ich schon die ganze Bibel von vorn bis hinten durch. Ja, so war ich! Wo hast du übrigens das Buch vom gnädigen Herrn? Wir könnten es doch . . . Könnten wir es nicht so machen, daß du daraus eine Geschichte liest und sie mir erzählst? Ja, das könnten wir wahrhaftig tun!"

Lope versucht es noch einmal bei Schäfer Malten, doch auch der hat Einwände. „Kerl, der du bald heiraten wirst, kannst doch nichts mehr mit Märchen anfangen. Beim blauen Barte des Raubritters, das ganze Leben ist ein Märchen. Vielleicht ist alles gar nicht da, und wir träumen es nur. Weiß der Deibel, vielleicht sind wir ewige Schläfer."

Damit kann Lope nichts anfangen. Er sucht das Buch vom gnädigen Herrn. Am Abend sitzt er auf der Ofenbank und liest laut vor sich hin.

„Hör auf mit dem Gebrabbel!" sagt die Mutter unwirsch.

„Kannst du noch nicht leise lesen?" fragt der Vater. „Ich

kann ein ganzes Buch auslesen, ohne die Lippen einmal dabei krumm zu machen."

„Du siehst gerade so aus", höhnt die Mutter.

Lope versucht, leise zu lesen. Zuerst weiß er nicht, was er gelesen hat, wenn er sich die Worte leise zusammenbuchstabiert. Nach einigen Tagen geht es besser. Er ist froh und überrascht: er braucht jetzt niemand mehr, der ihm Geschichten erzählt. Er ist wie ein zäher Mann, der hinausfuhr und einen unbekannten Weltteil entdeckte.

Da ist nun die Geschichte von dem Manne, dem gesagt wurde, er könne all das Land behalten, was er in einem Tage mit Pferd und Pflug zu umfahren imstande sei. Dieser Mann hätte am liebsten eine ganze Provinz auf diese Weise erworben. Er überanstrengte sich dabei und starb. Da benötigte er nur noch die Erde für die Grube, die sein Grab wurde.

„Wie ist es", fragt Lope Ferdinand, „der gnädige Herr hatte wohl ein schlechtes Pferd, als das Land verteilt wurde?"

„Wie? Was meinst du damit?"

„Na, ich meine, mit einem guten Pferd hätte er doch mehr umreißen können als das, was er jetzt hat."

„Ach so, ja! Na ja: das ist nun nicht überall so. Es war in Rußland, da ist es anders. Bei uns erbt man das Land."

„Woher weißt du das, daß es in Rußland war, Herr Sekretär?"

„Der Mann, der die Geschichte schrieb, war ein Russe, mußt du wissen."

„Hat er sich die Geschichte nur ausgedacht?"

„Gewissermaßen nur ausgedacht, ja, aber er hat sie eben doch wieder nicht so mir nichts, dir nichts ausgedacht, sondern wollte etwas Bestimmtes damit sagen . . . ich meine, das ist . . . er wollte damit sagen, daß man nicht habgierig sein soll; denn am Ende eines jeden Lebens steht der Tod. Man muß sterben, ob man tausend Morgen Land hat oder nicht einen Fingerhut voll. Man erhält seine Grabstelle und basta!"

„Erben? – du hast erben gesagt, Herr Sekretär. Erben kann man wohl ohne Pflug und Pferd. Wie ist das?"

„Ja, man erhält das Land einfach von seinem Vater, wenn er stirbt, und dann . . . dann hat man es eben."

„Und was dann, wenn der Vater kein Land hat?"

„Dann ... dann erbt man eben nichts, aber zur Grabgrube reicht es. Die bekommt man, wenn man tot ist ... das ist beinahe so ... freilich, es ist so: man hat sein ganzes Leben lang auf eine Grabstelle Anspruch."

„Weißt du, wo deine Grabstelle ist, Herr Sekretär?"

„Nein, weshalb? Das ist doch gar nicht erforderlich ... ist doch gar nicht wichtig. Die Grabstelle zu wissen, nein, ist nicht wichtig."

„Aber du könntest dir dann doch Blumen oder Kartoffeln darauf pflanzen oder Kohlköpfe. Die Grabstelle liegt doch sonst nur die ganze Zeit da und verqueckt."

„Oh, du bist mir schon einer! Es ist doch ein bißchen anders. Die Geschichte lehrt ... aber das müßt ihr doch schon in der Schule gelernt haben, wie das kam. – Es gab Bauern, die tranken. Sie tranken etwas viel, wie man so sagt: einen über den Durst gewissermaßen. Sie soffen geradezu und machten Schulden. Andere soffen nicht und arbeiteten. Sie liehen den Soffköpfen, den Schuldenmachern, Geld, und wenn die es nicht wiedergeben konnten, nahmen sie sich schließlich ihre Äcker. Nach einer gewissen Zeit hatten die Saufbrüder eben kein Land mehr und mußten als Knechte arbeiten ... so ist das wohl gewesen ... so ungefähr, meine ich."

„Und die nicht soffen, die wurden gnädige Herren?"

„So ähnlich vielleicht; vielleicht auch nicht gerade gnädige Herren ... immerhin, sie wurden es im Laufe der Zeit. – Es gab ja auch andere, die verschuldeten sich nicht. Sie behielten Haus und Hof, wie, sagen wir mal, der Schneider zum Beispiel."

„Malten hat gesagt: ‚Der alte Schneider erhängte sich im Soff.' Er hat auch ein Stück von Schneiders Hängestrick und macht Pferde damit zugfest."

„So? – Das weiß ich nicht. Es ist ja nicht gesagt, daß es gerade beim Schneider so war. Es war nur ein Beispiel. Bei Schneider kann die Sache ruhig ganz anders gewesen sein."

„Hat dein Vater früher auch gesoffen, Herr Sekretär?"

„Aber er hat ja doch die Mühle."

„Ja, er hat die Mühle und hat Land dazu, und du hast nichts. Du hast nur Bücher."

„Ja, das Leben ist nicht so leicht, mußt du wissen. Du wirst es noch gewahr ... sicher wirst du es noch gewahr", seufzt Ferdinand und will sich anderen Dingen zuwenden. Er wird unsicher. Lopes Kinderaugen durchbohren ihn. Weshalb ging er auf das Thema ein? Es ist peinlich. – Vielleicht war es auch anders mit dem ...

„Vielleicht war es auch gar nicht so mit dem Land", gesteht Ferdinand plötzlich. „Es braucht gewissermaßen gar nicht am Saufen zu liegen. Es ist nicht gesagt; ich kann mich irren. Es ist gar nicht so einfach, etwas Genaues darüber zu erfahren."

„Sie saufen auch!"

„Wer?"

„Die Herrschaften. – Du hast selbst gesagt, daß sie mit einem Korkenzieher die Schnapsflaschen aufmachen."

„Habe ich das gesagt?"

„Ja. – Wie ist es, du schreibst wohl gar keine Briefe mehr an den Inspektor?"

„Wieso? – Ach, richtig! Nein, die Geschäfte gehen jetzt wieder glatt. Wir sind einig."

„Frau Inspektor ... jetzt lacht sie nicht mehr, wenn sie mich sieht, die Frau Inspektor."

„So, tut sie das nicht? – Na ja!"

Hundert neue Gedanken. Sie gehen mit Lope einher wie Schatten. Auch der Schatten ist so ein Ding. Wie ein kleines schwarzes Männchen verfolgt er Lope. Lope dreht sich rasch um und versucht, den Schatten einzukreisen. Er muß es doch schaffen, ihn einmal vor sich zu haben. Er kann es noch so flink machen: er dreht sich, und der Schatten ist doch wieder hinten. Manchmal ist er vorn. Dann versucht Lope, ihn zu überholen. Er bleibt ein Weilchen stehen und wartet. Der Schatten liegt faul in der Sonne auf dem grasigen Wegrand. Er ist anscheinend eingeschlafen. Da macht Lope, heimlich und schnell, zwei, drei Sprünge. Wenn er sich nach dem Schatten umschaut, ist hinten alles goldgelb von Sonne. Der Schatten steht wieder vorn und wartet. – Wie mit dem Schatten ist es also auch mit den Gedanken: er steht morgens auf, und sie sind schon da. Sie sind früher da, als er seine Hose anziehen kann. Er kann den Kopf in die Waschschüssel stecken – sie gehen auch mit unter das Wasser. Er geht in die Schule, und sie gehen mit. Auf dem Heuboden, bei der Parkbank, beim Distelnstechen, beim Fußballspielen ... die Gedanken sind überall, wie die Luft, die er einatmet. –

Vater säuft. Das weiß Lope. Lope wird nichts erben als das Recht auf seine Grabgrube. – Viele Fragen kletten sich an Lope. – Er wird nicht saufen. Wie lange muß man nicht saufen, bis man Vaters Land vom gnädigen Herrn zurückerhält? – Er gab Lope das Buch. Vielleicht gibt er ihm auch das Land.

„Er ist sehr gebefreudig, unser gnädiger Herr", sagte Wenskat, als er für das Aufsagen des Prologs bei der Totenfeier für die Kaiserin drei Zigarren mit bunter Bauchbinde erhielt.

Der Winter vergeht. Das Land liegt sattgesogen. Die Amseln flöten schon im Park. Ferdinand prüft die kahlen Zweige seiner Rosenstämmchen. Er fingert an den rötlichen Knospenaugen. Er träumt von duftenden Blüten, verführerischen Düften. –

Frau Inspektor geht vorüber. Sie hat jetzt stets wenig Zeit. Sie schwirrt hin und her wie eine dickbauchige Bremsfliege. Sie wirft einen hastigen Seitenblick auf den schlotterlangen Sekretär und sagt hastig: „Sie werden wohl blühen dieses Jahr. Sicher werden sie blühen. Meinen Sie nicht?"

Sie hat ganz vergessen, daß sie mit Ferdinand einmal auf du und du stand. Ferdinand zuckt mit den Hängeschultern. Er schaut sie schweigend an.

„Schlechte Zeiten, schlechte Zeiten", stöhnt sie, „jetzt melkt die zweite Kuh nur auf drei Strichen. Die andere steht kurz vor dem Kalben, gerade jetzt, wo es darauf ankommt."

Sie streicht über ihre Schürze, da bemerkt Ferdinand, daß sie schwanger ist.

„Ach, wie? Nun doch?"

„Jaja, schweig! Schweigen Sie! Es lag an mir ... Der Arzt ... es war übrigens gar nicht schlimm. Man kann es meinem Manne nicht verdenken, daß er damals ... und denken Sie, ich habe nicht einmal etwas gespürt, aber dann bewegte es sich, ja, seit zwei Wochen bewegt es sich. Aber jetzt, wo man Sahne haben müßte, melkt die letzte Kuh nur auf drei Strichen."

„Wundervoll, wundervoll", schwärmt Ferdinand, „wenn eine Frau noch so spät an ihre eigentliche Aufgabe herankommt. Ich meine, es ist gewissermaßen das Werk, das Kunstwerk einer Frau, so ein Kind ..."

„Ach, hören Sie auf! Es war fast gar nichts dabei, aber jetzt beginnt die Kunst, weil man kaum weiß, wie man es ernähren wird. Eigentlich wollten wir dieses Jahr schon so weit sein und unser eigenes Gut pachten!"

„Na, aber die Mutterschaft! Ich kann mir vorstellen, daß sie etwas Beglückendes, Schöpferisches in Ihnen ..."

„Ach, du lieber Gott, sehen Sie die Enten? Da watscheln sie wieder im Salat. Mein Gott, herrje!" und sie rennt schon.

Ferdinand steht allein bei seinen werdenden Rosen, Frau Inspektor scheucht händeklatschend die Enten aus dem Salat. Er kann kaum noch begreifen, daß ihr Wesen ihn jemals rühren konnte. Sinnend geht er in das Sekretariat zurück.

Frieda Wenskat sitzt am Fenster. Ihre Augen saugen sich in sein Gesicht. Er fühlt es nicht. Er sieht sie an und nickt. Seine Gedanken staken durch Erinnerungen.

In Blemskas Wohnung zog Grimka mit seiner nervösen, zigeunerhaarigen Frau und vier Kindern. Man sagt, er sei ein Puppenspieler, dem das Verhungern im grünen Wagen zu lange dauerte. Grimka versteht wenig von der Landwirtschaft.

„Kein Wunder", sagt Wenskat, „denn wenn man auf der Landstraße liegt, erntet man bloß und weiß nicht, wie was wächst."

Wenskat kann den Neuen nicht leiden. Das hat seinen Grund. Grimka kann ganze Räuberstücke mit Männer-, Frauen- und Geisterstimmen hersagen. Jetzt holen sie Grimka, wenn der Radfahrerverein oder der sozialdemokratische Ortsverein Stiftungsfest haben. Er verdient sich das Freibier und drei Mark pro Abend. „Er ist ein Höllenhund", sagen sie von Grimka.

Grimkas Haupttalent liegt im Trommeln. Zwei Trommeln und eine Pauke waren Dinge, die sorgfältig wie Särge behandelt wurden, als er einzog. Die Pauke oder die große Trommel, wie Grimka sie wichtig nennt, dient umgekippt mit übergelegtem Brett zwei Kindern als Sitzplatz beim Essen. Grimka wacht wie ein Schafhund darüber, daß die Kinder weder mit den Fingern noch mit Eßgeräten an das entspannte Fell der großen Trommel kommen. „Daß ihr mir ja das Fell nicht fettig macht!"

„Iach, waiß nisch, wo du fer ain Mahn bist, der du bist, bist du", haspelt die Frau, „wumit solln se machen ain Fleck aufs Fell, wann is kain Fött niach im Haus, ist niach, woas?"

Grimka spielt sonntags bei Barbier Bulke in der Kapelle. An Wochentagen steht das obere Becken der großen Trommel auf der Kommode und enthält je nach der Jahreszeit: Kartoffeln, Äpfel oder Pflaumen. An Mittwoch- und Sonnabendabenden kommen Trommelschüler. Der sozialdemokratische Ortsverein hat eine Gruppe für Knüppelmusik gegründet, um seine Ausmärsche und Umzüge wirkungsvoller gestalten zu können. Drei junge Bergleute, Schießke, Klopp und Spille, erlernen bei Grimka das Trommeln. Grimka trommelt eine Weile, es knattert, zischt und wirbelt nur so, dann hält er ein und fragt: „Wißt ihr, was ich gespielt habe?"

Die Bergleute verneinen.

„Wißt ihr nicht; könnt ihr nicht wissen, aber hier! Ta tamm ta tatada, ta tata tatada . . ., der ‚Torgauer Marsch' war es, was ich gespielt habe, nun wißt ihr es."

Er trommelt ein anderes Stück, und die drei kennen es nicht.

„Es war der Sozialistenmarsch, bitte! Oh, ihr müßt noch viel lernen, müßt ihr!"

Und die drei Trommelschüler lernen Torgauer und Sozialistenmarsch. Sie sind noch schweißtriefend bei der Arbeit, da geht die Küchentür auf. Diener Leopold erscheint in schwarz und weiß gestreifter Jacke und bittet höflichst im Namen des gnädigen Herrn, den Lärm abzubrechen. Hinter Leopold steht Wenskat im Hausflur.

„Ist das nicht meine Wohnung, und kann ich nicht darin Krach machen, soviel ich will?“ fragt Grimka.

„Ja, aber der gnädige Herr kann nicht arbeiten bei dem Gelärm.“

„Arbeiten? Ist nicht Feierabend, mein Härr?“

„Quatsch nich so kariert“, fällt Wenskat ein, „das kann nicht einmal ein Ochse aushalten. Wenn Feierabend ist, hat Ruhe zu herrschen und weiter nichts, sonst zeig ich dich an wegen Ruhestörung. Könnt ihr nicht auf den Anger kloppen gehen?“

Die drei Bergleute packen die Instrumente ein. Grimka streitet noch eine Weile mit Leopold und Wenskat. Dann gehen sie mit ihrer Trommelschule auf den Anger.

„Da hat sich der gnädige Herr was Schönes ins Nest gesetzt“, sagt Wenskat zu Leopold, „und der arme Blemska mußte ziehen.“

Aber Blemska fühlt sich gar nicht so arm. Er arbeitet jetzt im Bergwerk. Jeden Tag bringt er sich von der Schicht einen Armvoll Schalbretter mit. Von Woche zu Woche werden es weniger Ritzen im Gemeindehaus. Die Ziege meckert nicht mehr in der Küche. Kohlen sind da, und der Rauch steigt ordentlich durch den Schornstein.

„Ich war doch nicht verheiratet mit dem ollen Rendsburg.“

Über das vertrocknete Gesicht seiner Frau will ein Lächeln huschen, aber die Hasenscharte an ihrem Mund fängt es weinerlich auf. „Ja, aber ...“

„Nichts aber, nächstes Jahr haben wir auch Kartoffeln, Korn und eine Ziege mehr im Stalle. Was willst du? Lieber geduckt vor der schwarzen Kohle als vor dem schwarzen Gutsbesitzer, dem Hurenbock, dem ...“

Jaja, der Blemska macht sich. Auch auf der Grube tut er das. Die erste Zeit hatten sie ihn in Schichtlohn über Tag gesteckt. Er rückte Wagen ab. Dann kam er runter vor Ort. Die Kohle war für ihn zuerst zwar härter als die Queckenplaggen, aber seine Hände, diese Brotschieber, gewöhnten sich daran. Sie umgaben sich mit einer noch dickeren glänzenden Hornhaut und brannten nicht mehr nach der halben Schicht wie das Höllenfeuer. Von da an ging er in Akkord. Die dünne Luft und die ewige Finsternis waren das, woran er sich lange nicht gewöhnen konnte. Und wenn er seine „Puppen“ in Grimkas liederlichen Händen sah, guckte er schnell auf die andere Seite. Schließlich waren es nicht seine Pferde. Es waren arme, geschundene Gutskreaturen.

Er wurde Mitglied der Gewerkschaft. Hier in der Grube war er nicht mehr so allein. Es gab auch andere, die auf ihr geringes Recht pochten und wußten, was sie wollten, Teufel noch mal.

Im Arbeiten legte er mit der Zeit etwas vor. Sonst war er ruhig. Die Bergleute aus dem Dorf kannten seinen Fall natürlich. Sie hänselten zuweilen: „Wen wirst du hier vertobaken, Blemska?“

Nichts dergleichen. – Der Steiger machte sich an ihn heran. „Na, Blemska, mein nächster neuer Aufseher“, sagte er ermunternd und klopfte dem ehemaligen Gutsarbeiter auf die Schulter. „Du legst wenigstens ein Stück Arbeit hin und mekkerst nicht so rum wie die andern.“

Das verfing bei Blemska gar nicht.

„Daraus wird nischt“, sagte er, und seine weißen Zähne schimmerten aus dem kohlengeschwärzten Gesicht. „Diese Sorte von Brüdern habe ich satt. Von mir könnt ihr nicht verlangen, daß ich katzbuckle. Sucht euren Vogt, wo ihr wollt.“

Auch der Schacht hat Riesenohren, wie die Felder und Wälder des gnädigen Herrn.

„Hoffentlich ärgerst du dich mal nicht über das, was du dem Ober jetzt an den Kopf geknallt hast“, tuschelte ein Kumpel, der die Unterredung im Querschlag mit angehört hatte.

„Ach was, ärgerste dich: die paar Salzheringe, die ich fresse, werden überall gefischt.“

„Blemska ist richtig, der muß mit in den Ortsverein“, sagten andere.

„Ortsverein?“ fragte Blemska. „Was macht ihr denn im Ortsverein? Fressen, saufen, tanzen, Stiftungsfest und kegelschieben. Ihr seid doch gar nicht politisch.“

„Politisch? – Ein Ortsverein ist ein Ortsverein und damit politisch, damit du's weißt."

„Euer Vorstand geht ja zum Abendmahl, und viele von euch sind im Kriegerverein."

„Abendmahl? Warum nicht zum Abendmahl? Jeder macht doch, was er will! Religion ist bei uns Privatsache, mußt du wissen. Und wenn einer im Kriege gekämpft hat, warum soll er nicht beim Kriegerverein sein?"

„Das ist ja wie ein Wolf mit einem Taubenschwanz, nicht rot und nicht schwarz."

„Das ist, werde ich dir sagen, das ist, weil du andauernd die linken Schriften liest, die du zu Hause hast. Du wirst zuletzt ganz einseitig, wie ein flügellahmer Vogel."

Wenn Lope sich am Sonntag daheim fortstehlen kann, geht er zu Blemska ins Gemeindehaus. Die Prügel von Onkel Blemska sind längst vergessen. Blemska ist immer stark und fröhlich. Er ist auch zu Hause nie müßig, bessert hier was aus, flickt da herum. Er baut einen neuen Zaun um den Gemeindegarten. Lope und Fritz, der bald konfirmiert wird, reichen ihm Nägel zu oder spitzen die Latten an. Dabei erzählt ihnen Blemska die kleinen Geschichten aus der Grube.

„Daß ihr mir aber nicht darüber rumquatscht", mahnt er. „Ihr seid nun schon bald erwachsen und müßt was hinter den Zähnen behalten können."

Lope und Fritz gucken sich an. Sie wundern sich, daß sie schon so groß sind.

Mit Kutscher Müller geht es schlechter. Auch er wurde an jenem Sonntag nach dem Brande zum gnädigen Herrn zitiert. Müller war noch halb betrunken, war noch verwirrt. Rendsburg machte ihm Vorwürfe. Er habe es, ohne die Hand zu heben, zugelassen, daß Blemska die jungen Herren fast erschlagen hätte. Müller sank in sich zusammen wie eine salzbestreute Kellerschnecke. Da wurde der Herr immer heftiger, fast zornig, und sprach von exemplarischer Bestrafung. Diener Leopold hat es Wenskat erzählt. Wenskat sagte: „Is auch wahr! Es geht ihnen zu wohl, den Kadetten."

Am nächsten Tage bekam Müller die exemplarische Bestrafung zu spüren. Er mußte mit einem Ochsenkutscher tauschen.

„Soll er sich freuen", sagte Blemska, als er es erfuhr, „kann er langsamer laufen."

Aber Müller freute sich nicht. Weniger, weil er degradiert wurde, aber Pferde gehen beim Ackern wenigstens einmal rum in flotter Gangart, wenn man sie scharf anruft oder ihnen gar eins überzieht, Ochsen tun das nicht. Man kann die Peitsche nicht hinterherschleppen lassen. Man muß nebenbei fortwährend Handarbeit verrichten. Und wenn man es gehen läßt, wie es geht, sind einem die anderen Gespanne fortwährend auf den Fersen, oder Vogt Bremme kommt und macht Krakeel. Und wenn Vogt Bremme nicht kommt, weil er sich nicht die Platze an den Hals ärgern will, dann kommt der Inspektor persönlich.

Der gnädige Herr hat „Druck" für Kutscher Müller befohlen. Die Pferde schlagen sofort eine raschere Gangart an, wenn sie die Stimme des Inspektors hören. Die Pferde, ja — und die stumpfsinnigen Ochsen und ihre Kutscher kommen in Bedrängnis.

Der Inspektor geht zu Gastwirt Tüdel und sagt: „Daß du mirr dem Müllerr keinen Schnaps mehrr ausschenkst. Derr Kerrl, err muß sich errst rrein waschen ..."

Tüdel überschlägt, ob die Zwanzigpfennigzigarren, die der Inspektor die Woche über holen läßt, den Ausfall von Müllers Schnaps am Sonntag decken. Er findet, daß das Zigarrengeschäft einträglicher ist. Müller erhält am nächsten Sonntag keinen Schnaps. „Kann nichts machen", Tüdel zuckt die Schultern, „hast wohl was ausgefressen?"

„Wär ich nie geboren, die Schande!" murmelt Müller und steht noch eine Weile überlegend. Er geht. Er drückt sich am Gutshof vorbei und nimmt Richtung auf das Nachbardorf.

Im Nachbardorf steht Inspektor Konrad am Schenkstock und stiert ihn mit glasigen Augen an. Da verlangt er kleinlaut einen Priem und geht nach Hause. Er verschläft den ganzen Sonntag und kommt nicht einmal zu den Mahlzeiten aus dem Bette.

In Ferdinands kleinem Garten blühen die ersten Rosen. Er zeigt sie Lope. Er lockt Frau Inspektor zu einem Blick über den Zaun.

„Na ja, und nun?“ fragt sie und steckt ihre rundliche Nase in eine Blüte. „Ja, sie duften so nach . . . so nach, na, Sie wissen schon, was ich meine. Ach ja, dazu hat unsereins nun keine Zeit mehr. Ich sitze den halben Tag und säume Windeln. Mein Mann freut sich, das werden Sie verstehen! Ach du lieber Gott, da fällt mir ein: er will ja heute zum Skatabend aufs Nachbargut, und ich habe sein Oberhemd noch nicht geplättet. Ja, sehen Sie, Ferdinand. So ist das mit den Rosen, das ist so eine Sache, ja, na: dann weiter viel Glück in der Zucht!“

Fort ist sie, und Ferdinand steht allein zwischen Blättern und Blüten. Er trifft Gärtner Gunkel und verrät ihm in gewisser Absicht, daß seine Rosen blühen. Die Brennesseln, der Giersch, es sei ja ein starkes Stück Arbeit gewesen, aber nun die Freude, ein Werk vollbracht zu haben.

Zwar seien noch keine so dunklen Exemplare dabei, wie sie das gnädige Fräulein für die Zucht einer schwarzen Rose als Unterlage benötigt, doch das Anschauen würde sich auf alle Fälle lohnen.

„Ach, wissen Se“, winkt Gunkel ab, „ich halt das alles für Humbug, ’ne schwarze Rose hat noch niemand nich gezicht, außer dem alten Sarrasani in eener Reiberschwarte. Er schreibt, daß man sie mit dem Blut eines Menschen begießen muß. Blödelei. Nä, fer so was bin ich niche zu haben. Lieber ä anständiger Pfirsich, ane gruße Pflaume oder wos.“

Ferdinand steht wieder allein hinter dem Staket. Menschenblut? Wenn er sich täglich einen Fingerhut voll Blut abzapfen würde, damit eine seiner dunkelblütigsten Rosen düngte? Wäre das nicht ein Opfer, eine Tat, wie Kriemhild sie wünschte? Eines Tages würde er ihr mit einem fremden Boten einen Strauß schwarzer Rosen senden. Schweigend würde sie vielleicht das Ziel ihrer Sehnsüchte in den Händen halten.

‚Wer ist der Züchter?‘

‚Es ist mir nicht erlaubt, darüber zu sprechen, gnädiges

Fräulein, aber wer kann es anders sein als die Liebe, jene Kraft, die den Menschen fähig macht, mit seinem Herzblut die Blumen für sein Geliebtes zu tränken?'

Träume! – Träume! –

Auf dem Rasenplatz vor dem herrschaftlichen Garten hantiert Mathilde mit Wäsche. Ferdinands Herz hat einen großen Tag. Er will etwas von der Süße seines Tages in Mathildes freudloses Leben tragen. Er bricht eine seiner Rosen. Unvorsichtig, wie ein balzender Birkhahn, nähert er sich ihr. Sie bemerkt ihn trotzdem nicht. Aber dann will er ihr die Rose über der Wölbung ihres prallen Busens am Halsausschnitt befestigen. Tapsig, wie ein junger Hund. Sie fährt wie gestochen herum.

„Du bist doch verrückt!"

Sie zieht mit hastiger Bewegung ihren Kleidlatz vom Körper. Die Rose rutscht in die enge Mulde zwischen beiden Brüsten. Ernüchtert weicht Ferdinand zurück. Mathilde wirft einen halben Blick zu den Fenstern ihrer Wohnung.

„Er säuft jetzt wieder Sonntag für Sonntag, da weißt du ja selbst, wie krötig er ist", raunt sie Ferdinand nach, der gekränkt weggeht.

Ferdinand bleibt also allein mit seinem Glück, mit seinen Rosen.

„Ich stehe gewissermaßen mit der Einsamkeit auf du und du", schreibt er in sein Tagebuch, „ist das Beginn von Größe oder Untergang?"

Lope hat andere Sorgen: in der Küche kommt er kaum zum Lesen. Mutter weiß immer Arbeit. Er braucht nur zu lesen, dann weiß sie was. Gut, er tut, was sie will. Aber Trude verblättert indes die Seiten im Buch. Elisabeth will ein Schiff aus Holunderholz. Zu allem kommt Vater vom Barbier, spuckt Priemlauge auf den Fußboden und sucht nach Gelegenheiten. Der angesoffene Widerspruchsgeist stößt ihn. Lope zieht wieder ins Versteck auf dem Heuboden. Hier, zwischen Heuduft und dem satten Gebrumm der Schmeißfliegen, liest er sich nach dem fernen Lande. Der Mann, den er für sich Tolsto-i, mit der Betonung auf dem „i", nennt, schreibt davon. Im Stalle wiehert Vaters Stute. Ist denn etwa schon Futterzeit?

Jemand hantiert an der Leiter. Lope duckt sich wie ein Hase ins Heu. Vaters schnapsgerötetes Gesicht erscheint am oberen Leiterende. Lope legt sich flach auf sein Buch. Vater torkelt durchs Heu. Er sucht selbst nach einem Platz, wo er sich ungestört nüchtern schlafen kann.

„Na, du Sauhund, bist schon wieder hier?"

Lope richtet sich auf, schiebt sein Buch schützend in das Oberteil seiner Hose. Vater läßt sich einfach fallen. Seine Augen rollen wie bei einem Frosch, der den Teich mit einer Grube beizender Jauche verwechselte. Aber dann spüren wohl auch diese glasigen Schnapsaugen etwas von dem verängstigt bittenden Blick des Jungen. Der Vater sinkt zusammen wie ein tauender Schneemann.

„Hund, ich sag dir, du kannst lesen und lesen und wirst niemals nicht hier herauskommen. Man sitzt hier, ja sitzt hier wie der Sperling auf der L-Leimrute, verstehst du-hu? Man macht den Hals lang, die Beine lang, flattert, will fliegen, aber man klebt, ja klebt, das kannst du glauben!" Seine letzten Worte ersticken in Tränen. Aus Gewitterstimmung ist Landregen geworden. Lope sitzt wie ein schutzloses Tier in diesem Regen. Er weiß nicht, ob er mitweinen oder lachen soll.

Sommertage summen sich durch die Bäume. Die Sandwege sind wie ein Spiegel vieler nackter Füße. Sie tragen große, kleine, platte, kurze, lange und krumme Abdrücke von Füßen. Ach, wer weiß, wie viele Füße über die Erde wandeln?

Eines Sonntags sitzt Blemska wieder einmal in Kleinermanns Küche. Er unterhält sich mit Mutter. Mutter erzählt vom Gutshof. Aber dann kommt Vater schwankend und spukkend vom Barbier. Er sieht Blemska sitzen und ist wie ein kleiner Hahn, der den Nachbarhahn in seinem Gehege vorfindet. Er nimmt Blemska an.

„Ihr schufet den Kaiser ab und die Soldatens . . . ihr grämtet die Landesmutter zu Tode. Wer hat jetzt noch Respekt vor uns? Vor uns Deutsche, frag ich? Die Franzosens machen, was sie woll'n mit uns. Die Amerikaners und Engländers, ja, das ist so wahr, wie ich hier sitze: wir müssen zahlen und zahlen, und ihr habt keine Köppe nicht bei eure Regierung, die sich ausdenken könn', wie man sie kaputt macht, das Hundsvolk, das! Bitte!"

„Was haben sie dir getan?" fragt Blemska belustigt.

„Sie haben mir ganz viel getan ... sie sind doch ganz verfluchte ... bogschur mußjööōh ... das soll nun guten Tag sein ... was die für Moden haben, und manche sind schwarz wie der Satan."

„Weshalb habt ihr Krieg gemacht, der Kaiser und du, wenn es euch doch gut ging?"

„Ha-haaa, da sieht man es: du bist nie nüch in einem Kriech nüch gewesen! Es kommt ein Zettel von der Post, bitte ... und dann mußt du eben gehn, und wenn du nüch gehn tust ... dann ist ... du kannst ja dein'n Kopf in den Rucksack stecken und auf 'n Friedhof schaffen ... ja, das kannst du, bitte!"

„Du alter Esel wärst ja auch ohne Zettel in den Krieg gezogen", bemerkt die Mutter giftig.

„Ichiiich? Selbstverfreilich, wo ich doch sowieso nach die Negers wollte. Es war doch alles perfekt, bitte. Weil ich auf die Kaffeeplantage von dem gnädigen Herrn hinwollte. Bei das schwarze Volk wollte ich, bitte. Ja, so einer bin ich! Ich wollte dort Fleischer werden, buttcher – stand doch in dem Prospökt drin, wo ich gelesen habe. Das ist – man braucht dort nüch drei Jahre zu lernen, weil sie keine richtigen Deutschen nüch sind, bloß so mehr Sklavens ... sie fressen meist alles so, wie es ist."

„Dann ging's dir beim Kaiser wohl doch nicht so ganz gut, wenn du doch nach die Negers wolltest", äfft Blemska nach.

„Dussel, der du bist."

„Na, na ..."

„Is doch wahr. Du redst bloß, wie du es verstehst. Wenn man aufsteigen will, muß man doch fortmachen ... muß man, sonst steigt man nicht auf. Aber da, bei die Negers, was denkst du wohl. Na, und die Franzosens und die Engländers wollten uns eben das Land mit die Negers wegnehmen, wollten sie, bitte. Solche Hunde sind das. Is doch arschklar, daß sie weg müssen, das Pack, bitte."

„Wer hat gesagt, daß sie dem gnädigen Herrn die Kolonien wegnehmen wollten?"

„Das ist, weil du nü nüch keine Zeitung liest. Da hat's drin gestanden, und überall haben sie es gesagt, und der Kaiser hat es auch gesagt, bitte."

„Soso, der Lehmann auch?"

„Ja, da staunst du nun, wa-haaas?"

„Na, und nun bist du im Krieg gewesen und hast doch nicht alle Franzosen erschlagen. Hast du wohl nicht geschafft, was? Der Kaiser und die armen Negers ließen dich im Stich. Wie ist das nun?"

„Das ist ... da kannst du gar nicht mitreden, das ist es. Du spürst es nich, wie wir langsam vor die Hunde gehen. Du hast ja nie nüch nach Afrika und aufsteigen gewollt. Der gnädige Herr sagt es sogar selbst, daß wir vor die Hunde gehen, bitte, wenn nüch bald Krieg kommt. Das ist ... damit wir unsere Plantagen wiederkriegen, und wo, wenn wir sie nich kriegen, ist aus mit unserm schönen Vaterland, bitte."

„Soso, sagt er das, der gnädige Schürzenjäger da drüben? Der wird schon wissen, warum er das sagt. Jedenfalls warten die Neger auf euch beide nicht."

„Und nun is aus", sagt der Vater plötzlich und springt auf. „Was willst du hier in meiner Küche, du Wegwurf, bitte?"

Die Mutter springt herzu. Sie packt den Vater beim Rockschoß und stößt ihn vor sich her in die Kammer. Der Vater hält sich am Türpfosten fest. Die Mutter schlägt mit der Handkante auf seinen haarigen Arm. Der Vater verzieht das Gesicht. Er droht mit der lahmen Hand zu Blemska hinüber. Die Mutter gibt ihm noch einen kräftigen Schubs. Der Vater taumelt aufs Bett. Die Mutter schließt die Kammertür und verkettet sie von außen.

„Das wollte ich ja auch nun gerade nicht", sagt Blemska betroffen und geht zur Küchentür.

„Ach, laß man!" beruhigt ihn die Mutter, „der wird schon kirre."

Der Vater beginnt in der Kammer zu singen: „Deutschland, Deutschland über alles ..."

„Jetzt zieht er sich aus", flüstert die Mutter. Sie guckt

durch ein Astloch bei der Kammertür. Bei „deutsche Frauen, deutsche Treue ..." knarrt das Bett in der Kammer, dann geht der Singsang in Gegrunz unter.

Letzter Schultag vor den Sommerferien. Spiele auf dem Schulplatz. Der Roggen rischelt schon reif, und die Rehkitze klagen. Lope wird Maria Schneider nicht mehr alle Tage sehen. Mit Albert ist die Freundschaft wieder aus. Lope kann nicht alle Tage ein Feuer löschen und dorfberühmt sein, um Albert zu gefallen. Maria ist beständiger. Sie bleibt im stillen seine Tanzpartnerin vom Kinderfest her. – Geschrei, Purzelbäume, Steinschleudern, Kreisspiele.

Vor der Schule steht ein Haufen Lärm. Aus allen Häusern tragen ihn die Kinder zusammen. Lope gibt Maria einen freundschaftlichen Klaps auf den Rücken und rennt vorüber.

„Jetzt sollst du den Letzten haben", ruft er.

Maria verfolgt ihn, holt ihn ein. – Er läßt sich gern einholen.

„Letzten!" sagt auch sie und klopft ihm sanft auf den Rükken.

Dann rennt sie wieder weg. Lope verfolgt sie wieder.

„Letzten!"

„Wer Letzten gibt, hat Mädchen lieb", necken Jungen und Mädchen.

„Ich glaube, du hast Lope zum Liebsten", sagt Tine Fürwell neckisch zu Maria.

„Deeen? Mit seiner Glatze? Er hat ja immer einen Kürbiskopf." Maria errötet.

Lope steht hinter einem Baum und hört, was Maria sagt. Es zuckt wie Schmerz durch sein Gesicht.

„Ferdl – Feuerlöscher", höhnt eine Stimme. Er nimmt die Schnur mit dem Hausschlüssel vom Hals und dreht sich, den Schlüssel schleudernd, im Kreise.

„Wer was will, der komme heran!" ruft er, und sie lassen ihn in Frieden.

Zuweilen steht Ferdinand jetzt am Fenster bei Frieda Wenskat. Sie reden durch die Fuchsienstöcke. Er sieht den Stoß von hundert Zehnpfennigromanen auf ihrer Nähmaschine liegen. „Die Memoiren einer Mätresse“ oder „Käufliche Liebe“.

„Sie lesen das wohl?“

„Oh, ich lese leidenschaftlich, Herr Sekretär.“ Frieda kullert schmachtend mit den Augen.

„Ich halte diese Lektüre – wie soll ich sagen – nicht für gut. Ich meine, wie lange lesen Sie schon solche Romane?“

„Oh, schon sehr lange. Gleich, nachdem ich schulfrei wurde, begann ich zu lesen. Ich erhalte sie von Stina, und sie bekommt sie von der gnädigen Frau.“

„Finden Sie nicht, daß sich in diesen Büchern alles wiederholt, na, sagen wir, daß man gewissermaßen im Kreise liest?“

Frieda hat beim Lesen nichts von einem Kreis bemerkt. Da ist nun zum Beispiel diese Mätresse eines Grafen, sie ist sündig wie eine Südländerin und verkauft ihren Körper fast jede Nacht. Und was sie alles tun, der Graf und sie, man würde solche Dinge nicht einmal ahnen, wenn man eben nicht lesen und sich aufklären würde.

„Das ist, man kann nicht genug erfahren, wenn man so an das Zimmer gefesselt ist wie ich.“ Frieda trampelt aufgeregt mit den Kugelfüßen. Ihre Zunge gleitet über die saftlosen Lippen. Ferdinand wird gerührt.

„Finden Sie, daß sich die Liebe wirklich so einfach, na, sagen wir, so unkompliziert abwickelt wie in diesen Romanen?“

Dazu weiß nun Frieda gar nichts zu sagen. Sie hat keine Erfahrung. Ihre Augen werden saugend, sehnsüchtig und verschleiern sich.

„Sie sollten Besseres, Schöneres lesen, sagen wir: Sie sollten vorwärtskommen, innerlich weiter hinausgehen in die Landschaft der Liebe. Sie gehen da gewissermaßen um einen Baum herum und bewundern immer wieder die alten Blüten, will ich Ihnen sagen.“

„Ich hatte auch Bücher aus der Schulbibliothek, aber die Indianer interessieren mich nicht. Denken Sie, Herr Sekretär, wenn sie dem Menschen die Kopfhaut abziehen: das tut einem doch richtig weh, wenn man hier so sitzt.“

Ferdinand verspricht, ihr bei Gelegenheit Bücher zu bringen.

„Dank, o ja, danke, Herr Sekretär, aber bitte, nichts von Indianern!"

„Nein, nichts von Indianern!"

Frau Inspektor kommt vorüber. Gerade nun! Sie wirft einen verächtlichen Blick auf Frieda, einen vorwurfsvollen dagegen auf Ferdinand. Ihr Leib ist eine kleine Kugel auf den immer flinken Beinen. Ferdinand schaut ihr nach und wird nachdenklich. Frieda küßt den sinnenden Mann in Gedanken auf Wangen und Stirn.

„Sehen Sie, sie bekommt ein Kind; jetzt erst ein Kind; so kompliziert kann die Liebe zuweilen sein."

„Jaja", sagt Frieda und ist den ganzen Sonntag gesättigt von diesem Gespräch mit Ferdinand. Sie kann kaum noch mit Ruhe und Andacht lesen. Immer wird Herr Sekretär dabei zum Grafen und sie zu seiner Mätresse.

Liepe Kleinermann läßt an diesem Sonntag lange auf sich warten.

„Die Sauferei immerzu", knurrt die Mutter, „wo er nur wieder das Geld herhat?" Sie schiebt das fertige Mittagessen ins Röhr.

Lope stiehlt sich davon. „Mal sehen, ob Vater schon im Stall ist." –

Das ist gelogen, er will in sein Versteck auf dem Heuboden. Sein Haar ist wieder lang. Leicht, daß Vater auf den Gedanken kommt, Schlachthaus-Exerzieren abzuhalten. Lope will keine Glatze mehr, keinen Kürbiskopf. Schon seit Tagen läuft eine zackige Linie, die ein Scheitel sein soll, durch das Gewirr seiner sträubsträhnigen Haare. Er schaut in eine Spiegelscherbe. Er fand sie im Abfallkasten der Herrschaft. Er hat jetzt keinen Kürbiskopf mehr, findet er.

Eine Weile liest er. Dann hört er Mutters Schritte im Stall und duckt sich. Sie geht wieder. Er steigt die Leiter hinab. Die Kutscher kommen zur Mittagsfütterung. Mutter hantiert verbissen in der Küche.

„Vater ist nicht im Stall", sagt Lope scheinheilig.

„Das weiß ich auch, du Dummer", raunzt die Mutter.

Die Schloßuhr schlägt ein Uhr. Ihre drahtenen Schläge verzittern in der heißen Mittagsluft. Trude summt leise vor sich hin.

„Du machst einen ganz verrückt mit deinem Gebrumm", tadelt die Mutter. „Wenn er jetzt nicht bald kommt, essen wir, leg lieber Löffel auf den Tisch!"

Jemand schlürft draußen unterm Fenster vorbei. Das Spiegelbild von Wenskats Kopf erscheint im pendelnden Fensterflügel. „Mathilde, komm mal ans Fenster!" Wenskat flüstert mit der Mutter.

„Ist das die Möglichkeit?" sagt die Mutter laut und hebt die zusammengeschlagenen Hände nachdenklich ans Kinn. Wenskat geht wieder. Gleich darauf schickt sich auch Mutter an zu gehen.

„Lope, zieh das Essen aus dem Ofen. Gib Trude und der Kleinen. Eßt schon immer! Ich geh mal schnell weg. Daß ihr mir aber nicht aus der Stube geht!"

Lope teilt Essen für die Mädchen aus.

„Oooh", sagt Trude, mit einer Kartoffel im Munde, „muß Vater aber voll sein."

Lope versteckt den Wassereimer.

„Wenn er reinkommt, reiße ich aus. Ich laß mir mein Haar nicht wieder absäbeln."

Der Mittag liegt wie eine schwere Wolldecke über Hof und Park. Fliegen summen matt. Dazwischen immer wieder die Schläge der Schloßuhr. Lope zählt: Zwei Uhr – drei Uhr. Mutter kommt zurück. Sie sucht hastig in einem Kästchen der Kommode nach etwas. Sie muß gerannt sein, sie keucht. Ihr Gesicht ist blaurot. Ihre Brüste beben.

„Was ist mit Vater?" fragt Trude.

„Mit Vater? Was soll mit Vater? Na ja, Vater, ach so . . ."

Die Mutter ist schon wieder draußen.

„Vielleicht ist er in den Teich gefallen?" sagt Trude und klatscht in die Hände. „Dann trieft er und denkt nicht an Schlachthaus-Exerzieren."

Lope hört Leute hin und her hasten. Einmal brummt es wie von einem Kraftwagen. Maltens großer Schäferhut wackelt am Fenster vorüber. Ferdinands hohe Stirn pflügt durch die dicke Sommerluft. –

Vier Uhr, und die Schatten der Apfelbäume im Gemüsegarten werden länger. Trude und Elisabeth spielen Kramladen mit leeren Ähren vom Bettstroh und Kiefernzapfen aus dem Holzkorb.

Bald fünf Uhr. Endlich kommen viele Schritte, Stimmen schwirren, eine sagt: „Laßt seine Hand nicht so hängen; sie schleift auf der Erde!"

Da muß Lope hinaus vor die Tür.

Drei Männer tragen Kutscher Müller, einer am Kopf, zwei an den Beinen. Jemand reißt bei Kutscher Müllers die Küchentür weit auf, als käme ein Riese zu Besuch. Sie legen Müller auf den Fußboden der Küche. Sein Gesicht ist bräunlichblau, und die Zunge ragt wie die Rinde eines Brotbissens zwischen den Lippen hervor. Fliegen sitzen darauf. Über Müllers Augen ist ein Tuch gebunden. Menschen drängen sich in die Küche wie zu einem Fest. Lope und die Mädchen werden beiseite geschoben. Jemand stellt alle vorhandenen Stühle und Schemel zusammen, andere bringen Bretter und legen sie darüber. Kutscher Müller wird auf die Bretter gelegt. Barbier Bulke will Müllers Hände über dessen Bauch zusammenfalten. Als er sich umwendet, rutscht eine Hand, steif wie ein Stock, herunter. Lope hört Müllers Fingernägel über den Steinfußboden kratzen.

„Wir müssen sie zusammenbinden", sagt jemand.

Bulke versucht, Kutscher Müllers Zunge in die Mundhöhle zurückzuschieben. Es sieht aus, als ob er Müller zwingen wolle, zu essen. Eine Frau scheucht mit der Schürze die Fliegen weg, die sich überall auf Müllers Leib setzen.

In Müllers Küche breitet sich ein unangenehmer Geruch aus. In einer Ecke steht still Ferdinand.

Lope fragt: „Ist er tot?" Ferdinand nickt stumm.

Die Mutter ist unruhig. „Nun sagt mir, Kinderleute, wo mein Alter stecken kann."

Der Vater und Kutscher Müller sind zusammen beim Barbier gewesen.

„So wahr ich hier stehe", sagt Barbier Bulke, „bei mir waren sie noch nüchtern." Er bindet die Hände des toten Kutschers Müller in Betstellung zusammen.

„Nachher sind sie bei Tüdel eingekehrt", weiß Frau Wenskat.

„Der Müller kriegt doch bei Tüdel nichts mehr ausgeschenkt", sagt Frau Bremme und hustet blechern.

„Das war's ja gerade", meint Leibkutscher Wenskat, „sie hatten sich besprochen. Der Müller" – er nimmt feierlich seine Mütze ab –, „der Müller hat sein Geld dem Liepe gegeben, der Liepe hat dann für beide ausschenken lassen und hat so getan, als ob er den Müller" – er nimmt die Mütze wieder ab –, „den Müller freihält. Was wollte da der Tüdel machen?"

„Aber, wo ist der Liepe denn geblieben, als sie beide voll waren?" fragt jemand.

Es stellt sich heraus, daß Vogt Bremme die beiden in der Nähe des Teiches herumtorkeln sah. Er hat ihnen eine Bergpredigt gehalten. Liepe Kleinermann habe – wie immer im Soff – aufbegehrt. „Wenn ich will, kann ich durch den Teich göhen, kann ich. Heute ist Sonntag, da hat mir kein Vogt und kein Schwanz nichts zu sagen." – Kutscher Müller sei ganz still und klein geworden.

„Geheult hat er", sagt Vogt Bremme, denn die Blicke der Gutsarbeiter richten sich auf ihn, „das hat er, aber wer denkt denn gleich an so was. Ich hab's doch auch bloß gut gemeint. Man denkt doch an Frau und Kinder!"

„Ja, und was haben wir nun? Nein, du lieber Gott", greint Frau Müller und drückt ihren Nachkömmling gegen die rauhe Sackjacke. „Die Großen sind versorgt, aber der Kleine hier! Was geht's euch an, wenn er säuft. Das ist doch meine Sache. Und er war ein guter Kerl ... Und er war ein guter Kerl, ich sag's noch mal. Er war ein guterer Kerl als alle, die ihr hier steht."

Wenskat geht beruhigend auf Frau Müller zu. Vogt Bremme stiehlt sich hinaus, Frau Bremme schleicht wie ein Schatten hinterher.

„Das nützt mir alles nichts, wenn ich nicht weiß, wo mein Alter geblieben ist", sagt die Mutter. „Schert euch rüber, Kinder!" Und sie geht ins Dorf.

Seit der Inspektor Vogt Bremme das letzte Mal auf dem

Schüttboden traf, als er sich sonntags einen Sack Körner für Priem und Tabakschulden einraffte, hat er den Schüttbodenschlüssel an sich genommen. Er machte kein Geschrei um den Sack Körner. „Er konnte nicht", sagt Bremme zu Bäcker Bähr, „ich habe ja selbst das Korn in Ladenberg mit reintragen helfen, wo er sich den großen Schreibtisch kaufte."

Aber Vogt Bremme ist länger auf dem Gute als der Herr Inspektor. Vogt Bremme hat als Ochsenkutscher beim Vater des gnädigen Herrn angefangen. Das waren noch Zeiten, du lieber Himmel! Ein Paar stabile Schuhe einen Taler und fuffzig Pfennig.

Damals hatten sie eine Rutsche für den Hafer vom Schüttboden in die Futterkammer. Im Kriege wurde sie abgeschlossen, weil sie ein zu einladendes Einstiegloch für die Getreidediebe war. Vogt Bremme nahm damals den Schlüssel an sich. Jetzt, beim neuen gnädigen Herrn und beim neuen Inspektor, erhalten die Kutscher den Hafer zugeteilt. Sie müssen ihn treppab vom Boden schleppen. Der neue Inspektor aber kann den Schlüssel vom Schüttboden unter seinem Kopfkissen liegen haben, Vogt Bremme weiß trotzdem an seine Körner zu kommen.

„Jetzt kannst du gehen", sagt er zu seiner hüstelnden Frau, als sie draußen sind. „Sie sind jetzt alle bei der Leiche. Er liegt mehr nach der Mitte zu, direkt im Häckselhaufen drin."

Frau Bremme geht krächzend zur Häckselkammer. Sie hat den großen Viertelkorb mitgenommen. Sie wird wohl noch Häcksel für den Hühnerstall holen dürfen, oder ist das etwa auch schon verboten?

Frau Bremme wühlt in der Häckselkammer mit feinem Hüsteln im kleingeschnittenen Haferstroh. Sie drückt mit der Hand, bis sie auf etwas Hartes stößt. Aber das ist doch ein Stiefel, das Harte hier. Und sie packt den Stiefel.

Aber da ist . . . ein Bein dran. Herr des Himmels, härch, härch, härchää. Sie wird blau vor Husten und rennt schreiend auf den Gutshof. Die Gutsarbeiter und Barbier Bulke stürzen aus Müllers Küche. Die Leiche bleibt allein, nur die dicken, schwarzen Fliegen umsummen sie.

„Da, da... härch, härch... Häckselkammer!“ schreit Frau Bremme.

„Der Liepe auch?“ fragt eine der Frauen mitleidig.

„Ich sag’s ja, ich sag’s ja“, jammert Frau Müller, „sie machen einen nach dem andern unglücklich.“

Barbier Bulke hat schon den Stiefel gepackt.

„Das ist keine Totenknoche, der lebt noch, die Stelze biegt sich ja.“

Liepe macht ein ziemlich saures Gesicht, als sie ihn aus dem Häcksel zerren.

„Deibel, kann man nirgends mehr pennen?“ mault er ziemlich weinerlich.

„Du hättest ja ersticken können“, meint Bulke und sucht ihn mit Wenskats Hilfe auf die Beine zu bringen.

„Den Quark auch“, ächzt Liepe, „is schon Mittag durch?“

„Mensch, wer sich Mittag erhängt hat, ist jetzt...“, kräht eine Frau.

„Pssst, spotte nicht!“ fällt ihr eine andere ins Wort, „is traurig genug mit Müller.“

Schweigen.

„Ist was mit Müller?“ will Liepe wissen, während er sich taumelnd vom anhaftenden Häcksel befreit.

„Freilich, gebaumelt hat er sich. Warum hast du ihm zu saufen gegeben?“

Schweigen. –

Liepe stiert aus schnapsblöden Augen.

„Lauf zum Teich und sag der Mutter, daß der Vater gefunden ist!“ Ferdinand gibt Lope einen leichten Klaps.

Lope findet Mutter mit hochgeschürztem Rock neben Blemska im Teiche watend. Sie haben Stangen und stochern damit den Teichgrund ab.

„So ein Igel, so einer“, schimpft Blemska, „macht uns hier zum Affen. Na wart, wenn ich rüberkomme.“

Die Mutter steht am Teichrand und entschürzt ihren Rock. Dicke Tränen schießen ihr aus den Augen. Ihre kolbige Nase wird rot.

„Dumme Liese“, schnauzt Blemska, „noch heulen wegen

dem versoffenen Sack! Hau ihm das Leder voll, wenn du nach Hause kommst."

„Sag Vater nicht, daß ich geweint habe", schärft die Mutter Lope ein.

Auch der Herr Inspektor hat Kutscher Müllers Leiche in Augenschein genommen. Er erwidert kein Wort auf die Anschuldigungen von Frau Müller. Er geht auch in die Häckselkammer und findet dort den von Liepe ausgewühlten Körnersack des Vogts Bremme.

„So ein Dussel, gleich mit Namenszeichen", brummt er vor sich hin, als er den Sackrand mustert. Dann pfeift er durch die Zähne und entdeckt das Schloß an der Luke zur Futterrutsche. Fünf Minuten später ist Bremme den Schlüssel zur Schüttbodenluke los.

„Sie wollen einem reinweg das Wasser abgraben", findet Bremme, als er in seiner Trödelkiste nach einem Schlüssel sucht, der in das Schloß passen könnte.

Mutters Mund ist wie ein Strich.

Wie viele Menschen ein Toter lebendig hält. Barbier Bulke kleidet Müller in seinen schwarzen Kirchrock. Tischler Tannig streicht den Sarg, und der Standesbeamte streicht Müllers Namen aus der Liste der Lebenden. Bäcker Bähr bäckt zwei Kuchen aus Brotmehl zur Leichenfeier.

Der Pfarrer sträubt sich. Er versagt sein Grabgeleit, weil es sich um einen Selbstmörder handelt.

„Das kann der Pfaffe doch nicht einfach machen, wie er will", sagt der gnädige Herr und läßt den Inspektor kommen.

„Es ist mir sehr peinlich – fatal, Inspektor, Sie verstehen, dieser Selbstmord. Man munkelt, wissen Sie, man ist ja so schnell mit Gerüchten bei der Hand. Was meinen Sie, könnte es nicht den Eindruck erwecken, als habe Müller es nicht gut bei mir gehabt?"

„Wenn derr gnädige Herr errlauben, man weiß im Dorrf, daß Müllerr, mit Verrlaub zu sagen, ein Simulant gewesen ist."

„Ja, aber ich meine, können wir den Mann so einfach ohne

Prediger einkratzen lassen? Ich versteh, wie gesagt, die Rückständigkeit des Herrn Pfarrers nicht."

„Ja, Herr, Prrinzipien, Prrinzipien ... err arrbeitet nicht gerrn fürr Leute, die bei Lebzeiten nicht zu seinerr Kundschaft gehörrten."

„Ist ja lächerlich! Finden Sie nicht? – Inspektor, ich möchte Sie bitten, gehen Sie zum Pfarrer, verhandeln Sie mit ihm: Er soll ... er soll einen wirklich christlichen Standpunkt einnehmen und sich nicht von Äußerlichkeiten leiten lassen. Reden Sie, bitte, in dieser Richtung auf ihn ein. Ich weiß, Sie können das. Ich verlaß mich auf Sie."

„Schön ..." Der Inspektor geht zum Pfarrer und redet auf ihn ein. Der Pfarrer legt mit samtweicher Stimme die Gründe dar, die ihn abhalten, einen Selbstmörder mit christlichen Ehren zu bestatten. Der Inspektor schnarrt inspirierte Argumente herunter.

Sie reden lange und werden schließlich nach drei Schnäpsen einig. Der Totengräber erhält Anweisung, das Grab für Müller hinter der Kapelle, in der äußersten Ecke des Friedhofs, auszuheben. Dort liegt ein Russe. Er hat sich während des Krieges die Pulsader durchschnitten. Er wollte die Gefangenschaft nicht mehr ertragen. Dort hätte auch der alte Schneider, der Vater von Albert Schneider, liegen müssen. Auch der hat sich im Soff erhängt. Gott sei Dank hat er schon bei Lebzeiten ein Erbbegräbnis für sich und seine Familie kaufen können.

Die kleine Trauergemeinde wartet vor Müllers Haustür. Frau Müller hat sich von Frau Wenskat einen dunklen Mantel geliehen. Sie hat ihn über ihr geblümtes Sonntagskleid gezogen. Der Pfarrer läßt auf sich warten. Der gnädige Herr hat bereits dreimal fragen lassen, ob das Begräbnis beginne. Für vier Uhr ist es angesetzt. Um sechs Uhr wartet man noch.

Grimka geht in seine Wohnung, um etwas zu essen. Die Kutscher verlassen das Trauerhäuflein nacheinander, um zwischendurch ihre Pferde für Abend zu füttern. Man will einen Boten zum Pfarrer senden. Der Inspektor kommt.

„Was wollt ihrr? Err wirrd schon kommen; ich habe mit ihm gesprrochen."

Bald halb acht Uhr. – Blemska steigt, hochrot im Gesicht, auf eine Treppenstufe und sagt: „Jetzt gehen wir los, ganz gleich, wie's kommt!"

Sechs Gutsarbeiter gehen in die Wohnung. Sie kommen nach einer Weile mit dem auf einer Bahre stehenden Sarg heraus. Einige Frauen weinen still in saubere Taschentücher. Der Vater führt Elisabeth bei der Hand. Auch er weint und wischt sich die Tränen mit dem Handrücken. Wenskat murmelt: „Denn woll'n wir wenigstens singen. ‚Jesus, meine Zuversicht ...'", beginnt er.

Diener Leopold hat im Gemüsegarten gewartet. Er macht ein Zeichen zum Schloß hin.

Gleich darauf erscheint der gnädige Herr.

Die kleine Trauergemeinde setzt sich zögernd in Bewegung. Die Kutscher kommen wieder aus den Ställen, sie schließen sich an. Zuletzt kommt Grimka, er kaut noch.

Der Leichenzug stößt unterwegs auf den Pfarrer. Die Augen des Pfarrers zwinkern heftiger als sonst hinter den blanken Brillengläsern. Er tritt, schon im Talar, zu Frau Müller hinter den Sarg.

„Er hat gewartet, bis die Sonne untergeht", flüstert eine Gutsarbeiterin.

Der gnädige Herr hat es dennoch verstanden.

„Was hat das Begräbnis mit der Sonne zu tun?"

Die Weiber schweigen.

„Was hat es damit zu tun, bitte, Frau Wenskat?"

„Leute, die sich selbst etwas angetan haben, dürfen nur nach Sonnenuntergang begraben werden, gnädiger Herr!"

Der Herr schüttelt den Kopf.

Die Grabrede ist kurz und wie ein mit Stecknadeln gespicktes Ruhekissen für Kutscher Müller.

Kurz und gut, sterben müssen wir alle, aber wir haben nicht das Recht, uns das Leben selbst zu nehmen, weil wir es uns selbst nicht gegeben haben. Oh, wir müssen demütig warten, bis es Gott gefällt, uns aus diesem Jammertal zu erlösen. –

Kurzes, geleiertes Gebet und Amen. Drei Hände voll Sand als letzter Gruß. Lope nimmt beide Hände dazu, und die gefüllte Schaufel des Totengräbers reicht nicht aus für seinen Gruß. Mutter weint nicht, andere Frauen schluchzen scheinheilig.

„Wir sollen uns das Leben also nicht selbst nehmen, das gefällt Gott nicht", philosophiert Blemska auf dem Rückweg mit Ferdinand, „wie ist es nun, wenn uns ein anderer das Leben nimmt?"

„Da ist er doch gewissermaßen als Mörder gekennzeichnet und erhält seine Strafe noch hier auf Erden von der ... na, wie soll ich sagen, von der Justiz."

„Ach, ich meine, wenn uns jemand in den Selbstmord treibt, wie die, die uns in den Krieg jagen?"

„Das ist eine andere Sache."

„Wieso?"

„Da wird ... na, sagen wir ... da wird der Wille des Volkes maßgeblich. Wenn du ... na ja, wenn du im Kriege jemand umbringst, das ist eben kein Mord, weil ..."

„Weil es befohlen wird etwa?" fällt Blemska Ferdinand ins Wort.

„Na, du ziehst doch ... ziehst du nicht für deine Familie in den Krieg ... für dein Vaterland, das bedroht ist?"

„Mich hat im letzten Krieg niemand bedroht."

„Jaja, das sind so Probleme", lenkt Ferdinand ab.

„Hast du übrigens gesehen, wie Malten grinste, als der Pfarrer zu sprechen begann?"

Blemska antwortet nicht.

Kutscher Müller bekommt ein Grabkreuz aus braungebeiztem Holz. „Unserem lieben, unvergeßlichen Vater", steht darauf, „Teilnehmer am Weltkrieg 1914/18, August Müller." Alles ist in Ordnung. Er hat im Leben nie zu den Bauern gezählt, obwohl er tagaus, tagein arbeitend über den Acker ging. Da muß er wohl auch jetzt im Tode gesondert in seiner Ecke hinter der Leichenkapelle liegen. Hätte er seinem Tode nicht selbst die Hand gereicht, wäre er neben der Krämerin Krampe zu liegen gekommen.

Lope beginnt mit seiner Freizeit zu kalkulieren. Er hat vom Vater das Besenbinden gelernt. Mutter meint, er müsse sich einen Konfirmandenanzug verdienen. Außerdem werden Vaters Hände immer zittriger. Er bringt nichts mehr zuwege bei der Fummelei. Zum Lesen kommt Lope kaum noch. Mutter stöbert ihn auf dem Heuboden und in den Büschen des Parkes auf. „Tu was Vernünftiges, von den Büchern kannst du nicht fressen."

Lope setzt sich auf die Ofenbank und scharwerkt. Am Sonntagabend bringt er seine Erzeugnisse in die Schloßküche, zu Kaufmann Knorpel, Gastwirt Tüdel oder Fleischer Franzke. Auch Blemska hat neulich drei Besen bei ihm bestellt.

An den Wochentagen geht Lope, sobald er schulfrei ist, mit der Mutter auf die Felder. Er arbeitet in der Frauenkolonne: Disteln stechen, Hedrich rupfen, Kraut pflanzen, Rüben hakken, Getreide binden, Kartoffeln ernten. Die Bücher aber gehen ihm nicht aus dem Kopf. Man kommt mit ihrer Hilfe in die Welt hinaus, ohne sich vom Fleck zu rühren.

Eines Tages fällt ihm ein: in der Kirche könnte er lesen. Er wird statt des Gesangbuches das Lesebuch mitnehmen, das neue Buch von Ferdinand.

Die Konfirmanden sammeln sich links am Eingang an der Mauer aus dicken Feldsteinen. Klaus Tüdel und Albert Schneider spielen „Spann und Langen". Albert Schneider wirft ein Geldstück gegen die Mauer. Er beißt sich dabei auf die herausstehende Zunge.

„Spann", lacht Klaus Tüdel. Er legt den Daumen auf sein Geldstück und tastet sich mit dem kleinen Finger zur Münze von Albert Schneider. Die Spanne reicht aus, um beide Geldstücke zu verbinden. Der Wurf gehört Klaus.

„Du Raffer, knöpfst mir mein ganzes Geld ab, wovon soll ich heute nachmittag Zigaretten kaufen?" zischt Albert. Sein neues Geldstück klirrt gegen die kantige Mauer.

„Wenn du das auch wieder holst, hör ich auf; dann spiel mit dem Deibel!"

Jetzt wirft Klaus.

„Langen!“ triumphiert Albert. Er hebt seine Münze auf und wirft sie wieder an die Mauer.

„Langen!“ schreit diesmal Klaus, und er bückt sich.

„Spann!“ Klaus hat wieder gewonnen, Albert versetzt ihm einen Rippenstoß.

„Kein Wunder, daß ihr reich werden müßt. Ihr mopst einem das Geld aus der Tasche.“

Wie Gewitterschläge dröhnen die ersten Glockentöne über die versammelten Kinder hin. Kirchtüren und Mauern zittern. Der Pfarrer geht in die Sakristei. Die Kinder werden stumm. Sie verstopfen drängelnd den Eingang. Ein Mädchen wimmert halblaut: „Oh! ou! du bist verrückt, meine Beine!“ – Stille.

Aus der Kirche kommt Geruch wie aus einer verlassenen Höhle. Leichter Modergeruch. Der Blasebalg an der Orgel quietscht. Barbier Bulke macht Orgelwind. Die ersten Orgeltöne schäumen ins Kirchenschiff wie lange gestautes Wasser.

Die Kinder besteigen den Chor.

„Hast du die Karten mit?“ fragt Albert Schneider Klaus Tüdel.

„Ja, sogar zwei Spiele, aber Paule Wenskat fehlt.“

„Dann muß Lope mitspielen.“

„Ach, der hat doch kein Geld.“

„Zu zweien spiel ich nicht mit dir. Du denkst, ich laß mich wieder neppen?“

Bevor sie sich setzen, halten sie die Mützen unters Kinn und bewegen die Lippen: sie beten.

„Hast du den geknickten Rotkönig rausgeschmissen?“ murmelt Albert hinter der Mütze.

„Ich sag doch, daß ich zwei Spiele habe, du Dussel.“

Sie setzen sich. Die Gemeinde beginnt zu singen. Auch Lope hat nicht gebetet. Wer hört das? Die Orgel macht Lärm genug. Er setzt sich an die Chorbrüstung und schaut ins Kirchenschiff. Wie putzig die Menschen von oben aussehen! Man möchte jemand auf den Kopf spucken. Was muß Gott im Himmel von ihnen für einen Eindruck haben? Für ihn sind die Menschen sicher klein wie Läuse. Vielleicht nimmt er dann und wann seinen großen Daumennagel und knackt welche.

Kaufmann Knorpel und seine Frau sitzen immer auf den gleichen Plätzen. Dafür müssen sie extra bezahlen. Frau Knorpel hat nur noch wenig Haare. Die weiße Kopfhaut leuchtet durch die strammgezogenen Strähnen. Sie sitzt auf einem seidenen Kissen, das sie in der Handtasche zum Kirchgang mitbringt.

Karline Wempel sitzt dürr und mager wie eine schwarze Kerze in der vordersten Bank. Bäcker Bähr kratzt Teigreste von seinen Fingernägeln. Der Zopfkranz von Frau Lehrer ist wie ein Teller; man könnte Sand und Wasser hineinschütten und Gurkenkerne darin zum Keimen bringen. Die Köpfe der jungen Mädchen wackeln beständig hin und her, wie große Kartoffeln auf den Sieben der Sortiermaschine. Fleischer Franzke streicht mit blauroten Fingern über den gelben Schweinslederdeckel seines Gesangbuches. Er singt nicht. Wenskat singt ganz laut. Tischler Tannigs kahler Kopf sitzt in seinen langen Randhaaren wie ein großes, blankes Ei im Heunest. Die Frau des Vogts hustet der Frau Pastor in den Nakken. Die Pastorin nimmt ihr Spitzentuch vom Gesangbuch und wischt über Kleidkragen und Hals, ohne sich umzusehen. Die Uniform von Gendarm Gumprich ist ein grüner Klecks zwischen den schwarzen Kirchkleidern. Schuster Schurigs Hände sind immer schwarz. Zappelschulze rückt hin und her. Er sitzt wie auf Juckpulver. Spille, einer von Grimkas Schülern, übt Trommeltakte mit Handballen und Fingern während des Orgelspiels.

Am unteren Ende der Orgelpfeifen hängt ein Spiegel. Da sieht der Lehrer beim Orgelspielen hinein. Er sieht darin den Pfarrer die Stufen zum Altar hinansteigen, dann muß er aufhören.

Die letzten Takte durchwallen das Kirchenschiff. Es wird still, als ob man einen Stöpsel in ein Spundloch gesteckt hätte, aus dem die Musik wie Wasser rann.

Der Pfarrer spricht die Eingangsliturgie. Er spricht wie durch einen Blechtrichter. Die Orgel setzt wieder ein. Die Gemeinde antwortet singend. Schrille Frauenstimmen, grollende

Männerbässe, der Tenor von Wenskat prahlerisch dazwischen.

Albert Schneider zwickt Lope. „Du mußt heute Karten mit uns spielen, hast du Geld?"

Lope hat zufällig für die Kollekte einige Besenpfennige bei sich. „Geld? Ja, aber ich kann noch nicht Karten spielen."

„Was? Ach, das ist nicht weiter schlimm; wir zeigen es dir: Sechsundsechzig ist leicht wie ein Kinderspiel."

Die Liturgie geht zu Ende. Barbier Bulke ruht sich, auf dem Tretbalken sitzend, aus. Auf dem Herrschaftschor in der Nähe des Altars geht die Tür auf. Sonnenschein, Strahlen der sündigen Außenwelt fließen eine Weile über Taufbecken und Altarstufen. Die gnädige Frau, Aribert und Dieter, zuletzt der gnädige Herr im Gehrock. Sie setzen sich in die Polster der hohen Eichenstühle. Die Lehnen und die Armstützen der Stühle sind mit Schnitzereien verziert.

Die Familie betet im Sitzen. Die gnädige Frau bewegt ihre Lippen lange, sie scheint in den Himmel zu horchen. Aribert schneidet hinter seiner Schülermütze Fratzen für die Dorfjungen auf der anderen Seite.

„Hast du gesehen, wie er die Zunge ausbläkte?" fragt Albert Lope.

„Na, der kann sich gratulieren, wenn ich den treffe. Nachher, wenn er auf die Kanzel steigt", Albert zeigt zum Pfarrer hinüber, der in die Sakristei geht, „kommst du zu uns herüber."

Gesang und Orgelspiel. Schuster Schurig schläft. Der gnädige Herr schaut auf seine Lackschuhe, er spielt darin, wohlig wartend, mit den Zehen. –

Der Pastor besteigt die Kanzel.

„Jetzt hat er erst einen gesoffen", bemerkt Klaus Tüdel, „er wird sich wundern, wir haben in der Konfirmandenstunde die halbe Flasche leer gemacht und Wasser nachgegossen. Ist auch weiter nichts, der Abendmahlswein."

Die Konfirmanden drängen sich an die Chorbrüstung. Der Pfarrer blickt herüber, er macht Striche in eine Liste.

„Ich hab meinen Strich weg. Ich bin dagewesen", sagt Orge

Pink befriedigt. Er zieht sich in den Hintergrund des Chors zurück.

„Jetzt hat er auf mich geguckt", sagt Albert Schneider. Auch er verschwindet von der Brüstung.

„Die heutige Kollekte ist für die armen Heidenkinder in China bestimmt", läßt sich der Pfarrer vernehmen, nebenbei macht er Striche in die Anwesenheitsliste der Konfirmanden. „Die ledige Berta Fürwell, Tochter des Bergmanns Reinhold Fürwell, ist von der unehelichen Geburt eines Knäbleins genesen." –

Der Pfarrer schaut auf Lope, er macht einen Strich. Lope geht zu Albert und Klaus. Sie mischen schon im Schatten der Orgel die Karten.

„Etwas, was jedes Christenherz betrüben wird: der frühere Gutsarbeiter und jetzige Bergmann Wilhelm Blemska ist aus eigenem Entschluß aus der Gemeinschaft der Christen ausgeschieden. Der Satan geht um. Er sucht nach schwankenden Seelen. Er fand auch die unseres ehemaligen Christenbruders Blemska. Wir wollen hoffen und beten, daß seine Seele wieder in den Schoß des allgütigen Vaters zurückfindet."

Der gnädige Herr schiebt seinen Zeigefinger zwischen Hals und steifen Kragen.

„Von wem hat sie das Kind?" fragt Klaus Tüdel beim Mischen der Karten.

„Es soll vom Flötenheinrich sein." Albert grinst und hebt ab.

„Am nächsten Sonntag heiliges Abendmahl. Der Gottesdienst beginnt aus diesem Grunde eine Stunde früher", liest der Pfarrer.

Er legt die Strichliste beiseite und blättert im Neuen Testament.

Klaus und Albert erklären Lope die Spielregeln des Sechsundsechzigspiels.

„Wenn du Ober und König von gleicher Farbe hast, kannst du eine Zwanzig melden. Trumpf muß bei drei Mann immer bedient werden."

„Wir lesen im ersten Petrus-Brief, Kapitel zwei, Vers dreizehn: ‚Seid untertan aller menschlichen Ordnung um des

Herrn willen, es sei dem Könige, als dem Obersten, oder den Hauptleuten, als die von ihm gesandt sind zur Rache über die Übeltäter und zu Lobe den Frommen ...'"

„Wieso Vierzig?" erkundigt sich Lope.

„Wenn du König und Ober von der Trumpffarbe hast, kannst du eine Vierzig melden."

„Das habt ihr mir aber nicht gesagt."

„Ach so, na, nu ist egal. Gewonnen ist gewonnen!"

Klaus Tüdel streicht die Pfennige zu sich herüber.

„Das weiß doch jedes kleine Kind, daß man Vierzig melden kann."

„... tut Ehre jedermann, habt die Brüder lieb; fürchtet Gott, ehret den König! Ihr Knechte, seid untertan mit aller Furcht dem Herrn, nicht allein dem gütigen und gelinden, sondern auch dem wunderlichen ..."

„Was ist Trumpf?" fragt Albert Schneider.

„Grüne."

„Ach, du lieber Gott, und nicht ein Auge im Spiel. Du hast wohl Dreck an den Händen, oder du hast nicht richtig gemischt."

„Von wegen."

„... denn das ist Gnade, so jemand um des Gewissens willen zu Gott das Übel erträgt und leidet das Unrecht. Denn was ist das für ein Ruhm, so ihr um Missetat willen Streiche leidet? Aber wenn ihr um Wohltat willen leidet und erduldet, das ist Gnade bei Gott ..."

Bäcker Bähr kämpft mit dem Schlaf. Die Teigreste an seinen Fingernägeln sind abgekratzt. Das Lesezeichen seines Gesangbuchs ist von vielen anderen Kirchgängen schon zerzottelt. Seine Hände haben nichts, womit sie sich beschäftigen könnten. Sein Kopf fällt nickend nach vorn. Er fängt die Bewegung ab, davon wird er wieder einigermaßen wach. Er schaut sich verstohlen um.

„Liebe Christengemeinde", fährt der Pfarrer fort, „die Worte des Apostels an die Gemeinde der ersten Christen sind nicht veraltet. Manchmal scheint es zwar, als ob wir die letzten Christen seien und als ob nach uns das Regiment Luzifers beginnen sollte. Aber wir können ebensogut die Mitte des christlichen Zeitalters sein. Die menschlichen Sinne, das menschliche Denken sind zu gering, um das beurteilen zu können. Ebendeshalb gelten die Worte des Apostels auch für uns. Vielleicht gerade für uns ..."

„Das sind meine letzten fünf Pfennig", bemerkt Lope, „wenn ich jetzt nicht gleich gewinne, muß ich aufhören."

„Ach, quatsch nicht, ich borg dir was ... Fünfunddreißig ... Fünfunddreißig und Trumpf ... Na, raus bin ich!"

„... seid also untertan aller menschlichen Ordnung um des Herrn willen! Wie begütigend wirken diese Worte, so wir aufbegehren möchten gegen die Obrigkeit. Jeder von uns ist hier im irdischen Leben einer Obrigkeit zum Gehorsam verpflichtet; ihr, liebe Brüder und Schwestern, wie auch ich. Immer einmal schleichen sich Augenblicke in unser Bewußtsein, wo wir in voller Klarheit zu erkennen glauben, daß diese Obrigkeiten auch nur Menschen sind wie alle Menschen, die arm geboren werden und arm sterben, nach den irdischen Maßen gemessen. Das sind die Augenblicke, wo uns Satanas prüft. Gehorchet ihm nicht! ‚Er ist nichts anderes als du', flüstert dir Satanas ins Ohr, wenn du vor deinem Herrn stehst und den Sinn seines Befehles nicht einsehen kannst. Wahrlich, es ist leicht, dem gütigen und gelinden Herrn zu gehorchen. Nein, aber gehorchet auch dem wunderlichen Herrn, ruft uns der Apostel zu. Denn das ist Gnade, so jemand um des Gewissens willen zu Gott das Übel erträgt und leidet das Unrecht ..."

Die abgerackerte, magere Karline Wempel ist eingeschlafen. Sie hat ihr kantiges Gesicht hinter die dürren Hände gelegt. Sie sitzt wie in Versunkenheit und schläft. Der Pfarrer kennt das. Er hat in der Konfirmandenstunde darüber gesprochen. Die jungen Mädchen mustern das Kleid der gnädigen Frau. Der Lehrer hat das Choralbuch mit einem Roman ausgetauscht. Er liest. Frau Pastor ist unruhig. Sie hat ein neues Mädchen eingestellt, das Mädchen macht heute den Sonntagsbraten zum ersten Male ohne ihre Hilfe fertig.

„... Gott hat uns also auch die wunderliche Obrigkeit gesandt, um uns ob unserer Festigkeit im Glauben zu prüfen. Wenn wir nun meinen, daß wir von solcher Art Obrigkeit ungerecht behandelt, ausgenützt, gedemütigt, verspottet oder gar dem Hunger ausgesetzt werden, so wollen wir immer daran denken, daß dieser Mensch, der für uns die Obrigkeit darstellt, von Gott für uns, ja eigens für uns gesandt wurde, um uns im Ertragen und in der Demut zu stärken. So nun der Böse kommt und unsern Geist anbläst wie der Blasebalg das Feuer und wir mit Hilfe dieses Fachfeuers klar zu erkennen glauben, daß ein Mensch soviel wert sei als der andere, so verschließt ihm das Ohr; denn die Obrigkeit ist von Gott eingesetzt. – Denn was ist das für ein Ruhm, so ihr um Missetat willen Streiche leidet? Aber wenn ihr um Wohltat willen leidet und erduldet, das ist Gnade bei Gott ..."

„Jetzt kann ich nicht mehr weiterspielen!" Lope wirft die Karten auf die Mütze.

„Ach, mach keinen Mist! Ich borg dir dreißig Pfennig. Du wirst sehen, dann gewinnst du. Mit geborgtem Geld gewinnt man immer!" überredet Klaus Tüdel altklug.

Lope überschlägt: wenn er die dreißig Pfennig auch noch verspielen sollte, wird er Schulden haben. Schulden sind wie Läuse; sie vermehren sich in vierundzwanzig Stunden, hat der Vater einmal gesagt. Wenn er es richtig nimmt: er braucht nur drei Besen mehr zu machen und sie so zu verkaufen, daß Mutter nichts gewahr wird. Dann kann er Klaus das Geld wiedergeben. Er nimmt die Karten wieder.

„... Seid untertan auch den Hauptleuten, als die von ihm gesandt sind zur Rache über die Übeltäter und zu Lobe den Frommen! Wahrlich, es sind nicht wenige unter den deutschen Männern, die den Hauptleuten nicht mehr gehorchen mögen. Aber auch die Hauptleute sind von Gott gesandt, sagt der Apostel.

Wozu sind sie nun gesandt, liebe Gemeinde? Auch das sagt der Apostel: Zur Rache über die Übeltäter und zu Lobe den Frommen! – Wenn da unsere Nachbarländer unser deutsches Vaterland zu schänden suchen, ein rechtgläubiges, freies Volk, so daß unsere Obrigkeit, der Stimme Gottes folgend, wider die Schmäher und Unterdrücker zieht, so bedenkt, daß auch das der Herr will zur Rache über die Übeltäter und zu Lobe den Frommen! Die Hauptleute aber sind von der Obrigkeit eingesetzt. Sie leiten die Befehle weiter, die die Obrigkeit im Einklang mit dem Willen Gottes erläßt. Und so kommt der Ruf Gottes auf diese Weise auch an uns. Wir sollten keine Minute zaudern, wenn es so ist, sondern freudig alle Bedenken, die uns Satanas einträufelt, zurückweisen und dem Befehle der Obrigkeit folgen ..."

„Vierzig!" meldet Albert Schneider. Er sagt es im Spieleifer so laut, daß man es auch unten im Kirchenschiff hören kann.

Unten in den Bänken wenden sich die Köpfe.

Klaus Tüdel rafft das Kartenspiel hastig zusammen. Er steckt es in seine Mütze. Albert wirft sein Spiel zusammengefaltet unter die Bank. Der Lehrer kommt um die Orgelecke. Er späht in die dunkle Nische, in der die drei Jungen sitzen. Seine Augen sind kalt und drohend. Auch der Pfarrer läßt seine Blicke zwinkernd durch das Halbdunkel des Chores wandern. Die drei Spieler sitzen mit gefalteten Händen.

„Mensch, das war 'n Ding", prustet Klaus Tüdel.

„Wenn ich dran denke, muß ich gleich lachen", und sie lachen.

„... Wir brauchen nicht weit über die Grenzen unseres Vaterlandes zu schauen, um festzustellen, wohin es führt, wenn ein Volk aufhört, seiner Obrigkeit zu folgen. Hunger und Elend sind die Früchte. Wenn einer sich soviel wert erachtet als der andere, wenn es kein Aufschauen mehr gibt zu Vorgesetzten und Hauptleuten, wo kommt man da hin, liebe Gemeinde? Keiner will die schmutzige oder die schwierige Arbeit übernehmen, die doch getan werden muß, wenn das Leben des Menschen gedeihlich sein soll. Gleich wie die Pflanze keine Blüte treiben kann ohne den Schmutz und den Mist an ihren Wurzeln. Und die Folge des Strebens nach absoluter Gleichheit der Menschen? Wir sehen es, lesen es täglich in den Zeitungen. Das Volk verdirbt, stirbt Hungers im fruchtbarsten Lande Europas. Unzucht breitet sich aus, die Ehe, als heilige Einrichtung von Gott in die Welt gesetzt, weicht der verderblichen freien Liebe, ein Menschenbrei entsteht."

Bäcker Bähr erwacht mit einem Ruck. Er war fest eingeschlafen. Er hat wohl von verbrannten Brötchen geträumt. Jetzt schaut er sich um, als ob er die Backschosse suche. Er stößt mit den Händen an die Kirchbank. „Verflucht!"

„Lassen wir uns deshalb die Worte des Apostels so recht zu Herzen gehen, lassen wir uns durchdringen von seinem Zuruf, der über die Jahrhunderte hinweg seine Gültigkeit behielt bis auf den heutigen Tag. Seien wir Christen, wie es die ersten waren, um auch wieder ganz der Gnade Gottes teilhaft zu werden. Amen."

Die Orgel setzt ein, Karline Wempel fährt wie von Wespen gestochen auf. Gesang, Glockengeläut. Pfennige klappern in aufgestellte Opferteller. Barbier Bulke rasselt mit dem Schlüsselbund. Bratenduft weht vom Pfarrhaus. Die Kirchgänger kommen wie aus einer Gruft. Die grelle Sonne sticht. Sie kneifen die Augen zu. Die Männer zünden ihre Pfeifen an, die Frauen gehen in Gruppen und schwatzen: „Habt ihr das Kleid der gnädigen Frau gesehen? Reine Seide, da kannst du Gift drauf nehmen!"

„Mensch, wie der Vierzig gemeldet hat! Der Lehrer hat geglotzt wie ein Pferd. Denkst du, er hat was gesehen?" sagt Klaus Tüdel.

Grünes Gras und Vogelgesang. Karline Wempel zupft am Wegrand Brennessel für ihre jungen Gänse. Sie legt ein Bündel davon auf ihr Gesangbuch. Manche Männer gehen in die Gastwirtschaft. Wilm Tüdel steht hemdärmelig in der Tür. „Schönes Wetter heute, Morjen auch!"

„Ja, aber regnen könnt es bald mal."

„Da hast du recht, es ist zu trocken dieses Frühjahr."

Schäfer Malten sitzt auf dem Stein vor der Schäferei. Die Hunde balgen sich in der Morgensonne.

„Habt ihr euch wieder was weismachen lassen?" fragt er die vorüberhastende Karline, „oder hat er heute Brennesseln verteilt?"

„Spotte man, spotte; du wirst ihn schon auch noch holen lassen, wenn du abfährst."

„Er braucht mir kein Papier auf die Zunge zu legen, und Wein ... Wein habe ich selbst genug. Kannst gleich einen nehmen, wenn du willst."

„Ich dächte, es hat jeder was auf dem Gewissen. Vielleicht hast du gar einen sterben lassen und warst giftiger als eine Otter."

„Alte Hexe!"

Gendarm Gumprich geht mit Schleppsäbel und dicker Zigarre die Dorfstraße entlang. Ein Zinnsoldat, der aus der Spielzeugschachtel fiel.

„Ehe ich's vergesse: ich brauche Kien und zwei neue Rutenbesen", sagt Bäcker Bähr zu Lope. Lope nimmt die Bestellung stolz entgegen. In der Küche daheim kochen die Salzkartoffeln. Der Deckel klappert. In der Küche ist niemand. Mutter wäscht im Waschhaus. Trude spielt wieder irgendwo.

Lope gießt die Kartoffeln ab. Er setzt die Kohlrabiknollen an und zieht die Sonntagshosen aus. Er bindet drei Besen und versteckt sie hinterm Ofen.

Blemska ist der verteufelt gute Häuer geblieben. „Wenn er so weiter würgt, liegt er beizeiten auf dem Kreuz", sagten die Kumpels, als er die erste Zeit in Akkord ging. Aber Blemska sagte: „Das muß man ja bei der Arbeit hier sowieso in euren schwarzen Teufelslöchern." Seine großen weißen Zähne glänzen im Grubenlicht wie ein Rest Sonnenschein von oberirdisch. Er hat sich seine Zähigkeit von den Feldern des gnädigen Herrn geholt. Seine einzige Ernte.

„Warum soll ich faulenzen?" sagt er, „ich hab ja Kinder. Wenn sich der Grubenbaron nebenher die Tasche dabei füllt, so ist es nicht meine eigene Schuld. Das kommt, weil wir so viele Wölfe mit Taubenschwänzen unter uns haben. Sie reißen das Maul auf, zeigen die Zähne und brüten hinten auf stinkenden Eiern."

Blemska weiß immer was. Wer ihn um dies oder das befragt, geht nicht ohne Rat von dannen. In der Gewerkschaft hat sein Wort Gültigkeit. Die Kumpels aber vom sozialdemokratischen Ortsverein schneiden ihn. „Er kam mit dem linken Bein voraus zur Welt", sagen sie.

Aber Blemska weiß, was er will. Sein Fritz steht in der Stadt bereits im zweiten Jahre in der Schlosserlehre.

„Der Herr von und zu soll seine Ochsenkutscher sonstwo rekrutieren. Ich liefere ihm keine Ware", sagt Blemska.

Auch Martha Blemska ging als Kindermädchen in die Stadt. „Wenn die Kinder auch jetzt nichts verdienen, mal wird's doch. Meine Knochen sind einmal krumm aus der Mühle des Herrn Hurenbocks hervorgegangen. Die Knochen der Kinder aber kriegt er nicht zum Verbiegen. Dafür kennt ihr mich."

Frau Blemska ist immer noch kränklich. Blemska hat sie damals als „dürres Ding" aus der Frauenkolonne heraus geheiratet.

„Aber mein Futter schlug bei ihr nicht an", sagt Blemska. „Sie war bloß dick, bevor sie Kinder kriegte. Drei starben auch gleich wieder weg, als sie sahen, daß bei der Mutter nichts zu holen war."

Die Kleinste, die Marta, hat die Mutter nun völlig aufgesogen. Seitdem trägt Minna nichts wie Traurigkeit hinter den Augen. Oft ist ihre Schürze naß geweint.

„Sie hat zu dicht am Wasser gebaut, da muß ich schon ab und zu eine Lore Trockenes zwischenschütten", erklärt Blemska.

Ja, er ist oft das, was man trocken nennt, der Blemska. Aber an einer Stelle nagen bereits die Holzwürmer in den Pantinen, auf denen er geht.

Herr von Rendsburg, der Gutsbesitzer, und Herr von Rendsburg, der Grubenbaron, sind Vettern.

„Ich glaube, du hast einen Mann in deinen Pütt aufgenommen, der mir die Herde wild machte. Viel Vergnügen übrigens damit. Na ja, du brauchst wohl Dynamit in deiner Hölle?"

Herr von Rendsburg, der Grubenbaron, ließ am nächsten Tag den Direktor kommen.

„Wir haben in der letzten Zeit neue Leute eingestellt. Ein gewisser Bemska, Bremska oder so macht von sich reden. Wohl 'n bißchen radikal, was? Also beobachten!"

„Der Mann ist gut, schuftet wie zweie", rapportiert der Obersteiger beim Direktor.

„Na, Kamerad, halten Sie ihn, wenn es so ist. Aber wenn was Gegenteiliges spürbar wird, ich meine, Sie wissen ja selbst, Kamerad, wie groß ein Funke sein darf, den man noch austreten kann."

Der Schnee schmilzt, die Amseln finden mit den ersten Würmern auch ihren Sang wieder. Überall Pfützen und klingelnde Wasserläufe. Der kleine Dorfbach schwillt an. Sein Wasser staut sich. Er läuft über die Wiesen und bedroht die Felder mit der Wintersaat.

Lope wird vom Inspektor zum Grabenreinigen geschickt. Er nimmt den Spaten und die Kratze. In ein Tuch eingebunden trägt er Bibel, Gesangbuch und Katechismus. Er muß während seiner Arbeit für zwei Stunden zum Konfirmandenunterricht.

Lope sticht mit dem Spaten ins quirlende Wasser. Er holt Schlammerde heraus und wirft sie auf den Grabenrand. Der Katechismus liegt aufgeschlagen zwischen ersten grünen Grasspitzen. Der Wind raschelt in den Blättern. Lope legt einen Feldstein zwischen die aufgeschlagenen Seiten.

„Die vierte Bitte: Unser täglich Brot gib uns heute. Was ist das? Gott gibt täglich Brot, auch wohl ohne unsere Bitte, allen bösen Menschen; aber wir bitten in diesem Gebet, daß er es uns erkennen lasse und wir mit Danksagung empfangen unser täglich Brot. Was heißt denn täglich Brot?"

Lope muß erst einmal nachsehen, was täglich Brot heißt. Ach so, du lieber Himmel, daß er diese Stelle nicht behalten kann! Er schippt und fischt wieder nach Schlamm. Der Schlamm rutscht klatschend und blasig von der Schaufel.

„Alles, was zur Leibes Nahrung und Notdurft gehört, als Essen, Trinken, Kleider, Schuh, Haus, Hof, Acker, Vieh, Geld, Gut, fromm Gemahl, fromme Kinder, fromm Gesinde, fromme und treue Oberherrn ..." Er stutzt. Hat er getreue Oberherrn? Der gnädige Herr geht in die Kirche und schenkt den Konfirmanden Gesangbücher. Also wird er wohl ein getreuer Oberherr sein. Er steht auf den Spatenstiel gestützt und denkt. Vogt Bremme geht drüben auf dem Weg vorüber und schreit:

„Du wartest wohl, bis das Wasser aufs Feld rennt?" Und Lope gräbt eifrig weiter.

Die fünfte Bitte lautet: „Und vergib uns unsere Schuld, wie wir vergeben unseren Schuldigern. Was ist das? Wir bitten in diesem Gebet, daß der Vater im Himmel nicht ansehen solle unsere Sünden und um derselben willen solche Bitte nicht versagen; denn wir sind der keines wert, daß wir bitten, haben es auch nicht verdient ..."

„Platsch", ein runder Stein fällt in einen Modderhaufen und spritzt über die Seiten des Katechismus. Lope schaut zum Weg hinüber.

„Ferdl, Ferdl, Feuerlöscher." Die anderen Jungen gehen drüben zum Konfirmandenunterricht. Lope droht ihnen mit erhobenem Spaten. Dann lernt er wieder die Bitten.

„... sondern er wolle es uns alles aus Gnaden geben, denn wir täglich viel sündigen und wohl eitel Strafen verdienen, so wollen wir wiederum herzlich vergeben und gerne wohltun ..."

„Plumps, plemm, platsch ...", ein Hagel von Steinen fällt rings um ihn ein. Ein Stein trifft sein Schienbein. Er hüpft und verzieht das Gesicht vor Schmerzen. Er zieht das Bein an, greift nach dem Spaten und rennt humpelnd zum Weg. „Ihr verfluchten Flaschenkinder, die ihr kaum in den Konfirmandenunterricht gerochen habt, werft einen, der bald eingesegnet wird, mit Steinen!"

„Hohohooo, der bildet sich was ein", lacht, grölt und höhnt es vom Wege. Lope schwingt den Spaten. „Ich schlag euch eure Kindsköpfe ein."

Die Jungen auf dem Wege rennen ein Stückchen und bleiben dann wieder stehen. „Laß ihn doch kommen!" sagt einer, „mit dem werden wir leicht fertig."

Sie lassen Lope herankommen. Lope schlägt dem ersten den Spatenstiel über den Rücken. Der brüllt: „Was willst du von mir? Ich habe gar nicht gerufen. Hau doch den, der dich beschimpft hat. Aber das weißt du nicht, du Dussel!"

Da läßt Lope ihn laufen.

„Ferdl, Ferdl, Feuerlöscher!" brüllt der Haufen. Lope schlägt blindlings in das Knäuel. Einer packt ihn von hinten, er reißt sich los. Zwei Konfirmanden zerren an seinem Spaten. Er läßt ihn fahren. Sie fliegen in den Schlamm des aufgeweichten Weges. Die Mädchen kommen und kreischen. Lope fühlt Maria Schneiders Blick. Sein Mut wächst an. Er muß doch mit den kleinen Ferkeln fertig werden. Er wird bald eingesegnet. Lope schlägt mit Armen und Beinen. Sie haben ihn in ihre Mitte gedrängt und keilen von allen Seiten auf ihn ein. Fäuste donnern dumpf auf seinen Rücken. Jemand spuckt ihm ins Gesicht. Er ist ohne Ekel, aber er nimmt doch beide Hände, um den lauwarmen Speichel aus dem Gesicht zu wischen. Da packen sie ihn von vorn und hinten, werfen ihn zu Boden, knien auf seinen Armmuskeln. Zwei Jungen halten seine Beine, andere behämmern ihn mit den Fäusten.

„Jetzt wirst du wohl bald genug haben", greint einer mit schriller Stimme, „alter Gutsknecht und Lausigel!"

„Wer hat denn angefangen?" knirscht Lope mit schmerzverzogener Stimme.

„Frag nicht so närrisch, wo du zuerst mit dem Spaten zugehauen hast."

„Aber ihr habt Steine geworfen."

„Das war bloß Spaß, bläääh." Der Junge, der auf Lopes Armmuskeln kniet, berührt Lopes Gesicht mit der Zunge.

„Da kommt jemand", schreit einer.

Sie lassen mit einem Male alle von Lope ab und rennen mit baumelnden Bücherbündeln davon. Auch die Mädchen flüchten. Lope sucht seinen Spaten. Maria Schneider schaut sich noch einmal um. Karline Wempel kommt mit einer Schubkarre voll Heidekraut. Sie stiert stumpf auf den Weg, trant vor sich hin und sieht Lope nicht. Lopes Anzug ist verschmutzt. Er nimmt seine Bücher und geht. Er reibt und klopft an seinen Kleidern, dann humpelt er weiter zur Pfarre. Eine Feindschaft, wie vom Himmel gefallen! Was hat er den Wickelkindern getan?

„Die siebente Bitte, Kleinermann", ruft der Pfarrer und kommt zwinkernd näher.

„Die siebente Bitte lautet: Sondern erlöse uns von dem Übel. Was ist das? Wir bitten in diesem Gebet als in der Summa . . ."

„Wie siehst du denn aus, Kleinermann?" – Schweigen.

Lope fährt sich mit dem Jackenärmel durchs Gesicht. Der Ärmel ist feucht und schmutzig. Er schmiert sich das Gesicht ein. Die Mitkonfirmanden lachen, kreischen.

„Ruhe, Ruhe, Ruhe!" Der Pfarrer fuchtelt.

Tränenrinnsale graben sich durch die Schmutzkruste in Lopes Gesicht.

„Was hast du, mein Sohn?" Der Pfarrer wird sanft.

Keine Antwort. Lope schneuzt sich.

„Na?"

Maria Schneider springt auf.

„Sie haben ihn verdroschen wegen nischt und nein, Herr Pastor."

„Wer?"

„Er hat zuerst angefangen", murmeln die Jungen.

„Schämt euch, schämt euch! Ihr wollt nun Konfirmanden sein, die bald zum Tisch des Herrn gehn sollen?"

Die Mädchen fallen über Maria her.

„Ruhe, ihr dummen Gänschen! Ist's nicht traurig genug, wenn sich die großen Jungen noch prügeln?"

Stille.

„Geh hinaus an die Pumpe und wasch dich, Kleinermann! Du wirst nun schon bald eingesegnet und könntest wahrlich vernünftiger sein!"

Das war nun ein Tag, von Ungemach verdüstert wie von einer tintigen Wolke. Lope sitzt auf einem Hügel, der heißt „Vierzehn Jahre". Es kommen Leute, die holen ihn von diesem Hügel herunter. Der Vogt tadelt ihn, die Mitkonfirmanden prügeln ihn, der Pfarrer macht ihm Vorwürfe, Mutter schlägt ihn.

Es ist alles wie früher. Sein Hügel ist nur eine Einbildung. Er sitzt in einem Sumpfloch. „Jaja, es ist nicht so leicht, das Leben; du wirst es sicherlich noch gewahr", hat Ferdinand einmal gesagt.

Der Pfarrer bereitet die Konfirmanden auf die Prüfung vor. Sie geht der Konfirmation voraus.

„Der Herr verlangt von denen, die zu seinem Tische kommen, daß sie die Ordnung kennen, nach der man ihm zu dienen hat. – Was ist nötig, bevor man zum Tisch des Herrn geht, Tüdel?"

„Man muß immerzu daran denken; an den Wein, den

man zu trinken kriegt, und an das, was man da zu essen kriegt."

„Sinngemäß ziemlich richtig, mein Junge, aber du hast dich falsch ausgedrückt: man bereitet sich innerlich darauf vor, daß man beim Abendmahl den Leib und das Blut Christi in sich aufnimmt, verstanden? – Was ist deshalb dazu nötig, Kleinermann?"

„Man muß hungern und läßt sich die Kartoffeln aufheben, und wenn man aus der Kirche kommt, dann kann man essen."

„Ach, wer hat denn was von Kartoffeln gesagt? – Man bleibe also nüchtern, damit die Speise des Herrn in ein reines Gefäß gelange."

„Kann man vorher Wasser trinken, Herr Pfarrer, damit alles sauber ist?" fragt Orge Pink.

„Du Narr! Natürlich kann man Wasser trinken. Ihr benehmt euch wirklich wie die kleinen Kinder", tadelt der Pfarrer und putzt mit zusammengekniffenen Augen seine Brille.

Der Vorbereitungsunterricht verläuft wie eine Theaterprobe. Der Pfarrer fragt immer in der gleichen Reihenfolge. Jeder Prüfling wird zwei Fragen erhalten. Damit wird er vor der versammelten Gemeinde Zeugnis ablegen, daß er reif ist, an der Tafel des Herrn zu speisen. Oh, der Pfarrer weiß, welchem seiner Konfirmanden er mit einer schwierigen Frage kommen kann. Er weiß anderen die Antworten so in den Mund zu legen, daß sie nur „ja" oder „nein" zu sagen brauchen.

Lopes Besenpfennige, die zum Ankauf eines Konfirmationsanzuges dienen sollten, hat der Haushalt verschlungen. Es fehlt hier etwas und da etwas.

„Kann er nicht in der kurzen Sonntagshose gehen? Er ist doch man erst vierzehn Jahre", sagt die Mutter.

Frau Wenskat schüttelt den Kopf. „Das kann er nicht, das habe ich noch nie nich gesehen. – Hast du nicht den Kirchanzug von Liepe? Vielleicht schneidet Bulke ein Stück von den Hosenbeinen ab."

„Den gibt der Alte nicht her, außerdem, Mensch, ist die Jacke doch viel zu groß."

Aber eines Tages sagt Ferdinand zu Lope: „Geh zu Bulke und laß dir Maß zu einem Konfirmationsanzug nehmen und sag Mutter . . . ich übernehme . . . ja, sag, ich betrachte es geradezu als meine Pflicht . . . und Bulke wird dir den Anzug machen."

„Von dem nehmen wir doch einen Anzug nicht geschenkt", sagt der Vater gekränkt und bringt seinen Kirchanzug zu Bulke. „Er kann ihn am Ende nur was umnähen, und hernach, wenn man's ausläßt, kann ich ihn ja wiedernehmen."

Aber die Mutter geht mit Lope heimlich zu Bulke und läßt ihm den Anzug von Ferdinand anmessen. „Laß Liepes Anzug bei dir hängen, bis er ihn mal braucht", sagt sie zu Bulke.

Konfirmationstag. Erste Schlipse, steife Chemisetten und Stulpen. Man geht wie mit einem Brett vor der Brust und muß die Finger krümmen, damit die Röllchen nicht aus den Jackenärmeln rutschen. Die Mädchen verstehen besser, ihre schwarzen Kleider, Haarschleifen, Spitzen und Taschentüchlein zu tragen. Sie probieren sogar erste Tanzschritte im Konfirmationskleid vor dem Spiegel.

Lope kämpft mit seinen schlotternden Hosenbeinen. Er hält sich ein Stück Spiegel vor die Schienbeine. Er schaut hinein und tut einen Schritt. Nichts Verrücktes! Aber wenn er von oben herunterschaut, stecken seine Beine wie in schwarzen Säcken.

Mutter nestelt an seinem Kragen. Sie zieht den schwarzen Schleifenschlips mit der gezahnten Schnalle irgendwo hinten an seinem Nacken zusammen. Lope denkt an Kutscher Müllers Hängetod.

Mutters Augen scheinen verändert. Sie sind wie die unteren Scheiben in der Schulstube, man kann nicht hindurchsehen. Lope biegt die abstehenden Ecken des Kragens weiter nach außen. Er fühlt sich gewürgt. Schwarzer Hut von Ferdinand. Papier raschelt an seinen Innenrändern, trotzdem drückt er die Ohren nach außen. Glockenläuten, Orgelzittern.

Ferdinand sitzt an Stelle von Mutter in einer Kirchenbank.

Er schaut sinnend vor sich hin. Die Jungen lachen sich gegenseitig an. Die Mädchen tun stolz und fremd in ihren Einsegnungskleidern. Der Pfarrer ist sanft und voller Güte. Man kann sich kaum vorstellen, daß seine Hände das lange Lineal in der Konfirmandenstunde über die Rücken sausen ließen. Bunte Kränze aus Papierblumen, das Werk der Mädchen, am Kronleuchter. Keine freie Bank in der Kirche. Der gnädige Herr sitzt huldvoll lächelnd auf der Empore. Die gnädige Frau mustert mit mütterlichem Blick die Mädchen. Fräulein Kriemhild spielt gelangweilt und etwas gereizt mit ihren schwarzen Handschuhen.

Paule Wenskat und Lope erhielten von der Herrschaft nagelneue Gesangbücher. Ihre Namen stehen in Goldbuchstaben gedruckt darin. Für Nachmittag sind sie zum Kaffee in die Schloßküche eingeladen. Sonne durchflutet den hellen Glasleib des Erlösers am Altarfenster. –

Niederknien am Altar. Der Geistliche reicht ihnen aus einem Schächtelchen das Brot. Wenn Lope mit Trude und Elisabeth „Vater, Mutter und Kind“ spielte, aßen sie manchmal Papier. Daran muß Lope denken, als die Oblate auf seiner Zunge zergeht. Er schaut in die Runde der knienden Kinder. Manche stecken in Erwartung der heiligen Zehrung ihre Zungen halb aus dem Mund. Lope weiß, daß er lachen würde, wenn er jetzt auf der Empore säße und alles von oben anschauen könnte. Aber dann kommt der Kelch mit dem Wein. Lope hat noch nie Wein getrunken. In vielen Büchern, in den Schulgedichten, in den Evangelien ist so oft von Wein die Rede. Sicher schmeckt er so süß wie die Brühe eingeweckter Birnen. Er bereitet sich auf einen tüchtigen Schluck vor, aber er hat kaum die Lippen benetzt, da wird ihm der Kelch vom Pfarrer entzogen. Das wenige, das er ersog, schmeckt säuerlich und nach dumpfer Gärung. Das Blut Christi ist nicht süß. Lope wartet auf die große Veränderung. Jetzt muß sie kommen. „Im Innern“, hat der Pastor gesagt.

Einmal fühlt er eine leichte Verwirrung zwischen all den fremdgekleideten Konfirmanden, da denkt er: ‚Nun beginnt's.‘ Das ist nur ein Augenblick. Danach bleibt alles, wie es war. Lope fühlt keinen Übergang in ein neues Leben. Die

Kinder werden nicht kleiner, und er wird nicht so groß wie die Erwachsenen.

Albert Schneider behält seine freche Nase. Maria sitzt mit ihrer Mutter in der Bank unter den Zuschauern. Sie sieht Lope lange an.

Am Nachmittag sitzen Lope und Paule Wenskat verscheucht in der Schloßküche. Mine, das Küchenmädchen, bringt ihnen Kaffee und Kuchen. Sie essen schweigend den Kuchenturm vom Teller und wagen nicht, neuen Kaffee zu verlangen.

„Wenn die gnädige Frau kommt, müßt ihr einen Diener machen!“ sagt Mine. Sie essen schneller, damit sie wieder weg sind, wenn die gnädige Frau kommt. Ein Weilchen später ist sie da. Ihr Kleid rauscht wie Wind im Walde. Die Jungen sitzen mit vollen Mündern. Paule rutscht vom Stuhl.

„Bleibt nur ruhig sitzen und laßt es euch gut schmecken“, sagt die Gnädige liebreich und mütterlich. Sie ist vielleicht gar nicht so gefährlich. Die Mädchen tun nur immer so; sicher wollen sie sich nur wichtig machen.

„Das ist nun ein bedeutsamer Tag für euch“, sagt die gnädige Frau, „und ihr könnt nicht mehr zurück in eure Kindheit.“ Beide schütteln kauend den Kopf.

„Mine, bringen Sie mir doch, bitte, auch ein wenig Kaffee, damit ich mit meinen Gästen speisen kann.“

Lope verschluckt sich und hustet einen Mundvoll Kuchenkrümel über den gedeckten Dienstmädchentisch. Die Gnädige kneift die Augen zu. „Einen Stuhl natürlich auch, bitte!“

Mine bringt den Stuhl. Die gnädige Frau ist noch nicht zufrieden. „Sie sind wirklich unaufmerksam, Mine; sehen Sie denn nicht, daß die Jungen ... ich meine, daß die jungen Männer keinen Kaffee mehr haben?“

Mine macht einen tiefen Knicks und sagt halblaut: „Verzeihung, gnä’ Frau.“

Paule Wenskat tritt Lope unter dem Tisch zweimal kräftig auf den Fuß. Lope fühlt nichts. Dafür sagt die gnädige Frau: „Ach, Verzeihung, Herr Paul, wenn ich Sie gestoßen haben sollte.“ – Paule wird rot und erklärt mit vollem Munde: „Mensch, und ich dachte, ich trete Lope.“

„Na, nicht so schlimm", lenkt die Gnädige ein. „Seid ihr nun froh, daß ihr zu den Erwachsenen gezählt werdet?"

„Klar", erwidert Lope, „jetzt gibt's wenigstens keine Wichse mehr."

„Na, du bist einer!"

Schweigen. Paule schmatzt an einem Stück Pflaumenkuchen.

„Was werdet ihr nun tun, wenn ihr nicht mehr zur Schule müßt?"

„Ich fang bei Schuster Schurig an", beeilt sich Paule zu erklären.

„Oh, so, na, da wirst . . . werden Sie ja Handwerker."

„Vater hat gesagt, hier komm ich doch auf keinen grünen Zweig."

Die Gnädige überhört es taktvoll und wendet sich an Lope. „Und Sie, Herr Gottlob, bleiben doch bei uns, nicht wahr?"

Lope hat gerade die Tasse angesetzt und nickt. Der Kaffee schwappt zu beiden Seiten über. Das Tischtuch wird fleckig. Mine droht hinter dem Rücken der Gnädigen mit der Faust.

„Das werden wir erst noch sehen. Vater sagt, wenn man nicht muß, soll man sich nicht mit Ochsen abgeben."

„Findest du nicht, daß Ochsen sanfte Tiere sind?" biegt die gnädige Frau ab.

Auch der zweite Kuchenturm verschwindet bis auf geringe Reste. Die Gnädige hüstelt.

„Hrrrhimm, ich darf mich wohl jetzt zurückziehen; der gnädige Herr erwartet mich oben zum Kaffee."

„Das könn' Se machen, wie Se denken", sagt Paule.

Die Herrin lächelt amüsiert. Ihr Kleid rauscht. Mine öffnet ihr die Tür.

„Also nochmals alles Gute für euren Lebensweg." Sie winkt aus der Diele.

„Schon gut." Lope winkt zurück und beißt wieder ab.

„Ferkel, das du bist!" greint Mine. „Die Decke habe ich erst heute morgen frisch aufgelegt."

Lope faßt nach seinem Schlips. Auch damit kann man immer noch ein Ferkel sein.

Der Herr Gutssekretär ruft Lope ins Sekretariat. Er legt seinen langen Baumelarm um Lopes Schulter. Lope schaut forschend in Herrn Sekretärs bleiches, übernächtiges Gesicht.

„Na, nun gratulier auch ich dir, mein Junge", sagt Herr Sekretär Ferdinand feierlich, „und ich würde ... wie soll ich sagen, würde es gewissermaßen gern sehen, wenn du nicht nur körperlich ... ich meine rein manuell ... ach so, handwerklich ein Licht, will sagen: eine Sonne deiner El ... äh Angehörigen wirst, sondern, daß du auch geistig nicht gerade, na, wie soll ich sagen: ein Mond, der sein Licht ja bekanntermaßen von der Sonne zu leihen gezwungen ist, wirst."

Lope kann das nicht recht begreifen. Weshalb soll er kein Mond sein? Da könnte er vielleicht nachts immer ein wenig lesen, wenn die andern schlafen.

Und Herr Sekretär wirft den linken Arm gestikulierend in die Luft. Mit dem rechten stützt er sich auf Lope. Er erzählt vom harten Leben. Es steht jetzt also vor Lope, dieses harte Leben. Er soll es mutig anpacken, sagt Herr Sekretär. Und Lope denkt, es soll nur kommen. Morgen wird er es wohl sehen, das harte Leben.

Aber dann geht Herr Sekretär an das Wandschränkchen und tut wichtig. Bald so wichtig wie der Pastor, wenn er aus der Sakristei kommt. Lope hält auf einmal eine Taschenuhr in der einen Hand. Und in die andere schiebt Herr Sekretär ein Buch.

„Sie sind verrückt, Herr Sekretär ... ich ... der Vater wird die Uhr aus dem Fenster ..."

„Freust du dich?" fragt der Sekretär, und es blinkt wässerig in seinen Augen.

„Das freut mich feste", Lope hält die Uhr an sein Ohr. „Geht die richtig?"

„Na, was denkst du denn, kleiner Mann?"

„Ich dachte, es wäre nur so eine!"

„Vielleicht ist es angebracht ... ja, es ist vielleicht sogar besser ... ich meine, man kann nicht wissen ... aber es dürfte besser sein, du zeigst die Uhr vorläufig nur Mutter."

Und Lope steckt die Uhr in die Hosentasche. Das Buch

steckt er unter seine Konfirmandenjacke, sie ist ja weit genug.

Bei Kleinermanns in der Küche ist Schäfer Malten zu Besuch. Er sitzt mit Vater am Tisch. Sie trinken aus einer Flasche.

„Den Dreck säufst du?" Malten schüttelt sich. „Beim fliegenden Schwalbenfisch, der brennt ja Löcher in die Seele."

„Ich habe den starken genommen, weil Konfürmatijon ist", lallt der Vater.

Malten hat einen Klumpen Hammelfleisch mitgebracht.

„Notschlachtung", sagt er und zwinkert der Mutter zu. „Aber wo steckt denn der Konfirmand? War er nicht eben hier?"

Lope hat rasch sein Buch unter den Strohsack seines Bettes gesteckt. „L. N. Tolstoi, Tagebuch" stand auf dem Deckel. Wenn Vater Schnaps hat, kann man nie wissen ...

„Na, komm her, du eingesegneter Schlingel", raunzt Malten gutmütig, „hast du denn die große Säge gesehen? Ich meine, er muß doch eine Säge haben, wenn er euch einsegnet, hohahooo!"

Maltens Hand ist knorpelig wie eine alte Wurzel.

„Es muß doch sein wie ein Halsband beim Hund", sagt Trude, und sie will die Finger hinter Lopes steifen Kragen stecken.

„Laß ihn gehn", Malten zieht sie weg. „Er ist doch jetzt ein Herr. – Wie ist's denn, Herr Kleinermann, will er nicht Hütelehrling bei mir werden? Zwei Hunde soll er haben und keine Langeweile, das schwör ich als sein Lehrmeister."

„Nä, nä, wird nichts draus!" mischt sich die Mutter ein. „Nachher liegt ihr beide in der Butze, blättert in den Schwarten und vergeßt das Fressen und daß der Mensch ein Arbeitstier ist."

„Wär doch gut, wenn wir's vergäßen, Mathilde. Aber, wer nicht will, der wird gewollt. Soviel wie als Ochsenkutscher lernt er bei mir allemal."

Hin und her. Die Mutter ist spitz und patzig, bis Malten beleidigt seinen Schäferstock von der Bank nimmt und grollend davongeht.

„Wen der Pfauhahn pickt,
der kriegt ’nen Koller.
Jeden Gimpel fängt
sich unser Oller . . .“

singt Malten unter dem Fenster.

„Der hat zu schwör geladen“, stellt der Vater stieräugig fest.

Er schwankt auf die Mutter zu.

Die Mutter steht nachdenklich am Herd und zieht den glühenden Plättbolzen aus dem Feuer.

„Wann willst du es eigentlich dem Bankert sagen, daß er nebenhinaus gehöckt ist?“

„Ist das deine einzige Sorge, du Süffel? Das weiß der lange. Er ist doch nicht auf den Kopf gefallen wie andere Leute . . .“

Lope zieht rasch einmal seine Uhr aus der Tasche. Er hält sie ans Ohr!

„Guckt, was für ein feiner Herr“, jauchzt Trude, „eine Uhr, eine richtige Uhr hat er schon!“

„Andere Leute . . . bün das etwa ich?“ fährt der Vater herum. „Was, eine Uhr?“

Lope möchte einen Maikäfer aus der Uhr machen.

„Wo hast du sie hör?“ will der Vater wissen.

„Von drüben“, stottert Lope verlegen und absichtlich ungenau.

„Hat sie dir der gnädige Herr persönlich übergeben? – Zeig her!“

„Nein.“

„Sie ha-hat ihren besonderen Wert, und du darfst sie nur an hohen Feiertagen tragen. – Hat der Wenskat Paule auch eine geschunken bekommen gekriegt?“

„Nein.“

„Hat er nicht. – Das ist, weil wir einen Namen, jaaa, einen guten Namen beim gnädigen Herrn haben. Jaaa, Oooodnung und Saubakeit im Schllllachthaus . . .“

Er sucht nach dem Wassereimer, aber die Mutter geht mit erhobenem Plätteisen auf ihn zu.

„Bist du denn ganz und gar des Deibels? Heute ist doch Konfirmation."

„Von mir ist niemand konfürmationiert. Ich bin ja bloß der Bachstelzenhahn, der, wo einen jungen Kuckuck füttert."

Dann wankt der Vater in die Kammer und singt:

„Der Kuckuck und der Esel,
die hatten einen Streit ..."

„Hättest ihm ruhig sagen können, daß du die Uhr vom Sekretär hast", sagt die Mutter.

Aber Lope ist in Sorge um sein Buch, er huscht in die Kammer. Der Vater liegt quer im Bett und lallt mit bereits geschlossenen Augen: „Kuckuck, ia, Kuckuck, ia ..."

Lope ist zufrieden. Er hat Buch und Uhr gut über den Tag gebracht. Er nimmt das blanke Ding wieder an sein Ohr. Wie lebendig! Was die Menschen alles machen können! – Aber morgen ... morgen wird er das ganz richtige Leben gewahren. Es wird an ihn herantreten, hat der Herr Sekretär gesagt.

Ein Samenkorn fällt in windig dunkler Herbststunde aus der Mutterschote auf die Erde. Die Pflugschar bedeckt es mit krümeliger Erde zum winterlichen Warten. Steinharter Winter deckt seine Daunendecke drüber. Alles Leben im Samenkorn zieht sich bis auf einen winzigen Punkt zurück.

Taufeuchter Frühling geht mit Sonnenwärme übers Land. Der Keimling kommt und macht seine Erfahrungen. Er wird rotblätterig und wärmesuchend bei zurückkommender Kälte. Er wird welk und müde bei andauernder Dürre. Aber dann kommt die gesegnete, gesunde Zeit des Nachfrühlings und des Sommers. Blätter quellen und halten sich den warmen Lüften und den Gewittern hin. Eine Leiter aus Blättern, auf der der Stamm die Knospe dem Himmel näher trägt. Die Blüte öffnet sich wie der Himmel am Morgen eines neuen Tages. Der Wuchsdrang der Blätter verklingt. Sie sinken wie in ein flaches Leben ohne Willen zurück. Feiernde Hände nach vollbrachtem Werk. Alles Wollen hat ihnen die Blüte abgenommen. Sie will mit Farbe und Duft. Sie zwingt sich ihre Befruchtung herbei. Die Erfüllung kommt mit dem wehenden Winde, mit braunbrummigem Flug von Hummeln und Bienen, mit dem lautlosen Fluge von Faltern. Tausend Farben, tausend Düfte auf Feldern und Wiesen sind Sehnsucht gewordener Wille nach Frucht. Wehende, brummende und taumelnde Bräutigame gehen und lassen zerschlissene Brautgewänder zurück. Nackt und schüchtern sitzt die neue Samenschote auf entblättertem Stengel. Ein Pflanzenleben, ein Menschenjahr sind vorüber.

Lope ist vierzehn Jahre. Manchmal horcht er in sich hinein, aber er spürt keine Veränderungen. Er arbeitet wie vorher mit Mutter in der Frauenkolonne: Quecken hacken, Kartoffeln legen, Rüben pflanzen, behacken, häufeln ... Das Jahr des Landarbeiters besteht aus Arbeitsgängen, nicht aus Tagen und Monaten, wie das anderer Menschen.

Manchmal sagt eine der Frauen: „Na, wir haben ja jetzt einen Mann bei uns, da soll uns einer kommen!"

Aber eine Weile später kann eine andere schon sagen: „Laß den schweren Korb stehen, das kannst du doch nicht, du bist ja noch ein Kind!"

Winter. – Und Lope steht auf der Dreschmaschine. Er zerschneidet die Bänder der Garben, bevor sie zischend und körnerklappernd durch die Dreschwellen der Maschine gefranst werden. Mutter rafft unten am Strohtisch ab oder bindet. Die Maschine hat das große Wort. Die Gespräche der Menschen werden zu anstrengendem Geschrei. Man kommt von selbst darauf, mehr zu denken.

Gleich nach dem Abendbrot beginnt Lope eifrig mit dem Besenbinden. Dann und wann schiebt er einen fertigen Besen hinter den Ofen. Ehe die Mutter zu Bett geht, trägt sie die fertigen Besen hinaus in den Flur.

„Sieben heute?"

„Ja", Lope zieht eifrig am Bindedraht.

„Mach man Schluß, is ja genug!"

„Nein, ich will noch drei schaffen", sagt Lope und vermeidet es, die Mutter dabei anzusehen.

Die drei Besen liegen schon fertig hinter dem Ofen. Es sind

Lopes Lesebesen. Wenn das Bett der Mutter knarrt, holt er sein Buch. In der Küche ist es dann still, höchstens ein Heimchen zirpt. Lope holt sich die kleine Petroleumlampe in die Bankecke und wandert in sein Buch hinaus. Das ist nun ein vertrackt schwieriges Buch, dieses Konfirmationsbuch von Ferdinand. Manchmal versteht Lope von einer Seite nur einen Satz. Er liest trotzdem weiter. Früher buchstabierte er sich ein einzelnes Wort zusammen und begriff schließlich den Sinn der immer wieder anders zueinanderstehenden Buchstaben. Jetzt erklärt er sich aus einem Satz, den er versteht, die vorigen und die nachfolgenden. Tagsüber kann er auf der Dreschmaschine darüber nachdenken. Da steht nun wieder so etwas: „Die Kraft ist nur beim arbeitenden Volk. Duldet es seine Unterdrücker, so kommt es nur daher, weil es hypnotisiert ist, daher kommt alles darauf an, die Hypnose zu zerstören."

Hypnose, was ist das nun wieder?

„Herr Sekretär, was ist Hypnose und hypnosieren, oder so ähnlich?"

„Wo hast du das gelesen? Ich meine, du mußt das Wort doch irgendwo herhaben?"

„Es steht im Konfirmationsbuch. Das mußt du doch wissen."

„Wissen schon, aber – ich meine – in welchem Zusammenhang ist es dort erwähnt?"

„Na, das arbeitende Volk hat die Kraft und duldet die Unterdrücker, weil es hypnosiert ist, oder wie das heißt!"

„Ach so, ja, es heißt hypnotisiert. Man macht es mit den Augen, oder man zwingt einem andern Menschen seinen Willen auf."

„Wie ist das?"

„Wenn du hinausgehen willst, und Mutter will es nicht, daß du gehst, und sie schaut dich streng an und du bleibst schließlich in der Küche, dann hat sie dir ihren Willen aufgezwungen. Natürlich nicht gerade Mutter, ich meine nur so, damit du es verstehst. Einer Mutter muß man ja sowieso gehorchen. Aber es gibt doch auch andere Menschen, denen man nicht zu gehorchen braucht ... ach, weißt du, das ist alles noch zu schwer für dich. Ich habe daran gedacht, daß du dieses Buch einmal später lesen solltest, nicht jetzt schon."

Gut, Lope geht und denkt. Er liest andere Bücher, aber gerade das Konfirmationsbuch zieht ihn immer wieder an. Das Buch ist anders als die, die er sonst las. Aus den andern Büchern gewann er den Eindruck, daß es eine Welt geben muß, in der alles sonnig, verklärt und auf den Helden zugeschnitten ist. Sie gehen einfach von Hause weg, diese Helden, fragen nach niemand, finden draußen einige Schwierigkeiten, gerade soviel, wie sie bewältigen können, und werden dann glücklich. Ihr Glück gipfelt meistens in einer reichen Heirat.

Nach dem neuen Buch ist das alles Lüge.

Orge Pink, mit dem Lope den Abendmahlswein zusammen trank, ist fast schon ein Mann. Sein Vater nahm ihn mit in das Bergwerk. Orge koppelt die kleinen Kohlenwagen. Sie kommen mit dem Fahrstuhl aus dem Schacht. Orge pfeift auf einer Trillerpfeife, wenn ein Zug zusammengestellt ist. Die elektrische Maschine brummt heran – Orge braucht nur zu pfeifen –, da holt sie die kleinen, schwarzen Waggons ab. Zwanzig Mark verdient er wöchentlich dabei. Zehn Mark Kostgeld gibt er daheim ab, zehn Mark kann er wöchentlich sparen. Er spart aber nicht. Er kauft sich Zigaretten, süßes Bier am Sonntag, eine Uhr, einen neuen Anzug. Er kegelt mit den anderen Bergleuten im Wirtshausgarten. Er läßt sich im Radfahrerverein aufnehmen und trägt ein blinkendes Abzeichen. Es ist ein silbern schillerndes „S" auf rotem Plüschgrund. Orge versucht auch schon zu tanzen. Er haut auf den Tisch, wenn er Karten spielt. Jaja, er ist wirklich fast ein Mann. Orge Pink führt ein Leben, wie es in den Büchern stand, die Lope früher las. Lope zerbricht sich den Kopf, wie man in diese Welt gelangen kann.

Tage vergehen. Lope steckt in einem Nebel von Gedanken. Er arbeitet, wie sonst, in der Frauenkolonne auf den Feldern.

„Er war früher so aufgeweckt; jetzt ist er eine richtige Schlafmütze", sagt eine Frau, „siehst du denn nicht, daß der Korb voll ist und wie ich mich schinden muß?"

Danach ist Lope für eine Weile wach; aber der Nebel kommt wieder, überall sind dunstige Wände. Wenn er im Konfirmationsbuch liest, fliegt manchmal eine Erkenntnis in sein Hirn. Der Nebel spaltet sich, er sieht das Leben, er kann es fast anpacken. Dann bewegt sich Mutters Bett knarrend. Sie murmelt halblaut und erregt. Er klappt das Buch zu, löscht die Lampe und legt sich schlafen. Wenn er morgens aufwacht, ist die Klarsicht wieder verschwunden.

Aribert und Dieter von Rendsburg finden das Leben flott. Sie stochern nicht darin herum wie Lope. Es muß ja stinken, wenn man das tut! Seit sie in der Stadtkirche konfirmiert wurden, tragen sie lange Hosen. Lehrer Matthießen ist mit ihnen in die Stadt gezogen. Sie wohnen mit Matthießen in einer Pension und gehen auf das Gymnasium. Dort werden sie von den Lehrern mit „Sie" und „Herr" angeredet und tragen farbige Mützen mit goldenen und silbernen Tressen. Sie schreiben kleine Zettel an Mädchen aus dem Lyzeum und stecken sie ihnen auf dem Bummel in den frühen Abendstunden zu. Hauslehrer Matthießen sieht derweil ihre Schulaufgaben durch und verbessert hier und da etwas. Am Abend lesen sie zusammen eine Stunde in deutschen Klassikern oder stopfen Fingernägel in Matthießens Tabakspfeife. Sie freuen sich über sein giftiges Gesicht, wenn er dann die Pfeife raucht.

Am Sonnabend holt Leibkutscher Wenskat sie entweder mit dem kleinen Jagdwagen ab, oder Leopold fährt mit dem Kraftwagen vor. Daheim ruhen sie sich von der Wochenarbeit aus. Lehrer Matthießen erstattet dem gnädigen Herrn Bericht über die Leistungen der jungen Herren.

„Und legen Sie besonderen Wert auf Kenntnisse in der Geschichte", sagt der gnädige Herr zu Matthießen. Er bietet ihm eine von seinen guten Zigarren an. „Ich halte den Geschichtsunterricht für das A und O im Leben eines jungen Menschen, ganz gleich, welche Laufbahn er einschlägt."

Das ist zwar nicht ganz Matthießens Meinung, denn er hält die Kenntnis fremder Sprachen für wichtiger, aber er sagt: „Sehr wohl, Herr von Rendsburg, sehr wohl." Er darf sich eine zweite Zigarre mit auf sein Zimmer nehmen. Aribert und

Dieter reiten derweil auf ihren Pferden durch Dorf und Felder. Zuweilen begleitet sie die blasse und nachdenkliche Kriemhild, um nach geeigneten Rosenwildlingen in Bauerngärten Ausschau zu halten.

Es kann auch sein, daß sie keine Lust zum Reiten verspüren, dann binden sie in der Koppel Feuerwerkskörper an die Schwänze der Kühe. Sie zünden Schwärmer und Raketen an und messen mit der Stoppuhr das Tempo des gepeinigten Viehes. Oder sie halten sich in der Schloßküche auf und erzählen den Mädchen schlüpfrige Pennälerwitze. Sie versuchen, die Mädchen zu umarmen und nach ihren Brüsten zu greifen. Abends tauschen sie in ihren Zimmern die Erfahrungen mit den Mädchen aus.

Kriemhild geht kummerig durch Park und Schloß. Ihre großen graublauen Augen sind weder auf der Erde noch im Himmel — sie sind unablässig in die Ferne gerichtet. Dort, wo die Kiefernwälder den Horizont blau säumen, muß das Land liegen, in dem jetzt ein gewisser Mann weilt. Er schrieb vom Süden her, irgendwo vom Balkan. Sein Brief verriet es nicht. Tausendundein Abenteuer, und doch immer die gleiche Ruhe in seinen Briefen. Diese Ruhe! Als wären die Briefe nicht auf dem Rücken eines Maultieres, sondern in einem Zimmer mit seidenen Tapeten und samtenen Fenstervorhängen geschrieben. Sie müsse ihm schon nachsehen, wenn er die letzten Stunden seines Junggesellendaseins auf diese Weise verbringe. Er wolle die letzten Reste des Abenteurers, der nun einmal in ihm stecke, auf diese Weise den südlichen Göttern zum Opfer bringen. Keine Angst, du sanfte Rose im nördlichen Park! Sein Name, seine Ahnen bürgen dafür, daß er nach dieser Zeit, fest wie ein Wohnschiff, im Hafen der Ehe liegen werde. Herzliche Empfehlungen an ihren Herrn Vater, den er als Knabe in seiner Hauptmannsuniform angestaunt habe. Ein Eindruck, der ihn selbst bestimmt habe, ein Marsjünger zu werden. Nun aber, da das Vaterland Bankrott gemacht habe, hätte er sich auf andere Tugenden besinnen müssen. Die Feder eines Auslandskorrespondenten sei zwar kein Schwert, aber immerhin . . . und wenn sie ihm wieder einiges Geld schicken wolle zum Erreichen einiger Bequemlichkeiten bei seinem entbehrungsreichen Leben im schmutzig-verwanzten Süden, dann bitte über seine Bank in Berlin.

Im übrigen sei ihre Bekanntschaft, ihre Liebe eine nie dagewesene, und gerade das reize ihn so. Man stelle sich vor: zwei Menschen, die sich durch die Schilderung von Bekannten kennenlernen, einander zu schreiben beginnen und schließlich nicht mehr anders können als sich gegenseitig ... na, sie wisse ja! Da soll nun jemand sagen, daß nicht alles im Leben vorausbestimmt sei! Er, der Blumenfreund, der, um eine einzige seltene Blüte zu sehen, nicht einmal Reisen in andere Kontinente scheue, und sie, die passionierte Rosenzüchterin! Erst gestern habe er sich wieder zwei Stecklinge erlesenster Art schenken lassen. Doch welch ein Unglück! Am Abend habe er sie verdorrt aus den Satteltaschen gezogen: die Blätter brüchig wie Tee. So erbarmungslos sei die Sonne dort, wo er weile. –

Oh, sie solle, bitte, entschuldigen, wenn dieser Brief so lang geworden sei, er habe leider nicht genug Muße gehabt, ihr einen kürzeren zu schreiben. Er höre bereits das Sattelzeug seines Maultieres unterm Balkon knarren. Der braune Diener sitze flöheknackend auf den Marmorstufen seines Studios. Es gehe zu einer Diplomatenkonferenz, die er für seine Zeitung wahrnehmen müsse. Adieu, und bunte, süße Träume – keine Küsse, nein, noch nicht, aber bitte, später alles, alles ... In stiller Nachdenklichkeit Ihr Baron Götz auf Wrisberg.

Kein Raum mehr für Ferdinand in Kriemhilds Gedanken. Eine Jugendliebe, die sie nicht mehr begreifen kann. Und Ferdinand? – Er macht seine innerlichen Fortschritte. – Oder macht er sie doch nicht? Jedenfalls kreisen seine Gedanken mehr um diese Liebe, diesen Versuch einer Liebe, als er sich eingesteht. Er beschreibt Seite auf Seite seines Tagebuches. Er füllt die Seiten mit Gefühlen, einem Wust von Gefühlen, sein Verhältnis zu Mathilde, seine Versuche mit der Frau Inspektor! Der reine Selbstbetrug! Er arbeitet an sich, bitte! Eines Tages wird Kriemhild seine geistige Schönheit so berückend finden, daß sie ...

Da ist nun die Sache mit Frieda Wenskat. Ferdinand stopft

sie voll mit seinen Selbstbespiegelungen. Es bleibt nicht bei den Fenstergesprächen. Immer wieder werden sie dabei von rohen, verständnislosen Menschen gestört. Es ergibt sich von selbst, daß ihn Frieda humpelnd, zwischen zwei gummibeschlagenen Stöcken hängend, aufsucht. Er liest ihr vor. Er liest aus seinen Tagebüchern, aus den Schriften großer Männer, die nach seiner Ansicht genauso rangen wie er. Sie schläft nicht ein wie Frau Inspektor, sie hängt an seinem Munde wie eine pummelige Hummel an einer Kleeblüte. Doch sie stößt niemals bis zum Honig seiner geistigen Ergüsse vor. Sie sieht sich als eine der liebenden Figuren in ihren Schwälbchenromanen. Ferdinand bemerkt es nicht. Er ist in sich selbst vertieft.

„Da müssen Ihnen ja rein die Finger weh tun, wenn Sie all das schreiben", sagt Frieda.

„Ja, ich sitze manche Nacht, wenn Ihr Licht längst erloschen ist, und wandere aufzeichnend durch die Labyrinthe meines Herzens."

„Ich lese auch manchmal lange, aber dann kommt Vater vorbei, wenn er einmal austreten muß, und bläst mir die Kerze aus", sagt sie.

„Und dann . . .?" will Ferdinand weiter wissen.

„Dann wird es manchmal erst richtig schön. Ich denke an all das, was ich gelesen habe. Aber seit ich Sie kenne, spielen alle Geschichten sich nicht mehr in fernen Ländern ab. Jetzt sind die Grafen in den Geschichten mehr so . . . wie Sie. Und die unglückliche Ramona aus dem niederen Stande hat hinkende Füße, wie ich."

„Oh", wirft Ferdinand betreten ein.

„Ja, ich kann machen, was ich will . . . es kommt fast von selbst so."

„Haben Sie das Buch zu Ende gelesen, das ich Ihnen gab?" fragt er.

„Nein, noch nicht ganz, denn es ist so schwer zu verstehen, daß die Esmeralda den Quasimodo liebt, obwohl er häßlich, haaaach, so furchtbar ist. – Ich muß mich, wenn ich das eine Weile gelesen habe, immer wieder bei meinen Heften erholen. Ist das schlimm?"

„Nicht gerade schlimm." Ferdinand ist mit seinen Gedanken anderswo. „Aber Sie müssen sich langsam daran gewöhnen, daß das Leben nicht so logisch gleitet wie in Ihren Heften. Es hopst gewissermaßen, humpelt auf Krücken, schlägt lang hin, wird von irgendeiner unsichtbaren Macht wieder aufgerappelt, springt über ein Dach und bleibt eine Weile in der Luft hängen . . . ja, so bunt kann es gehen!"

Frieda beginnt zu weinen. Sie wischt mit dem Ärmel über die Augen.

„Jaaa, es humpelt auf Krücken wie iichich."

„Oh", meint Ferdinand und erkennt seine Ungeschicklichkeit.

„Nicht nur, daß aaandere Mmmenschen . . . nein, nun auch Sie", heult Frieda.

Ferdinand erhebt sich gerührt. Er setzt sich zu ihr auf das Sofa und streicht behutsam über ihr künstlich gewelltes Haar, das auf der Stirn in einem verfransten Pony steht. Friedas Weinen wird dünner. Ferdinands Streicheln scheint Lücken geschlossen zu haben, durch die vorher die Tränen rannen. Frieda beginnt zu beben. Sie schaut Ferdinand mit saugenden Augen an. Schließlich läßt sie sich an seine Brust sinken.

„Wie gut das tut", sagt sie. Ferdinand muß die Zuhörerin seiner Selbstbespiegelungen bezahlen. Jaja, auch so ist das Leben. Das von Ferdinand scheint wieder einmal lang hingeschlagen zu sein.

Auch die Zeit schleicht, humpelt und rennt. Es hängt ganz von den Menschen ab. Liepe teilt sie in Barbiergänge und Schnapstage ein. – Mathilde rechnet in Deputatmonaten.

Für Frieda Wenskat sind die Stunden mit Ferdinand Wasserrosen auf dem Strome der Zeit. Ferdinand mißt die Zeit an der Menge seiner Erfahrungen. Aber es kommen Stunden, wo ihm seine Gefühle die Erfahrungen vernebeln. Dann saust es innerlich in ihm zurück, wie ein Fahrstuhl im Förderschacht, an dem das Aufzugseil riß. Die Zeit betrügt ihn. Er bemerkt es nicht.

Herr von Rendsburg benutzt die traurige Rückgangszeit des Vaterlandes, um sich an seinen verlorenen Kolonialbesitz heranzuarbeiten. Herr Inspektor mißt die Zeit an den vollen Tausendern, die er für den Kauf eines eigenen Gutes zusammengaunert. Nur seine Frau fühlt die Zeit täglich. Sie hat sich ganz in die Erziehung ihres späten Töchterchens hineingemuttert.

Lope wartet auf das Leben, dessen Ankunft man ihm nach der Konfirmation versprochen hat.

Da ist Orge Pink ein anderer Kerl! Er spürt wohl schon das Leben? Es springt mit ihm von einer Tanzmusik zur anderen.

„Gestern war ich in Klein-Dammdorf. – War Sache, was denkst du! Die Schreiber-Elli hat mich zur Damenwahl geholt. Dabei hatte ich gar nicht mit ihr getanzt. So verrückt sind die Weiber heutzutage nach einem."

„Du rennst so weit wie ein heißer Hund", sagt Lope. „Bist ja verrückt, müßte mir einfallen, der Gaken wegen."

Orge streckt die Brust heraus. Ein rechter Zwerghahn. „Wir haben ordentlich einen geschmettert. Das macht marode. Ich fühl meine Gräten heute. Ist eben blauer Montag, die meisten machen blauen Montag bei uns."

Aber das will Lope gar nicht wissen. Tanzmusik, das kennt er. Er hat auf dem Kinderfest getanzt. Man wird von den Mädchen hin und her gerissen. Sie sind alle verrückt nach Tanzen. Alles andere kennt er vom Erzählen. Er hört gut zu, wenn andere erzählen. Bier schmeckt zum Beispiel zuerst bitter, hat er gehört. Manchmal weiß er nicht, hat er es selbst erlebt, oder hat man es ihm erzählt.

Er will jetzt von Orge etwas ganz Bestimmtes wissen. Orge sitzt auf der Rasenkante am Parkzaun. Er stiert mit starren Augen vor sich hin. Dann und wann spuckt er gewichtig aus. Er priemt seine Zigarette mehr als er sie raucht.

„Wenn nun genug Wagen aus dem Schacht gekommen sind, was machst du dann?" will Lope wissen.

„Was, Wagen?"

„Na ja, du ziehst sie doch vor und schiebst sie auf die Schienen."

„Ach so, in der Schicht, meinst du?"

„Ha, da kann man ja sehn, daß du bloß an die Röcke denkst."

„Den Dreck auch, ich hab jetzt dran gedacht, wie der Klüter die leeren Gläser immer auf die Erde gewichst hat."

„Rufst du dann, wenn die kleine Maschine kommen soll, oder wie machst du es?"

„Ach, du mit deiner Maschine! – Ich pfeife dann!" Orge zieht eine Trillerpfeife aus der Tasche. Er pfeift darauf zweimal. Der Puter auf dem Gutshofe antwortet kollernd.

„Das bedeutet: Anfahren! Wenn ich nur einmal pfeife, dann weiß der schon, daß ich ‚Zurückstoßen' meine. Du könntest dich mitten auf die Schienen legen, wenn ich dreimal pfeife, dann muß der bremsen, ob er will oder nicht."

„Wenn er nicht bremst?"

„Dann kommt ihm der Steiger auf den Kopf."

„Er ist doch gar nicht immer da."

„Ich habe ja eine Gusche."

„Und wenn der Maschinist dir eine verplättet?"

„Er plättet nicht. Vor dem Steiger haben sie Dampf. Außerdem muß er einfach bremsen, wenn ich dreimal pfeife."

„Und bald zwanzig Mark die Woche für das Pfeifen!" Lope schüttelt ungläubig den Kopf.

„Kannst ja meine Lohntüte sehen." Orge kramt in seinen Taschen.

„Na, ich hab sie doch wohl schon weggeworfen."

„Das macht, du mußt sie zu Hause freitags abliefern."

„Da hast du aber geschnupft. Die Alten wissen gar nicht, wieviel ich verdiene. In die Gewerkschaft sollte ich auch nicht gehen. Vorige Woche bin ich doch reingegangen. Ich laß mir nichts vorschreiben."

„Was ist denn das, Gewerkschaft?"

„Das ist der Verein, wo die meisten Kumpels drin sind. Verband nennen sie es auch."

„Ich denke, du bist schon im Radfahrverein?"

„Mensch, Radfahrverein ist doch was anderes. Gewerkschaft, das ist für den Streik. Wenn du mitstreiken willst, mußt du in der Gewerkschaft sein."

„Wenn ihr streikt, verdient ihr doch nichts."

„Hast du eine Ahnung! Nachher kriegen wir sogar noch mehr. Deshalb streiken wir ja."

„Wenn wir streiken“, sagt Lope nachdenklich, „dann brüllt das Vieh im Stall, daß die Engel im Himmel eine Gänsehaut kriegen. Das kann man nicht mit anhören. Wir könnten nicht streiken.“

„Ihr seid eben Mistkratzer. Man hat noch nie gehört, daß die Sorte streikt.“

„Und was seid ihr? – Erbärmliche Kohlenklauber. Ihr müßt euch das bißchen Licht am Hut rumschleppen, damit ihr überhaupt arbeiten könnt.“

„Ach, hör auf!“ wehrt Orge ab und spuckt über die Parkmauer. „Da drüben geht Schneiders Magd. Mit der habe ich von gestern noch ein Fuder zu dreschen.“

„Alter Rockschnüffler.“

„Mensch, du Specht!“

An diesem Abend schnitzt Lope nachdenklich an seinen Besen.

„Du wirst dir noch die Hände zerfuhrwerken“, herrscht die Mutter ihn an.

Er fühlt sich ertappt. Sie hat Augen wie ein Mäusebussard, denkt er. Die Mutter trägt die fertigen Besen in den Hausflur. Unter der Bodentreppe ist Platz für das „sperrige Gelumpe“. Wenn die Mutter zu Bett geht, muß die Küche aussehen wie ein Drillacker.

„Sechse heute bloß?“

„Sechse – eine Mark fünfzig“, murmelt Lope und sagt auf einmal laut: „Orge Pink kriegt über zwei Mark den Tag und macht bloß acht Stunden. Und Sonntag setzt er nicht ein Bein vor das andere . . . Die paar Wagen abrücken, das könnte ich auch.“

Die Mutter stützt die Hände in die Hüften. Sie bleibt vor Lope stehen und rollt mit den Augen. Dann neigt sie den Kopf zur Seite und sagt kurz und knallend: „Nein.“

Lope hat von einem Gefangenen gelesen: Er war angekettet. Jemand hatte ihm eine Feile ins Gefängnis geschmuggelt. Man hatte sie in Brot eingebacken. Der Gefangene feilte heimlich an seiner Kette. Wenn unvermutet der Wächter kam, tat der Gefangene, als habe er sich nur ein wenig geschabt.

„Laß die Klimperei mit der Kette!“ sagte der Wächter. „Man denkt sonst, du willst ausreißen.“ – „Es sind die Läuse, die so jucken“, sagte der Gefangene. –

„Natürlich, ich möchte schon, daß du viel liest“, sagt der Sekretär Ferdinand zu Lope. „Beim Lesen erweitert sich der Kreis deiner abstrakten Erfahrungen gewissermaßen. Wie soll ich dir das erklären: du lernst, ohne dich allzusehr mit dem Leben einlassen zu müssen. Na eben: du weißt mit der Zeit mehr als die anderen. Vielleicht auch nicht gerade mehr, aber du kannst jedenfalls überall mitreden. Ich für meine Person konnte mit dem gnädigen Fräulein alles besprechen, als sie noch ... aber ...“

„Sie hat jetzt einen andern“, fährt Lope fort.

„Wie?“

„Ja, Mutter hat es mir gesagt. Aber sie wird sich anführen, hat Mutter auch gesagt.“

„Ach, laß das, Junge! Deine Mutter ist eigenartig ... mindestens sonderbar ist sie. Sie will – als Beispiel genommen – nicht, daß ich dir Bücher gebe. Eine merkwürdige Frau!“

„Sie denkt immer an die Besen und an die Besen, Herr Sekretär!“

„Sie ist ausgesprochen amusisch ... äh ... will sagen, ein überaus praktischer Mensch. Man will sich nicht mit ihr verfeinden. Das ist es.“

„Alle haben sie Furcht vor Mutter. Sie ist aber nur halb so verrückt. Das ist die Wirklichkeit.“

„Was heißt Furcht? – Im Grunde genommen ... ja, natürlich Furcht. Aber du kannst ja ebensogut hier bei mir lesen. Kein Mensch ... vielmehr, ich werde dich nicht stören.“

„Hierher kommt Mutter nicht. Eher gehen die Ochsen in die Schloßküche.“

„Hat sie das gesagt?“

„Nein, sie hat nichts gesagt.“

An den langen Abenden kommt der Herr Sekretär manchmal zu Kleinermanns in die Küche. Er paßt dann die Zeit ab, wo der Vater noch im Stall zu tun hat oder mit einer Fuhre in der Stadt ist. Herr Sekretär weiß immer, wo sich alle Hofleute befinden. Er schreibt ja alles auf. An solchen Abenden kann der Herr Sekretär mit Mutter über manches reden, was Lope nicht immer versteht. Herr Sekretär sitzt nur halb auf der Bank. Er will immer gleich wieder gehen. Aber die Mutter zaust mit Worten an ihm herum.

Sie nimmt bei ihren Reden kaum noch Rücksicht auf Lope. Er ist ja vierzehn Jahre. Die beiden Mädchen sind schon in der Kammer.

„Du wirst dich reineweg wieder ins Unglück stürzen mit deinen Weibern", sagt die Mutter zu Herrn Sekretär.

„Wie meinst du das, Mathilde?"

„Tu nicht so kükendumm. Der ganze Gutshof weiß davon, daß sie jetzt zu dir gehumpelt kommt."

„Aber ich bitte dich, wir haben . . ."

„Das laß dir gesagt sein, so billig kommst du da nicht weg wie bei mir. Mensch, denk mal, wenn das Kind auch solche Pferdebeine mit auf die Welt bringt, dann kannst du in die Grube schippen gehen, damit du was verdienst. Oder denkst du, Wenskat wird dir deinen Invaliden ernähren?"

Herr Sekretär wirft einen hasenängstlichen Blick auf Lope. Lope beschneidet Ruten. Die Mutter denkt nicht mehr daran, sich vor Lope zu verstecken.

„Bei der ollen Inspektorschen war das was anderes, es fiel nicht auf. Sie hat einen Mann. Aber du mußt bedenken, die mit ihren maroden Beinen sucht so einen Dummen wie dich."

Der Herr Sekretär springt auf. Es ist wohl doch ein Restchen des alten, widerborstigen Müllers in ihm versteckt. Mit mehlbleichem Gesicht geht er auf die Mutter zu: „Ich muß doch sehr bitten, Mathilde." Und Lope hört zum ersten Male, daß Herr Sekretär auch brüllen kann wie Vater, der Inspektor und alle anderen Männer auf dem Gutshof. „Bist du etwa eifersüchtig, alte Schraube?"

Die Mutter klatscht in die Hände. Ihr Lachen scheppert wie eine Spannkette. Sie schaut zu Lope hin. „Seht euch den feinen Parfümbock an! – Ha, ich eifersüchtig? Hä, alte Schraube. Kreuzneinigittigitt" – Mutter verschluckt sich vor

Eifer. „So ein eingebildeter Federquäler, so ein verkrachter Arschpauker. Ich – und eifersüchtig? Nun, Leute, hört euch so was an!“

Bleich und gerade geht Herr Sekretär zur Tür hinaus. Die Schmähreden der Mutter begleiten ihn. Gleich darauf kommt der Vater. Er schaut erst zu Lope hinüber, dann mustert er Mutter mit zwinkernden Augen. „Was wäschst du seine Klamotten? Ich hab dir's ja gesagt, daß du nie Geld von ihm kriegst. Er frißt ja vor Hunger seine Fingernägel!“

„Sei still und stopf dir den Mund!“ sagt Mutter und schüttet die dampfenden Pellkartoffeln auf den Tisch.

Nach diesem Abend kommt Herr Sekretär lange nicht zu Kleinermanns. Lope geht dafür oft in das Sekretariat und kann dort ungestört lesen. Herr Sekretär hat wohl seine heimliche Freude daran, daß sie beide etwas tun, was die Mutter nicht will.

„Er schleppt seine Hemden jetzt wohl drei Wochen und mehr?“ sagt die Mutter eines Sonntags zu Lope. „Sieh mal rüber und laß dir die Wäsche von dem Gimpel geben!“

Herr Sekretär kramt seine farbigen Hemden unter dem Kopfkissen seiner Bettstatt hervor. Lope glaubt Tränen in seinen Augen zu sehen.

Nein, Mathildes Mann war Ferdinand keineswegs mehr, allenfalls ihr großer Junge. Seit ihrer Heirat mit Liepe durfte er ihr nicht mehr zu nahe kommen. Aber Liepe ist auch nicht ihr Mann. Das weiß jeder auf dem Gutshof. Weiß der Teufel, welcher Bauer im Dorfe sie zuweilen nahm, vielleicht hatte sie mehrere. Sie verriet sich nicht durch Vertraulichkeiten.

Frieda Wenskat aber humpelt weiter zum Sekretariat hinüber. Ferdinands Wäsche hätte sie nie zum Waschen in die Wohnung bringen dürfen. Der alte Wenskat hielt auf seinen Ruf. Er ist Leibkutscher und muß manchmal die gnädige Frau stundenlang durch den Wald fahren. Sie muß oft Ozon haben.

Ein Jahr zieht über die Menschen hin und verwandelt sie. Den Männern legt es sich ermüdend auf die Schultern. Es gräbt sich in Krähenkratzern unter die Augen junger Frauen. Es lockt junge Menschenreiser aus gebärfreudigen Müttern, wirft Alte, Schwache und Kranke um und kippt ihre Körper auf die verdauende Haut der Erde. Es steigt mit Wuchsdrang in nährende Ähren. Ein Jahr. – Es geht an keinem vorüber, ohne ihn anzurühren.

Reifender Sommer summt übers Land. Die Söhne des gnädigen Herrn sollen bald Studenten werden. Jetzt sind sie mit Matthießens Hilfe Schüler der Oberstufe am Gymnasium.

Es sind Sommerferien, Schloß und Park sind voll Lachen und lauten Hallos. Abend. Laue Luft. Die Schwarzdrosseln tirilieren im stillen Park den Tag zur Ruhe. Ein Kraftwagen hält am Schloßportal. Die Bremsen quietschen. Der Ton dringt bis zu Lopes Ofenbank. Er geht, den letzten Besen noch in der Hand, ans Küchenfenster. Die Mutter steht drüben mit gefüllten Wassereimern am Hofbrunnen. Sie schaut scharfäugig und kritisch auf den staubigen Kraftwagen. – Dieter, Aribert und zwei Mädchen steigen aus. Die beiden Herrensöhne haben sich Medizin gegen die ländliche Einsamkeit mitgebracht.

Dieter und Aribert besuchen an den Feriennachmittagen die Tanzstunde. Sie haben bereits ihre gesellschaftlichen Verpflichtungen. Aribert hat den Wagen selbst gesteuert. Von ihm aus könnte Leopold gut entlassen werden. Er ist ein toller Kerl . . . jahaaa! Die jungen Herren sind angeheitert. Lope denkt: Die sind besoffen.

„Nimm dich jetzt zusammen!“ lallt Dieter mit Papageiengekreisch. Er meint Aribert.

Auch die Mädchen sind lustig . . . ziemlich la . . . lustig. Ein Handtäschchen fällt in den gelben Sand des Portalweges. Aribert will es aufheben. „Was bekomme ich dafür?“ fragt er gebückt und muß sich mit beiden Händen dabei stützen.

„Bis jetzt hast du es ja noch nicht getan.“ Sie lachen.

Aribert müht sich keuchend, wieder auf die Beine zu kommen. Es ist peinlich. Er hat den Grad seiner Trunkenheit unterschätzt. Dieter und die Mädchen brüllen, wiehern. Es fällt niemand ein, Aribert zu erlösen.

„Bleibst du noch lange im Keller“, fragt Dieter, „dann werde ich es heute mit zwei Frauen aufnehmen müssen!“

Sie kreischen wieder. Dieter schlägt sich vor Vergnügen

auf die Schenkel und taumelt gegen die Portalhecke. Vielleicht könnte er sich selbst nicht bücken.

„Kommt, laßt ihn", sagt Dieter, „er spielt Vorstehhund und bewacht das Täschchen." Sie gehen johlend zum Portal.

„Wir holen dich ab, wenn du es apportiert hast", neckt eines der Mädchen.

Nun, Aribert kommt schließlich von selbst wieder hoch. Er schaut sich um, wie ein Kind, das zum erstenmal Karussell fuhr. Er brummt etwas, klettert in den Wagen und fährt kurvig über den Hof in die Garage.

Der nächste Tag ist ein Sonntag. Die Kirchenglocken brummeln. Die Gutsarbeiterinnen hasten zum Gottesdienst. Lope geht über den Hof. Die Fliegen wärmen sich an besonnten Stallwänden. Der Pfau im Geflügelhof schreit. Ein Fahrrad scheppert. Gendarm Gumprich steigt ab. Er führt sein Rad breit über den Gutshof.

Lope grüßt. Der Grüne wirft ihm einen abschätzenden Blick zu. Gendarm Gumprich geht zur Wohnung von Grimka. Er stellt sein Fahrrad draußen an die Wand. Breitspurig tritt er in den aus Feldsteinen gemauerten Hauseingang. Der kleine, quecksilbrige Grimka kommt ihm entgegen. Er ist nur mit Hemd und Hose bekleidet. Sein schwarzes Haar ist ungekämmt. Er nuckelt an seiner kalten Tabakspfeife.

„Was verschafft mir die Ehre? Die hohe Polizei in meinem Hause, grüß Gott, Herr Gendarm! Was steht Ihnen zu Diensten?"

Gumprich steht wie ein Wellenbrecher im Wortschwall des kleinen Grimka. Er schiebt ihn wortlos zur Seite und geht in die Wohnung. Lope geht in die Küche zurück.

„Was wird der Gendarm bei Grimka wollen?" fragt er die Mutter.

„Der Gendarm?" Die Mutter fährt herum.

„Hm."

„Zu Grimka ist er gegangen?" Die Mutter geht zum Fenster, sie beugt sich aber nicht hinaus, sondern drückt sich an die Fensterwand und schaut schräg durch die Scheiben zu

Grimkas Wohnung hinüber. – Nach einer Weile springt sie zurück und huscht in die Schlafkammer. Gleich darauf ist sie wieder am Fenster.

„Ist das sein Fahrrad?“ will sie wissen.

„Ja, er kam und ging schnurstracks zu Grimka.“

Die Mädchen schwirren aus der Küche. Sie gehen hinaus und befühlen den blitzenden Lenker von Gumprichs Fahrrad. An der Querstange hängt eine dicke Aktentasche. Lope kann Mutters Atem hören. Ihr Gesicht rötet sich, so angestrengt lauscht sie. Sie schaut überlegend zum Herd. Nach einer Weile sagt sie halblaut: „Geh und sieh nach, was er drüben macht!“

Lope macht sich am Schloßgartenzaun, in der Nähe von Grimkas Wohnung, zu schaffen. Er schneidet Ruten aus der Schneebeerenhecke. Er kann dabei in Grimkas Hausflur sehen. Hinter den dunkelgründigen Wohnungsfenstern bewegen sich Gestalten. Er glaubt Frau Grimka weinen zu hören. Einmal kommt Gendarm Gumprich ans Fenster. Sein Koppelschloß blitzt in der Sonne. Lope sucht etwas im Strauche. Grimka und der Gendarm gehen in den Hausflur. Sie steigen die Leiter zur Bodenluke hinauf – Lope geht und berichtet der Mutter, was er gesehen hat. Sie schweigt und überlegt. Lope holt sich sein Buch aus der Kammer und liest. Mutters Augen braucht er heute nicht zu fürchten.

Auf einmal steht der Gendarm Gumprich bei ihnen in der Küche. Lope fährt zusammen, Mutter steht ruhig am Herd, Gumprich grüßt steif. Mutter dankt kurz. Nichts von Amtsgeschäften. Der Gendarm ist kein Menschenfresser.

„Na, wie geht's, Kleinermannsche?“ Gumprich setzt sich unaufgefordert auf einen Schemel. Seine Augen tasten die Küche ab.

„Wie soll's gehn?“

„Der Mann nicht zu Hause?“ will Gumprich wissen.

„Nee, ist beim Barbier.“

„Ihr müßt ja schwer Zaster haben, wenn der Alte sich rasieren lassen kann.“

„Was heißt Zaster! Er hat selbst ein Messer. Aber . . . weil er so zittrig in den Knochen ist, da geht er zum Barbier.“

„Kommt er bald?"

„Soll er was? Ich kann ihn ja holen!" Die Mutter sucht nach einer sauberen Schürze.

„Nä, laß man. Damit werden wir wohl allein fertig."

„Hat er keine Laterne gehabt am Wagen letzte Woche in der Stadt?"

„Ach, Laterne", lacht Gumprich, „es war ja Vollmond!"

Über das Gesicht der Mutter huscht ein eingeeistes Lächeln. Ihre Augen flackern.

„Himm! Das riecht ja gut bei euch ..." Gumprich verzieht Nase und Schnurrbart, „was brutzelst du denn Schönes, Kleinermannsche?"

„Ihr denkt wohl gar, wir haben gewildert?" fährt die Mutter herum.

„Bewahre, du alte Distel ..."

„Zu essen habt ihr ja, aber das Geld ist wohl immer knapp, nicht wahr? Ist ja auch nicht anders möglich."

„Nein, das gerade nicht!" ereifert sich die Mutter. „Nein, darüber wäre weniger zu klagen. Ich verdien etwas mit der Wäsche, der Junge bindet nach Feierabend Besen und macht Kien ... das wirft auch etwas ab. Geld ist eigentlich immer im Hause, manchmal ein ganz rundes Sümmchen."

„Na, das ist ja dann was anderes. Da läufst du also vor lauter Geiz in den verlappten Schuhen rum? Jaja, so eine bist du!"

„Na, so ist es nun auch gerade wieder nicht. Ehe man es sich versieht, ist es wieder alle, das Geld mein ich, und so ..."

Weshalb lügt Mutter? denkt Lope. Wenn der Erlös des Deputats aufgezehrt ist, reicht das Geld im Hause kaum zum Brot. Sie holen jetzt wieder Brot beim Müller, weil Bäcker Bähr diesen Monat nicht mehr anschreiben will. Manchmal kommt Ferdinand wie ein Spendeengel und bringt einen ausgetrockneten halben Brotlaib.

„Da habt ihr ja was ... na, eine schöne Sache eingebuttert", sagt der Gendarm jetzt unvermittelt.

„Wer – wir?" Das Gesicht der Mutter verfärbt sich. Ihre Wangen werden blaugrau wie Regenhimmel.

„Na, vielleicht nicht gerade ihr, aber jemand muß es doch gewesen sein."

„Ich kann mir nicht denken, wovon Ihr redet, Wachtmeister."

„Ach, tun Sie nicht so, Kleinermannsche. Sie werden doch davon gehört haben. – So was Dummes! Mir habt ihr Scherereien gemacht. Mein Sonntag fällt wieder in den Brunnen. – Nun kann ich hier von Tür zu Tür gehen und Haussuchung halten, und zum Schluß kommt nichts dabei heraus. Meist ist alles anders, als man vermutet."

„So ist es, Wachtmeister", sagt die Mutter befreit.

Der Gendarm betrachtet sie von der Seite.

„Ich kann mir nicht denken, daß jemand so dumm ist und das Geld im Hause behält!"

„Das wird niemand tun, Wachtmeister, da haben Sie recht. – Ach so, um Geld handelt es sich. – Du lieber Gott!"

Da erhebt sich Gumprich mit einem Ruck und wendet sich an Lope und die Mädchen: „Ihr setzt euch mal 'ne Weile schön auf die Ofenbank, und Mutter geht mit mir durch die Wohnung und zeigt mir alles!"

Er beginnt sofort zu suchen. Zuerst schaut er hinter den Ofen. Er nimmt den Feuerhaken und kratzt zwischen Wand und Kacheln. Dann öffnet er das Feuerloch, die Aschentür, steigt auf einen Stuhl und schaut hinter dem Obersims nach. Er zieht die beiden Bilderrahmen von der Wand ab und läßt sie wieder zurückklappen. Er zückt sein langes Seitengewehr und fährt damit unter den Küchenschrank, unter die Kommode. Die Mutter muß alle Kästen und Schubladen öffnen. Er wühlt eine Weile mit seinen dicken Fingern darin. Sein Gesicht bleibt ausdruckslos. Er hält inne, setzt sich den Tschako ab, wischt sich die Stirn und läßt sich dann den kleinen Wandschrank öffnen. Darin stehen Hausmittel, Gewürze und eine halbgefüllte Flasche Pferdefluid vom Vater.

Schließlich läßt sich Gumprich in die Kammer führen. Dort durchwühlt er die Wäschetruhe und bleibt dann vor den Betten stehen. Lope späht durch den Türschlitz.

„Ich seh schon, hier ist auch nichts", sagt Gumprich versöhnlich, „hätte ich auch niemals geglaubt. Aber es ist meine

Pflicht, auch noch einen Blick in die Betten zu tun. Decken Sie ab, Frau Kleinermann!"

Er steht vor dem Bett, in dem Lope und Trude schlafen.

„Na, denken Sie vielleicht ... nä, nä, darin ist auch nichts." Die Mutter sagt es hastig und bleibt wurzelstarr in der Schlafkammer stehen.

„Freilich, freilich. Weiß schon, aber es muß nun mal sein", ermuntert Gumprich. Da schlägt er schon eigenhändig die Bettdecke zurück. Zuerst am Kopf-, dann am Fußende. „Na, nu komm' Se, Kleinermannsche, nutzt ja doch nichts ... muß gemacht werden!"

Die Mutter geht zögernd zum Bett.

„Heben Sie mal den Strohsack heraus!" verlangt der Gendarm.

Die Mutter stutzt.

„Na?" fragt Gumprich mißtrauisch.

Da greift die Mutter ganz wild zu, hebt den Strohsack an und läßt ihn sofort wieder fallen.

„Wenn ich Ihnen doch sage, daß hier nichts ist, Gendarm!" sagt sie wütend, und die Röte schießt ihr wieder in das Gesicht.

„Naaa?" fragt Gumprich noch einmal und hebt den Strohsack selbst in die Höhe.

Seine Rechte fährt wie ein vollgefressener Iltis in den Bettkasten und kommt mit einer ledernen Brieftasche zum Vorschein. Die Mutter bleibt bewegungslos und stumm. Um ihre klobige Nase zucken Vorzeichen wilder Auflehnung. Lope hält den Atem an.

„Wer schläft hier?" fragt Gumprich nüchtern und alltäglich, als habe er einen Floh gefunden.

Die Mutter antwortet nicht. Lope flitzt auf die Bank zurück. – Der Gendarm kommt in die Küche und holt Trude.

„Wer schläft in diesem Bett, Kleine?" fragt er mit verwandeltem Stimmfall.

Trude schaut fragend zur Mutter, dann hebt sie ihre kleine Hand und läßt sie zwischen sich und Lope pendeln. „Wir", sagt sie. Lope springt auf, aber schon grapscht ihn Gumprich beim Rockkragen.

„Dann bist du es also gewesen, Bürschelchen?“ sagt Gumprich immer noch ruhig. Lope schaut durch die geöffnete Tür zur Mutter hinüber. Die Mutter steht immer noch schweigend am Bett. Sie hat ihre Fäuste auf die Brust gepreßt. Gumprich schaut Lope an wie einen gefährlichen Wurm. Eine Sekunde vergeht. Ein Kalender voll Zeit für Lope. Er sieht den auf allen vieren im Sand krabbelnden Aribert und die höhnenden Mädchen. Nur Aribert kann eine so feine Brieftasche verloren haben. Er sieht die Mutter mit den Wassereimern am Brunnen. Er sieht die Mutter in Begleitung des Gendarmen, an den Händen gefesselt, durch das Gutstor ins Gefängnis gehen.

„Ja, Herr Wachtmeister, ich bin es gewesen, aber ich wollte ...“

„Er schwindelt, Gendarm!“ Die Mutter löst sich aus ihrer Erstarrung. Im Flur wird mit Eimern gerasselt.

„Ooodnung und Saubakeit im Schlllachthaus!“ Der Vater reißt die Küchentür mit Schwung auf. Über Gumprichs Gesicht flitzt blitzlanges Lächeln.

„Habe die Öhre, Schen-Gendarm!“ Der Vater stützt sich mit der linken Hand im Türrahmen und versucht, mit der rechten zu salutieren. Er will die Hacken aneinanderknallen und purzelt auf den Fußboden.

Elisabeth klatscht in die Hände. „Vater ist wieder putzig heute.“

Die Mutter springt hinzu und drängt den Vater auf die Ofenbank.

„Na, mit dem ist gleich gar kein Reden“, meint Gumprich, „also wie war die Sache? Los!“

Gendarm Gumprich hat sich verrechnet. Der Vater hat Redetag. Er zwinkert mit den fuselschleierigen Triefaugen.

„Wenn hier jemand was wüll von wegen keine Latörne oder was er eben wüll, dann bün als wie ich“, er erhebt sich dabei und plumpst wieder auf die Bank zurück – „der Haushaltungsvorstand bün ich.“

„Davon ist hier nicht die Rede, Kleinermann“, erklärt Gumprich.

„Was, nücht die Rede? Hier ist doch die Rede. Die Latörne, wo-ho nicht brannte, habe als wie üch nicht vergessen.

Es war jaa, es war kein Petroleum war nicht auf dem ganzen Gutshof."

„Ach papperlapapp!" Gumprich wird ungeduldig.

„Was papperlapapp! – Bitte, der Herr Wachtmeister, als wie üch habe selbst drei Jahre aktiv gedient und wörde wohl wüssen, jaaa, werde wissen, wie man eine Möldung erstatten tut, bitte, Herr Schöndarm!"

Gumprich wirft ratlos die Hände. Die Mutter packt den Vater bei den Schultern. „Ruhig jetzt! Es ist ja zum Schämen mit dir. Hat man so was schon gesehen! Hält und hält das Mundwerk nicht, der Soffkopp!"

Der Vater reißt die geröteten Augen auf und sitzt wie ein gereizter Hund schweigend auf der Lauer. Das war viel, viel Zeit für Lope, der jetzt wieder zu erzählen beginnt. Seine Zunge bewegt sich wie ein schnabbernder Entenschnabel von selbst.

„Herr Gendarm, ich war es wirklich – Mutter will mich schonen, weil ich ... weil sie mich ..." Lope will sagen „liebt", aber das ist ein Wort, das im Hause der Kleinermanns nie fiel. Er kennt es nur aus den Büchern. „Sie ist so gut zu mir", sagt er dann, „und ich bin so verdorben. Sie wollte es immer nicht, daß ich die Bücher lese, in denen geklaut wird, und ich tat es heimlich doch."

Gumprichs steifes Gesicht verändert sich. Er setzt sich nachdenklich nieder.

„Nä, nää, wie der schwindelt", sagt die Mutter mit träniger Stimme. Sie schaut für einen Augenblick mit Rührung zu Lope hin, dann strafft sie sich wieder und tritt einen Schritt vor. Sie hält Lope ihre pralle Faust unter die Nase und weist mit der andern auf den Gendarm: „Wenn der jetzt nicht hier wäre, würde ich dir was blasen mit deiner Schwindelei, Freundchen!"

„Deibel noch mal, sie haben doch nicht etwa geklaut, das Pack!" Der Vater springt wieder auf. Die Mutter schiebt ihn zurück. „Sie bringen die ganze Familie unter die Leute, die Biester", murmelt der Vater und schaut zu Boden.

„Sei doch endlich ruhig! Ich will Ihnen erzählen, wie alles gewesen ist." Die Mutter wendet sich wieder zu Gumprich.

Der ist ratlos. Er stapft mit dem Fuß auf, um sich in dem Stimmengewirr Gehör zu verschaffen.

„Ruhe jetzt erst einmal! – Wenn du es gewesen bist", sagt er zu Lope, „dann mußt du auch erzählen können, wie du zu der Brieftasche gekommen bist."

„Brie-Brieftasche?" Der Vater will Lope packen. Diesmal schiebt ihn Gumprich auf die Ofenbank.

„Nicht angreifen!" brüllt der Vater, aber er bleibt sitzen.

„Ja, ich kann es genau erzählen", schreit Lope dazwischen.

„Auch das wird er lügen", kreischt die Mutter. „Er kann es gar nicht wissen, weil ich allein war, weil ich alles ganz al ... Lassen Sie sich doch nicht von dem Grünschnabel veralbern, Gendarm!"

„Wie?"

Die Mutter beginnt zu schluchzen. Lope senkt die Augen. Er weiß, was er jetzt erzählen wird. Er braucht nur zu sagen, was er gestern abend gesehen hat. Nur Aribert kann die Brieftasche verloren haben. Die Mutter ist still und wischt sich die Augen mit der Schürze. Schließlich läßt sie sich erschöpft auf einen Schemel fallen.

Lope schildert die Szene mit den beiden Herrensöhnen. Gumprich stellt Zwischenfragen: „Und wo willst du gestanden haben?"

„I-ich stand am Brunnen, weil ich Wasser ... ja, einen Eimer Wasser holen wollte."

„Ist das wahr? Mensch, Bengel, wenn du lügst!"

„Ja, es ist wahr, Herr Gendarm", lügt Lope und sieht zur Mutter.

Die Mutter beißt sich auf die Lippen. Lope läuft wie auf schwimmenden Hölzern über einen Teich. Er schwebt immerzu in der Gefahr, eines zu verfehlen. Eben wollte ihm so ein Holz unter den Füßen wegrutschen. Er benötigt einige Augenblicke, um Gleichgewicht herzustellen. Nun steht er wieder fest und hält Ausschau nach dem nächsten Balken, der seinen Füßen Halt geben soll. Er berichtet, wie Aribert von Rendsburg auf allen vieren im Sand krabbelte und sich nicht wieder erheben konnte.

„Da war es: sie fledderte heraus, die Brieftasche, und er merkte es nicht, weil er besoffen war."

„Hast du das so genau gesehen?"

„Ganz genau."

Die Mutter bewegt sich. Der Gendarm winkt ab. „Wartense, wartense! Sie kommen auch gleich dran! Uuuund wann hast du sie weggenommen?"

„Gleich, wie der Aribert mit dem Auto wegfuhr, bin ich hin und habe sie genommen."

„Und die Wassereimer? Du wolltest doch Wasser holen, da mußt du doch Eimer oder was gehabt haben."

„Ach so, ja, die Eimer holte ich, wie . . ."

„Warst du gestern abend genauso angezogen wie heute?" unterbricht ihn Gumprich.

„Ja, genauso."

„Also, wie war das mit den Eimern?"

„Die Eimer? – Wie ich die Brieftasche . . ."

„Wo hast du sie hingesteckt? Du hast sie doch nicht in der Hand behalten?"

„In die Jackentasche hier." Lope deutet nach seiner Brust.

„Was? – Jackentasche? – Ich denke, du bist heute genauso angezogen wie gestern?"

„Nein, das ist nicht richtig . . . Ich habe sie so mehr unter das Hemd gesteckt!"

„Naaa?" fragt Gumprich und sieht Lope zweifelnd von der Seite an.

Die Mutter will in die Kammer. Ihr draller Körper bebt im Geschluchz.

„Nanu, wohin, Frau Kleinermann?" fragt Gumprich ironisch und breitet abwehrend beide Arme aus. „Jetzt könn' Se ja reden!"

„Eben, das will ich tun", sagt die Mutter gefaßt. „Ich will nur eben mal nachsehen, von welchem Fenster der Balg das gesehen hat."

„Stimmt's nicht, was er erzählte?"

„Es ist ganz ge-genau wahr." Der Vater ist wieder aufgesprungen und geht schwankend auf Gumprich zu. „Es ist das reinste Elend mit dem Bankert. Von mür hat er es nücht, zu dienen, Herr Wachtmeister, von müch hat er es ganz gewiß nicht. Das ist, weil er nebenhinaus ge ..."

„Herrgott", fährt die Mutter herum, „dein Geblärre. Geh in die Häckselkammer und schlaf deinen Soff aus!"

Aber der Vater läßt sich diesmal nicht beeindrucken. „Alles was röcht ist, zu dienen, Herr Wachtmeister, sie ist ein Drachen, sie hat Stacheln auf den Lippen, aber gemaust, gemaauauaust, das hat sie nüch. Es ist der Bo-Bock von da drüben, der in dem Körl ... jaa, üch hab ihn nücht gezeugt, zu dienen, Herr Wachtmeister!"

Gumprich kramt in seiner Gesäßtasche. Er zieht schließlich seine Geldbörse, entnimmt ihr eine Mark und reicht sie dem Vater. „Tun Sie mir den einzigen Gefallen, Kleinermann, und holen Sie uns einen Schnaps. Vielleicht werden wir dann schneller einig."

Der Vater stiert auf den Markschein in seiner Hand, dann wankt er zur Tür. Dort hält er sich fest und dreht sich noch einmal halb um. „Es würd ein Weilchen dauern, Herr Korporal."

Stille in der Küche. Der Duft angebrannter Kartoffeln steht im Raum.

„Stimmt's nicht, was er erzählte?" wiederholt Gumprich zur Mutter gewendet.

„Freilich stimmt's, er hat mir zugesehen, wie ich es gemacht habe."

„Aus welchem Fenster meinen Sie?"

Die Mutter führt den Gendarmen an das rechte Hoffenster. Lope überlegt. Auf die Frage mit der Jacke war er nicht gefaßt, aber dann setzte sich der Vater für die Mutter ein. Da hielt er es für unmöglich, zu sagen, daß er es nicht gewesen sei. Die Mutter würde man ins Gefängnis stecken, ihn wird man in die Erziehungsanstalt bringen wie den Hansko von der Beeren-Tine. Er hat den Teich mit den schwimmenden Hölzern fast hinter sich gebracht, aber nun gewahrt er, daß jenseitig ein Sumpf ist, auf dem man nicht stehen kann.

Gendarm Gumprich schaut aus dem Fenster. Erst aus dem geschlossenen, dann aus dem geöffneten. Die Mutter redet auf ihn ein.

„Nun, es ist nicht unmöglich, daß der Stift alles aus dem Fenster mit ansehen konnte“, brummt der Beamte. Gleich darauf stürzt er sich wie ein Fleischerhund auf Lope. „Nun aber endlich Farbe bekannt, Bürschchen! Oder willst du mich zum Hanswurst machen? Da kannst du was erleben, da sollst du sehen, was dir passiert.“

„Ja“, sagt Lope, er beginnt zu zittern.

„Und ich sage Ihnen, er lügt, Gendarm“, kreischt die Mutter.

„Menschenskind, was willst du? Denkst du vielleicht, dir passiert nichts, weil du noch Eierschalen hinter den Ohren hast? Scheinst mir ja schon ziemlich ausgekocht zu sein ... In die Erziehungsanstalt kommst du!“

Tränen.

„Ich will bestraft sein, Herr Gendarm. Ich weiß, daß man bestraft werden muß, wenn man ...“

Gendarm Gumprich hantiert wischend an seinem Tschako.

„Ich kann mir nicht helfen, dann seid ihr's eben beide gewesen!“

„Ihr seid schief in den Schuhen, Gendarm, ich werde wohl den Jungen dazu anhalten, was?“ erwidert die Mutter schroff.

Gumprich geht wieder zum Fenster. Unterm Fenster haben sich Neugierige angesammelt.

„Was steht ihr hier, habt wohl nichts Besseres zu tun?“ herrscht sie Gumprich an.

„Hol mal den Nachtwächter her, aber Tempo“, befiehlt er Paule Wenskat.

Paule rennt davon.

Der Gendarm kommt zu Lope und der Mutter zurück. Er erkundigt sich nach den anderen Kindern. Die Mutter gibt verbissene Antworten. Die Mädchen beginnen zu weinen. Elisabeth verbirgt den Kopf hinter Mutters Schürze. Der Beamte stellt unnütze Fragen an Trude. Ihre zirpende Stimme erstickt im Andrang der Tränen. –

Der Nachtwächter kommt angeschnauft. Er kaut verlegen. Sein Backenbart wackelt. Er erhält von Gumprich Anweisung, auf die Mutter und Lope aufzupassen. Gumprich geht. Er nimmt die Brieftasche mit. Der Nachtwächter setzt sich auf den Schemel und stiert. Die Mutter sagt weich und gerührt: „Mensch, was machst du bloß, Junge? Wie kannst du die Obrigkeit so belügen?"

„Du hast doch selbst gesagt ... zu Herrn Sekretär hast du gesagt, es gibt keine Obrigkeit", schluchzt Lope. „Die Obrigkeit, hast du gesagt, macht sich der dumme Mensch selbst und betet sie nachher an."

Die Mutter schüttelt unmutig den Kopf. Lope heult in die Hände.

„Wenn sie dich ins Gefängnis schmeißen, was wird mit Elisabeth und Tru ...?"

„Jetzt aber stille!" Der Nachtwächter springt auf. „Ihr könnt euch weitererzählen, wenn der Gendarm wieder hier ist." Dann wird er versöhnlich. „Mach mir's doch nicht schwer, Mathilde ... reiß mich doch nicht mit rein!"

„Krieg nur kein Hosenzittern. Deine Nachtwächtertute wird dir niemand wegnehmen!"

Gumprich ist wieder da. „Los, Kleinermannsche, machen Sie sich fertig! Sie müssen mit!"

„Wie? – Ich mit meinen drei Kindern? – Sie sind wohl nicht ganz allein, Gendarm?"

„Daran hätten Sie denken sollen, als Sie die Brieftasche nahmen."

„Woher wollen Sie jetzt auf einmal so genau wissen, daß ich es war?"

„Herr von Rendsburg meint, der Junge sei es nie und nimmer gewesen. Der gnädige Herr kennt ihn, sagt er, der Junge hat einen guten Kern, sagt er. Dein Glück aber auch, Kerl, was meinst du, wie wir mit dir Schlitten gefahren wären."

Lope senkt den Kopf. Neue Tränen tropfen auf die ausgetretenen Fußbodensteine.

„Na, hab ich mir's doch gedacht", sagt Gumprich jetzt fast väterlich. „Hab ich mir's doch gedacht, daß du es nicht warst."

Lope läßt ihn ohne Antwort. Die Mutter bleibt trotzig in der Schlafkammer stehen. Ihre Blicke sind wie Krallen.

„Los, los, Frau Kleinermann! Vorläufig müssen Sie mit, da wäscht Sie kein Bademeister ab."

Es klopft. Weder die Mutter noch Lope halten sich für berechtigt, das übliche „Herein" zu rufen. Da tut es der Gendarm. Blemska reißt kraftvoll die Tür auf. Alle Augen heften sich auf ihn. Über die Gesichter der Mädchen huscht der zarte Sommerwind eines Lächelns.

„Tag zusammen." Blemskas Baßstimme zittert durch die enge Küche. „Na, ihr tut ja wie die Hühner, wenn der Habicht hineingefahren ist."

Gumprich schaut Blemska prüfend von oben bis unten an.

„Na, Gendarm, Sie denken wohl, ich hab was ausgefressen?"

„... kein Quatsch, ernste Sache", brubbelt der Grüne vor sich hin.

„Man kennt das", fährt Blemska unbeirrt fort, „so ein Gendarmenauge sieht in jeder Vogelscheuche einen Verbrecher."

„Man kann nicht streng genug hinsehen", wird Gumprich scharf. „Verstehen Sie? – Das hat sich ja heute wieder erwiesen."

„Na, na, schalen Morgenschoppen gehabt, Herr Wachtmeister?"

Gumprich wendet sich, ohne Blemska weiter zu beachten, der Mutter zu. „Also, die Sache ist für heute erledigt. Machen Sie sich aber auf weitere Vernehmungen und alles andere gefaßt, Frau Kleinermann!"

Gumprich gibt dem Nachtwächter einen Wink. Der Nachtwächter sitzt steif wie eine Zementfigur. Er schaut den Gendarm an und öffnet dann vor Gumprich die Tür so breit, als ob eine ganze Kompanie Wachtmeister hinausmarschieren sollte.

„Hab ich doch gewußt, daß er mich nur aufzieht mit dem Mitnehmen", stößt die Mutter erleichtert aus. „So ein Blechkopf!"

Es stellt sich heraus, daß Blemska schon alles weiß. Das ganze Dorf ist ein Maul und ein Ohr.

„Das hättest du nicht machen sollen, Mathilde. So etwas bringt nichts ein."

„Nun ja, ehe die es mit ihren Huren versaufen, dachte ich, da kann's doch lieber den Kindern zugute kommen."

„Nun ja, ich versteh das schon, aber man pflückt doch keine Äpfel mit der Heugabel, du altes dußliges Register."

Blemska kann Mutter sagen, was er will. Mutter fährt nicht auf, wie sonst. Sie zieht ruhig den Topf mit den angebrannten Kartoffeln aus der Herdröhre und sagt: „Hast du nicht selbst gesagt, daß man sie vom Schlosse jagen müsse, daß sie sich alles zusammengeramscht haben, was eigentlich uns gehört?"

„Freilich, das sage ich auch heute noch. Aber es kann doch nicht einer für sich allein beginnen, Gerechtigkeit zu spielen. Na, du wärst mir eine Elster. Das muß man ganz anders anfangen, aber davon wollen wir heute nicht reden. Kullert euch erst ein paar Kartoffeln in den Bauch. Die Kinder bibbern ja schon nach Mittagbrot."

Blemska nimmt Elisabeth auf den Arm und läßt sie zum Fenster hinaussehen.

„Wo steckt Liepe überhaupt?" will er wissen.

„Geh mir los mit dem Soffkopf, wo wird er denn stekken ... Wenn er sich nur mal irgendwo einen Denkzettel auflesen würde." Die Mutter beginnt blechern zu lachen. „Heute sauft er auf Kosten ... tatsächlich sauft er auf Kosten der Polizei."

„Ich kann euch nicht verstehen", sagt Blemska ernst und bringt Elisabeth zum Tisch. „Jetzt laßt ihr den Jungen hier noch verknechten. Ihr spielt dem Alten da mit seiner ewig lächelnden Fratze die Kulis direkt in die Hände."

„Soll der Junge barfuß in die Grube gehen?" fragt die Mutter. „Wir können ihn nicht ausstaffieren."

„Geht er drei Wochen in Holzpantoffeln, dann hat er sich seine Schuhe selber verdient. Den Alten drüben könnt ihr jedenfalls damit kitzeln, das kannst du mir glauben!"

Alles ist wieder kirchenruhig. Blemska geht. Die Eßlöffel der Kleinen schaben auf dem Tellergrund. Es ist alles nicht mehr so schlimm, seitdem Blemska darüber gesprochen hat, findet Lope. Und er denkt schon daran, wo er die Trillerpfeife hernehmen wird, wenn er Wagenabrücker auf der Grube ist.

Erst am Abend machen sie sich auf die Suche nach dem Vater. Sie finden ihn auf dem großen Streuhaufen zwischen den Gutsscheunen.

„Jawohl, Herr Wachtmeister", ruft er, als sie ihn zurechtschütteln, „die Flasche ist müch leider ausgelaufen."

Das Klatschungeheuer liegt auf der Lauer. Es hat Atzung bekommen.

„Bloß gut, daß die hohe Polizei sie hat gefunden. Wäre sonst der Verdacht bei mir und den Meinigen klebengeblieben wie die Flüge am Leim. Was ein Fremder sich muß gefallen lassen. Sagen die Leute: Er ist Puppenspieler gewesen, muß er auch mausen!" sagt der fixe schwarze Grimka.

„Von Rechts wegen muß man ihr die Finger bekloppen", sagt Wenskat zum Diener Leopold. „Ich will mich nicht rühmen, aber es kann mir Gott sei Dank niemand nachsagen, daß ich jemand soviel wie ein Mohnkörnchen gemaust habe."

„Verschieben ist wohl kein Mausen?" zwinkert Diener Leopold.

„Das mußt du mir gerade sagen, wo du seit Jahren Halbe-Halbe mit der Autoreparaturwerkstatt machst."

„Freilich, wer über die Medizin für die Seelenkrankheit der Gnädigen verfügt", sagt Leopold spitz, „hat das nicht nötig."

„Du hast wohl Appetit auf Stellungswechsel?" fragt Wenskat und läßt Leopold stehen. Sie sind sich eine Weile spinnefeind.

Aber das Untier Klatsch hat noch andere Mäuler.

„Na, da habt ihr's! Hab ich nicht immer gesagt, daß die Mathilde nicht astrein ist? – Schämen sollte sie sich was ... wo sie den Großen sowieso schon vor der Heirat ... Der arme Liepe ist zu bedauern ... der säuft bloß deswegen so", sagt Frau Wenskat.

„Weil er dir manchmal über die Schürze streicht, deswegen lobst du ihn. Soffkopp bleibt Soffkopp. Mit so einem möchte ich gerade etwas zu tun haben", hat Frau Müller einzuwenden.

„Na, du tust ja gerade, als ob dein Alter sich aufgebaumelt hätte, weil du ihm zu treu warst."

„Laß die Toten ruhn, alte Giftschnauze. Das gehört nicht hierher."

„Jedenfalls kann man sich auf die Mathilde verlassen", sagt

Frau Bremme hüstelnd ... „Wenn man mal nicht so konnte ... sie hat immer zugepackt, das hat sie."

Frau Inspektor ist die einzige, die sich kaum um den Fall kümmert. Ihr Kind, die Gabriele – ihr Elchen –, ist jetzt vier Jahre alt. Frau Inspektor hat wenig Zeit für andere Sachen. Im stillen schämt sie sich, wenn sie daran denkt, wie verrückt sie einmal nach dem dürren Sekretär Ferdinand war. Ihr Kind, ihr Kind ... es ist blaß und verzogen. Es wird von Bonbons und Sahnesüppchen ernährt. Ach Dottchen, die süßen Löckchen! Frau Inspektor kriegt Atemnot, wenn eine der Gutsarbeiterinnen aus Lust an schönen Kindern das Dingelchen auf den Arm nimmt. Dafür sieht es Herr Inspektor um so lieber, wenn alle Welt die Arme nach dem Fratz ausstreckt.

Und Mathilde? – Tagelang wartet sie auf die weiteren Vernehmungen, die Gumprich ankündigte. Sie geht am Sonntag nicht hinüber zur Schloßküche und hilft dort. Man will sie wohl auch nicht sehen. Man würde sie sonst holen lassen.

Am Tage nach der verrückten Geschichte mit Gumprich hatte sie einen Auftritt mit Liepe. Angriffslustig stänkerte er am Abend in der Küche herum.

„Werden sie bald sagen: Das ist der Kleinermann, von dem die Alte sich wegen Mauserei hinsetzen mußte."

„Setz du dich lieber hin und sieh zu, daß du ein paar Besen zusammenkräpelst. Soll der Junge sich die Hände blutig fummeln?"

„Immer noch die große Gusche. Wart nur, im Gefängnis wird dir Gras im Maul wachsen, so stille machen sie dich."

„Du tust ja gerade so, als ob wir den Zaster nicht hätten brauchen können. Ich hab den Dreck doch nicht genommen, weil ich eine Tasche brauchte für das viele Geld, das du verdienst!"

„Verdienst, verdienst! Hast du schon gehungert, du fette Quappe? Hä, seht euch das an! Jetzt soll ich noch der schuldige Teil sein, wenn die Alte fünf Finger und einen Griff ... Da soll doch ..."

„Ich denke, wer ein Loch in der Jacke hat, soll nicht auf die Zwiebollen in anderer Leute Strümpfe zeigen."

„Nu sag bloß ..."

„Aber genau. – Sogar den Jungen hast du mitgeschleppt beim Verschieben.“

Liepe, der bis dahin hin und her schoß, als ob er etwas suchte, bleibt wie angeklebt stehen. Er reißt die Augen auf. Die Augen sind so groß wie Einmarkstücke. Mathilde beachtet es nicht. Sie hantiert ruhig weiter. Liepe beginnt an Händen und Füßen zu zittern. Er will sich mit einem Ruck auf die Ofenbank werfen und setzt sich daneben. Zusammengekauert bleibt er auf den Steinen sitzen und beginnt, den Kopf an die Knie gepreßt, zu schluchzen: „Nä, nä, so ein Weib nun! Die ganze Familie geht in die Schande!“ Mathilde läßt ihn greinen, bis er eingeschlafen ist. Dann bläst sie die Lampe aus und geht zu den Kindern in die Kammer.

Blemska steigt nach wie vor die vier- oder fünfhundert Leitersprossen in den Schacht hinunter. ‚Warum soll man sich nicht von unten ansehen, wie das Korn wächst? Oben haben wir lange genug herumgegrabbelt, und das Brot wurde nicht länger.‘

Vielleicht steckt doch ein wenig Wehmut hinter den Reden von Blemska, denn da unten kann es zuweilen wie im Grabe sein. Wassertropfen klatschen träge und breit auf die Strecke. In den Seitenstollen vor Ort liegt ein Queckenhaufen von Stille. Die Luft ist wie ein ausgewrungener Scheuerlappen. Keine Lerche darin. Nur tanzender Kohlenstaub. Er wird immer wieder von der wilden Haue und der rasselnden Schaufel aufgescheucht. In Schwaden tanzt er um die weiße Mandel der Karbidflamme.

„Wumps“ und wieder „wumps“ sagt die Haue. Dazwischen nur rasselndes Atmen der Häuer. Die Schippe schnarcht, und im eckigen Bauch der Hunte das sanfte Kollern der weichen Braunkohle. An den Hals der Stollen setzen die Kumpels den Bauch, den Bruch an. Ein runder Sack ist der Bruch. Manchmal möchte man sagen: der riesige Rachen eines Schwarzteufels. Und die Holzstempel sind wie Keile, die der kleine Mensch in den Teufelsrachen trieb, damit er nicht vorzeitig zuklappe und den kleinen Menschen bei seiner Arbeit verschlinge. Aber manchmal, wenn der Mensch zu mutig und dreist wird, nützen all die Stempel und Querhölzer nichts. Die Gewalt im Teufelsmaul wird stärker als alle sperrigen Streichhölzer darin. Ein dröhnender Zubiß, daß Stollen und Strecke davon erzittern. Überall in der Runde flackern die Lichter oder verstummen in ihrem Schein. Das Teufelsmaul hat zugebissen. Zwei Kumpels sitzen darin, und die Welt sieht sie nicht wieder.

Der untersetzte Blemska nimmt unwillkürlich den kohleschmierigen Filzlappen vom Kopf, den sie da unten Hut nennen. Er brennt die Lampe wieder an. Sie hängt an einem verrosteten vierzölligen Nagel, der durch Krempe und Beule dieses Hutes getrieben ist. Dann geht Blemska mit seinem Schlepper Balko auf die Strecke und sucht nach dem Bruchfeld. Sie haben, als die Lichter verlöschten, den Fetzen eines Schreis gehört. Sie brauchen nicht weit zu gehen. Es ist ihr Nachbarstollen, der zum Teufelsmaul wurde. Nichts als Erde, Kohlengetrümmer und zerspellte Hölzer. Ein Grab. Hundert Meter tiefer als die Gräber der Menschen, als die Gräber der Ochsenkutscher, der gnädigen Herren da oben in der Welt des Tageslichts, aber ein Grab. Sie liegen nicht in Särgen darin, die beiden Kumpels, und sie hatten kein Krankenbett, aber sie sind tot.

Die Strecke wird lebendig. Aus allen Querschlägen funkeln die Lichter heran. Der Tod hat an die große Trommel gerührt. Das unterirdische Volk strömt zusammen. Es steht mit hilflosen Armen und schaut auf den geschlossenen Erdrachen.

„Wenn wir den Brast jetzt ganz schnell wegschippen, können wir sie vielleicht retten, wenn sie noch leben sollten."

„Die sind längst hinüber", meint Balko.

„Was meinst du, wie lange du noch da bist, wenn du solch einen Brocken auf Kreuz oder Brägen kriegst?"

Aber es sind noch andere da, die es auf einen Versuch ankommen lassen würden. Schließlich mischt sich der Steiger ein und wendet sich geradewegs an Blemska.

„Man sieht, daß du noch ferkeljung hier bist. In meiner Praxis haben wir einen herausgekriegt, der lag aber mit Kopf und Brust noch draußen, nur das Untergestell war im Bruch verklemmt. Wir kriegten ihn lebend heraus, aber er war zeit seines Lebens nur noch eine halbe Figur. Was hatte er davon?"

Die anderen Kumpels geben dem Steiger recht.

„Was hatte er davon, konnte er nicht wenigstens mit den Händen etwas tun? Ich meine ..."

„Nicht einmal das. Er war völlig gelähmt. Die Frau, na, ich weiß nicht. Außerdem, wo willst du, wenn du hier wirklich gräbst, den Dreck hinschmeißen? – Du denkst doch nicht etwa im Ernst daran, daß wir uns die Strecke damit zukarren?"

„Die Strecke, ja, natürlich die Strecke." Blemska wird anzüglich. „Da könnten ja die Maschinen und Profite zum Stillstand kommen."

„Du redest, wie du es verstehst. Gerade wie ein Schuljunge."

Der Steiger packt seine blinkende Messinglampe und geht davon. Ein Zeichen für die Kumpels. Sie beginnen sich langsam zu zerstreuen.

„Wie lange würden wir brauchen, wenn wir uns beide ranmachen?" fragt Blemska seinen Schlepper Balko. Der zuckt mit den Schultern.

„Das wär gerade so, als wenn ihr einen Brunnen mit einer Kaffeetasse leerschöpfen wolltet", sagt eine Baßstimme nahebei.

Blemska beginnt sich zu erregen.

„Sind sie vielleicht schuld, daß sie nun eingeweckt da drin hocken und am Ende vielleicht gar noch leben?"

„Hätten sie nicht räubern sollen", sagt die tiefe Stimme. „Es weiß doch jeder, daß man den Bruch nicht bis auf die Letzt ausräubert, und wenn die Brocken noch so dick sind und fast von selbst in die Hunte fallen."

„Sollen sie bessere Akkordlöhne zahlen", rumort Blemska, „dann wird keiner auf den Einfall kommen, dem Tod etwas aus dem Rachen zu reißen."

„Dagegen ist nichts zu sagen", brummt die Stimme und entfernt sich, „aber du wirst die Hosenbeine der Welt nicht umkrempeln."

„Du, du", schreit Blemska dem pendelnden Licht auf der

Strecke nach, „... ich kann dir nur sagen ... Mörder ... es sind Mörder, die da oben sitzen und die Löhne auszahlen."

„Ja", tönt es dünn von weit her zurück, „Mörder, solange es noch genügend Dumme gibt, die sich auf diese Weise morden lassen."

Das konnte man so und so auslegen. Blemska ist jedenfalls an diesem Tage nicht mehr zu gebrauchen. Er schafft nicht einmal den Schichtlohn. Immerzu hält er inne und lauscht auf das dürre Pochen in den Nachbarstollen.

„Hörst du es", fragt er Balko, „sie kitzeln den Erdteufel so lange, bis er zubeißt."

„Gib man her", sagt Balko und nimmt ihm die Haue aus der Hand. „Du mußt dich daran erst gewöhnen."

Zwei Tage später muß Blemska zum Obersteiger kommen. Was will der Obersteiger von ihm? Der Lohnschreiber im Büro läßt ihn lange stehen und blickt nicht einmal auf. Blemska muß erst wiederholen: „Glück auf, hab ich gesagt, und was will der Ober von mir?"

Der Schreiber schaut ihn an wie einen Mann aus dem Zirkus, der Feuer frißt. Er geht ins Nebenzimmer und kommt lange nicht wieder. Da kann Blemska die große Karte ansehen, die in der Schreibstube hängt. Darauf ist das Dorf und die ganze Umgebung bis fünf, sechs Dörfer weiter hin und her mit Kreuzchen und Zahlen versehen. Das sind die Stellen, wo man nach Kohle bohren ließ. Die meisten Bauern haben ihre Kohlenmutungen bereits verkauft. Der Großbauer Schneider hat sich mit dem Gelde totgesoffen. Die wenigen Bauern, die mit dem Verkauf der Kohle unter ihren Äckern nicht einverstanden waren, ließ man gehen. Sie kommen schon selbst, wenn das Grundwasser bis an die Erdachse zurückgeht und die Saat in den ersten Hitzetagen im Mai umkippt. Das weiß man. Außerdem werden die Mutungen so billiger. Die Bauern verkaufen dann um jeden Preis. Rette sich, wer kann! Auch Herr von Rendsburg hat Kohlenmutungen verkauft. Sicher hat er sein Geld nicht in die Bettbutze gesteckt wie die Bauern. Man munkelt davon, daß er bereits weiter östlich ein zweites oder drittes Gut erwarb, dessen Ländereien nicht auf Kohlen stehen. Dort kann er hinziehen, wenn hier die Äcker verdursten und die Wälder als Grubenholz in den Bauch der Erde kriechen. Dann wird er hier Aktionär bei seinem Vetter.

Blemska hat sich in die Karte vertieft. Er bemerkt nicht, daß der Lohnschreiber wieder eingetreten ist.

„Du kannst jetzt rein zum Ober", sagt der Schreiber und spitzt seinen Bleistift, „mach ihn aber nicht stierwild, sonst habe ich es nachher abzuleiden."

Blemska hört das kaum noch. Er steht schon vor dem Ober. Der putzt seine Brille und sieht ihn ungenau, aus verkleinerten Augenschlitzen schielend an: „Du bist also der Blemska? – Hinsetzen kannst du dich. Es kommt auf ein und dasselbe heraus."

Blemska nickt und schaut dem Obersteiger mit murmelrunden Augen ins Gesicht.

„Ja, Blemska", räuspert sich der Beamte, „ich habe eigentlich schon lange Anweisung, dich zu entlassen."

„Ich wüßte nicht, weshalb, Herr Obersteiger."

„Na ja, das sind so Sachen, über die man lange streiten könnte. Du bist ein guter Akkordmann, und deshalb habe ich dich immer noch gehalten. Mit dem Aufseher wird's freilich nichts bei dir. Das habe ich eingesehen."

„Ich spekuliere nicht mit den Knochen meiner Kumpels, Obersteiger."

„Wo hast du nur deine gottverfluchte Schandschnauze her?" Der Obersteiger wird heftiger. „Die hast du doch auf dem Gut auch nicht haben können."

„Deshalb bin ich ja hier."

„Das mußt du dir abgewöhnen, Blemska", lenkt der Ober ein.

„Kann man sich das abgewöhnen, wenn man doch nichts weiter will, als daß es auf der Welt gerechter zugeht, Herr Obersteiger?"

„Gerechter, gerechter ... Du kannst ... Verflucht, du willst doch nicht etwa sagen, daß wir keine gerechten Löhne zahlen? Kriegt ihr nicht, was euch zusteht?"

„Wir kriegen, was so üblich ist, uns zu geben. Das ist aber nicht alles, was wir zu verlangen haben."

„Verlangen haben ... verlangen haben. Ich dächte, du bist doch gerade einer von denen ... Na, Blemska, unter fünfzig Mark die Woche gehst du wohl selten nach Hause."

„Sie können doch nicht sagen, daß ich die verdiene, weil ich Blemska heiße, Obersteiger."

„Also, Blemska, tu mir den einzigen Gefallen ... Jetzt sehe ich aber tatsächlich, daß du einer von den Radikalen bist."

„Nennen Sie einen Ochsen, der so lange brüllt, bis er sein Futter kriegt, das ihm zusteht, auch radikal, Herr Obersteiger?"

„Eigentlich müßte ich dich auf der Stelle entlassen, und wenn die ..." – er öffnet die Tür zum Schreibzimmer und späht hinaus –, „und wenn die Wände jetzt Ohren haben, weiß ich nicht, ob ich es nicht doch noch tun muß. – Denkst du denn gar nicht an deine Familie, Blemska?"

Blemska zuckt die Schultern. Freilich müßte er an seine Familie denken. Noch sind seine Kinder nicht aus den Tanzjahren heraus. Seine Frau wächst immer mehr der Erde zu. Aber hier Kratzfüße wie ein Kuli machen? – Das geht ihm ...

„Was ist Ihnen lieber, Obersteiger, einer, der zu allem mit dem Kopfe nickt wie ein lahmes Pferd und der seinen Schichtlohn runterbummelt? ... Oder ist Ihnen vielleicht der lieber, der an seine Kinder denkt und im Akkord scharwerkt, bis er krumm ist und die Auszehrung an der Plauze hat, aber dann und wann den Rand aufreißt, weil er weiß, daß er nur seine Knochen zu verkaufen hat?"

„Aber, mein lieber Blemska, davon, daß ich deine Arbeit schätze, rede ich ja die ganze Zeit. Du verdirbst mir aber mit deinen Redensarten die ganze Belegschaft!"

„Ist ein guter Lehrer also auch ein Kinderverderber, wenn er sie aufklärt, Obersteiger?"

„Mit dir ist wirklich kein Fertigwerden, Blemska. Der Aufseher hat recht. Vielleicht wäre es besser, wenn du nicht immer alles mit dem linken Auge sehen würdest. Das linke und das rechte Auge zusammen ergeben erst den geraden Blick."

„Ich schiele lieber, Obersteiger. Man trifft auch, wenn man beim Zielen das rechte Auge zukneift."

„Trotzdem solltest du einmal in unsere Versammlung kommen, Blemska."

„Ich bin seit dem Kriege gegen alle Schlafmützen, die man Stahlhelm nennt, Herr Ober."

Was soll der Obersteiger machen? Er lacht. Es ist ein sehr dürres Lachen. Wie das Schaben eines Löffels in einem Blechteller.

„Aber du versprichst mir, daß du nicht wieder hetzt, Blemska, sonst ...", ruft der Beamte Blemska noch in die Schreibstube nach.

„Sobald kein Hetzstoff mehr geliefert wird", sagt Blemska und schaut auf den sich duckenden Lohnschreiber.

Der Herr Inspektor geht jetzt wieder seine eigenen Wege. Frau Inspektor leidet gar nicht mehr darunter. Sie wacht in der Nacht auf, aber sie schaut kaum zu seinem Bett hinüber. Das Kind, das Kind ist viel wichtiger. Der Inspektor geht manche Woche mehrmals in einem merkwürdigen Anzug zu seinen Saufabenden. Er trägt eine graue Windjacke, Reithosen und Wickelgamaschen, dazu eine blaue, österreichische Schimütze. In diesem Anzug geht er in die Nachbardörfer.

Der Inspektor mit dem zerkratzten Gesicht und andere Männer, die ebenfalls mit Windjacken und Schimützen bekleidet sind, erwarten ihn dort. Sie begrüßen sich mit „Heil!", saufen zusammen, politisieren oder tauchen plötzlich in Arbeiterversammlungen in der Stadt auf und stören dort. Manchmal kommt es zu Raufereien dabei, und sie ziehen mit lahmen Knochen und blaugestriemten Gesichtern ab. Dafür lauern sie an anderen Tagen einzelnen Arbeiterführern auf und verprügeln sie. Wenn es dunkel und ruhig genug auf den Straßen ist, schlagen sie sie halbtot. „Feme" nennen sie das. Hinterher kommen sie in einer Gutsbrennerei bei Rübenschnaps zusammen und prahlen miteinander, wie sie aufgemöbelt haben.

„Der Kuckuck soll's holen, wenn wir nicht wieder Ordnung im Vaterland schaffen sollten!"

Diener Leopold kennt das alles genau. Er fährt den gnädigen Herrn oft auf andere Gutshöfe zu Herrenabenden. Dort erzählt man sich in den Gesindestuben und -küchen, wie es der Herr Inspektor Konrad treibt.

Der gnädige Herr läßt den Inspektor rufen. Er muß sich die Schrammen im Gesicht von seiner Frau mit Pflastern verkleben lassen.

„Ach, gerade jetzt, wo ich das Kleine anziehen muß", sagt Frau Inspektor. Aber er besteht darauf, daß sie es tut.

Der gnädige Herr wundert sich über das bepflasterte Gesicht des Inspektors.

„Nanu, Konrad, was passiert?"

„Aberr bitte, nein! – Mit Verrlaub zu sagen, Herr von Rendsburg. Nicht der Rede werrt. Ein paarr Krratzwunden von einer Prrügelei mit den rebellischen Prroleten."

„Na, na, Konrad. Sie ... äh ... Sie rennen doch nicht auch etwa diesem putzigen Österreicher da nach ... dieser verkrachten Existenz ... diesem Anstreicher da ... Na, wie heißt er doch gleich?"

„Hitlerr, mit Verrlaub zu sagen, gnädigerr Herr!"

„Hitler, ganz recht ... Ich meine: sind Sie Anhänger von ihm?"

„Anhängerr hin, Anhängerr herr! Muß nicht etwas geschehen, gnädigerr Herr? Treibt sich nicht das Volk arrbeitslos in derr Stadt umherr und hetzt und schimpft auf ehrrsame, ehrrliche Menschen?"

„Gefällt mir nicht, gefällt mir nicht, Konrad. Dieser Hitler, mein ich. Was will er überhaupt?"

„Arrbeit und Brrot, gnädigerr Herr. – Will err auch die Kriegsschulden nicht weiterzahlen, derr Hitlerr. Ist doch feine Sache für die Steuerzahlerr, wenn gnädigerr Herr errlauben."

„Ach, hören Sie, Konrad, im Versprechen sind sie alle groß, diese Volksbeglücker. – Lächerliches Männchen, das. Ein Kamerad Schnürschuh, der sich militärisch gebärdet. – Verdächtig, verdächtig, Konrad, ich kann mir nicht helfen. – Na, wir werden ja sehen!"

„Ja, werrden wir sehen, gnädigerr Herr."

„Übrigens, weshalb ich Sie rufen ließ, Konrad. Dieser Diebstahl oder wie man es nennen will, von der Mathilde da, macht mir Kopfzerbrechen. Mein Sohn Aribert behauptet, es fehlten einhundert Mark aus seiner Brieftasche. Ich ließ die Frau heute nochmals von diesem Gumprich vernehmen. Sie behauptete natürlich, sie habe nichts entnommen. Was ist da zu machen?"

„Wenn ich meiner unmaßgeblichen Meinung ..."

„Natürlich steht die Ehrlichkeit meines Sohnes außer Zweifel ... Immerhin, er hatte getrunken. Ich meine, er kann sich irren ... Man sollte vielleicht vorsichtig sein, von einer Strafverfolgung vielleicht ganz und gar absehen. Wie stehen Sie dazu, Konrad?"

„Meinerr Meinung, gnädigerr Herr, die, wo was ausgefrressen haben, sind, wenn man sie in Ruhe läßt, weil sie Furrcht vorr Strrafe haben, meist die besten Arrbeiter. Willige Arrbeiter, gnädigerr Herr."

„Sind Sie davon im Falle der Mathilde Kleinermann überzeugt, Konrad?"

„Bin ich, bin ich, gnädigerr Herr! Die Mathilde ist, was Schanzen anbelangt ... und werrden Sie sehen, daß ich rrecht habe, mit Verrlaub gesprochen."

„Na gut, werde sie mir kommen lassen, diese eigensinnige Kratzbürste."

„Gut, werrden Sie, gnädigerr Herr! Aberr werrden Sie, bitte, wenn ich mirr zu bemerrken errlauben darf, nicht zuviel von der Mauserrei rreden. Wirrd sie sonst störrisch, diese Schachtel, mit Verrlaub zu sagen."

„Na, Konrad, seit wann entwickeln Sie denn psychologische Fähigkeiten? – Aber übrigens – was ich sagen wollte –, mit dem Hitler, das überlegen Sie man noch einmal gut. Sie sind doch ein ernst zu nehmender Deutscher mit allem, was dazugehört."

„Ehrrt mich, ehrrt mich ... Zu gütig, gnädigerr Herr, aberr mit Verrlaub zu sagen, ist man beim ‚Stahlhelm' zu lau. Rührrt sich nichts. Läßt man mit dem Vaterrland machen, was sie lustig sind, die rroten Rradaubrrüderr!"

„Kommt noch, ganz bestimmt, Konrad. Ein österreichischer Gefreiter kann uns meines Ermessens nicht von der Herrschaft der Proleten befreien.“

Der gnädige Herr hat Mathilde durch Diener Leopold rufen lassen. Sie geht einen schweren Gang. Jetzt muß sie den alten Leuteschinder wohl um Verzeihung bitten.

Herr von Rendsburg sitzt lässig am Schreibtisch. Er piekt genießerisch mit dem Brieföffner nach Fliegen, die über den grünen Lederbezug der Schreibtischplatte laufen, und hört sich Mathildes Beichtrede an, ohne sie zu unterbrechen. Mathildes Wangen sind scheckig. Sie preßt ihre Worte zu kurzen Bündeln. Nach einer Weile schweigt sie ganz. Der Herr springt auf. Er hat eine Fliege angestochen. Am Bücherschrank macht er ihr den Garaus. Er setzt sich wieder und schaut die bebende Mathilde an. Sie schweigt. Er beginnt väterlich auf sie einzureden. Er denkt wohl noch an die Wäscherin Mathilde von damals.

„Du bist ja ein kluges Weib, Mathilde, und weißt, daß du wegen dieser Brieftasche ins Gefängnis kommen wirst.“

Mathilde hebt die Schultern.

„Natürlich, es ist ganz klar, daß du dafür Strafe erhältst.“

„Wenn ich doch aber keinen grünen Pfennig von dem Geld genommen habe?“

„Das wird dir niemand glauben.“

Mathilde schweigt wieder.

„Herr Aribert behauptet, es fehlen einhundert Mark, und da du die Brieftasche nahmst, wird dir keine Seele glauben, daß die einhundert Mark nicht bei dir verschwunden sind.“

Mathilde tritt einen Schritt zurück. Sie wirft den Kopf nach hinten und will sich gegen diese Beschuldigung wehren. Herr von Rendsburg wehrt sanft ab. „Jetzt rede ich, Mathilde, nicht wahr? Erst durftest du reden, jetzt rede ich, ja? – Wie dem auch sei, ganz gleich, ob du das Geld genommen hast oder nicht, ich habe nicht die Absicht, dich vor allen Leuten als Diebin kennzeichnen zu lassen. Du warst mir bisher eine fleißige, treue Arbeiterin. – Ja, ich weiß das zu schätzen, aber ich hoffe auch, daß du es zu schätzen weißt, wenn ... Na, was sollen wir lange darüber reden.“

Mathilde nickt. Sie senkt den Kopf. Ihre nackten Zehen krampfen sich in den dicken, bunten Teppich.

„Du hast also jetzt allen Grund, dich so zu zeigen, daß das Vergessen deiner Tat allen leichtfällt ... Aber eins sagst du mir vielleicht noch, Mathilde, was hast du dir eigentlich dabei gedacht?"

„Sie verhuren es doch bloß mit den Pflanzen aus der Stadt, das Geld, habe ich gedacht."

„Du denkst ziemlich schlecht von meinen Söhnen?" Es kommt Leben in die Augen des Herrn.

„Na ja, wenn sie in dem Alter stecken, wo sie merken, daß Frauen auch noch zu etwas anderem als zum Kaffeekochen zu gebrauchen sind."

Herr von Rendsburg beißt sich belustigt auf die Unterlippe.

„Vielleicht hast du recht, Mathilde ... Aber sag, konntest du nicht zu mir kommen? Ich meine, wenn die Not bei euch auf der Schwelle sitzt? Ich hätte ... die gnädige Frau hat doch auch kein Herz aus Hartholz. Wir hätten doch ... und so groß kann die Not bei euch wirklich nicht sein. Es ist ... ihr arbeitet doch beide, und der Junge ist wohl auch schon aus den Schulhosen ... nicht wahr? Aber trotzdem, du hättest doch ruhig ..."

„Ich geh nicht betteln." Mathilde schneidet den Satz des gnädigen Herrn mittendurch. „Wenn ich jeden Tag von früh um fünf bis abends zehne, elfe auf den Pantoffeln bin und es langt noch nicht, um einen Lumpen für sich oder die Kinder zu schaffen, dann kann's nicht an mir liegen. Wenn's gerecht zuginge auf der Welt, müßte man doch da ... Wir sind doch kein Vieh."

„Ja, schau an, Mathilde, für dich allein würde es ja wohl reichen, aber da du die Kinder ... und ich meine, vergiß nicht, daß ja dein Mann wohl auch ... Man hat mir erzählt, daß er des öfteren bei Tüdel ... Also dazu ist doch anscheinend Geld da, oder nicht?"

„Das ist das Schlimmste nicht. Er säuft ja auch mehr aus Kummer, weil, ach, von Freuden kann keine Rede sein. – Eine Vogelmutter päppelt drei Jungen hoch wie nichts. Da kann das Männchen ruhig von der Katze gefressen sein. Es ist eben, weil es bei dem Menschenbiesterzeug nicht gerecht zugeht."

Mathilde beginnt sich zu erregen. Ihre Wangen masern sich blau.

Herr von Rendsburg fragt besonders sanft zurück: „Wer hat dir das gesagt, du dummes Mädchen?"

„Gesagt ... gesagt ... Soviel sehe ich doch von allein."

„Ja, ja, du siehst es. Du Törichte glaubst es wahrhaftig zu sehen; aber du siehst es mit neidgelben Augen. Wie ein Kind redest du, Mathilde. Bitte", der Herr erhebt sich von seinem Ledersessel. Die Lehne glänzt in der Sonne wie junge Kastanienfrüchte. „Bitte, wenn du denkst, daß du ohne Sorgen hier sitzen kannst?"

Aber Mathilde wehrt mit ihren fleischigen Händen ab. Sie schüttelt unwillig den Kopf. „Davon ist gar keine Rede."

„Ich sage dir nur eines", der Herr setzt sich wieder, „noch am Abend des Tages, wo du dich hier hinsetzest und all meine Sorgen übernimmst, kommst du und willst wieder zurücktauschen."

„Nu ja, der eine rechnet die Fliegen zum Sommer, und der andere rennt ihnen mit der Klatsche nach", antwortet Mathilde, und der Blitz eines Lächelns huscht über ihre Lippen.

„Schau, du weißt, daß das gnädige Fräulein kein Backfisch mehr ist. Mädchen in ihrem Alter wissen sonst längst, wie es sich im Ehebett schläft. Das Ehebett und seine Qualität hängt aber ganz davon ab, wie der Vater einer Frau es polstert. Ich meine, wir verstehen uns, ich kann einfach nicht", der Herr reibt mit Daumen und Zeigefinger, „kann einfach nicht so, daß der Richtige sie aus der Jungfrauenkammer holt."

„Kleine Frösche", sagt Mathilde nachdenklich. „Wer das den Weibern eingeredet hat, daß sie einen Mann brauchen! Sie bekaufen sich meist mit den Kerlen."

„Das sagst du, weil du vielleicht ... na, kurz und gut, du kannst mir glauben, die Sorgen gehen durch alle Stände, keiner bleibt verschont, nein, im Gegenteil, je höher der Stand, sie wachsen geradezu mit."

Mathilde scheint nicht überzeugt zu sein, aber sie schweigt.

Es ist albern, hier barfuß vor dem Herrn zu stehen und klug zu schnacken.

„Du bist ja gar nicht so dumm, Mathilde, aber du machst den Fehler, die Welt von deinem Brotkasten aus zu sehen, das ist es. Ich habe leider wenig Zeit heute, sonst könnten wir ... aber denke daran, daß ich von einer Strafverfolgung ... aber nun, du bist ja eine kluge Frau."

Mathilde ist schon bei der Tür. Sie bedankt sich nicht. Sie spricht keine reuegetränkten Entschuldigungen aus. Diener Leopold öffnet. Dem Herrn fällt noch etwas ein. „Na, und nicht wahr, daß der Junge auf dem Hofe bleibt, darüber brauchen wir wohl nicht zu reden, Mathilde."

„Wie, was, der Junge?" fährt Mathilde herum.

„Man erzählt, daß du ihn in die Grube schicken willst."

„Grube? – Wenn ich wollte ... ich kann ihn doch nicht barfuß schicken!"

„Davon abgesehen, aber was hat so ein Kerlchen in der Grube? Er wird vorzeitig krumm und abgerackert. Die paar Pfennige, die er dort mehr erhält, wiegen doch die Gesundheit nicht auf. Das Land, die Erde ernährt ihren Mann, bedenke das, Mathilde."

„Das merkt man!" kann Mathilde sich nicht enthalten spitzzüngig zu erwidern.

„Mathilde, du hast mein Zimmer noch nicht verlassen und beginnst schon undankbar zu werden. Ich werde es mir stark überlegen, ob ich ..."

Mathilde ist schon in der Halle, wo die afrikanischen Pfeile und die Antilopengeweihe hängen. Ihre nackten Füße saugen sich an die gebohnerten Dielen, als wollte das Herrenhaus sie festhalten.

Mit Blemska kann Lope über alles reden. Sie hatten sich das so fein gedacht. Sie haben oft davon gesprochen, wie es sein wird, wenn sie zusammen zur Grube gehen werden. Jetzt haben sich dicke Wolken vor das Morgenrot dieser Aussichten gelegt.

„Es ist ja nicht gerade die goldene Welt", sagt Blemska eines Sonntags in Kleinermanns Küche, „aber nur auf diese

Weise hättet ihr die verfluchte Ochsenkette zerreißen können. Ihr seid doch alle wie angebunden an den geschniegelten Herrn Leuteschinder."

„Du quatschst auch manchmal so, wie du es verstehst", zischt die Mutter. Sie schaut Blemska wild an.

„Jetzt hat er dich wohl festgenagelt mit dieser schäbigen Brieftasche, was? Jaja, so machen es diese . . ."

Die Mutter schweigt. Blemska geht knurrend fort.

Das sind nun Menschen! Da soll nun die Welt einen einzigen Schritt vorwärts kommen. Sie steckt geradezu mit ihren Füßen im saugenden Mist.

Am nächsten Tage läßt der Inspektor Lope kommen.

„Du mußt jetzt die Ochsen von Grrimka überrnehmen. Auf den Irrwisch ist kein Verrlaß, verrstehst du?"

Ja, Lope versteht. Eine kleine Freude durchsäuselt ihn. Auf Grimka kein Verlaß. Auf ihn verläßt sich der Inspektor? Grimka zetert und spuckt Priemlauge gegen die Stallwand.

„Immer nimm sie, diese Fladenscheißer. Es ist mir niemals nicht an meiner Wiege gesungen worden, daß ich mich soll mit solchen Hörnerpferden einlassen auf der Welt. Fressen und fressen, und kommt alles hinten wieder heraus. Sovül Hände hat der Mensch gar nicht zum Kloppen, wie die gebrauchen, wenn sie sich sollen bewegen um einen Schritt."

„Ist das der ganze Hafer, den du für diesen Monat hast?" fragt Lope und hängt sich über den Rand des Futterkastens.

„Na, Gott sei Dank, was wüllst du Hafer . . . sie fressen ja . . . kaum ist der Kasten voll, ist er schon wieder leer. Der Schlag soll mich treffen und meine Alte und alle liebe Kinderchen dazu, wenn ich ein Körnchen verschoben . . . sie sind wie die Läuse . . . so fressen sie."

„Du mußt es melden, sonst bleibt es bei dir hängen", sagt Blemska am Abend zu Lope. „Die Kreatur darf man nicht hungern lassen, sonst sind wir nicht besser als die Blutsauger in den Schlössern."

Lope braucht es nicht zu melden. Am nächsten Morgen kommt der Inspektor selbst und schaut in den Futterkasten. „Verrdammterr Sauhund", zischt er. Er läßt Lope auf dem

Schüttboden einen Sack Hafer einschaufeln. Der gefüllte Sack reißt Lope auf der Treppe um.

„Wo habt ihr bloß die Murre, Kerrrls?“ raunzt der Inspektor. „Als ich in dem Alterr warr, trrug ich drrei solcherr Säcke spazierren.“

Trotzdem macht er keinen Versuch, Lope zu helfen. Er scharrt zwischen den Getreidehaufen herum und flucht. Lope läßt den Sack die Treppe hinunterkegeln und rennt dann rasch auf den Hof zur Mutter. Die Mutter kommt und wirft sich den Sack auf die Schulter.

„Das machst du nicht mehr allein“, sagt sie, so daß es der Inspektor auf dem Schüttboden hören muß.

Lope benötigt keine lange Lehrzeit, um sich mit den Ochsen einzufahren. Grimka soll ihn drei Tage einweisen. Aber wenn der Vogt nicht in der Nähe ist, liegt Grimka auf dem Rain. Er liegt auf dem Rücken und pfeift seine Puppenspielerliedchen oder spricht den Faust-Monolog aus dem Puppenspiel. Nach einer Weile wälzt er sich auf den Bauch und beginnt zu schnarchen.

Lope gibt sich Mühe, gerade Furchen zu ziehen. Er kann nicht immer darauf achten, was Grimka tut. Einmal tritt Vogt Bremme, der den Rain herunterkommt, dem schlafenden Grimka absichtlich auf den Bauch. Aber Grimka ist nicht verlegen, er springt auf wie eine fauchende Katze und spuckt Vogt Bremme im Redeschwall Priemlauge ins Gesicht. „Nicht genug, du alter Trampel, daß man vor lauter Bauchjucken keine gerade Furche nicht ziehen kann, kommst du Ölefant und ... verklagen werde ich dich wegen Leibesverletzung ... gleich gehst du mit zum Schiedsmann.“

Vogt Bremme erwidert kein Wort. Er holt nur einmal kräftig aus, aber der flinke Grimka rutscht unter seiner sausenden Knorpelhand hindurch und geht zu Lope und den Ochsen.

„Mußt du doch spitzen, wenn dieses Nil-Kroko-Walroß ... er tritt mir ... pfui Deibel, auf die Wampe“, sagt er zu Lope.

„Es ist deine Schuld, wenn du so dumm bist und alles Kraftfutter an die Ochsen verfütterst“, sagt Leibkutscher Wenskat, als Lope zwei Tage mit den Ochsen fährt, „weiter sage ich dir nichts."

Dabei zwinkert Wenskat wie eine Ente im Sonnenlicht mit seinen grüngrauen Heuchelaugen. Aber Blemska sagt am Sonntag: „Fang das nicht erst an mit dem Verschieben. Das sind alles nur magere Würste; denn wer dieses Blaublutgesindel bemopst, hat kein Recht, darüber zu klagen, daß sie einen mit der Arbeitskraft bemausen."

Nein, Lope braucht kein Schnapsgeld. Ein paar Pfennige Taschengeld kann er beim Besenbinden immer gutmachen. Seinen Wochenlohn zahlt Herr Sekretär immer gleich an Mutter aus. Auch Vater besteht nur darauf, daß sein Lohn ihm persönlich ausgezahlt wird, wenn er seinen Rappel hat.

Paule Wenskat wird wild wie ein Hahn, wenn man ihn einen Schusterjungen nennt. Er ist Schuhmacherlehrling, Gott sei Dank! Man sieht ihn die meiste Zeit auf der Dorfstraße. Er muß die sperrmäuligen Schusterrappen aus den Bauernhäusern zusammenschleppen. Er schleppt sie wieder weg, wenn sie Riester auf die Mäuler erhalten haben und mit dicken neuen Sohlen versehen sind. Er muß die beiden Kleinkinder von Schuster Schurig auf dem Anger beaufsichtigen. Er muß ihnen die Nasen putzen, wenn er vorbeikommt. Er muß nach den Enten sehen, damit sie die Eier nicht verlegen oder nachts auf dem Teiche bleiben. Er muß bei Knorpel Priem oder Schnupftabak für den Meister oder Marmelade für die Meisterin holen. Er muß im Stroh nach Eiern suchen, die die Hühner heimlich ausbrüten wollen. Er zieht die Wäscheleine für die Chefin und tut zwanzig andere Dinge. Dafür weiß er aber schon, was eine Brandsohle ist, und kann einen Pfriem von einer Ahle unterscheiden. Eine Mark und fünfzig und hier und da ein Groschen für Besorgungen, das ist sein Taschengeld. Er kann leben und braucht nicht soviel nachzudenken wie Lope. Eine Mark und fünfzig und dafür am Sonntag Zigaretten oder Malzbier. Auch Paule Wenskat lebt sein Leben wie die Menschen in den Büchern. Es klappt fast alles, und das Schlechte ist auch stets für etwas gut.

Die Mutter achtet nicht mehr ganz so streng auf Lope und

darauf, was er tut. Er ist wohl doch schon erwachsen? Trotzdem ist es immer noch nicht angebracht, gerade vor ihren Augen Bücher zu lesen.

„Du willst wohl so ein Kasper werden wie der da drüben", sagt die Mutter und macht eine ausstreichende Geste zum Sekretariat hinüber. Lope findet es dann ratsam, sein Buch wieder in Sicherheit zu bringen; aber am Abend, wenn er, mit seinen Besen beschäftigt, auf der Ofenbank sitzt, geht Mutter ruhig zum Schlafen in die Kammer. Sie hat nichts dagegen, wenn er etwas Nützliches tut. Vater schneidet höchstens die Ruten zu. Mit dem Draht zu hantieren, das ist ihm zuviel Fummelei. Seine Hände zittern wie die Siebe an der Dreschmaschine. –

Wenn Lope Mutters Bett knarren hört und wenn Vaters Protestgemurmel, weil er rücken mußte, verstummt ist, kann Lope sein Buch vornehmen. Manchmal schläft er schon ein, wenn er erst eine Seite gelesen hat. Die Lampe brennt und blakt derweil. Auf diese Weise verbraucht er viel Petroleum. Er muß es von seinem Taschengeld ergänzen.

„Du machst wohl Feuer mit Petroleum an?" fragt Frau Knorpel.

„Nein, ich reibe die Ochsen damit ein, weil die Luder Läuse haben." Lope fühlt, daß es eine Wonne sein kann, einen neugierigen Menschen zu belügen.

Eines Tages hat Lope geradezu einen tollen Einfall. Es ist Sonntagabend. Am Vormittag hat er mit Blemska über die Menschen gesprochen. Blemska weiß eine Menge von den Menschen, dabei hat er nur wenige Bücher. Herr Sekretär hat viele Bücher, aber er weiß wenig von den Menschen. Herr Sekretär spricht gern und viel von sich. Blemska sagt von sich: „Ich bin nur ein Krümel. Alle zusammen sind wir erst ein Kuchen." – Lope verfitzt sich in solchen Gedankengängen. Er kann nicht entscheiden, wer recht hat: Blemska oder der Herr Sekretär.

Am Nachmittag hat Lope im Stall auf der Futterkiste gelesen. Dort kann er jetzt sitzen. Er braucht sich nicht mehr auf dem Heuboden zu verstecken. Die Sonne scheint, die Fliegen summen. Sie springen vor Lust und Freude aufeinander.

Kaum springt ein Fliegenmännchen von einem Weibchen ab, da kommt ein anderes gehuscht und setzt sich auf das gleiche. Und das Weibchen läßt mit gebreiteten, matten Flügeln alles mit sich geschehen. Grund genug für Lope, seine Betrachtungen darüber anzustellen.

Er geht zu Herrn Sekretär und fragt ihn geradewegs: „Wie ist es nun, Herr Sekretär, sind Sie mein Vater oder nicht?"

Ferdinand läßt die Feder fahren. Er hat unter blauem Himmel mit wehenden Wolkenfahnen Phantasiefrüchte von einem Traumbaum gepflückt und fällt von der Leiter seiner hohen Gedanken auf einen Misthaufen. Es ist der Misthaufen seines Lebens. Seine schlaffen, schmalen Hände zittern. Um seinen Mund zuckt es. Lope setzt sich auf das provisorische Sofa. Er wartet auf eine Antwort.

„Du meinst", beginnt der Sekretär sich sammelnd, „weil ... hat Mutter es dir gesagt?"

„Sie hat nichts gesagt ... manchmal sagt Vater so etwas ... die Leute im Dorf sagen auch so manches ... das ist nämlich, wenn Sie mein Vater sind, dann brauche ich vielleicht auf niemand sonst zu ... ich kann vielleicht in der Grube anfangen ..."

„Man sollte gewissermaßen nicht auf die Reden des Pöbels hüpfen. Sie sind gleichsam wie die Leimruten für einen Sperling. Ich meine, wenn Mutter es dir nicht direkt gesagt hat. Wie kommst du überhaupt darauf?"

„Weil Vater so ... ich glaube nicht mehr an Vater ... man muß es doch wissen. Es ist doch nicht so wie bei den Fliegen."

„Ich werde mit Mutter darüber sprechen", sagt Ferdinand kurz und bündig. „Jetzt läßt du mich wohl allein, ich habe zu arbeiten."

Das war nicht grau und nicht grün. Lope wühlt bis zum Einschlafen in einem Haufen sperriger Gedanken.

Ferdinand verzichtet an diesem Abend lange auf Licht und Lesen. Er denkt nicht gut von sich. Es kam zu unerwartet. Ein Donnerschlag im Sonnenschein. Sein Sohn ist erwacht. Weshalb gab er nicht direkt zu: Ich bin dein Vater, jawohl, so und so? – Wozu kann es gut sein, den Schein weiterhin zu wahren? Viele Selbstanschuldigungen. Sie werden bei Ferdinand im Gange des Abends und der Nacht von ebenso vielen Eitelkeiten, Mutlosigkeiten und höhlenden Zukunftsträumen zerfressen wie Mistkäfer von Ameisen. Da sind die Stunden mit Frieda Wenskat. Er weist den Gedanken, daß sie eigentlich seine Geliebte ist, weit von sich. Sie kommt jetzt oft zu ihm, zu oft eigentlich. Er sagt dann:

„Ich finde, wir sollten gewissermaßen nicht so oft zueinanderkommen. Ich weiß nicht, ob du das verstehst. Aber die Blume der Freundschaft, alle Liebe erkrankt, wird matt, wenn sie mit dem Wasser allzu großer Nähe gespeist wird. Wie soll ich sagen: Man muß den Duft gemeinsamer Stunden erst im Alleinsein ausschlürfen. Ja, das kommt . . . es ist schwer zu sagen."

Das ist nun wieder nichts für Frieda. In ihren Ohren ist nur das Wort „Liebe" hängengeblieben. Jaja, man braucht vielleicht auch nicht so oft . . . und sie bleibt zwei bis drei Tage aus und fiebert hinter ihren Fuchsienstöcken am Fenster. Aber dann ist sie wieder da und bebt wie eine Stute. Sie schläft nicht ein, wie Frau Inspektor, wenn ihr Ferdinand seine Selbstbespiegelungen vorliest oder lange Kommentare aus den Büchern der Dichter zitiert. Sie hört aber auch nicht hin. Sie hängt an seinen Augen, an seinem Munde und malt Kußlandschaften in sein Gesicht. Ferdinand könnte das alles ebensogut der „Unbekannten", deren Gipskopf auf seinem Bücherbrett steht, vorlesen und sagen. Frieda ist wie eine Kirchturmspitze, die einer niedrig ziehenden Wolke den Bauch aufreißt. Die Wolke schüttet Regen aus, aber die Kirchturmspitze hat nichts davon. Noch während er liest, beschäftigt sich Frieda mit dem Lohn, den sie für ihr geduldiges Zuhören empfangen wird. Er besteht aus Händedrücken, flüchtigen Liebkosungen und sparsamen Küssen. Ferdinand muß zahlen. Manchmal legt sich Frieda, wie durchdrungen von viel erlebter Schönheit, auf sein Bett, und der Preis wird hoch. Ferdinand zahlt ihn innerlich weinend und halb abgewandt, bis es auch ihn packt. Dann aber schwingen beide im Gleichklang . . . endlich im Gleichklang, und Frieda hat mehr Recht als Ferdinand. Ferdinand glaubt allerlei Veränderungen in Friedas Wesen wahrzunehmen. Er schreibt sie seinen Bemühungen um die seelische Vervollkommnung Friedas zu. Er glaubt, einen Zipfel seines Lebenszweckes erpackt zu haben. Seine Sehnsucht zeigt ihm das reinweiße Tuch des Lebens, das er einmal in Händen halten wird, um es über der leidenden Menschheit auszubreiten. Das Schicksal spart ihn auf. Das Schicksal spart immer für große Zwecke. Er geht hier in dem Wust von unreinen Seelen und ungeklärten Menschen hin und her. Niemand gewahrt den Keim des Großen in Ferdinands Brust. Aber eines Tages, wenn er so an innerer Leuchtkraft gewonnen haben wird, daß die Menschen schon geblendet sind, wenn sie ihn nur anschauen ... dann kommt vielleicht ein gewisses Fräulein von Rendsburg, eine Gräfin Görtz auf Wrisberg, und sagt:

„Wie unrecht ich Ihnen damals tat! – Wie ist es, können Sie mir jemals verzeihen?"

Und er, der Kenner der menschlichen Unzulänglichkeiten, erwidert: „Es ist lange, lange verziehen, Gnädigste. Es war mein Schicksal, auf Sie zu treffen, Allergnädigste. Sie waren ein harter, kantiger Stein auf dem Wege meines Lebens. Es ist weiches, dämpfendes Moos über diesen Stein gewachsen."

Vielleicht wird sie weinen. – Ganz sicher wird sie weinen, ein gewisses Fräulein von Rendsburg oder eine Gräfin Görtz auf Wrisberg.

„Nein, nicht diese Tränen", wird er sanft abwehren. „Stören Sie, bitte, meine Einsamkeit nicht. Holen Sie mich, bitte, nicht aus den weiten einsamen Ländern meiner Seele zurück."

Das Leben geht über die Erde. Ganz verschiedenartig geht es: mit krabbelnden Spinnenbeinen, mit den Springfüßen eines Flohs, mit zermalmenden Hufen. Es kann hopsen, huschen, schlängeln; je nachdem, auf wen es gefallen ist. Lopes Leben geht manchmal rückwärts wie ein Krebs, findet er. Eines Abends hat er in aller Müdigkeit sein Buch auf der Ofenbank liegenlassen. Am Morgen findet er es zerrissen im Holzkorb am Ofen. Mit geweiteten Augen, Blässe im Gesicht, versucht er es wieder zusammenzustellen. Der hintere Deckel und einige Seiten fehlen. Mutter hat damit Feuer angemacht. Da ist wieder dieser bohrende Schmerz in der Brust. Er könnte jetzt hingehen und etwas zerstören, was Mutter gehört. Er sucht und findet ihr Sonntagstuch, überlegt eine Weile und wirft es wieder weg. Dann geht er zum scheibenlosen Küchenspind und sucht die Kaffeetasse mit dem Goldrand. Sie steht von Mutters und Vaters Hochzeit her im Schrank. Es darf nie jemand daraus trinken. Lope wirft die Tasse auf die beaschten Steine vor dem Herd. Es klirrt wie von einer heiseren Schlittenglocke. Die Mutter kommt vom Flur herein. Sie ist noch halb nackt. Ihr blaugestreiftes Hemd bläht sich. Ihr Gesicht ist blaurot. Ihre Augen sind starr auf die zerschlagene Tasse gerichtet. Ein Stückchen des vergoldeten Randes flimmert in der Morgensonne. Lope fühlt, wie sich die Blicke der Mutter in seine Augen bohren.

„Du kannst mich nicht hypnotisieren", schreit er. Die Mutter greift wortlos nach dem Feuerhaken. Lope wirft ihr die losen Buchblätter vor die Füße und rennt davon. Er rennt zum Sekretariat.

„Wer ist da, bitte?" krächzt Ferdinands verschlafene Stimme.

Lope schweigt. Er rennt in den Stall. Er stopft sich Heu in die Hosen und spannt gleich ein, ohne seine Schrotsuppe gegessen zu haben.

Um die Frühstückszeit kommt Trude und bringt zwei Stullen.

„Hast du Ferien?" fragt Lope Trude.

„Mensch, mach dich nicht so groß", höhnt Trude, „Kartoffelferien seit vorgestern."

„Ach ja, ach ja" – Lope weiß nicht mehr, wann Ferien sind. Er ist wohl doch schon erwachsen.

„Hat sie was gesagt wegen der Tasse?"

„Welche Tasse?"

„Ich habe sie zerschlagen . . . mit dem Goldrand die."

„Oh, hast du sie zerschlagen, die schöne Tasse? – Nein, sie hat nichts gesagt. – Ist sie dir aus der Hand gerutscht?"

„Ist schon gut, geh man!"

„Ich gehe zu Schneiders, die hacken heute Kartoffeln. Es gibt dort Kuchen."

„Ja, geh man, geh! – Hat Mutter gesagt, daß du mir das Brot bringen sollst?"

„Ja, sie hat gesagt: ‚Der Bengel hat reinweg das Essen vergessen.'"

„Ja, na denn: hü!"

Auch am Abend sagt die Mutter nichts von der Tasse. Ihr Mund ist schmal wie ein neues Knopfloch. Lope gewahrt zum ersten Male die vielen tiefen Falten um Mutters Mund.

Die Stare versammeln sich. Sie fliegen in surrenden Schwärmen über die leeren Kartoffeläcker. Raschelnde Blätter. Es stirbt auf den Feldern, auf den Wegen. Nur der Mensch bleibt zurück. Seine Wege und seine Tage werden kürzer. Zuletzt enden sie in den Stuben. In den Bauernhäusern gehen sie vom Bett in die Küche, von der Küche ins Bett. Nebel engen die Sicht. Auch die Wege der Augen werden kürzer. Viele Tiere fügen sich, sinken in Schlaf. Es gibt für sie nichts mehr zu bestellen in dieser grausam harten Winterwelt. Auch der Mensch hat sein Nest in den Stuben. Aber seine Gedanken peitschen ihn hinaus.

Der Mensch geht ohne Füße und ohne Augen in die Weite. Der ruhelose Mensch. Manche Tage fließen wie zäher Brei. Zuletzt sind sie weiß, wattig, aber eisenhart.

Solange noch ein grüner Halm zu sehen ist, treibt Schäfer Malten in die Felder. Seit jenem Konfirmationsabend leuchten seine Augen nicht mehr, wenn er Lope begegnet, und Lope geht nicht mehr zu ihm in die Schäferei. Minka ist tot, und der neue Hütehund ist scheu und bissig. Noch immer hat Malten keinen Lehrling. Es will niemand Tag für Tag mit diesen stummen Schafen durch die Felder zockeln. Auch Lope mag die stillen, störrischen Schafe nicht, aber wenn er bei Malten angefangen hätte, wäre ihm sicher viel Zeit zum Lesen geblieben. Malten hat wohl nicht unrecht, wenn er knurrig und kurz wie ein Novembertag ist. –

Auch Lope zieht dicke, schwarze Furchen durch den Akker, solange der Frost die Erde nicht hart macht.

„Beim Eisbart der Heiligen Drei Könige, jetzt haben sie auch dich gefangen, du tausendkluges Bürschchen. Jaja, die

Kaffeebohnen der Schöpsen waren dir nicht gut genug, du wolltest Ochsenfladen, mein Bürschchen."

„Wenn es nach mir gegangen wäre, Onkel Malten ..." – Lope hält die Ochsen an. Er schaut in Maltens rindiges Gesicht, aber der Schäfer bleibt nicht stehen.

„So krähen sie alle, die jungen Hähne, und hopsen auf den Hauklotz. Plautz, weg ist der Schnabel, weg ist der geblähte Kamm. Hoahaahoaaaha!"

Was soll Lope mit solchen Reden beginnen? Da geht er lieber zu Blemska. Frau Blemska mußte sich wieder einmal legen. Wenn Blemska von der Arbeit kommt, muß er erst einheizen und das Essen für sich und die kranke Frau bereiten.

„Das gelbe Elend", murmelt er, aber er verzweifelt nicht.

„Es ist gut, daß du kommst, Junge. Man wird ja zitterig, wenn man nur Gewimmer hört."

„Jaja", stöhnt Frau Blemska aus der Stube, „wenn ich nur erst fort wäre."

„In die Leichenhalle brauchst du nicht zu laufen, Mutter", scherzt Blemska, „sie tragen dich hin. Es hat absolut keine Eile. Mach lieber, daß du gesund wirst! So hat die Sache doch kein Geschicke nicht. Ach, jetzt brennt mir das Wasser wieder an, na, nein, ich sag schon."

Blemska macht sich am Herd bei den zischenden Töpfen zu schaffen. Später füttert er die Frau ab. Auch Lope muß ein paar Kartoffeln mit Leinöl essen. Blemska spießt die Kartoffeln auf das Messer und kommt ins Erzählen. Er spottet über die Dummheit seiner Kumpels auf der Grube.

„Du darfst nur ein Wort, das so einen Blutsauger blaß machen würde, ausspucken; da heben sie es brühwarm auf und schieben es dem Alten unter die Weste. Es ist zum Verzweifeln mit diesen elenden Gottverdreckern. Sie schielen alle zum Thron. Das macht, weil sie noch nie Not kannten. Zu Hause melken sie die fette Kuh und sitzen warm auf ihren fünf, sechs Morgen. Sie gehn ja nur in den Schacht, um sich ihr Taschengeld zu verdienen."

„Zappel-Schulze hat jetzt ein Pferd", bemerkt Lope.

„Ein Pferd? – Da kannst du sehen, der Krüppelmusiker. Hahaaa, ist er nicht im Ortsverein? – Ja, freilich, er ist auch im Ortsverein. Daß ich nicht lache! Wie wird er die Rechte der Arbeiter wahrnehmen? Stell dir so etwas bei der Revolution vor! Er reitet mit seinem Pferd zum Aufstand und treibt seine Kuh vor sich her."

„Revolution machen sie, wenn der Kaiser weg muß, denk ich", sagt Lope und schaut Blemska forschend von der Seite an.

„Ist er weg?" Blemska springt auf. „Ja, er ist weg, das Männchen, die Vogelscheuche. Aber die Klasse, die sie auf den Kirschbaum hängte, diese Scheuche ... Es ist alles Schwindel ... es geht immer um die Klasse, mußt du wissen."

„Das steht wohl in deinen Büchern?" fragt Lope und klopft auf die Kommode, in der er Blemskas Bücher weiß.

„Bücher, ja, auch ... aber das Leben ... es steht alles gründlicher drin als in den Büchern."

„Du gibst sie wohl niemand?" fragt Lope vorsichtig weiter.

„Ich kann ... ja, damit eure Mathilde sie zerreißt und Kaffee mit ihnen kocht? Nein! Du wirst es wohl gewahr werden, daß es Klassen sind."

Winter. –

Die Gutshoftage werden von Dreschmaschinen durchsummt. Schnee, Schnee. Wirbelnde grauweiße Wände zwischen Häusern und Menschen. Jetzt lernt Trude die „Siebente Bitte" und „Befiehl du deine Wege". Lope ist Einleger auf der Dreschmaschine. Trude zerschneidet die Bänder der Garben und reicht sie ihm zu. Ihre Lippen bewegen sich.

„Was sagst du?" fragt Lope. Er schreit es, denn die Maschine brummt und die Körner klappern und zischen.

„Dem Herren mußt du trauen, wenn's dir soll wohlergehn ...", schreit Trude zurück.

„Ach so, für den Pastor!"

Und die Sonntage sind düster. Der Himmel hängt hinter einem Vorhang. Manchmal kann Lope den Besendraht in der Ofenecke kaum noch sehen. Auch im Stall, auf der Futterkiste, kann er nicht lange sitzen und lesen. Die Kälte klettert wie eine große Schnecke an den Füßen hoch. Dann geht er eine Weile zu Ferdinand oder zu Blemska.

So gehen die Sonntage herum. Blemska sagt: „Einer allein kann nichts machen, und wenn sein Kopf so voll ist wie der Bücherschrank auf dem Schloß. Die Dummheit hat einen größeren Hohlraum."

Ferdinand sagt: „Es ist, wie soll ich dir das erklären ... es ist gewissermaßen so, daß der Mensch erst etwas für sich werden muß ... das heißt, er muß sich selbst befreien ... er kann nicht auf die anderen warten ... es kommt von nirgends her."

„Sind Sie frei, Herr Sekretär?" fragt Lope.

„Das heißt gewissermaßen ... es ist nicht nötig, daß der Körper ... daß man hingehen kann, wo es einem beliebt ..." Er schlägt sich mit der blassen Hand vor die Stirn ... „Aber hier, die Gedanken, ich meine ... sie überwinden jede körperliche Unfreiheit ... wie soll ich sagen ... ich weiß nicht, ob du das verstehst."

Nein, Lope versteht nichts. Seine Gedanken gehen wie durch einen Wald mit dichtem Unterholz. Es hakt und hemmt und nimmt kein Ende. Nirgendwo ein Weg.

Zu Hause in der Küche ist es dumpf. Geruch von erwärmter Wäsche. Die Mutter schiebt ein glühendes Eisen in die Plätte. Vater schnarcht in der Kammer. Elisabeth fädelt Eicheln für eine Halskette. Trude sitzt am Tisch und schluchzt: „Alle haben sie Konfirmationskleider, bloß ich ... huuuuu."

„An weiter hast du Balg nichts zu denken", fährt die Mutter auf.

„Ich soll wohl in lauter Lappen in die Kirche gehen ..."

„Überhaupt nicht eingesegnet wirst du, damit du es weißt!"

„Stille seid ihr", brummt der Vater aus der Kammer, „Ooodnung und Saubakeit ..."

„Was hast du Saufaus hier dreinzureden?" Die Mutter knallt die Kammertür zu.

Stille.

Körniger Neuschnee kratzt an den Scheiben.

Dann kommt wieder ein Frühling. Es stürmt aus den Wäldern heraus. Das weiße Wintertuch zerbröckelt. Die Erde dehnt sich und scheint das weiße Tuch zu zerfetzen. Sie saugt und frißt den Schnee in sich hinein. Sie treibt ihn hinauf in die Bäume. Da liegt er dann duftend zwischen den Zweigen als Blütenschnee. O ja, die Erde!

Aber der Mensch ist nicht zufrieden mit dem, was sie selbst tut, diese Erde. Er reizt und streichelt sie, drückt und klopft sie, wirft sie durcheinander. Er reißt ihr mit seinen Pflügen die Haut auf, bringt ihr Wunden und Risse bei und setzt seine Pflanzen hinein.

Auch Lope zieht mit seinen Ochsen tiefe Kratzwunden in die Haut der Erde. Die Ochsen schnauben und die Joche knarren. Es gibt keine Reihe von freien Tagen mehr, die man Ferien nennt. Lope ist wohl wirklich schon erwachsen. Er hat seinen Ochsen Namen gegeben. Bei ihm heißen sie nicht Luder oder Aas. Er hat ihnen Namen aus seinen Büchern gegeben. Sie heißen „Wamba“ und „Watussi“.

„So heißt kein Mensch und kein Ochse in der Welt“, mekkert Trude.

Aber Lope sagt: „Du bist dumm und hast in deinem Leben weiter nichts gelesen als fromme Lieder.“

Nein, Lopes Ochsen sind klüger als manche Menschen. Sie kennen den Vogt, und sie kennen den Inspektor. Sie sehen diese Obertreiber oft früher als Lope herankommen. Sie wissen auch, wenn Lope auf dem unkräutigen Beet seiner Gedanken spaziert, und sie machen es sich gemütlich. Aber wenn ihr Kutscher wieder in die nasse Hose des Alltags fährt, saust die Peitsche pfeifend nach vorn. Wamba und Watussi nehmen mit Schwanzwedeln und schnelleren Schritten Kenntnis davon, daß ihr Kutscher wieder ein Kutscher ist.

Gutshof und Dorf sind zu neuem Leben erwacht. Die Menschen gehen hin und her. Jeder hat etwas zu tun. Für die Menschen ist der Frühling wie eine Peitsche. Karline Wempel schwankt mit beladener Karre den Weg herunter. Auch sie ist noch nicht tot. Sieh da! – Vogt Bremme, dieses Wurzelmännchen, schlurft über die Felder, kratzt hier einmal und dort einmal, und seine Stimme klirrt wie eine geplatzte Uhrfeder.

Und da ist Kaufmann Knorpel, dieser kleine, graubärtige Mann mit den hurtig rollenden Augäpfeln unter der zerfurchten Sorgenstirn. Er geht nicht, er huscht. Er dienert und schwatzt, tut wohltätig und kratzt und bleibt doch ein Fremder im Dorf. Es gibt Leute, die sagen, er sei reich. Er habe eine ganze Stube für sein Geld nötig. Es gibt andere Leute, die sagen, er sei arm wie die Maus im Winter und sei froh, daß er das Geschäft der Krämerin Krampe habe billig kaufen können.

Gustav Pink, der Vorsitzende des sozialdemokratischen Ortsvereins, ist einer von denen, die Kaufmann Knorpel nicht schmecken können. „Ich kratze wohl meine Groschen in der Grube zusammen und schaff sie ihm hin, damit er im Stehkragen stolzieren kann, was?“ sagt Gustav Pink. Er kauft seine Siebensachen im Grubenkonsum. Aber manchmal wird doch der Malzkaffee, werden die Stecknadeln vergessen, dann stöhnt Frau Pink über den weiten Weg bis zur Grube. Man latscht ja nur die Holzpantoffel ab. Sie kauft solche Sachen dann doch bei Knorpel. Knorpel schlägt bei Laufkunden immer einen oder zwei Pfennig auf.

Gustav Pink weiß nicht, daß seine Frau manchmal bei Knorpel kauft. „Der hergelaufene Halsabschneider ... von mir ... nicht einen Pfennig“, prahlt er. – Jaja, der Herr Knorpel. Er hält übrigens nichts vom Kriegerverein. „Der reinste Kinderklub“, sagt er, „Papierhelm und Holzflinte.“

„Das ist, weil dieses Kaufmännchen nie nicht im Kriege war“, sagt Tuba-Schutzka, denn er ist der Vorsitzende des Kriegervereins. „Weil er überhaupt kein Soldat nicht war, wurmt ihn das. Weiter ist nichts. Das Männichen, das!“

Trotzdem kauft Frau Tuba-Schutzka bei Knorpel Salzhering, Marmelade und was im Haushalt benötigt wird.

Knorpel ist jeden Sonntag, den Gott durch seine Glocken in die Hirne der Gläubigen hämmern läßt, in der Kirche zu finden. Seine Frau will es. Er sitzt, um ihr zu Gefallen zu sein, dort seine Zeit ab. Man sagt, er nähme nie sein Gesangbuch mit; es sei sein Kontobuch, das er unter dem Arm trage, und während der Kirche rechne er darin.

Knorpel ist nicht Mitglied des sozialdemokratischen Ortsvereins, weil Gustav Pink, der dort Vorsitzender ist, nicht bei ihm einkauft und den Konsum unterstützt. Knorpel ist aber

Mitglied im Radfahrerverein „Solidarität". „Das ist ebenfalls ein rroter Klub", sagt Inspektor Konrad.

Die Vorstandsmitglieder des Radfahrervereins zerbrachen sich den Kopf, als sie Knorpel aufnehmen sollten: es stellte sich heraus, daß er weder ein Fahrrad besaß noch radfahren konnte. Es kam einer auf den Gedanken, daß zahlende Mitglieder sehr erwünscht seien, und Knorpel wurde aufgenommen.

Knorpel erhielt beim nächsten Stiftungsfest eine Extratour als neues Mitglied und spendierte dafür ein Tönnchen Bier für die Mitglieder. „Hättest du nicht Malzbier spendieren können?" fragt seine gelbhäutige Frau, „ich kann keinen Schluck von diesem bitteren Zeug hinunterkriegen." Da kauft Knorpel noch ein Glas Malzbier für seine Frau extra.

„Borgen tun wir morgen", ist auf dem Schild in Knorpels Laden zu lesen. Knorpel borgt wirklich niemand etwas, ganz gleich; wenn es die Krämerin Krampe gemacht hat, so war es ihre Sache.

„Meine Lieferanten warten auch nicht mit dem Geld", sagt Knorpel. Er zahlt prompt beim Eintreffen der Rechnungen und erhält auf diese Weise von den Lieferanten zwei Prozent Skonto. Soll er diese Möglichkeit vielleicht der lottrigen Gutsarbeiter wegen versäumen?

Von dem Bier, das Knorpel für den Radfahrerverein „Solidarität" stiftete, trank auch Gustav Pink. Es war nicht zu verhindern. Gustav Pink ist nicht nur Vorsitzender des sozialdemokratischen Ortsvereins, sondern auch Kassierer des Arbeiter-Radfahrervereins „Solidarität".

„Kann er mein Bier saufen, kann er auch bei mir kaufen", sagte Knorpel beleidigt. „Im Konsum wird ja auch nicht angeschrieben. Es braucht jeder seine Groschen."

Zappel-Schulze ist aus dem sozialdemokratischen Ortsverein ausgetreten, weil er nicht Tambour bei der Knüppelmusik wurde.

„Er ist wie zum Tambour geboren, ist er", hat Grimka geschmeichelt, weil ihm Zappel-Schulze für jede Pfeif- und Trommelstunde einen Fünfziger obendrein gab.

„Warum willst du austreten?“ fragt man Zappel-Schulze in der Versammlung, als er sein Mitgliedsbuch auf den Tisch legt.

„Weil ... das ist ... man kann nicht mit dem Sozialismus gleich die ganze Welt verbessern. Es ist Quatsch. Man muß ... in seinem eigenen Hause anfangen. Das ist Deutschland, unser Haus. Wenn wir das Haus rein haben ... die anderen können es ja dann von uns lernen, wo wir immer eine kulturliche Nation gewesen sind ... der Mist ... äh ... der Dünger der ganzen Welt sozusagen ...“

Kopfschütteln, Murmeln.

„Er hält es schon mit den Windjackenkerlen“, läßt sich eine Stimme aus der Versammlung vernehmen.

„Macht ihn zum Tambour, und er bleibt“, ruft ein anderes Mitglied. Aber Zappel-Schulze hebt sein Buch noch einmal vom Tisch und knallt es nieder.

„Und ich gehe.“

Und Bäcker Bähr? – Bähr ist Mitglied des sozialdemokratischen Ortsvereins, des Radfahrervereins „Solidarität“, des Kriegervereins, des Kegelklubs und des Rauchervereins. Man kann auf keiner Seite etwas gegen ihn sagen.

„Ach, wissen Sie, die vielen Vereinsbeiträge! Es ist die reine Plage“, seufzt Frau Bähr manchmal im Laden. „Aber man muß ja, wenn man sich die Kundschaft halten will.“

Bäcker Bähr ist gegen den Gutsherrn, weil der sich seine Brötchen aus der Stadt kommen läßt. Er schimpft auch auf die Großkaufleute und Warenhäuser, weil sie mit ihren niedrigen Preisen den kleinen Handwerker in die Erde bringen. Manchmal, wenn Bäcker Bähr einen unter der Mütze hat, umarmt er Gustav Pink und schmeißt eine Lage.

„Das mußt du doch bald wissen“, sagt er zu Gustav, „mußt du wissen: immer auf der Seite von den kleinen Leuten stehe ich, habe ich gestanden. Bei mir wird geborgt, wenn einer nicht gleich mit dem Daumen wackeln kann, Gott sei Dank! Nnnein, ich mache es nicht ... nein, niemals wie gewisse Leute. – Aber der Komsun! – Warum, frage ich dich, habt ihr den Komsun in euer Programm mit aufgenommen?“

Was soll Gustav Pink dazu sagen? Er stottert etwas von Weltanschauung.

„Du hast niemals nicht die ganze Welt angeschaut – kannst du nicht“, meint Bäcker Bähr. „Das ist, du hast es irgendwo gelesen, aber es braucht nicht zu sein mit dem Komsun.“

Es kommt ein Mitglied des Kriegervereins und will mit Bäkker Bähr anstoßen. „Prost, Kamerad.“

„Prooost, Kamerad, Prost! Ja, das waren noch Zeiten, wo ... wenn wir bei den 52ern gedient haben. Proost, Kamerad! Es leben die alten 52er! Sie sollen leben!“

Da ist der alte Müller, der Vater von Herrn Gutssekretär Ferdinand, er kriecht so krumm über die Erde, daß seine Hände fast den Boden berühren, wie ein weißhaariger Affe sieht er aus. Er hält nichts von Vereinen.

„Es wird da doch bloß gequatscht“, sagt er. „Die Leute sollen lieber arbeiten, dann brauchen sie keine Vereine.“ Er borgt nicht, trinkt nicht und raucht Tabak, den er sich im Gärtchen unter der Mühle selbst zieht. Das alte, strohgedeckte Windmüllerhaus fällt fast zusammen.

„Der Müller vergräbt sein Geld in einem Mehlscheffel am Mühlenbock“, sagt man im Dorf.

„Nein, er ist arm, weil sein Sohn, der Ferdinand, viel Geld gekostet hat, als er in die Stadtschule ging. Der alte Müller kann sich von den Ausgaben nicht erholen“, sagen andere.

Die Feindschaft mit Kirche und Pfarrer hält der Müller durch.

„Lieber hole ich die Hebeamme, wenn ich sterbe, als diesen schwarzen Kuttenaugust ... Er säuft sowieso und ist selber sündig wie die Pest“, sagt der alte Müller.

Er ist der Wettermacher im Dorfe. „Er kennt die Wolken und die Sterne besser als der liebe Gott“, sagt man. Wer im Dorf was Wichtiges vorhat, wozu er gutes Wetter benötigt, geht erst zum alten Müller und erkundigt sich.

„Heute hat's bei mir im Ohr getrillert“, gibt der alte Müller Auskunft, „in drei Tagen kannst du mit Regen rechnen.“ Es stimmt nicht, was der alte Müller über das Wetter sagt. Auf diese Weise ist er eine große Hilfe für das Dorf.

Ja, und der Herr Pastor? – „Du sollst nicht töten!“ mahnt seine Stimme die Gläubigen von der Kanzel, aber er ist auch Mitglied des Kriegervereins. Manchmal, wenn er drei oder vier Gläschen „Schnabus“, wie er ihn nennt, getrunken hat, erzählt er mit Begeisterung von seinen Erlebnissen als Feldgeistlicher.

„So ein Glück manchmal“, sagt er und erzählt die Geschichte von seinem Panjekutscher, den eine Granate mitsamt den Panjepferden vor seinen Augen zerriß. „Und ich blieb heil“, sagt er, „Gottes Wege sind wunderbar.“

Er läßt die Sterbenden noch einmal von dem irdischen Wein kosten, den die Konfirmanden in der Sakristei verdünnt haben, und schiebt ihnen sogar die magere Oblate zwischen die knirschenden Zähne. Wer den Pfarrer in der Sterbestunde ablehnt, hat es sich selbst zuzuschreiben, wenn ihm nur ein paar verbissene Worte am Grabe in die Ewigkeit nachgerufen werden. Der Herr Pastor weiß fein zwischen reellen und unreellen Leichen zu unterscheiden.

Dafür ist aber der Lehrer Mitglied des sozialdemokratischen Ortsvereins und vergißt niemals zu erwähnen, daß das Militär abgeschafft werden müsse. Er spielt in der Kirche die Orgel.

Mit den Kindern betet er morgens, wenn sie kommen, und mittags, wenn sie nach Hause gehen. Das ist, weil die Religion Respekt und Ehrfurcht vor dem Höheren nicht verkümmern läßt. Religion ist ein gutes Erziehungsmittel, eine gute Stütze für einen Lehrer. In der Turnstunde kommandiert der Lehrer „Richt euch!“ und „Stillgestandn, Augeeen geradee aus! – Iiin Grrruppen rechts schwenkt, maaarsch!“

Manchmal läßt der Lehrer die Jungen im Walde mit Kiefernknüppeln Gewehrgriffe üben. Es ist bloß, damit sie Bescheid wissen, wie es gemacht wird. Außerdem freut sich der Schulrat und sagt bedeutungsvoll: „Jajaaa!“ Der Lehrer ist zu vielerlei Dingen zu brauchen. In den meisten Vereinen ist er Schriftführer. Selbst Tuba-Schutzka, der Vorstand vom Kriegerverein, kommt zu ihm und fragt an, ob die und die Eingabe richtig abgefaßt sei. Der Lehrer macht alles, was verlangt wird. Nicht nur, daß er während des Gottesdienstes orgelt. Er dirigiert auch den Schulchor bei Begräbnissen verdienter Personen. Er läßt ihn am Todestage der Kaiserin singen und macht dem Vaterländischen Frauenverein dann und wann eine Freude. Er muß zu Hauslehrer Matthießen „Herr Kollege" sagen, obwohl er ihn nicht anerkennt und sich gegen seinen Privatunterricht ausspricht. Er muß in der Kirche das Evangelium lesen, wenn der Pfarrer in Urlaub geht, und den Männergesangverein oder den gemischten Chor vor dem Schlosse ein Ständchen singen lassen, wenn der gnädige Herr Geburtstag hat. Wie kann er sich davon ausschließen? Wenn sogar Gustav Pink, der Vorsitzende des sozialdemokratischen Ortsvereins, an solchen Tagen mitsingt?

Tischler Tannig aber hält das alles für eitel Tand. Die Menschen werden nach seiner Meinung nicht gescheit. Weltlicher Kram, bitte! Tischler Tannig ist ein Heiliger der letzten Tage. Er fühlt ganz deutlich das Ende der Welt kommen und bereitet sich darauf vor. Für ihn gibt es nur einen Feind im Dorfe, das ist der Pastor, weil er das Evangelium falsch auslegt und die armen Menschen irreführt. Von der Offenbarung Johannis ganz zu schweigen.

„Man sieht es ja, wie die Welt nach und nach untergeht", meint er. „Immer nur Särge und Särge, bitte!" Und er legt Hobelspäne oder Heu unter die steifen, kalten Rücken der Leichen, je nachdem ihre Angehörigen zahlen. Es wird ja ohnehin in der heißen Glut des Jüngsten Gerichts alles verbrannt.

Frau Pimpel, die Bezirkshebamme, ist anderer Ansicht. – „Was soll mit all den Menschen werden, wenn das so weitergeht? Es kräht an allen Ecken und überall, wo ich hinkomme. Sie werden sich zuletzt gegenseitig auffressen."

„Na, denn muß man eben Krieg machen, da gehen sie schon wieder drauf." Das ist die Meinung von Flötenheinrich. Er hat vier Kinder von verschiedenen Dienstmädchen, weil er doch überall Musik machen muß.

Und über all den irrenden Menschlein schwebt Gott in seiner Erhabenheit.

Sie werden es schon richtig machen, denkt Gott und läßt durch den Mund des Propheten bekanntgeben: „Du sollst deinen Nachbarn so lieben, als ob du in seiner Haut stecktest!"

Und an anderer Stelle läßt er den Propheten sagen: „Seid untertan der Obrigkeit." Nicht nur dem guten Herrn, sondern auch dem verrückten Herrn, oder so ähnlich. Alle Obrigkeit ist von Gott gesandt. Das sind ja nun wirklich ganz verschiedene Standpunkte, die Gott einnimmt. In „Seinem Wort", das manche Leute in Schweinsleder eingebunden haben, um zu zeigen, daß sie es nicht als Schuhleder verwenden müssen, steht ja alles geschrieben. Was wollt ihr? Im ersten Teile keilen sich die Juden mächtig herum, erschlagen und erstechen sich und machen wer weiß was mit ihren Feinden. Und im zweiten Teil wird mächtig geliebt, und die Wangen werden geradezu für Ohrfeigen hingehalten. Na ja, Gott will es also mit niemand auf der Erde verderben. Das ist ganz klug und richtig von Gott gedacht. Er braucht den Glauben der Menschen ja geradezu wie Lope die Schrotsuppe.

Ja, mit Gott hat es Gustav Pink, der Vorsitzende des Ortsvereins, auch nicht gerade leicht. Gott gibt jedem Menschen geistig zu beißen. Bitte, wie könnte er sonst Gott sein? Gustav Pink geht an großen Feiertagen in die Kirche, weil das so üblich ist. Er versäumt niemals, am Gründonnerstag am Abendmahl teilzunehmen, weil das außer Schäfer Malten, Mathilde Kleinermann und dem roten Blemska alle im Ort tun. Auch Herr Gutssekretär Ferdinand verträumt den Termin manchmal. Gustav Pink ist eben ein Mensch, wie er sein muß, und er wird von jedermann im Dorfe geachtet, weil er Vorstand ist. Er ist ein guter Schütze: er holte beim öffentlichen Wettschießen des Kriegervereins sogar den König und erhielt einen Eichenkranz mit schwarzweißroter Schleife.

„Jaja, da kann man sehen, wer noch schießen kann", sagen die Mitglieder des Ortsvereins und lassen ihren Vorsitzenden hochleben.

Diener Leopold war Mitglied des Radfahrervereins „Solidarität", bis es der gnädige Herr erfuhr. Seitdem darf er nur noch Doppelkopf mit Gustav Pink spielen, weil der gnädige Herr gegen Gustav Pink als Person nichts einzuwenden hat.

„Und so etwas hält mir nun jeden Morgen die Hose hin", sagte der gnädige Herr zu Inspektor Konrad, als er es erfuhr, daß Leopold Mitglied des roten Radfahrervereins sei. „Denken Sie, Konrad, der erste Mensch, der mich morgens begrüßt, ist ein roter Radfahrer."

Da schämte sich Leopold und kündigte seine Mitgliedschaft.

Über solche Dinge macht sich Barbier Bulke die wenigsten Gedanken. Er tut alles für alle. Er rasiert, barbiert, musiziert, sucht mit einem Fernrohr, das er Mikroskop nennt, nach Maden oder Trichinen im Fleisch der abgebrühten Schweine. Er bringt die Post in die Häuser, wäscht die Leichen und macht an Sonn- und Feiertagen Wind für die Orgel. Er braucht in keinem Verein Mitglied zu sein, weil er sowieso auf ihren Stiftungsfesten und Fahnenweihen Musik machen hilft. Er hat vier Morgen Land, zwei Ziegen und ein Schwein. Mit der einen Ziege, die ein Bock ist, sorgt er für die Nachkommenschaft aller „Bergmannskühe" in der Umgebung. Fünfundsiebzig Pfennig jeder Sprung, denn der Hafer für den Bock wird ihm auch nicht geschenkt. Barbier Bulke bügelt und bessert außerdem Männeranzüge aus. Für die Konfirmanden, wo es nicht so genau darauf ankommt, näht er sie sogar. Außerdem kann er aufgeblähte Kaninchen mit Gartenerde und Salmiakgeist kurieren. Und wenn sie doch krepieren, dann war es schon zu weit mit ihnen.

Derweil holt Gendarm Gumprich die Spitzbuben und Verbrecher ab und läßt sie ins Spritzenhaus oder in der Stadt einsperren. Bei ihm geht alles nach dem Gesetzbuch und nach der Pflicht. So ein Mann ist der Gendarm Gumprich. Wenn er will, braucht er nicht jeden Bettelmann zu sehen. Aber damit ist nicht gesagt, daß er ihn grundsätzlich nicht gesehen hat.

Von Hauslehrer Matthießen sagt Herr Gutssekretär Ferdinand, er sei konservativ. Aber das sagt Herr Sekretär wohl bloß, weil Herr Matthießen mit Fräulein Kriemhild durch den Park spaziert, um ihr die Spezies gewisser Blumen auseinanderzusetzen. Hauslehrer Matthießen sitzt jetzt nicht mehr mit den Herrschaftssöhnen in der Stadt. Sie haben wohl allmählich gelernt, ohne ihn auszukommen. Dafür schreibt Matthießen im Auftrage des gnädigen Herrn eine Abhandlung über den Kulturanteil der Gutsbesitzer in ländlichen Gemeinden. Hauslehrer Matthießen hat eine Seele wie ein weißes Löschblatt. Wenn der gnädige Herr aber von einer dunklen Rose behauptet, sie schimmere fast grünlich, so findet es Hauslehrer Matthießen nicht für ausgeschlossen, daß man sie auch grünlich finden kann.

Und da sind all die anderen, wie Gastwirt Tüdel, Fleischer Franzke, der Puppenspieler Grimka, ach, so viele. Sie sind keine Kämpfer und keine Dulder und leben alle. Sie sind wie die Läuse der Erde und suchen sich die Stellen zum Saugen, wo sie nicht abgekratzt werden können. Dazu kommen die vielen Frauen. Da ist die Mutter. Blemska hat Lope gesagt, sie sei fast eine Anarchistin. Was sollte er dazu sagen? – Was soll dann Stina, das Stubenmädchen, sein? Nachdem die Säbelwunde ausgeheilt war, ging es eine ganze Zeit gut mit Stina. Aber eines Tages wurde sie wieder krank und ging zu Malten auf die Schäferei, um sich kurieren zu lassen. Es handelte sich diesmal um eine Schwellung der Leibpartie. Das hat Frau Wenskat beim Rübenziehen gesagt. Schäfer Malten hatte gerade seine Studierzeit und keine Lust, Stina zu kurieren. Schäfer Malten erkennt jede Krankheit. Er braucht nicht einmal richtig hinzuschauen.

„Geh zum Arzt!“ rief Malten aus seiner Bettbutze. „Laß ihn doch bezahlen, den alten Rittmeister.“ Stina jammerte und preßte sich den Leib mit beiden Händen. Malten aber blieb hart, wie damals bei Wilhelm Wempel. Sollte Stina etwa sterben? Es sah bald so aus, denn ihr Leib schwoll noch mehr an. Die Gutsweiber erzählten beim Kartoffelhacken, es sei ein Kind und keine Krankheit. Und es war auch eines. Stina bekam es an einem Abend bei ihrer Freundin Grete Pink, weil sie mit dem dicken Leib nicht nach Hause ins Nachbardorf kommen konnte. Gustav Pink hatte nichts dagegen, daß Stina ein Kind in seinem Hause bekam.

„Es ist eine soziale Forderung“, sagte er im Ortsverein, „und wir müssen gegen die Rückständigkeit gewisser Kreise Front machen.“

Sie machten aber keine Front, Stina konnte doch nicht mit dem Kind auf dem Arm die Zimmer der Herrschaft putzen. Außerdem hielt die gnädige Frau nichts von kleinen Kindern. Sie hatte nicht einmal ihre eigenen Kinder gestillt, sondern ließ sie von einer sorbischen Amme aufziehen.

Stina blieb also bei Gustav Pink wohnen, und er hatte nichts dagegen, sondern richtete ihr eine Stube ein. Stina arbeitete nicht mehr und verhungerte doch nicht. Dafür sorgte Gustav Pink. Das muß man ihm lassen. „Wer das Vergnügen gehabt hat, soll auch dafür bezahlen“, sagte er und begann Stina streng, wie seine eigene Tochter, zu bewachen. Der gnädige Herr hatte also jetzt eine kleine Tochter bei Gustav Pink wohnen. Es störte ihn kaum. Im Gegenteil, er ließ Stina, die mit dem neuen Kinderwagen vor der Schloßküche vorfuhr, um ihre Freundinnen, die Küchenmädchen, zu besuchen, von Inspektor Konrad vom Gutshofe weisen. Da weinte Stina, machte eine kleine Faust und drohte zum Schlosse hin. Weiter geschah nichts.

„Du wirst es noch gewahr werden ... es geht immer um die Klasse“, hat Blemska Lope gesagt. Aber Lope hat festgestellt, daß alles im Dorfe durcheinandergeht ... keine Klasse ... es ist ein großer Fitz, und er ist unglücklich, daß er so dumm ist. Er muß wohl noch viel lesen. Und er liest, fährt mit den Ochsen, bindet Besen und liest weiter, was ihm in die Hände kommt. Aber auch in den Büchern geht alles durcheinander. Lope fühlt sich krank. Er muß wohl mal zu Malten gehen und fragen, was mit ihm los ist.

Ein paar Tage zögert er, weil er nicht weiß, wie ihm Schäfer Malten gesonnen ist. Aber dann geht er an einem Sonntag doch zu Malten. Der Schäfer lacht dröhnend, es rasselt wie von Eiszapfen in seiner Stimme.

„Hoahoahoaaa, beim dreckgeschuppten Drachen! – Die Arbeiter eine Macht? – Hoahoahoaaa. Das hat dir einer erzählt, der sich die Hosen mit Messer und Gabel anzieht. Der Arbeiter ... hoahoahoaaa – die dümmste Kreatur auf der verlogenen Erde ... das stänkrige Dreckschmeißervolk? Beim kantigen Kaktus ... da sag mir ... na, das wäre ... einer sitzt in der Pfütze und schmuddelt darin herum; der andere will vorübergehen, aber er wird mit hineingezogen. Die Proleten rennen hintereinander her wie die Hühner, wenn eines einen Regenwurm erwischt. Geh mir doch los mit den Dreckfressern! – Der Reiche steht schmunzelnd an der Ecke ... hähäää ... wartet, bis sich Sozialdemokraten, Anarchisten und Syndikalisten, Christlichsoziale und all die frommen Sekten ... hahaaaa ... Sekten, die organisierte Dummheit ... ja, bis sie sich vor lauter Dummheit untereinander bei den Köpfen kriegen. Steht der Reiche an der Ecke und hält den Sack auf, rennen sie husch, husch hinein ... blindlings ... der Goldarsch hat sie alle zusammen im Sacke und schlägt mit dem Knüppel drauf. So, aus ist es."

„Sie werden doch siegen, die Sozialisten, hat Blemska gesagt", erwidert Lope zaghaft und ist auf sich selber böse, weil er zu Malten gegangen ist.

„Tausend Jahre ... dann ... und es wird niemand mehr verstehen ... sie werden darüber lachen, daß wir so gelebt haben ... daß welche immer arbeiteten und andere immer faulenzten ... wie wir jetzt lachen über die Sklaven, die sich mit Ketten anbinden ließen wie die Hunde an ihre Buden, oder nicht? Wie ist das? Es ist alles so verrückt, und man wird ganz verdreht. Ich bin wohl krank. Was kann man dagegen machen?"

Malten setzt sich in seinen Birkenstuhl. „Beim blechernen Heiligenschein des Nepomuk! – Einmal habe ich dir das erzählt ... du weißt es wohl nicht mehr? ‚Retiebra' und ‚Red Echier' habe ich dir gesagt ... und wie er es gemacht hat, der Retiebra, habe ich dir auch gesagt ... Das macht, weil du damals noch so knirpsig warst, aber du brauchst das nur von hinten zu lesen ... Die Namen alle – hoahoahoaaa – da habe ich dich schön reingelegt, damals. Das kommt ... ich habe es mir damals selbst ausgedacht. – Siehst du, du krebsrote Kanaille."

Lope buchstabiert: „Retiebra – a-r-b-e-i-t-e-r, Larebü – ü-b-e-r-a-l-l ... ach so, das ist putzig ... du hast alles umgedreht."

„Hab ich so gemacht, beim gestreiften Zebra aus Nubien! Da kannst du sehen, wie er es machen muß, der Prolet. Er macht es nicht so ... sie sind wie ein Sack Fliegen ... sie wurden auf die Sonnenwiese geschüttet. Brrr, flogen sie auseinander, beheckten und beleckten sich ... da kann ... der Teufel soll sie einfangen."

„Ja, da kann er lange fangen", sagt Lope versonnen und schlägt mit einer Rute an die Teesäckchen am Stubenbalken. Es mülmt staubig.

„Warum sind sie so dumm, die Proleten? Hähähääå? Sie sind wie die Hühner, sie wollen pinkeln und können es nicht. Aber die Reichen reißen ... ja, sie reißen das goldgezähnte Maul auf, machen immer so, als ob sie recht haben. ‚Gleiches Recht für alle wollt ihr?' fragen sie den Arbeiter. Die Arbeiter brüllen ‚Jaaa'. ‚Jaaa' brüllen sie. ‚Wer hindert euch daran, so reich zu werden wie wir?' fragen die Reichen. ‚Warum heckt ihr so viele Kinder, daß sie euch die Tischbeine anfressen?' fragen die Reichen den Arbeiter. ‚Man muß nicht bloß immer fressen wollen wie ihr', sagen sie auch, und sie haben ihren Rockefeller in Amerika und sagen: ‚Seht, er verhungerte bald, so sparsam war er ... bitte, wenn man zu etwas kommen will, na ja.' Und die Arbeiter ... sie gucken sich an und sagen: ‚Sie haben nicht unrecht, die Reichen.' Und die Reichen sagen weiter: ‚Bitte', sagen sie, ‚bitte, es stehen euch alle Leitern frei, zu uns hinaufzuklettern. Ihr reißt euch ja gegenseitig von den Sprossen. Die Welt geht doch aufwärts, nicht abwärts', sagen sie. ‚Wie können wir zu euch hinunterkommen. Das könnt ihr doch nicht verlangen. Hähä, es wäre ja geradezu Sünde. Habt ihr denn nicht in der Schule gelernt, daß sich alles aufwärts entwickelt, zu Gott und zu seinem Thron?' sagen die Reichen."

Das war nun auch kein Mittel für Lopes Krankheit. Malten hatte also keinen Tee oder eine Salbe dafür. Woher sollte Schäfer Malten auch wissen, wie es in der Welt zugeht? Er kommt ja kaum zu den Menschen in das Dorf. Er schaut mit seinen großen grauen Augen von seinem Heidhügel herunter und lacht. Einmal im Jahr, um die Michaelizeit, wenn die Schafe geschoren sind, geht er in die Stadt. Er kommt mit einem Sack zurück. Der Sack ist angefüllt mit Büchern. Er kauft sie billig bei dem alten Trödler mit der langen, dünnen Nase in der Töpfergasse. Auf seinen Büchern sitzt Malten wie eine brütende Henne. Manche Bücher sind schon ganz schimmelig.

Aber das Jahr wird auch ohne Lope fertig.

Es nimmt keine Rücksicht darauf, ob sich jemand krank fühlt. Es läßt im März die molligen Weidenkätzchen wachsen und die Hühner in der Sonne hinter den Scheunen gackern. Der Ruch des sprießenden Grases vermischt sich mit dem langgezogenen Krähen der Hähne. Die ersten dicken Fliegen nesteln an der besonnten Hauswand mit den Hinterbeinen an ihren schillernden Flügeln. Die ersten Junghasen kugeln sich schon über den Acker, und die Vögel ersticken bald an ihrem Gesang.

Dann kommt Trudes Konfirmationstag. Vater geht morgens beizeiten zum Barbier und kommt torkelnd und singend wieder. So kann er nicht zum Tisch des Herrn gehen. Vielleicht nimmt es Gott der Herr gar nicht so genau. Aber der gnädige Herr würde ihn sicher aus der Kirche verweisen lassen. Trude beginnt zu heulen: „Huhuuu, jetzt kann ich allein dastehen wie eine Morchel im Mai. Immer muß er saufen. Nun habe ich das Konfirmationskleid . . . Warum habt ihr ihn nicht vom Saufen geholt?"

„Oodnung und Saubakeit . . ." Der Vater geht auf Trude zu und will ihr die schwarze Haarschleife zurechtzupfen. Trude stößt ihn von sich. „Komm nicht an mein Kleid."

Der Vater erhält Schwung. Er torkelt noch einmal hin und her und landet dann auf dem Fußboden. Einen Augenblick liegt er lang und wirbelt die Arme hilflos in die Höhe. Dann richtet er sich bis zum Sitzen auf. Elisabeth lacht und versteckt sich hinter der Mutter.

„Waaas?" krächzt der Vater. „Waaas, ihr wollt mir? . . .", er rollt dabei mit den Augen wie ein Frosch, wenn er auf Fliegen lauert.

Die Mutter packt ihn und reißt ihn mit einem Ruck in die Höhe. „Hast du denn keine Scham im Leibe, alter Spirituskocher, der du bist?"

„Waaas, ihr wollt euren öhrsamen Vater . . ."

„Stille bist du! Los in die Kammer!" Und die Mutter schiebt ihn und zieht ihn wie einen unförmigen Getreidesack durch die Kammertür.

„Waaas, du, wo du eine Brieftasche vom gnödigen Herrn seinen Sohn weggestohlen . . ."

„Still bist du, sonst knall ich dir wahrhaftigen Gotts noch eine drauf. Eine Schande! Besauft sich der Kerl, wo das Mädel Konfirmation hat!"

Der Vater gurgelt nur noch. Es wird still in der Kammer. Die Mutter kommt in die Küche zurück. Sie weint. Nach einer Weile sagt sie sanft zu Lope: „Geh du wenigstens mit in die Kirche, damit jemand auf Trude guckt."

Lope geht an Vaters Stelle in die Kirche. Er setzt sich nicht zu Klaus Tüdel und den anderen auf den Chor. Er hat keine Lust zum Kartenspielen. Er schaut auf die Menschen im Kirchenschiff. Trude hält den Nacken steif. Die Haarschleife sitzt wie ein schwarzer Schmetterling auf reifer Gerste. Einmal hat Vater Trude kahlgeschoren. Ein kahler Kopf, das müßte jetzt putzig bei der Konfirmation aussehen. Ein Seidenkleid und ein Krautkopf drauf.

Trudes Kleid ist aus einer Seidenrobe der gnädigen Frau gearbeitet. Sie trug sie damals zu der großen Hochzeit auf Schloß Ladenberg. Bei diesem unseligen Fest stellte sie fest, daß ihr Gemahl einer Sängerin vom Theater . . .

Sie war rothaarig, diese Sängerin, und hatte einen unbeschreiblichen Busen, diese Person. – Nein, die gnädige Frau wollte dieses Kleid nicht mehr. Es erinnerte sie nur daran. Paula, das neue Stubenmädchen, hatte das schwarze Seidenkleid um die Schneeschmelze bei Kleinermanns abgegeben.

„Hier, von der gnädigen Frau, für das Trudchen zur Einsegnung", hatte Paula gesagt.

Die Mutter war halb beleidigt. Es war wie Stiche von Stecknadeln, als sie sagte: „Sie wird doch nicht ihr Bestes gegeben haben?"

„Ah, was denken Sie, Frau Kleinermann!“ erwiderte Paula treuherzig.

Frieda Wenskat arbeitete das Kleid auf ihre Art um. Sie schnitt unten ein Stück ab, dann entfernte sie die Hornstäbchen aus dem Kragen und schnitt auch ihn ab. Frieda besäumte die Schnittstelle und zog den so entstandenen Halsausschnitt mit einer Tabaksbeutelnaht zusammen.

Das Kleid war für Trude oben zu weit. Frieda wußte sich zu helfen. Sie schnitt am unteren Rockrand ein Stück ab. Das ergab einen Gürtel. Das Kleid war noch lang genug für ein Ostermädchen. Trude steckte in einem schwarzen Sack. Der Gürtel schnürte den Sack in zwei Teile. Trudes Brust war in dem Kleid so bauschig und bogig wie die der verstorbenen Krämerin Krampe. Man kann nicht lange auf Trude schauen, sonst muß man lachen, findet Lope. Wenn man Maria Schneider anschaut, braucht man nicht zu lachen. Es fehlt ihr nur das weiße Schürzchen, dann sieht sie aus, wie das Stubenmädchen Stina aussah, wenn Gäste auf das Schloß kamen. Die Orgel ertönt, die grellen Pfeiftöne sind in der dunklen Watte der Bässe verpackt. Der Pfarrer schreitet gemessen aus der Sakristei. In der Konfirmandenstunde flitzt er von einer Bankreihe zur anderen. Karline Wempel beginnt mit dem Ärmel im Gesicht herumzuwischen. Draußen muß die Sonne scheinen. Die Beine des Erlösers am Altarfenster sind hellgelb. Um den vierzölligen Kreuznagel herum ist es pfingstrosenrot. Der gnädige Herr trommelt mit seinen spinnbeinigen Fingern nervös auf der Brüstung. Die gnädige Frau schaut unwillig auf Trude.

„Selig sind die, so zum Tisch des Herrn kommen dürfen“, schnarrt der Pfarrer. – Vielleicht hätte Lope doch zu den anderen auf den Chor steigen sollen. Eine Konfirmation dauert lange. In der Kirche steht die Zeit still wie Regenwasser in der Tonne. Es ist alles so wie damals, als Lope selbst konfirmiert wurde. Beim Abendmahl vertritt er bei Trude die Stelle der Eltern. Wieder nimmt er sich vor, aufzumerken, ob sich nach dem Schlucken von Oblate und Wein etwas in ihm verändert. Trude schnappt aufgeregt nach der Oblate. Sie verfehlt die Hand des Geistlichen. Die Oblate fällt der Knienden in den

Schoß. Sie rafft sie schnell mit beiden Händen und steckt sie sich selbst in den Mund. In der Konfirmandenstunde haben sie gelernt, daß der Leib des Erlösers entweiht sei, wenn er die Erde berührt. Trudes Leib ist nicht die Erde. Aber vielleicht ist das Kleid der gnädigen Frau voller Sünde. –

Trudes Gesicht begießt sich von innen mit Schamröte. Bei Lope klebt die Oblate am Gaumen. Auch mit dem Wein kann er sie nicht abspülen.

Nun hat er das Blut Christi zuerst im Magen, und der Leib kommt hinterher. Es knurrt in seinem Gedärm. Hoffentlich wird es nichts schaden, denkt er. Lope kann, soviel er will, auf sich und die anderen achten, es verändert sich nichts. Maria Schneider kommt mit ihrer Mutter vom Altar zur Bank. Er schaut sie fragend an. Maria schlägt die Augen nieder. Früher konnte sie ihn so lange anschauen, bis er wegschauen mußte.

Kein tolles Fest bei Kleinermanns. Es gibt Fleisch zum Mittag und grüne Klöße dazu. Am Nachmittag kommen Trudes Paten: Frau Leibkutscher Wenskat, Frau Vogt Bremme und Frau Blemska. Frau Blemska ist blaß, und das schwarze Kopftuch hängt wie auf einer Stange. Sie geht am Stock. Sie essen Zuckerkuchen aus Brotteig und reden viel. Mutters Gesicht ist gelb. Hinter den Ohren ist ihre Haut weiß, wenn sie das Kopftuch abbindet, so weiß wie bei einer Leiche. Sie muß sich jetzt oft mitten in der Arbeit setzen. Dann krümmt sie sich zusammen und preßt die Hand auf den Leib. Wenn sie wieder an die Arbeit geht, ist sie müde und gähnt.

Eine Woche später wird auf dem Schloß ein Fest gefeiert. Die Herrensöhne haben die Stadtschule beendet.

„Wie, beide zugleich?“

„Jawohl, beide zugleich.“

„Ist Herr Aribert nicht ein Jahr älter als Herr Dieter?“

„Nun, Herr Aribert ist immer mehr ein krankes Kind gewesen. Das weiß doch jeder Mensch“, sagt Diener Leopold. „Es war wie ein Wunder, daß er damals nicht in den Windeln blieb. – Und dann die graue Stadtschule.“

Schon am Vormittag hat sich die Gesellschaft vor dem Lusthaus im Park zusammengefunden. Die herrschaftliche

Familie und die weitgereisten Gäste. Hauslehrer Matthießen hat die Ehre, einige Kapitel aus seiner Abhandlung „Der Kulturanteil der Gutsbesitzer in ländlichen Gemeinden" vorzutragen. Es wird zaghaft geklatscht. Einige Gäste sagen nur „bravo". Hauslehrer Matthießen verneigt sich. Die Hände des gnädigen Fräuleins fallen beim Klatschen lautlos aufeinander wie weiße Spitzentücher. Eigentlich sollte das ihr Fest sein. Ihretwegen sind die Gäste aus der Stadt und von den anderen Gütern gekommen. Alles im Hause war für ihre Verlobung vorbereitet. Vor dem Bilde ihres künftigen Verlobten steht auf dem Nachttisch ein Strauß der dunkelsten Rosen. Das gnädige Fräulein hat sie selbst geschnitten.

„Der fremde, fernenumwehte Mann" – so nennt sie ihn in ihren Briefen – „hat sich der Macht des Balkans entrissen ..." „Und kehre ich in mein zerrüttetes Vaterland zurück, um mich staatserhaltenden Aufgaben zu widmen ...", stand in seinem letzten Brief. Seine Torheit habe sich ausgetobt. – Seit zwei Tagen wartet man im Schloß ungeduldig auf das Eintreffen des „Balkanbummlers". Der gnädige Herr bezeichnet ihn voll Jovialität so. Auch am Morgen des Verlobungstages traf der Balkanbummler nicht ein. Ein Glück, daß man Aribert und Dieter hatte, die ihr Einjähriges hinter sich gebracht haben.

Aber der verhedderte Schleier der Ungeduld liegt über der kleinen Gesellschaft. Die Blicke der Frauen wenden sich teilnahmsvoll Kriemhild zu. Sie lauscht in jeder Gesprächspause in die spärlichen Geräusche der Dorfstraße hinein. Einmal brummt ein Kraftwagen, doch es ist nur das Bierauto aus Ladenberg, das zu Tüdel fährt. In Fräulein Kriemhilds Gesicht blitzt es nervös. Gärtner Gunkel hat vor dem Lusthaus ein Feuerchen angezündet, davor stehen nun Hauslehrer Matthießen und seine ehemaligen Zöglinge. Die Blicke der Gesellschaft gleiten zu dieser Gruppe. Vom Gutshof kommt ein dumpfer Schlag herüber. Gleich darauf quiekt ein Schwein in Todesnot. Der Schrei geht in glucksendes Röcheln über.

Hauslehrer Matthießen hält mit züchtigen Worten eine kleine Ansprache. Es ist Hauslehrer Matthießen ein Bedürfnis, mit seiner Rede die ernstfröhliche Schülerzeit seiner einstigen Zöglinge mit dem Künftigen zu verknüpfen, o ja! Er wünscht, daß die beiden jungen Herren verläßliche Stützen des Staates werden mögen. Verläßliche Stützen mit weisem Ausblick dafür, was dem Vaterland not sei. Die Rede ist nicht so kurz, wie Hauslehrer Matthießen im voraus ankündigte. Vielleicht hat dieser klassisch beschlagene Mann einen anderen Maßstab für die Länge von Reden als der größte Teil der Gäste. Immerhin wischen sich zwei ältere Tanten des Hauses mit parfümierten Spitzentüchern Tränen der Rührung aus den Augenhöhlen. Die gnädige Frau hält besänftigend die Hand des gnädigen Fräuleins. Aus dem Feuerhäufchen stiebt ein Funkenregen. Die jungen Leute haben ihre Schülermützen in die Flammen geworfen. Hauslehrer Matthießen ruft mit gar nicht mehr feierlicher Stimme: „Hurra!" Sein graues Spitzbärtchen wackelt in der starren Eislandschaft seines Gesichts. Aus dem Innern des Lusthauses krächzt ein Grammophon. Diener Leopold hat es beim Stichwort „Hurra!" in Bewegung gesetzt ... „Nie kehrst du wieder, goldne Zeit ...", beginnt Hauslehrer Matthießen mit brüchiger Stimme zu singen. Auch Aribert und Dieter stimmen ein, nachdem sie sich zuvor, über Matthießen belustigt, anstießen. „... vergebens spähe ich umher ...", fällt auch der Baß des gnädigen Herrn ein. „... der Schläger ward des Rostes Raub ...", wimmern mit erinnerungsseligen Augen die beiden Tanten. Lope hat alles von seinem Versteck an der Parkbank gesehen. Er kann nicht verstehen, weshalb man so gute Mützen in das Feuer wirft. Hatten Aribert und Dieter sich etwa Läuse in der Schule aufgelesen?

Das Grammophon schnarrt weiter. Aber die Herrschaften ziehen sich langsam zurück. Sie gehen in kleinen Gruppen dem Schlosse zu.

Später sind Aribert und Dieter zum ersten Male mit väterlicher Erlaubnis betrunken.

Bei anbrechender Dunkelheit lärmen sie auf ihren Zimmern. Noch später feuern sie mit einer Pistole aus dem Fenster. Die Schüsse reißen kleine feurige Löcher in die Parkfinsternis. Aribert hängt zum Fenster heraus und ruft: „Deutschland erwache!" Im Zimmer zerbricht klirrend Glas.

„Du Elefant im Porzellanladen“, lallt Dieter. Die Lichter in den Zimmern der jungen Herren brennen die ganze Nacht hindurch. Erst gegen Morgen wird es stiller im Schloß.

Um die fünfte Morgenstunde betritt ein langer, hagerer Mann den Gutshof. Er trägt einen kleinen Koffer und geht zögernd dem Schlosse zu. Am Portal stellt er sein Köfferchen ab. Dann geht er witternd wie ein Windhund um den kantigen Schloßbau. Er flucht sich leise durch gestrüppverwachsene Winkel und bleibt schließlich vor den erleuchteten Zimmerfenstern der jungen Herren stehen. Er hat diese leuchtenden Fensteraugen schon gesehen, als er am Dorfrande aus dem Wald trat. Eine Weile steht er, als ob er sich in dem quadratischen Lichtfleck, der in den Park fällt, sonnen wollte.

In den grauen Straßenanzug, den der Fremde trägt, würden zwei Männer seiner Statur hineinpassen. Auf den breiten, wattierten Schultern des Rockes steht ein dünner Hals. Er trägt einen runden, kleinen Kopf. Darauf sitzt vorn ein Inselchen gescheitelter Haare. Der Hinterkopf ist kahlgeschoren wie bei der Spaßfrisur eines Clowns.

Der Fremde pfeift leise zu den erleuchteten Fenstern hinauf. Der Ton ist zaghaft wie ein Krötentriller. Eine hastige Handbewegung des Mannes zerschneidet den eigenen Pfiff. Der Mann setzt sich in Bewegung und geht wieder zum Portal. Eine Weile zögert er noch, dann zieht er an der Zunge des schmiedeeisernen Löwenkopfes. Ganz weit drinnen in den Schloßgemächern hüstelt eine Glocke. Es wird wieder still, bis eine Tür klappt. Pantoffelschritte schlürfen heran. Die eichene Portaltür mit den geschnitzten Seerosen macht „piääääh!“.

Diener Leopold steckt seinen bleichen Kopf mit den zerzausten Backenkoteletten durch den Spalt. „Bittäh?“ fragt er schnarrend.

„Melden Sie . . . Nein, me-melden Sie nicht . . .“, sagt der Fremde hastig. „Graf Görtz auf Wrisberg“, stellt er sich dem kritisch blinzelnden Leopold vor. „Sie si-sind sicher unterrichtet. Ich ha-habe leider“, der Mann sucht in seinen Taschen, „lei-leider keine Karte bei mir.“

Du lieber Gott! Leopolds geschulte Dieneraugen fressen den Fremden mit einem langen Seitenblick. Er zögert.

„Na, bi-bitte, wollen Sie mich hier stehen la-lassen?"

Der Mann mit dem Köfferchen, der sich Graf Görtz auf Wrisberg nennt, wird ungeduldig. Leopold horcht auf. Er hat seine Erfahrungen, auch mit verarmtem Adel, dieser heruntergekommenen Verwandtschaft von Herrschaften. Er weiß, daß er diese Schlucker zu respektieren hat wie hochherrschaftliche Menschen.

„Die Herrschaften haben sich erst vor geringer Zeit zur Ruhe begeben", entschuldigt sich Leopold schleimig.

„Ich will nicht Herrschaften. Ich wer-werde warten, bis ..." Der Fremde stampft ungeduldig mit dem Fuß. Seine Schuhe schlagen an den Seiten Blasen.

„Entschul ...", murmelt Leopold und öffnet mit einer Verbeugung die Tür. Im Herrenzimmer vertilgt der Ankömmling eine stattliche Anzahl belegter Brötchen. Die Herrschaften waren am Abend nicht bei Appetit. Sie hielten es mit dem Inhalt einer Batterie von Flaschen, die in der Schloßküche Gasthausduft verbreiten.

Leopold schlürft kopfschüttelnd hin und her. Schließlich bringt er diesem hergelaufenen Schlucker auch noch den Rest einer Flasche Rotwein.

„Wenn der Herr sich zurückziehen wollen?" fragt er mit geheuchelter Demut.

„Bi-bitte!"

„Es ist allerdings heute nur noch ein Fremdenzimmer frei, und das Bad ist um diese Stunde nicht vorgeheizt."

Der Herr macht nur eine abwehrende Handbewegung. Leopold hat das Köfferchen ergriffen und wägt es prüfend in seiner Hand. Dann geht er voran zum Gästezimmer im zweiten Stock. Der fremde Graf wirft sich sofort angekleidet auf das Bett. Leopold verschließt vorsorglich die Durchgangstür zu den anderen Teilen des Hauses.

Das gnädige Fräulein erhält die Botschaft vom nächtlichen Eintreffen des Gastes morgens im Bad. Das neue Stubenmädchen Paula überbringt sie ihr mit geröteten Wangen. Kriemhild von Rendsburg beginnt zu beben. Das Badewasser beginnt unter ihren Brüsten kräuselwellig zu zittern.

„Zu kalt, gnä Fräulein?" Paula schaut auf das Thermometer.

„Schon gut. Reichen Sie mir meinen Bademantel, Paula."

Die Familie begrüßt den weitgereisten Gast beim Morgenkaffee. Die Angelhaken konventioneller Fragen werden ausgeworfen. Der kleine, wulstige Mund des angehenden Schwiegersohnes wird hart von quellfrischen Erlebnissen bedrängt. Die Worte stauen sich hinter den spießigen Bröckelzähnen. Sie entweichen der Mundrundung in gluckernden Stößen, wie Flüssigkeit einer umgestülpten Flasche.

„Sie nehmen einem alles, diese Ba-Balkanbanditen", versichert der fremde Graf. Der weist mit Entschuldigung heischender Gebärde auf seinen einzigen Anzug. „Ba-Banditen – etwas, was man auf dem Ba-Balkan nicht ausrotten kann. Ich habe in meiner Eigenschaft als Ko-Korrespondent mit diesem und jenem gesprochen. Gekrönte Häu-Häupter. Was tun sie? – Sie lächeln, heben die Schultern! ‚Me-Mentalität unserer Völker', sagen sie, wenn man auf die Räu-Räubereien zu sprechen kommt. Ba-basta!"

Das gnädige Fräulein sitzt wortlos dabei. Sie verschafft sich Zeit, den Angekommenen mit ihrer erträumten Heldengestalt zu vergleichen. Vielleicht kommt es bei diesen Vergleichen zu bestimmten Ergebnissen hinter der schon leicht rissigen Haut der Stirn. Ab und zu streift sie ein fragender Blick der Mutter oder der Tanten. Sie prügelt diese fragenden Blicke mit der Strenge der eigenen nieder. Das gnädige Fräulein hat wohl schon das Alter erreicht, in dem für eine Frau ein Mann eben ein Mann ist. Nach dem Kaffee läßt man das junge Paar allein. Das gnädige Fräulein und der fremde Graf schlendern durch den Park.

Von der Küche bis zum zweiten Stock folgen ihnen aus allen Fenstern die Blicke hinter Gardinen versteckter Augen. – Balkangeschichten, Balkangeschichten. Erst nach zwei Stunden erinnert das gnädige Fräulein sanft an die gemeinsame Rosenleidenschaft. Der Graf weiß auch darüber zu sprechen.

„Rosen, ja, Ro-Rosen. Bul-Bulgarien ist geradezu ein einziges Rosenbeet, jawohl! Alle Gärten, alle Zimmer, alle Bal-Balkone voll von ihnen. Sie wachsen wie hierzulande die Que-Quecken."

Wie dunkel sie sind, diese Rosen, möchte das gnädige Fräulein wissen.

„Fast so dunkel wie schwarz."

Das Fräulein kann ihre Belustigung über diese Formulierung schlecht verbergen.

„Sie lächeln, Gnädigste, aber es ist schwer hin-hinter das Geheimnis der dunklen Ro-Rosen zu kommen. Ich habe sie betrunken gemacht, diese Hü-Hüter der schwarzen Farbe. Ich ha-habe mich an ihre bedauernswerten Frau-Frauen herangepürscht. Ni-nichts über schwarze Ro-Rosen. Sie verraten es nicht."

„Seltsam, seltsam", murmelt das gnädige Fräulein und zieht nervös die Augenbrauen hoch, wenn ihr Begleiter „Ro-Rosen" sagt.

Der aber denkt nicht daran, deshalb zu schweigen: „Später werden wir dann auch die Pluto-Ro-Rose züchten."

„Was halten Sie übrigens von den Bemühungen der Züchter um die grüne Rose?" erkundigt sich das Fräulein.

„Grü ... hahaaa, grüne Ro-Rose? Wozu das? Es ist doch nichts A-Außergewöhnliches. Alle Blä-Blätter sind doch sozusagen grün."

„Blätter sind lederig und hart, aber bedenken Sie, das Grün in die Zartheit der Blütenblätter verlegt. Ich könnte mir denken, daß es mehr als eine Spielerei darstellt."

„Grüne Ro-Rosen, do-doll." Der Graf überlegt ein Weilchen. „Wenn ich bi-bitten darf, Gnädigste, überlassen Sie das mir mit den grünen Ro-Rosen, mein ich. Meine Bal-Balkanverbindungen, die ... nichts Einfacheres ü-übrigens als die grüne Ro-Rose."

Am Abend spricht Graf Görtz auf Wrisberg im engeren Familienkreise über seine Berufsaussichten. Das Vaterland biete ihm neue Möglichkeiten. „Po-politischer Art", erklärt der Graf. Die Herrschaften werden verstehen, daß er sie ihnen vorläufig noch vorenthalten müsse.

Nein, nein ... Verständlich, aber bitte!

Zwei Tage später findet die Verlobung statt. Zwei Tage hat die herrschaftliche Familie, haben die Gäste mit Spannung gewartet, ob sich die jungen Leute bejahen würden. Im Gegensatz zur Schulentlassungsfeier von Aribert und Dieter wird die Verlobung Fräulein Kriemhilds eine stille, beschauliche Angelegenheit. Das gnädige Fräulein wollte es so.

„Es ist geradezu beängstigend, mit welcher Schnelligkeit sich die Zeiten ändern", bemerkt eine der Tanten bei der Tafel zu Hauslehrer Matthießen. „Zu meiner Jugendzeit wäre es – gelinde gesagt – unmöglich gewesen, im Straßenanzug seine Verlobung zu feiern."

„Das beweist nur", hüstelt Matthießen, „wenn Sie gestatten, gnädiges Fräulein, das beweist nur, daß die Sicherheit im Auftreten der heutigen Männer nicht mehr von Äußerlichkeiten, wie beispielsweise Kleidungsstücken, abhängt. Sie sind wirklicher, die heutigen Männer, wenn Gnädigste erlauben."

„Wirklicher, ja." Die Tante überlegt. „Finden Sie nicht auch, daß es erschreckend ist, wie die Welt ohne uns von dannen rast?" Sie greift mit gichtigen Fingern nach den Rosen in der Vase und schaut versonnen zum jungen Paar hinüber. „Kommen wir überhaupt zum Blühen, wir Menschen, wie diese hier? Rasen wir nicht über unsere Blüten hinweg wie die Kraftwagen bei einem Blumenkorso?"

Hauslehrer Matthießen senkt den Kopf und schaut auf die blinkende Uhrkette auf seiner faltigen Weste.

„Die Erde ist nicht der Garten, in dem der Mensch zum Blühen kommt", sagt der Pfarrer. „Richtig und ewig blühen wir alle nur im Himmel. Saftsammelnde Knospen sind wir hier. Und je reiner der Saft, den wir hier sammeln, desto strahlender wird der Blust sein, mit dem wir uns im Himmel schmücken."

„Der Mensch muß an sich arbeiten, damit er gewissermaßen eine Blüte wird", meint Ferdinand. „Er muß danach trachten, so stark zu duften, daß er – wie soll ich sagen – die Knospen, die seine Mitmenschen sind, aufschließt. Ja, man kann ruhig sagen: aufschließt."

„Alles nur Schale", brubbelt Schäfer Malten. „Hinter dieser

Schale blüht alles wie in den Gärten von Tremantinusien. Was sind unsere Augen? – Dreckdinger. Den Mist und die Maden können wir gerade damit erkennen. Alles nur Symbole, und dahinter sitzt es und tickt es, verändert sich unaufhörlich. Bis wir es in unsere Augen kriegen, ist es hinten schon wieder ganz anders."

„Erst muß die Welt gereinigt werden", wimmert Tischler Tannig. „Es hat keinen Zweck, in diesem Unratkübel Blüten zu treiben. Es wird sich zeigen, was Knospen sind, die zum Blühen auserkoren wurden, wenn Jehova die Erde in den glühenden Abgrund der Verdammnis stürzt, um sie zu läutern."

„Das ganze Volk könnte gleich losblühen", poltert Blemska, „aber es sitzen schwarze Blattläuse an seinem Stamm. Sie saugen und fressen sich voll. Sie hecken junge Wanzen aus, die noch gefährlichere Saugrüssel haben. Zuwenig Wind in der Welt, der sie abschüttelt und in den Abgrund weht."

Da kann sich Lope diese und jene Meinung aussuchen. Es kommen Abende, wo er sich befriedigt zu Bett legt. Er ist satt, und es ist wie Waldsäuseln in ihm. Jetzt weißt du wenigstens, wie es lang geht im Leben, denkt er. Die Zufriedenheit verläßt ihn einige Tage lang nicht. Es scheint gut zu gehen. Aber dann kommt wieder etwas, was ihn irr und zweifelnd macht. Er muß zum Beispiel darüber nachdenken, wie es kommt, daß der neue Graf auf dem Schloß leben kann, ohne zu arbeiten. Wenn Mutter, Vater und er eine Woche nicht arbeiten, können sie in der anderen nicht mehr leben. Sie erhalten kein Deputatkorn und haben kein Geld, um Marmelade und Heringe zu kaufen. Es ist verrückt mit den vielen Gedanken.

Als Lope noch in die Schule ging, sollte er einmal, als es regnete, die Küken von Vogt Bremme unter einen umgestülpten Kartoffelkorb treiben. Drei oder vier dieser Piepser hatte er schon untergeschoben. Dann aber wurde es schwer. Sobald er den Korb anhob, um ein weiteres hinunterzustecken, schlüpfte eines der geborgenen wieder heraus. Er begann damals vor Ungeduld zu weinen. Als er die Küken endlich zusammen hatte, war der Regen vorüber. So ist es mit den Gedanken.

Einmal, als sie sonntags auf der Dorfaue lagen, hat er Paule Wenskat nach seinen Gedanken aushorchen wollen. Paule kaute an einem Grashalm und sagte: „Das kommt bloß davon, weil du nichts Richtiges gelernt hast. Wenn du einen richtigen Meister hättest, brauchtest du nicht alles zu glauben, was in den Büchern steht." Und dann wies er mit dem ausgekauten Grashalm zur Dorfstraße. „Guck mal, was die Anni für dünne Waden hat. Die müssen sich ja im Bette verfitzen wie Weinranken."

„Jetzt wirst du dich aber bald mal rasieren lassen müssen", sagt Blemska eines Tages. Lope errötet und schleicht daheim mit der Spiegelscherbe in die Schlafkammer. Er streicht sich über die Wangen, sie sind wie von grauem Rauhreif überzogen. Er hat sich wohl nun doch verändert seit seiner Konfirmation. Am Sonntag wartet er bei Barbier Bulke auf der Hausbank, bis Vater und alle anderen Männer gegangen sind. „Die Federn können wir lieber absengen", sagt Bulke und seift ihn ein. Wieder alle vier Wochen einen Groschen mehr, denkt er dabei. Was ist unten, und was ist oben? Neue Gedankenwürmer winden sich durch Lopes Hirn. Ob er nicht doch krank ist? Es gibt Tage, da stürzen sich seine Gedanken auf alles, was auf dem Hof geschieht, wie Schmeißfliegen aufs Aas. Vogt Bremme braucht es ihm nicht immer wieder zu bestätigen, daß er ein schlechter Arbeiter ist. Er weiß es selbst. „Du stichst im Faulenzen die Ochsen aus", sagt Vogt Bremme, das Wurzelmännchen. Aber Lope muß auch über Vogt Bremme nachdenken. Weshalb treibt er ihn an? Was hat er davon? Gehört ihm ein einziger Haferhalm auf all den Feldern? Wenn er einen abschneidet, um ihn sich an den Hut zu stecken, hat er gestohlen. Aber Vogt Bremme treibt Jahr um Jahr die Menschen auf dem Gutshof an.

Neunzehnhundertzweiunddreißig haben wir jetzt, sagen die Menschen. Sie meinen das Jahr, und alle glauben es. Die Menschen behaupten von Lope, er sei ein Achtzehnjähriger, aber er selbst spürt es nicht. Nirgendwo ist die Achtzehn in ihm vorhanden. Es gibt weder Striche noch Kerben an seinem Körper. Er hat nirgendwo Jahresringe wie die Kühe an ihren

Hörnern. Wenn seine Lebensjahre Stufen wären, müßte es in ihm wie eine Treppe sein. Die Jahre liegen nicht geschichtet wie Mauersteine in seinem Kopfe. Es geht alles ineinander über. Wenn man ihn nicht konfirmiert hätte, brauchte er hier nicht mit der Peitsche umherzugehen und die Ochsen zu prügeln. – Wäre er nie in die Schule gegangen, hätte ihn kein Pastor konfirmiert. Was aber den Kalender anbetrifft, so sind sich die Menschen über ihn nicht einig.

„In Rußland hatten sie früher einen ganz anderen Kalender als hier", hat Herr Sekretär einmal gesagt. Und in der Zeitung hat Lope gelesen, daß man in Italien die Jahre ganz von vorn zu zählen beginnt. Ein Präsident oder was er ist, zu dem sie Mussolini sagen, hat es so gewollt. Ja, er wollte einfach! Dieser glatzköpfige Kugelkopf hielt sich wohl für den ersten Menschen?

Die Menschen sind sich in den meisten Dingen eben nicht einig.

„In Deutschland wird bald etwas ganz Neues gemacht werden", schnarrt Inspektor Konrad zu Vogt Bremme und klopft mit seinem Spazierstock an die Ledergamaschen.

„Schon möglich", brummt Vogt Bremme, gar nicht überzeugt, aber ergeben.

Wenn das etwas Neues sein soll, daß der Inspektor jetzt den Schlüssel zur Schüttbodenluke hat, denkt Vogt Bremme. Er zwinkert mit seinen triefenden Augen.

„Wir Deutschen sind ja immer die gewesen, die etwas Neues gemacht haben", sagt er. „Aber es müssen alle mitmachen, Bremme!"

„Freilich", haspelt Bremmes Uhrfederstimme, und sein Mund spuckt einen breiten Klecks Priemlauge gegen einen Baum.

„Ein neues Reich bauen? – Mit Windjacken und Wickelgamaschen etwa?" hüstelt der gnädige Herr. „Ich fürchte, Sie werden sich die Hörner ablaufen, lieber Konrad. Am Ende hat sich immer herausgestellt, daß das Alte eigentlich das Richtige war. Geschichte, mein Lieber. Sehen Sie sich doch die Geschichte an. Alles schon dagewesen."

Der gnädige Herr sagt es gar nicht wohlwollend. Aber Inspektor Konrad braucht das Wohlwollen des gnädigen Herrn anscheinend nicht mehr so dringend wie früher. Er hat jetzt fast die Pachtsumme für das eigene Gut zusammen.

„Rreaktiooon", rollt der Baß des Inspektors. „Das Alte befindet sich immer in Rreaktion", dabei sieht Inspektor Konrad an seinem Herrn vorbei.

Dieser betrachtet ihn prüfend von der Seite. „Hab nicht gedacht, daß man Sie dafür einspannen kann, Konrad."

Der Inspektor dreht sich rasch ab. Sein feistes Genick wabbelt wie bei einem Schwein, das im Brühtrog vom Fleischer mit der Wendekette herumgerissen wird. Er läßt den gnädigen Herrn einfach stehen.

„So kann es nicht weitergehen, es muß etwas Neues kommen", hört man hin und her unter den Bergleuten seufzen. „Es ist schon so weit, daß die Arbeit knapp wird. Hat man das früher erlebt?"

„Nä, früher gab es Arbeit in Massen. Man mußte eine Menge davon liegenlassen. Man konnte sozusagen gar nicht alle Arbeit bearbeiten, hähä!"

„Quatschkopf!"

„Na, ist es vielleicht nicht so? – Irgendwo muß der Fehler liegen."

„Der Fehler liegt oben. Arbeit ist auch genug da, aber es findet sich niemand, der dafür bezahlen will, wenn sie gemacht wird."

„Da seht ihr es: die Wirtschaft ist verarmt, es muß etwas Neues kommen. Die Wirtschaft muß wieder in Gang gebracht werden."

„Wer soll sie in Gang bringen? – Ihr doch nicht?"

„Nä, was wir? – Die da oben. Es müssen eben mal Neue rauf."

Zappel-Schulze mischt sich ein. „Das ist, weil wir unser Haus nicht sauberhalten. Was rennt hier alles herum in unserm deutschen Haus? Spickreiche Ausländer, Juden, und was für Gesindel. Sie fressen uns den Tisch leer, und wir lekken von der Platte."

„Das hast du wohl von den Kerlen mit den Wickelgamaschen aus Ladenberg?"

„Ganz egal, wo ich es herhabe, aber recht habe ich. Es sind die Internationalen, die hier alles reinlassen in das deutsche Haus. – Bitte, haben sie im Ausland so wenig Arbeit wie wir? Keine Spur!"

„Bist du da gewesen?"

„Bist du schon auf dem Mond gewesen?"

„Hmm!"

„Na, siehst du, und doch weißt du, daß es dort keine Kühe gibt. Das ist, weil sie im Ausland Kolonien haben, Rohstoffe, versteht ihr, Rohstoffe! Daraus kann man was machen. Das gibt Arbeit."

„Willst du Büchsenfleisch aus Hottentotten machen?"

„Hottentotten seid ihr!" Zappel-Schulze spuckt. „Weil sie mit euch machen können, was sie wollen! Zahlt ihr nicht Steuern und Steuern für Kriegsschulden? Kriegsschulden habt ihr, sagen sie, aber Kolonien geben sie uns keine. Sie wollen alle Geschäfte selbst machen, die Juden."

„Du kannst wahrhaftig Inspektor beim dürren Rendsburg auf dem Gut werden. Der hat's auch immer mit den Kolonien."

Zappel-Schulze geht mit den Händen fuchtelnd davon. „Euch werden wir es noch zeigen."

„Der gerade", brummt eine Stimme aus dem Querschlag.

„Rohstoffe? – Waren? Hach, genug", sagt Kaufmann Knorpel, „aber die Leute haben kein Geld, um die Sachen zu kaufen. Das Geld ist knapp geworden. Von Tag zu Tag gibt es weniger davon."

„Da können Sie recht haben", meint Fleischer Franzke und kratzt sich einen Blutfleck von der gestreiften Jacke.

„Na, sagen Sie, ist das ein Wunder? Die Minister, die Beamten, was ziehen sie für Gehälter! Immer rein mit den Talerchen in die Tasche! Das gibt Güter für die Minister und Häuser und Villen für die Herren Beamten. Den Bleistift in gefalteten Händen, so sitzen sie. Aber was erzähl ich: Sie wissen es selbst. Wie oft muß unsereiner den Rücken krumm machen, bis er seinen Lebensunterhalt recht und ehrlich zusammenscharwerkt hat. Ist's nicht so?"

„Man muß beinahe glauben, daß es sich so verhält."

„Verhält sich, verhält sich, wenn ich Ihnen das sage, lieber Mann. – Ausfegen muß man ... Ausfegen, wissen Sie? Runter mit den Sesselpupsern und Männer hinauf, die etwas leisten."

„Du lieber Je, was das werden soll, wenn sich die Zeiten nicht ändern", grämelt die Witwe Schneider. „Ich will nicht schlecht von meinem Alten reden, er hat ein bißchen gesoffen ... Hat manchmal ein bißchen viel gesoffen. Was war das Ende vom Lied? – Strick um den Hals und weg. Freilich hat er Schulden gemacht, nicht, daß ich schlecht von ihm rede, aber das hat er. Habe ich gedacht, werde ich sie wegkriegen, die Schulden, wenn er weg ist und nicht mehr säuft. Ach ja, du lieber Gott, die Zeit ist vergangen, gefaulenzt habe ich nicht. Denkt ihr, daß ich rauskomme aus der Schuldenjauche, ihr Leute? Bewahre mich, eine neue Hypothek mußte ich vorige Woche in Ladenberg aufnehmen. Das macht, weil man so gut wie keine Einnahmen hat. Bettelpfennige sind's, die man für Eier und Butter in der Stadt kriegt. Wer soll da Freude am Leben haben, ihr Leute! – Nun braucht der Junge, der Albert, wieder den neuen gelben Anzug. Er läßt doch nicht locker, er will ihn haben. Er ließ nicht mit sich reden, er mußte in den Verein gehen, wo sie gelbe Anzüge brauchen."

„Das ist wahr", beteuert Karline Wempel und wischt sich einen glänzenden Tropfen von ihrer Hakennase. „Die Jugend ist reinweg des Teufels. Der Pfarrer hat's erst am vergangenen Sonntag gesagt."

Und Blemska? – Blemska geht zerknirscht und müde von der Arbeit. Der Herbst sitzt schon in den Kronen der Bäume. Er hat die ersten gelben Blättervögel als Vorboten in die Baumkronen gesandt. Die Königskerzen an den Wegrändern verlöschen, der Himmel ist still, seidig-blau und wartend. Irgendwo in fernen Ländern braut sich vielleicht schon die Herbstwolkensuppe zusammen, und die großen Winde erwachen. Blemska hat für all das keine Gedanken. In seiner Jakkentasche knistert es. Es sind seine Entlassungspapiere. Das ist das Neue für Blemska. An einem Baumstumpf reinigt er zum letztenmal seine Karbidlampe. Er tut es gründlich, denn er hat jetzt Zeit. Auch der Obersteiger hat ihn nicht mehr halten können.

„Hätten Sie sich lieber in jede Backe einen Priem gestopft", sagte er, „aber Sie mußten ja immer das letzte Wort haben."

„Ich habe nicht gewußt, daß man Priemtabak herstellt, um damit die Wahrheit aus dem Maul zu beizen", hatte Blemska ruhig geantwortet.

„Na, bitte!" hatte der Obersteiger gesagt und hastig die Entlassungspapiere unterschrieben.

„Und das Neue, was wir in der vorigen Stunde durchgenommen haben?" fragt der Lehrer im Geschichtsunterricht. „Das Maßgebliche in der Geschichte sind Persönlichkeiten. Männer machen die Geschichte. Wer weiß noch aus der vorigen Stunde, welche große Persönlichkeit wir behandelt haben? Na?"

„Friedrich der Große."

„Richtig! Und was sagten wir von ihm?"

„Er war eine übergeragte Persönlichkeit."

„Er war eine überragende Persönlichkeit, jawohl. – Wer kann mir eine andere Persönlichkeit nennen, die das Gesicht Deutschlands veränderte?"

„Bi . . . Bi . . ."

„Na?"

„Bismarck."

„Richtig! Und wie nennen wir Bismarck deshalb?"

„Der große Kanzler."

„Gut! Und was sagt man noch vom großen Kanzler Bismarck?"

„Wir haben auch den Bismarck-Hering."

„Das ist nicht ganz richtig; denn der Hering wurde zu Ehren Bismarcks so genannt. – Nein, aber was haben wir noch gesagt?"

„Wir müßten man noch so einen Kanzler noch mal haben, denn könnten . . ."

„Ganz richtig. Was uns fehlt, ist ein neuer eiserner Kanzler, wie es Bismarck war."

„Das Neue?" fragt Schäfer Malten und lacht sein schauriges Hahaooo. Es klirrt wie Eis hinter diesem Lachen. „Das ist jetzt das Neue, daß die Arbeiter wieder in den Sack der Unternehmer huppen, damit sie nachher richtig verdremmelt werden können. Diesmal geht es mit Musik und Fahnen in den Sack hinein."

Und das Gesicht des Jahres wird immer verschwommener und trauriger. Die Morgen liegen lange im fransigen Nebelbett. Schleimige Butterpilze durchduften den Wald. Der fallende Nebel setzt sich in das lockige Gewölle der Schafe. Das Kartoffelkraut duftet, und die braunen Kastanien platzen aus ihren Stachelhüllen. Starenschwärme surren über die abgeernteten Felder. Die Sonne blinkt matt und wässerig. An manchen Nachmittagen ist der Himmel blau und seidig wie die Haarschleifen, die Kaufmann Knorpel nicht mehr los wird. Lope schält die Stoppeläcker des gnädigen Herrn. Er krempelt die Haut der Erde um. Die Erde muß umgedreht werden, weil sie borstig und stachlig ist. Was soll sonst darauf wachsen?

Inspektor Konrad hat es endlich fertiggebracht, den Windjackenverein auf das Dorf zu holen. Sie machen bei Tüdel eine Versammlung.

„Wenn du uns diesmal wiederr die Rroten vor die Nase setzt, geht es dir drreckig", sagt Konrad zu Tüdel.

Aber Tüdel winkt diensteifrig ab. Er ist froh, daß seine Kneipe wieder einmal voll wird. Was hat er vom Radfahrerverein und vom Rauchklub noch? Sie feiern keine Stiftungsfeste mehr. Bei den Versammlungen verzehren sie kaum noch etwas. Sie sind ja bald alle arbeitslos, die armen Kartoffelsäcke.

Die Wickelgamaschenkerle kommen in einem Lastauto aus Ladenberg. Das Dorf staunt. Zwei wilde Männer mit Windjacken, Langstiefeln und Soldatengürteln stehen rechts und links vom Rednerpult. Sie setzen nicht einmal ihre putzigen Mützen ab. Es ist das Rednerpult, von dem der gnädige Herr einmal vom Tode der Kaiserin gesprochen hat. Die Männer aus Ladenberg haben mit schwarzer Farbe ein Ding, das so aussieht wie eine Spinne, draufgemalt.

„Das ist das Hakenkreuz", sagt Albert Schneider. Er steht

an der Saaltür und hat seine Hosen bis über die Knie hinauf mit Gamaschen von zweierlei Farben bewickelt. Der Inspektor stolziert mit gelben Langstiefeln durch den Saal. Er sieht aus wie der Kaiser in den Schullesebüchern.

„Arbeit und Brot", brüllt der Redner aus Ladenberg, und die Arbeitslosen nicken mit den Köpfen. Sie sitzen wie Ausgestoßene in den Ecken, weil sie an den Tischen etwas verzehren müßten.

„Brechung der Zinsknechtschaft", verkündet die Stimme vom Rednerpult.

„Siehst du, da kannst du es hören", sagt Albert Schneider gebückt zu seiner Mutter. Sie nickt und wischt sich was aus den Augen.

„Die Wirtschaft muß angekurbelt, das jüdische Kapital ausgeschaltet werden. Wozu Warenhäuser und Konzerne? Was wir brauchen, ist . . . ein gesunder Mittelstand."

Der eckige Kopf von Kaufmann Knorpel wackelt nickend. Die Augen zwinkern verständnisvoll.

„Die Landwirtschaft hat kein Fundament. Die Bodenspekulation muß aufgehoben werden. Gerechte Preise für landwirtschaftliche Erzeugnisse. Der Bauer muß an die Scholle gebunden werden."

Die Kossäten und Büdner, die Klein- und Halbbauern saugen nachdenklich an ihren halblangen Pfeifen.

„Persönlichkeiten an die führenden Stellen! Tod dem Bonzentum, dem Parlamentarismus. Männer machen die Geschichte . . ."

Der Lehrer lehnt sich genießerisch im Stuhl zurück.

„Nieder mit dem Schanddiktat von Versailles! Weg mit der Kriegsschuldlüge! Unser Volk braucht Lebensraum, braucht Kolonien!"

Liepe Kleinermann stürzt zwei Schnäpse hinter seine priemschwarzen Zähne. Er schiebt Tüdel das Glas für einen dritten zu.

„Wann willst du das bezahlen?" brüllt ihn Tüdel an und drückt die Flasche abwehrend gegen die Brust. Liepe dreht der Theke den Rücken zu und schaut mit verschwommenen Augen in den Saal. Einer von den Ladenbergern drängt sich von der Seite an die Theke. „Gib dem Mann den Schnaps, verstehst du?"

„Er kann ihn nicht berappen!"

„Das laß meine Sorge sein!"

„Es ist richtig, was er von den Kolonien gesagt hat, der da hinten", grunzt Liepe und stößt mit dem Ladenberger an. „Die Negers sind wie die Affen. Die machen bloß Dummheiten, wenn keine Deutschen da sind."

„Du bist der richtige Mann", sagt der Ladenberger und haut Liepe auf die Schulter. Liepe kracht fast zusammen. Er hält sich mit winkligen Ellenbogen an der Theke.

„Weißt du, was ein ‚Buttcher' ist?" fragt er den Mann in der Windjacke.

„Nä, Mensch, ist das was?"

„Da kannst du sehen, das macht, weil du noch jung bist und keine Ahnung nicht hast. Was mich anbetrifft, so wollte ich Fleischer in den Kolonien werden, bitte. ‚Buttcher' sagen sie dort dazu. Nun weißt du es, und die Kolonien brauchen wir."

„Das laß ich mir gefallen, wo arbeitest du, Kamerad?"

Und Liepe weist mit zitternder Hand zu Inspektor Konrad hinüber. „Den kannst du fragen, er ist mein Inspektor, bitte."

„Die Zeiten sind schlecht, aber die Menschen werden immer schlechter", meint Tischler Tannig zu Karline Wempel auf dem Heimweg. „Sie können machen, was sie wollen, der Weltuntergang kommt doch!"

Sie gehen durch den Nebel wie zwei Gespenster.

Schlechte Zeiten? – Wer sagt das? – Im Hause Rendsburg wird jedenfalls Hochzeit gefeiert.

Kein Mensch soll sagen, daß man dort nicht standesgemäß zu feiern verstehe. Kutschen und Kraftwagen füllen den Gutshof. Fremde Kutscher und Chauffeure durchstreifen gelangweilt das Dorf. Tüdel hat gute Tage. Noch immer kommen neue, fremde Gäste. Sie kommen von den umliegenden Gütern, aus der Stadt, und weiß der Himmel, wo sie sich hernehmen. Jede Gutsarbeiterfamilie erhält am Vorabend der Hochzeit einen ganzen Kuchen.

In den Sälen des Schlosses knallen die Sektkorken. Feierliche Fahrt des jungen Paares in die Kirche. Arbeitslose Bergleute, Jungmädel und Burschen, Dorfkinder halten nach alter Sitte die mit Bändern und späten Astern geschmückten Stangen über Straßen und Wege, um das schwarze, große Auto, in dem sich das junge Paar befindet, aufzuhalten. Aus den geöffneten Fenstern streuen die Trauzeugen einen Pfennigregen in die jubelnde Menge. Zwanzig Kraftwagen befördern das Brautgefolge. Die Herren mit steifen Zylindern und die Damen mit knisternden, duftenden Festkleidern.

Der Himmel und seine Heerscharen scheinen sich über das Dorf gesenkt zu haben. Diener Leopold und die Aushilfen von den Nachbargütern in neuen Samtlivreen. Oh, die Lackschuhe des Dienervolkes mit silbrig blinkenden Schnallen!

Fast hundert getötete Tiere des Gutshofes wandern, vorsichtig, wie Taufkinder, von Dienerhänden getragen, um die Tafel und verschwinden, Stück für Stück, hinter den steifen Hemdbrüsten und in den mäuselnden Mündern der Damen.

In den Zimmern und Küchen ein Schwarm von Mädchen mit dunkelumränderten Augen, die nächtelang nicht schliefen. Und am Nachmittag die Tafel der Gutsarbeiter auf der Scheunentenne. Sie haben Schweinefleisch und Kartoffelschnaps. Frau Vogt Bremme überwacht, in ihre schwarze Krimmermantille gehüllt, die Ausgabe des Fleisches. Frau Inspektor besteht nur aus Augen und Unruhe. Wie leicht kann die Kleine bei diesem Durcheinander zu Schaden kommen! Für den Abend sind sie und ihr Mann nach drüben auf das Schloß eingeladen. Jetzt mühen sie sich, so gut es geht, mit den Leuten zu feiern.

Der Abend kommt, und in der Scheune wird beim Licht aufgehängter Stallaternen gesungen. Es duftet nach verbranntem Petroleum. Wenn ein Fetzen Musik aus dem Schlosse zu den Arbeitern dringt, packen sie die Weiber und schaben über die zementierte Tenne. Schließlich kommt die Musik hinaus in den Park. Feuerwerk springt auf. Erntegarben aus Funken und Flammen am Himmel.

Jaja, diese Pracht! Wie sie fliegt und zischt! Es dreht sich, besternt sich und kreiselt. Es kracht, knallt, wirbelt und zittert. Da hocken die Gutsarbeiter stumm auf der Scheunentenne wie weiland die Hirten, als der Stern des Herrn am Himmel erstrahlte. Es tut sich ihnen eine himmlische Welt auf, in der sie Fremde sind. Sie entlocken der Erde das Korn. Sie säen, pflügen, ernten und dreschen es. Sie schleppen die Säcke auf die Böden des gnädigen Herrn. Ihr Schweiß tropft auf die Treppenstufen der Kornböden. Die Speichertüren schließen sich: sie sind von der Frucht ihrer Arbeit getrennt. Später, wenn der gnädige Herr die Ernte in Geld umwandelt, dürfen sie noch einmal ihre Rücken an die Frucht ihrer Jahresarbeit legen. Sie schleppen die Säcke vom Boden zu den Fahrzeugen und laden sie in der Stadt wieder ab. Alles andere bleibt ihnen sonst unsichtbar. Aber heute sehen sie auch noch das umgewandelte Geld am Himmel zerbersten und zerpuffen. Und sie sagen: „Oooh!“ und sie sagen: „Ahhh!“ Sie sind für ein Weilchen glücklich, wenn der Widerschein der Herrschaftsfreuden sich auf ihren Gesichtern spiegelt.

Wochenlang bleiben einige der Gäste auf dem Schlosse. Auf diese Weise können die verarmten Adligen wieder einmal standesgemäß leben. Am Abend des Hochzeitstages reist das junge Paar ab. In den Jungmädchenträumen des gnädigen Fräuleins ging die Hochzeitsreise nach dem Süden. Aber der Graf will nichts mehr vom Ba-Balkan wissen. Er will jetzt Pa-Paris. Dort kennt man Lebensart.

Inspektor Konrad geht fluchend durch Speicher und Ställe. Auf den Schüttböden grinst ihn die blanke Dielung an, in den Viehställen klaffen leere Stände, und im Geflügelstall sind ganze Sitzstangen leer.

„Und das alles wegen so einerr alberrnen Gans“, sagt er so laut, daß es sogar Vogt Bremme hören kann.

Auch die jungen Herren haben immer noch Ferien. Nach diesen Ferien kommt die große Lebensaufgabe, meint Hauslehrer Matthießen bedeutsam. Aribert will Offizier und Dieter Landwirt werden. Daran zu denken, haben sie jetzt nicht Zeit. Sie schießen wie mexikanische Kuhhirten mit Pistolen und Jagdgewehren umher. Sie vergrämen das Wild im Forst, und der Gutsförster sitzt resignierend im Waldhaus.

Junge Tauben, die auf dem Gutshofe, zum ersten Male den

Hof überspähend, aus den Schlägen lugen, liegen Sekunden später flatternd und blutend auf der Düngerstätte. Ein Truthahn stolziert kollernd mit geblähtem Halbrad aus Federn über den Hof und überschlägt sich gleich darauf in Knall und Rauch. Die Sonne glitzert in seinen brechenden Augen. Der schwarze Halbdackel von Grimka rollt sich nach einem Treffer von einer Übungshandgranate aus Hartholz wimmernd zusammen. Er schnellt wieder auf, macht noch einige Sprünge und streckt sich dann zum Sterben.

„Er starb fürs Vaterland", sagt Aribert grinsend und drückt Grimka fünf Mark in die zittrige Puppenspielerhand.

„Alles, was recht ist", blabbert Grimka, „sind doch zwei recht noblichte Herren, die unserigen Jungen, geben sie mir ohne Umschweife . . . geben sie mir fünf Mark für den nichtsnutzigen Hund, wo er war. Wollte das Luder, was es war, immer partout auf meiner großen Trommel schlafen."

Mit der Mutter geht es nicht mehr so wie früher. Sie arbeitet weiter in der Frauenkolonne. Sie tut es aber wie eine Stumme. Sie antwortet nur mürrisch, wenn die anderen Frauen sie etwas fragen. Sie beteiligt sich nicht mehr an den ärmlichen Scherzen, die auf den Feldern je nach der Jahreszeit die Runde machen. Ihr Mund ist wie ein blauroter Strich unter den sich blähenden Flügeln der kolbigen Nase.

Manchmal, wenn Vogt Bremme oder Inspektor Konrad zur Kolonne kommen, stellt sie sich mit erhobener Hacke oder Gabel hin und brüllt mit verdrehten Augäpfeln: „Sie werden euch die Emaille von den Stehkragen kratzen, ihr Schinderhunde!"

Keine der Frauen wagt darüber zu lachen. Sie beginnen sich vor Mathilde zu fürchten . . . Daheim in der Küche kann die Mutter arbeitsam und hastend hin und her gehen, bis sie sich wie ein ins Wasser geworfener Stein auf die Ofenbank plumpsen läßt. Sie sitzt eine Weile wie ausruhend, fährt wieder hoch, macht wirre Bewegungen mit den Händen und murmelt: „Feierabend. — — Bettelbrut. — — Was für ein Schlitz vorn in der Hose des gnädigen Herrn! — — Der Pastor hat sich einen Gott backen lassen, und wir sollen alle mit davon fressen."

Gleich darauf setzt sie sich wieder und bleibt unbeweglich. Sie scheint nicht einmal Elisabeth zu sehen, die sich auf ihren Schoß setzen möchte. Sie stößt sie unsanft weg und schreit grell: „Brrrr, alles voll Spinnen und . . . das Wanzenzeug!"

Nach einigen Minuten arbeitet sie weiter wie immer. Wenn Trude hellmäulig fragt: „Mutter, was hast du denn vorhin gesagt?", wischt sie sich über das Gesicht, schaut auf die schweißfeuchte Stelle an der Schürze und sagt entrüstet: „Was ihr nur immer mit mir habt!"

Mutter scheint krank zu sein. Lope macht sich wenig Sorge darum. Er kann jetzt lesen, wo und wann er will. Mutter übersieht ihn einfach. Sie dringt auch nicht mehr darauf, daß er Besen bindet. Einmal, als die Mutter wieder ihre wirre Stunde hat, kommt er ihr mit seinem Buch zu nahe. Sie packt ihn beim Arm und reißt ihn herum. Ihre Augen sind starr. Es ist viel mehr Weißes als Blaues darin. „Zwei Väter haben dich gemacht", sagt sie und schüttelt ihn. „Es ist ein reines Wunder, daß du nicht vier Beine hast, hihihiiii!"

In diesem Augenblick beginnt auch Lope die Mutter zu fürchten. In der Nacht überfallen ihn alte Wünsche wie hakkende Krähen. Er spricht am nächsten Tage mit Blemska darüber. Blemska hebt erwägend die Schultern. – Versteht er Lope nicht mehr? – Blemska lebt jetzt wie ein Ausgedinger. Man sieht ihn kaum noch im Dorfe. Er rigolt den mageren Gemeindegarten. Auch anderswo im Dorf könnte er Gelegenheitsarbeiten machen, aber von „schönen Dank" und einer Butterstulle wird ein Gelegenheitsarbeiter nicht fett. – Frau Blemska mußte sich wieder legen. Sie schüttet das laue Wasser ihrer Vorwürfe über den geduldigen Mann aus, greint und jammert. Blemska hält sich deshalb lieber draußen auf. Er repariert oder nagelt und putzt sogar die Ziegen. Manchmal legt er sich wie erschöpft mit einem Buch in das Heuhäufchen über dem Stallboden. Zuweilen besucht er seine Kinder in der Stadt. Er hat ja jetzt Zeit. In der Stadt sucht er auch andere Leute auf. Sie machen ihm wieder Mut. „Meine Genossen in der Stadt lassen den Kopf auch nicht hängen", sagt er zu Lope.

Manchmal geht er abends zu Gustav Pink und hat lange Debatten mit ihm. Aber Gustav Pink ist wie vernagelt.

„Vielleicht würde er zur Einsicht kommen, wenn er seine Hände in den Hosentaschen spazierenschleppen müßte wie ich", sagt Blemska. „Aber sie entlassen ihn da drüben nicht. Sie brauchen ihn. Sie brauchen ihn", wiederholt Blemska vieldeutig. – Freilich hätte Blemska heute noch beim dürren Rendsburg auf dem Gutshofe arbeiten können, wenn er damals die Lausejungen nicht verprügelt hätte. Aber was wäre damit bewiesen gewesen?

Lope findet Blemska beim Hantieren mit einer alten Fahrradfelge.

„Willst dir ein Fahrrad bauen und nach Amerika fahren?"

„Will ich nicht."

„Was dann?"

„Denkst du, daß sie es in Amerika anders haben?"

„Weil sie immer davon reden und vom Dollar."

„Alles der gleiche Beschiß. – Es ist übrigens nicht gesagt, daß ich nicht doch fort fahre."

„Mit dem Ding da?"

„Wie du siehst. – Man kann vielleicht auch mit einer Felge fahren, wenn man es geschickt anstellt."

„Meinst du, daß sie mich jetzt drüben auf der Grube noch annehmen?"

„Warten werden sie nicht gerade auf dich, aber es ist nicht gesagt. Sie sind so wählerisch wie Ziegen mit ihrem Futter. – Was ich fragen wollte: Machen sie dir zu Hause keine Vorhaltungen mehr?"

„Mutter ist jetzt so anders. Manchmal richtig wie verrückt."

„Verrückt?" Blemska hat einen alten Lederriemen aus einer Kiste gekramt und paßt ihn auf die Vertiefung der Felge. „Verrückt? Weißt du, Weiber sind manchmal so, daß sie besser fühlen als das Mannsgeziefer. – Ich denke, wir werden alle noch verrückt."

„Ich gehe morgen hin – soll ich zum Obersteiger gehen, oder wie soll ich es ..."

„Am besten beim Schichtanfang. Zum Schreiber kannst du gehen. Du darfst aber nicht sagen, daß dir ... Du darfst überhaupt nichts von Blemska sagen. Ich bin dort wie eine rote Fahne ... Na, du wirst ja alles sehen."

Schon um fünf Uhr ist Lope am nächsten Tage unterwegs. Im Waldstreifen vor der Grube setzt er sich noch eine Weile. Er kaut nachdenklich an nebelkalten Preiselbeeren. Die winzigen Schachtbuden sehen aus wie kleine Kaninchenställe. Eiserne Leitern ragen aus ihren Dächern. Nach und nach erscheinen die Kumpelköpfe mit ihren verdreckten Südwestern am Leiterende. Mit müden Bewegungen steigen sie aus. Ihre Blicke wandern den Himmel ab. Die weißen Flammenkerne der Karbidlampen zittern und verbiegen sich im leichten Morgenwind. Wenn sie weitergehen, spucken sie breite schwarze Fladen gegen das Gesträuch oder klopfen ihre Lampen an Baumstümpfen aus. Ab und zu klirrt es am Fahrstuhl, wie von einem einsamen Dengelschlag.

Auf der Brikettfabrik tönt das Schichtsignal. Es klingt wie das Brüllen eines mächtigen Bullen. Vor den Schächten werden die Arbeiter der neuen Schicht verlesen. Lope kennt das alles schon aus den Erzählungen von Blemska und Orge Pink. Der kalte Frühherbstnebel sinkt auf seine nassen Füße. Er schüttelt sich.

„Da guckt euch den Faulenzer! Der ist wohl noch besoffen von gestern", ruft ein Kumpel. Er kommt hastig den Waldfußsteig herauf, um eine Gruppe anderer Bergleute einzuholen. Die Gruppe ist schon mitten im Wald. Lampen und Karbidbüchsen scheppern. Die Männer sehen aus wie Schornsteinfeger mit Rucksäcken. Sie grinsen sich zu. Hinter den berußten Lippen haben alle weiße Zähne.

Eine Viertelstunde später steht Lope vor dem Schichtschreiber. In der Schreibstube stinkt es nach Karbid und Gummizeug. Lope knüllt seine verblichene Mütze mit dem eingerissenen Schild. Er stottert. Der Schreiber sieht nicht von seiner Arbeit auf.

„... und ob ich vielleicht anfangen kann."

Stinkende Stille. Er hört das Kratzen der Feder. Draußen hämmern die Schachtsignale. Eine Elektromaschine brummt aufreizend. Die Schicht hat begonnen. Lope räuspert sich. Vielleicht hätte er bitten müssen, wie er es von Ferdinand gelernt hat.

„... und ob ich, bitte, vielleicht, bitte, anfangen kann", wiederholt er.

„Wie alt bist du?" knurrt der Schreiber.

„Ich werde bald neunzehn."

„Bald, wann ist das?"

„Im August werde ich neunzehn."

„Das ist nächstes Jahr, bist du also achtzehn. Du brauchst noch den Schein, oder ist der Alte sowieso einverstanden?"

„Ja, er ist ... ich kann auch den Schein bringen ..."

„Bring lieber den Schein, ich kann es nicht bestimmen, ob du anfangen kannst. Der Inspektor ... ich werde mit dem Inspektor sprechen, er ist jetzt unten."

„Kann ich warten?"

„Nein. Es ist so gut wie sicher, daß du anfangen kannst. Wenn du mit fünfzig die Stunde zufrieden bist, kannst du anfangen."

„Ja-ja", Lope stottert wieder.

„Du kannst gleich ... ach so, naja, du bist barfuß ... aber du mußt morgen anfangen. Wir brauchen einen beim Abrükken. Es ist einer krank geworden. Aber fünfzig die Stunde, mehr nicht. Wir haben erst fünfundfünfzig gegeben. Aber es wird ja immer schlechter mit der Arbeit."

„Ja-ja, fünfundfünfzig." Lope zerrt an seiner Mütze.

„Nein, eben nicht, fünfzig bloß. Dafür hast du aber die Deputatkohle und kannst alle Tage umsonst baden bei uns. Aber wenn du morgen nicht kommst, stellt dich der Inspektor nicht ein, das kannst du wissen."

Keine Not. Lope wäre am liebsten noch am gleichen Tage gegangen. Onkel Blemska muß den Schein für ihn unterschreiben. Vater kann nicht schreiben. Er setzt drei Kreuze für seine Unterschrift.

„Wegen Vater ist es nicht, aber wird uns Mutter nicht Fingernägel in den Tabak schmeißen?" gibt Blemska zu bedenken.

„Du kannst mir glauben: ich bin in ihren Augen nicht mehr wie ein Schrank."

„Was das Weib nur hat! Ich muß wohl mal rüberkommen." Blemska streicht behutsam die Feder am Tintenfaß ab.

„Du kannst kommen, wenn sie etwa doch einen Tummeltanz machen sollte."

„Na, dann können wir uns Kuchenbleche unter die Jacke schieben."

Keine Spur von Schwierigkeit. Lope geht am nächsten Tage mit drei trockenen Frühstücksstullen zur Schicht. Die Schrotsuppe kann er doch nicht mitnehmen. Seine Füße stekken in abgewetzten Holzpantoffeln. Die dürren Beine ragen aus der zu kurzen Hose.

„Du kommst hierher wie ein zugelaufener Köter", sagt der Haspler. „Nächsten Freitag wirst du deinen Einstand geben, damit du es weißt."

„Laß ihn man erst zu Gelde kommen", brummt der alte Wagenschmierer. „Du siehst doch, daß er herunter ist."

Der alte Wagenschmierer ist froh, daß eine junge Kraft kommt. Er hat den kranken Abrücker vertreten müssen.

In der Haspelbude stinkt es stechend nach heißem Öl. Gleich nach dem Verlesen beginnt die Arbeit. Der Aufrücker hat schon dreimal ungeduldig Signal gezogen. Er steht unten im Schacht und schiebt die vollen Kohlenwagen auf den Fahrstuhl. Auf der Fahrstuhlplattform sind zwei Schienenstücke wie angeleimt. Darauf steht der Wagen, wenn er aus der Tiefe nach oben schwebt.

Der Fahrstuhl ist doppeltellerig wie eine Waage. Auf der zweiten Schale gleitet ein leerer Wagen nach unten in den Tiefbau. Oben muß der volle Wagen von der einen Fahrstuhlschale gezogen werden. Der leere Wagen wird dafür hinaufgeschoben. Das ist jetzt Lopes Arbeit.

Der alte Wagenschmierer zeigt ihm, wie man das machen muß. Die Wagen sind starr wie Kisten, die mit Eisen gefüllt sind. Auf den Eisenplatten vor dem Fahrstuhl müssen sie gedreht werden, damit sie richtig auf den Fahrstuhlteller oder auf die Schienen der Elektrobahn kommen. Das geht in die Arme.

„Wenn Feierabend ist, weißt du, was du hier gemacht hast."

Der alte Schmierer hilft Lope zuerst mit einer Hand beim Dirigieren der schwarzen Kohlenhunte. Es geht nicht so schnell, wie der Aufrücker es unten gern haben möchte. Er zieht immer wieder ungeduldig am Signal. Durch das breite Fenster der Haspelbude kann Lope das Gesicht des Hasplers sehen. Der Haspler grinst.

„Der kann grinsen", sagt der Schmierer. „Er braucht keine Murre ... Fummelt bloß ein bißchen am Hebel rum und kriegt es besser bezahlt als wir."

Die Haspelvorrichtung summt. Das Stahlseil zittert. Die großen eisernen Räder auf dem Förderturm drehen sich. Der leere Wagen sinkt klappernd in das Schachtmaul. Das hölzerne Schutzgitter schiebt sich krachend vor das schwarze Loch der Einfahrt. Bis der volle Wagen nach oben kommt, haben Lope und der Schmierer Pause.

Der volle Wagen reißt das Schutzgitter wieder krachend in die Höhe. Lope muß wieder rücken und schieben. Seine Arme schmerzen noch vom vorigen Arbeitsgang.

„Daran gewöhnt man sich." Der Schmierer sieht Lope verständnisvoll mit graugrünen Äuglein an. Sie sitzen hinter kurzen, abgefressenen Wimpern.

Der Aufrücker hat an das Sprachrohr geklopft. Es ist ein kalter Ton. Er kommt aus der unterirdischen Welt. Sie stolpern beide zum Sprachrohr.

„Was ist das heute für eine Murkserei?" kommt es barsch und grollend aus dem Eisenrohr. Die kleinen Augen des Schmierers hinter den Stachelwimpern kullern ein paar Blicke zu Lope hin.

„Hab nicht so eine Gusche! Es ist ein Neuer hier ... Es geht doch nicht gleich so."

„Hat er seinen Einstand schon gegeben?" fragt es aus dem Sprachrohr.

Der alte Schmierer bringt seinen Mund mit dem eisgrauen

Bärtchen ganz dicht an die Öffnung des Sprachrohrs. Er bläst hinein wie in das Mundstück einer großen Posaune. Der Ton ist breit und plärrend.

„Verfluchter Hund", wird von unten gerufen, es klingt wie erstickt. Lope hat die Holzpantinen weggeworfen. So kann er sich besser stemmen. Die Eisenplatten sind kalt. Der Herbst sitzt schon in ihnen.

„Da kannst du dir leicht die Zehen abfuhrwerken. Hast du keine Schuhe?" Der Alte kraust die Stirn. Seine großen Ohren wackeln dabei.

„Mm – nein ... ich kaufe mir Schuhe, wenn ... wenn ich ... sicher kriege ich Freitag schon etwas ..."

„So siehst du aus. Die erste Woche bleibt drin. Was ich sagen wollte: hast du keine alten mehr?"

„Sie sind auf dem Gut."

„Ach so, na ja, frißt der Herr die Butter, und du würgst dein Karo trocken. Das sind Hunde ... aber bilde dir nicht ein, daß der hier besser ist." Die krumme Rechte des Alten weist auf die Grubenanlagen. „Sie sind Brüder oder Cousins oder so was. Sie sind überhaupt alle Brüder, die Geldhengste, mußt du wissen. Bloß wir sind keine Brüder nicht. Das ist ... ja, was willst du machen. Ich werde mal sehen, vielleicht habe ich noch so ein paar alte Botten zu Hause."

Der Haspler klopft an das Fenster. „Wollt ihr nicht abrükken? – Jetzt sind sie zu zweien und kriegen immer noch nichts fertig."

Sein Brummen wird von der Eisenstimme des Signals übertönt. Die Arbeit geht weiter. Lopes Arme werden immer schwerer. Ein Weilchen denkt er an seine Ochsen. Ob sie Grimka wieder fährt?

Auf dem Gutshof ist es nicht mehr so wie früher. Seit der Hochzeit des gnädigen Fräuleins ist alles ein wenig aus der Reihe gekommen. Die Frauenkolonne zieht Rüben. Vogt Bremme schleicht sich an Mathilde heran.

„Was ist mit deinem Bengel? Kommt er nicht mehr, oder was ist?"

Mathilde fährt herum. Sie packt die Hacke, schwingt sie

hoch und reißt ihr Kopftuch dabei herunter. Vogt Bremme springt zur Seite. Mathilde schlägt in den Rübenhaufen. Zwei dicke Rüben spießen sich auf die Zinken. Die anderen Weiber halten inne. Sie starren. Eine Rübe plumpst dumpf vor Bremmes Füße. Er springt schnell zurück.

„Vor dem Biest ist man ja seines Lebens nicht mehr sicher."

„Hast du den Jungen gemacht?" Blauröte schießt in Mathildes Gesicht.

„Nein, ich glaube, der Schreiber war es. Das mußt du ja am besten wissen."

Vogt Bremme hat genug Entfernung zwischen sich und der wilden Mathilde.

„Meine Kinder werden nicht unter deiner Knute verrecken, du dürrbeiniger Hengst, du!"

„Habt ihr nicht mit dem gnädigen Herrn ausgemacht, daß er bleiben muß, weil . . . weil du geklaut hast, das weißt du ja."

„Meeensch, ich . . ." Mathilde geht mit erhobener Hacke auf Bremme zu. Das Männchen duckt sich und rennt stolpernd durch die Rübenreihen. Es rennt auch noch, als Mathilde schon längst von ihm abgelassen hat. Die Frauen quietschen und werfen sich, vor Lachen jappend, so wie sie sind, auf den feuchten Rübenacker.

„Muß er mir so einen Schreck einjagen? Man kann keine Minute ruhig für sich denken. Pfui Deibel, so ein Spinnen- und Schneckenzeug."

Mathilde geht, als ob nichts geschehen wäre, wieder an ihre Arbeit. Die anderen Frauen kommen nicht so schnell zur Ruhe.

„Könnt ihr reden, was ihr wollt; ihren Spaß macht die Mathilde immer noch", sagen sie.

Mit einer Klage bei Inspektor Konrad erreicht Vogt Bremme nichts.

„Was geht das dich an, du alter Esel?" Der Inspektor stochert mit dem Spazierstock in einem Mauseloch.

„Ist er nicht verpflichtet, hier zu arbeiten, weil die Mathilde . . ."

„Verrpflichtet, verrpflichtet – – frreilich, du wirrst hierr eingehen wie ein trrockener Quarrksack. Es ist keinerr verrheiratet mit dem Herrn. Das fehlte noch gerrade."

Vogt Bremme weiß nicht, daß Inspektor Konrad gekündigt hat. Mit Anfang des neuen Jahres ist er Pächter eines kleinen Gutes weiter im Schlesischen.

Eine Woche später liest Vogt Bremme in der Landwirtschaftszeitung:

„Versierter landwirtschaftlicher Inspektor, der energisch mit Hofleuten umgehen kann, für sofort, spätestens zum 1. Januar gesucht. Von Rendsburgsche Güterverwaltung ..."

Da weiß Vogt Bremme, woran er ist. Er weiß auch, weshalb der gnädige Herr kaum Notiz davon nahm, daß der Bengel von der Mathilde die Ochsen einfach im Stall stehenließ und davonrannte. Der Herr hat andere Sorgen.

Nach dem Lesen der Anzeige bekommt auch Vogt Bremme seine Sorgen. Er muß sehen, wie er wieder in den Besitz des Schlüssels zur Schüttbodenluke kommt. Mit dem Nachfeilen, das klappte nicht. Es war ein altes, ganz vertracktes Schloß. Wenn der neue Inspektor eintrifft, muß Bremme den Schlüssel haben.

Bei Kleinermanns selbst ist kaum die Rede von Lopes Flucht. Vater rennt fast jeden Abend nach dem Essen ins Dorf. Die Ladenberger Windjackenkerle haben ihn in der Mache. Er ist oft die halbe Nacht unterwegs und kommt doch nicht betrunken heim.

„Wenn sie ihm das Saufen abgewöhnen, mag's ja sein", sagt die Mutter eines Abends zu Lope. Sie sagt es wie zu einem Erwachsenen. Lope wundert sich. Dann fährt die Mutter hastig herum. „Misthunde sind sie doch alle. Sie kratzen alles aus uns heraus, wie das Angebrannte aus Töpfen. – Wenn sie dir sagen, daß du wieder hier arbeiten mußt, der Inspektor oder jemand, dann sagst du: ‚Ihr könnt mich mal ...' Das werden wir doch mal sehen. Pfui Deibel, so eine Spinnenbrut!"

Die Mutter setzt sich auf die Ofenbank und beginnt vor

sich hin zu stieren. Es ist schon bald Morgen, als sie in die Kammer kommt.

An einem Abend, als Lope in die Nachtschicht geht, sagt der Vater: „Nun gehst du hin mit deinem Rupfsack, jawohl, Lope Kleinermann, angetreten zum Schichtanfang mit Rupfsack und Lampe, jawohl. Oodnung und Saubakeit ... angetreten, jawohl. Gottlob, wer die Stricke zerreißt, bitte ... jaaa, wir wörden bald alle die Stricke zerreißen, Heil, SA marschiert, bitte ..."

Lope schweigt. Er sieht den Vater prüfend an. Es ist, als ob ein fremder Mann in Vater sitzt, und der fremde Mann flüstert dem Vater zu, was er sagen soll. Ganz nüchtern scheint er auch nicht zu sein. Lope bläst die Petroleumlampe aus und läßt den Vater auf der Ofenbank hocken.

Grimka fährt wieder mit Lopes Ochsen. Wenn Lope von der Nachtschicht kommt, sieht er Grimka anspannen.

„Da hast du mir nun ... wieder hast du mir die verfluchten Fladenscheißer an den Hals gehetzt, hast du mir."

Lope gewahrt Wambas zergerbtes Fell. An manchen Stellen ist die Haut geplatzt von Grimkas ungeduldigen Schlägen. Wamba steht mit sanften Augen, wiederkäuend, quer zur Deichsel. Da muß Lope wegsehen.

Trude ist frech. Sie arbeitet jetzt ständig in der Frauenkolonne. Sie weigert sich aber, neben der Mutter zu arbeiten. Die Mutter beachtet Trude kaum. Nur manchmal droht sie zum anderen Ende hinüber: „Halt jetzt deine Klappe. Man kann keinen Augenblick etwas für sich allein denken."

Trude und die Frauen auf dem anderen Ende tuscheln eine Weile miteinander. Es gibt immer Geschichten, über die man lachen muß. Meistens sind es Geschichten von Männern.

„Und dann haben sie ihm die Hosen ausgezogen ...", sagt Frau Müller. Sie hat ihren erhängten Mann vergessen. Man spricht davon, daß Fleischer Franzke sie manchmal nachts besucht.

„Die Hosen?" Trude kichert. Die Mutter wirft einen Stein herüber.

„Eine richtige Dreckschleuder, brrr, so ein Spinnengelumpe."

„Du bist ja niemals so schwarz wie die andern?" kann Trude Lope fragen.

„Wenn ich doch oben arbeite."

„Dann bist du ja kein richtiger Kumpel."

„Was denn sonst?"

„Dann bist du bloß ein Schmiermoppel."

So frech kann Trude sein.

Und es kommt ein Abend, da fehlt Trude beim Abendessen. Die Mutter rutscht unruhig auf ihrem Platz hin und her.

„Wo die Kröte sich herumtreiben mag? Mir scheint, sie hat's schon mit den Männern. – Ich zerschlag ihr das Kreuz."

„Warum hast du es zugegeben, daß sie sich das neue Kleid machen ließ?" Der Vater schiebt eine Kartoffel zwischen die Zähne.

„Kau du nur, das ist meine Sache. Sie kann ja nicht in Lumpen gehen."

Lope macht sich auf die Suche nach Trude. Er findet sie unter den Haselbüschen bei der Gutsmauer. Es ist die dunkle Nische, in der die Scheunenecken zusammenstoßen. Trude ist nicht allein. Lope sucht erst von weitem zu erlauschen, was die beiden dunklen Menschenklumpen voneinander wollen. Trude kreischt unterdrückt. So mauzen die Katzen im Heu, denkt Lope. Der andere schwarze Klumpen brummelt und lacht. Er lacht wie in einen Sack hinein. Lope erkennt die Stimme von Albert Schneider.

Er tritt einige Schritte näher und sieht, daß Albert Trude mit beiden Armen festhält. Trude kneift ihn bei den Rippen. Albert läßt nicht los. Sie beißt in seine Arme, da läßt er sie mit unterdrücktem Aufschrei fahren.

„Ooouuu, du bist wie unsere Katze." Albert streicht über seinen Arm. – Sieh mal, sieh, und früher hat er sie Läusetrude genannt, denkt Lope.

„Ja, Läusetrude", sagt er mit einem Male laut.

„Mein, wer ist da?" Trude schmiegt sich ängstlich an Albert.

„Der heilige Geist", knurrt Lope, „... und der Blitz soll euch erschlagen."

„Ach, der Schmiermoppel!" Trude atmet auf und läßt Albert los. „Was mußt du mir nachlaufen? Geht es dich etwas an?"

Albert stößt Trude in die Seite und tritt etwas verschämt auf Lope zu.

„Du darfst nicht Läusetrude zu ihr sagen, dann wird sie auch nicht so frech sein."

„Läusetrude? Das hast du von ihr gesagt."

„Ich?"

„Ja, du ... in der Schule hast du es zu ihr gesagt, und jetzt klebst du dich an sie wie eine Töle, wenn du was wissen willst."

„Ach, Mensch, Schule ... Da waren wir doch Kinder."

„Na, was der Schmiermoppel will." Trudes höhnische Worte sind wie Brennesseln für Lope.

Albert Schneider lenkt ein. Er zieht eine Schachtel Zigaretten aus der Tasche. „Da, rauch lieber, das macht ruhig."

„Geh mir weg. Ich will die Dinger nicht. Wenn ich will ... ich habe ja selbst Geld, ich verdiene ja, und du mußt sie klauen."

„Was, ich klauen?"

„Na ja, das Geld mußt du doch von deiner Mutter klauen."

Das ist zuviel für Albert Schneider. Er stößt Trude beiseite und geht dicht an Lope vorbei zur Straße hinüber.

„Und du kommst jetzt rein. Kaum hast du das Abendmahl in der Kirche verschluckt, da stehst du hier und hast es mit den Kerlen."

Trude hat sich die Schürze vor das Gesicht gepreßt. Sie schluchzt unecht.

„Du stehst ja schön unter dem seiner Fuchtel!" ruft Albert Schneider von der Straße herüber. Trude läßt die Schürze fallen. Sie springt Lope an. Wie eine gereizte Glucke krallt sie sich in das Haar des Bruders. Sie spuckt ihm ins Gesicht, macht sich los und will davonrennen. Lope packt sie, zaust sie bei den Haaren. Trude schreit. Der Schrei ist wie eine spitze

Flamme in der Dunkelheit. Im nahen Hühnerstall gackert ein Hahn sein Warnsignal. Im Schloß schlägt ein Hund an.

„Du alter Schmiermoppel hast überhaupt nichts zu bestimmen", kreischt Trude. Sie wischt sich mit dem Handrücken Wuttränen aus den Augen und stürzt sich wieder auf den Bruder. Sie verkrallen sich. Sie fallen um. Sie rollen wie verbissene Hunde auf die Dungstatt zu. Erst als sie sich von den dicken Fäusten der Mutter gepackt fühlen, ihr weißes Kopftuch über ihren erhitzten Gesichtern erscheint, lassen sie schimpfend voneinander ab. Sie gehen wie zerschundene Kampfhähne in verschiedenen Richtungen auseinander.

Und der Nebel wird dichter. Manchmal liegt er wie feine Watte zwischen Bäumen und Häusern. Aus den Bauernhäusern strömt der Duft gekochter Rüben. Der Flug der Stare ist matt vom Nebelreif. Manchmal duftet die Luft schon nach Frost. In den Häusern kreischen die Sägen, und das Spaltholz poltert vom Klotz. Aber dann kommen noch ein paar ganz seidig-blaue Tage. Das Fallaub duftet. Die Herbstastern prahlen in den Vorgärten. Im Dorf rüstet man zum Michaelifest.

Weiß der Deibel, wer dieser Michaeli war. Viele Jahre war sein Fest vergessen, aber jetzt haben sich die Geschäftsleute des Dorfes seiner erinnert. Die Geschäfte gehen wie ein müdes Göpelwerk. Kein Mensch hat Geld. Die Menschheit versauert. Drinnen in der Stadt haben sie alle Augenblicke ihren Jux. Es wird immer noch etwas verkauft, weil sie es verstehen, ihr Zeug geschickt an die Menschen zu bringen.

So einig waren sich Kaufmann Knorpel, Wilm Tüdel, Fleischer Franzke und Bäcker Bähr eigentlich lange nicht. Schon aus diesem Grunde müssen sie diesem alten Michaeli dankbar sein. Sie verhandeln mit Gustav Pink, dem Vorsitzenden des sozialdemokratischen Ortsvereins.

Sie nehmen auch Fühlung mit dem Radfahrerverein auf. Es ist geradezu ein stolzer Verein geworden, dieser Radfahrerverein. Er ist überhaupt kein Verein mehr, sondern eine Ortsgruppe. Und der ganze Bund heißt jetzt „Arbeiter-Rad- und Kraftfahrerbund Solidarität". Das Michaelischießen übernimmt natürlich der sozialdemokratische Ortsverein. Wie kann man nur fragen! Gustav Pink tut etwas beleidigt.

Der Verein wird sich doch die Ehre nicht entgehen lassen! Kritisch werden die Verhandlungen, als es um das Karussell geht.

„Ein Karussell muß her", sagt Gustav Pink.

„Es schnappt uns die Kindergroschen weg", gibt Kaufmann Knorpel zu bedenken.

„Ja, sie fahren sich die Kotze an, und ich steh mit meiner Wurst da", pflichtet Fleischer Franzke bei.

„Was denkt ihr, was ein Karussell ausmacht." Gustav Pink läßt sich nicht abschütteln. „Sie kommen von überallher aus den anderen Dörfern, wenn sie einen Leierkasten hören."

„Wir können ja die Musik spielen lassen, dann hören sie es auch."

„Ach was, Musik. Leierkasten ist Leierkasten. Der muß her zu einem vernünftigen Fest."

Auch Wilm Tüdel ist mehr für Karussell und Leierkasten, und der Vorsitzende der Radfahrer-Ortsgruppe hat auch nichts gegen Leierkasten und Karussell. Es wird abgestimmt.

Die Karussellpartei hat die Mehrheit. Die Geschäftsleute gehen nicht mehr ganz so einig auseinander. Der alte Michael hat es doch etwas hinter den Ohren.

Das Wetter hält. Der eigentliche Michaelitag ist längst vorbei, als das Michaelifest auf der Dorfaue unter den Linden beim Gasthaus von Wilm Tüdel beginnt. Der glatzköpfige Karussellbesitzer und seine dicke Frau entfernen die Schutzplane von der Seitenwand. Das Karussell ist wie ein großer grauer Pilz. Der Pilz hat bunte, flittrige Lamellen auf der Unterseite seines Hutes. Unter dem Hut heckt ein Geziefer von springenden bunten Holzpferden. Manche reißen das Maul auf. Manche tragen im erstarrten Galopp den Schwanz verquer.

Auch ein steifer Schwan ist da. Er hat im Rücken ein Loch. In dem Loch sitzen die Kinder. Rechts und links an der Drehorgelfassade stehen zwei geschnitzte Mädchen. Sie sind wenig bekleidet. Der geschnitzte Schleier drängt sich wie eine

Wurst zwischen ihren Schenkeln hindurch. Weiter oben scheint er nur an den Brustwarzen der rosa lackierten Damen mit den unmodernen Frisuren zu hängen.

„Das ist schade“, sagt Orge Pink.

„Sie bemalen es immer so, daß man nicht alles sieht.“

Die geschnitzten Damen machen indessen, unberührt von den Blicken der Jünglinge, ihre vorgezeichneten Bewegungen. Der Karussellknecht ist hinter der Orgel verschwunden. Die ersten Töne kugeln sich quäkend und pfeifend wie Höllenmusik auf den Platz und in die Ohren der Menschen.

Die eine der beiden steifen Damen schlägt zwei gelbe Blechnäpfe aufeinander. Die andere hebt ihren etwas abgeschundenen Arm nach dem Takte des Leierkastenstückes ruckartig in die Höhe. „Untern Linden, untern Linden . . .“, Fleischer Franzke summt, verjüngt von der Leierkastenmusik. Er schaut dankbar nickend die Dorfstraße hinunter und legt die ersten Würste in den Heißwasserbehälter.

Der Platz beginnt sich zu füllen. Der Karussellmann klatscht in die Hände. „Die Dreher rauf, hopp, hopp!“

Eine Schar Kinder stürmt auf die Karussellplattform. Der Besitzer sortiert sie mit strenger Miene. Zehn Dreher werden zunächst benötigt, zehn Dreher sind der lebende Motor dieses Vergnügungsinstrumentes.

„Mädels, die keine Hosen anhaben, scheren sich weg.“ Der Karussellmann rümpft seine blaurote Nase. Manche Mädchen heben die Röcke an. Sie beweisen, daß sie weiße Beinkleider mit gehäkelten Spitzen anhaben. Der Besitzer weiß, weshalb er das tut. Von den lackierten Pferden kann man hinauf in die Karussellspeichen sehen. Der dicke Karussellmann weiß, was er der Moral schuldig ist.

Die ersten zehn Dreher erklettern die Leiter zum Karusselloberbau. Die dicke Karussellfrau beginnt in der umgehängten Kassiertasche zu wühlen. Auf ihrem Speckbauch klebt eine weiße Tändelschürze. Wer fünf Touren oben gedreht hat, darf unten eine Tour umsonst fahren. Es sind mehr Kinder, die sich zum Drehen melden, als benötigt werden.

„Schert euch nach Hause und holt Groschen“, ruft ihnen die Karussellfrau zu. „Abgelöst wird später.“

„Eine Extratour für die, wo mit aufgebaut haben."

Der Karussellmann spielt mit seiner Uhrkette, die auf dem Hügel seines Bauches liegt. Im Umdrehen ist die Plattform überfüllt.

„Zurückbleiben, die anderen nachher." Die Stimme der Karussellfrau ist versoffen und wie eine Drahtbürste. Die Drehorgel beginnt ein neues Stück zu seufzen.

„Licht aus, Messer raus ..."

Das Karussell setzt sich in Bewegung. „Haut ihn, daß die Fetzen fliegen ...", singen die Kinder.

In der Mitte des Platzes sind Kiefernpfähle in die Erde gerammt worden. Das ist Wilm Tüdels Einfall. Es sind große und kleine Pfähle. Man hat Schalbretter darüber gelegt und sie festgenagelt. Da waren es auf einmal Bänke und Tische. An einem dieser Tische nimmt jetzt die Musikkapelle Platz. Flötenheinrich, Tuba-Schutzka, Barbier Bulke und Grimka mit seinen Trommelinstrumenten. Das Tenorhorn von Barbier Bulke blitzt in der Sonne. Das Instrument von Tuba-Schutzka ist blind von Bierdunst und Speichel. Die obersten Knopflöcher seines Sonntagsrockes sind mit Strippen zusammengebunden. Bäcker Bähr und seine Frau haben sich unter einer Linde einen Stand errichtet. Späte Wespen umschwärmen den Rhabarberkuchen. Der Tisch des Standes ist mit Schokoladentafeln, Bonbongläsern, Lutschern, Lakritzstangen, bunten Näpfchen und Schächtelchen bedeckt. Auf einer runden Holzplatte sitzt ein Vogel. Auch er wurde von den klobigen Händen des Gutsstellmachers Blasko geboren. Die runde Holzplatte ist mit Nummern von eins bis zwölf eingeteilt. Der Vogel ist mit brauner Wagenfarbe angestrichen. Seine Flügel sind grün. Es ist die Mißgeburt eines Grünspechtes. Der Vogel hat keine Füße. Dafür hat er eine Buchse im Bauch. In dieser Buchse steckt ein Nagel. Er kommt von unten durch die runde Holzplatte. Der Vogel ist also fähig, sich im Kreise zu drehen. Wenn er sich eine Weile gedreht hat, bleibt sein dicker, starrer Schnabel auf einer der Nummern stehen. Wenn das die Zwölf ist, so handelt es sich um einen Hauptgewinn. Es gibt viele Leute, die versuchsweise den Vogel in Bewegung setzen.

„Wenn du nicht bezahlt hast, gilt es nicht", macht Bäcker Bähr aufmerksam.

„Freilich, freilich ... ich will nur mal sehen, ob ich noch Glück habe. Vor drei Jahren habe ich drei Tafeln Schokolade auf einen Hieb gewonnen."

„Na ja, warum nicht, wenn man Glück hat!"

Der Vogel bleibt auf der Elf stehen.

„Da kannst du sehen, daß du Glück hast", animiert Bäcker Bähr.

„Ja, ich glaube wahrhaftig, na, ich werde es riskieren."

Der Glückssucher zahlt zwanzig Pfennig. Er, Meister Bähr und die Meisterin schauen gespannt auf den dicken Vogelschnabel. Sie haben dabei verschiedene Wünsche. Der Vogel bleibt pickend auf der Zwei stehen. Bäcker Bähr und seine Frau wechseln einen kurzen Blick. Der Mann atmet schwer. Er sieht den Holzvogel durchdringend an, zieht dabei seine Geldtasche. Er entnimmt ihr weitere zwanzig Pfennig und gibt die Bäcker Bähr in die Hand. Diesmal gibt er dem vermanschten Grünspecht nur einen kurzen Klaps gegen den Schwanz. Der Vogel taumelt und schleudert beim Drehen in seiner Buchse. Bäcker Bähr schaut nur mit einem Auge hin. Seine Frau verkauft Rhabarberkuchen. Der Schnabel des Vogels pickt die Vier an.

Als der blinde Holzvogelkopf die vierte Niete anhackt, wird der Mann wild. Er schlägt mit flacher Hand gegen diese Nachbildung eines Tieres. Der Vogel wird beim schnellen Drehen zu einem verwaschenen, farblosen Strich.

„Manchmal ist es zum Katzenkriegen", sagt der Mann. Er wendet keinen Blick von dem kreisenden Ding. Andere Besucher drängen sich heran. Der Drehvogel hält auf der Elf inne.

„Es wird schon besser", sagt Bäcker Bähr tröstend. „Schade, daß du diesmal nicht bezahlt hast."

„Wenn man nicht bezahlt, gewinnt man todsicher", bemerkt der Mann aufgeregt. Er gibt einem Jungen, der sich an den Tisch gedrängt hat, zwanzig Pfennig. „Bezahle du!" sagt er zu dem Jungen. Der Junge tut es überrascht und zögernd.

„Manchmal muß man sich das Glück erlisten." Bäcker Bähr zwinkert.

Der Mann hat den Vogel nur ganz wenig in Bewegung gesetzt. Der Holzspecht macht zwei Runden und bleibt auf der Zwölf stehen.

„Siehst du, da hast du's", triumphiert Bäcker Bähr. Der Mann atmet auf.

„Wenskat hat den Haupttreffer gemacht", schreit Bäcker Bähr in die Menge. „Drei Tafeln Schokolade auf einen Ruck."

Wenskat grapscht die drei Schokoladentafeln aus Bäcker Bährs Hand. Der Junge mustert sie verlangend. Wenskat trägt sie mit erhobener Hand ein Stück durch die Menge. Dann steckt er sie langsam, eine nach der anderen, in seine Taschen. Er hätte einen Groschen sparen können, wenn er sie gekauft hätte. Aber daran denkt Wenskat nicht. Er hat gewonnen. Andere Menschen drängen sich zu Bäcker Bährs Vogel. Auch sie wollen sich von dieser hölzernen Mißgeburt für Augenblicke glücklich oder unglücklich machen lassen.

Kaufmann Knorpel läßt das Glück nicht von einem Vogel austeilen. Vor seinem Verkaufsstand steht ein senkrechter Pfahl. An diesem Pfahl ist ein Rad von der Größe eines kleinen Wagenrades angebracht. Die eine Seite der Felge dieses Rades ist mit vielen Nägeln bespickt. Sie ragen um einige Zentimeter aus der Felge heraus. Zwischen je zwei Nägeln sind auch hier Nummern aufgemalt. Am oberen Ende des Pfahles befindet sich ein federndes Stück Metall, das gleitet über die Nägel hinweg. Es macht Lärm wie tausend Heuschrecken. Die Radfelge ist mit dreißig Nummern versehen. Kaufmann Knorpel verkauft für je dreißig Pfennig zehn Holztäfelchen. Auf jedem der Täfelchen stehen drei von den Nummern des Rades. Wenn die Feder am Rad genug geschnarrt hat, bleibt sie auf einer der Nummern des Rades stehen. Der Käufer, der diese Nummer mit seinem Holztäfelchen erkauft hat, ist Gewinner.

Kaufmann Knorpel ist ein kluger Rechner. Er verkauft die zehn Täfelchen an verschiedene Glückssucher und nimmt dafür drei Mark ein. Der Hauptgewinn ist eine plumpe, große Vase. Sie ist mit knalligen, goldumränderten Rosen verziert.

Bei Knorpel im Laden kostet sie zwei Mark. Im Laden kauft sie aber niemand. Wer benötigt eine Vase für Blumen? Man sieht Blumen den ganzen Tag im Garten und auf den Feldern. Was braucht man das Unkraut noch in die Stube zu schleppen?

Aber am Michaelitage ist die Vase das Symbol des Glückes. Wer sie gewonnen hat, schleppt sie den Nachmittag über auf dem Platz umher. Jeder Mensch kann sehen, daß ihr Träger Glück gehabt hat.

Mehrere Menschen haben mit je dreißig Pfennig zusammengesteuert, um dieses Glück herzustellen. Auch Kaufmann Knorpel hat Glück, denn er wird auf diese Weise seine Ladenhüter los.

Es gibt Leute auf dem Michaeliplatz, die sich von einem Glück, wie es Bäcker Bähr und Kaufmann Knorpel vergeben, nicht blenden lassen. Sie gehen an den Stand von Fleischer Franzke, dort kaufen sie sich für dreißig Pfennig eine Brühwurst. Da wissen sie wenigstens, was sie haben. Sie warten nicht erst, bis zehn Menschen zusammenkommen, um für einen anderen zehn Brühwürste zu bezahlen, damit dieser von Glück reden kann. Sie schmieren sich einen hohen Damm aus Mostrich auf ihre Wurst, denn Mostrich gibt es gratis. Auf diese Weise werden auch sie glücklich, weil sie soviel Mostrich nehmen dürfen, wie sie wollen. Manchmal nehmen sie so viel, daß beim Abbeißen von der Wurst ihre Nase in den Mostrichdamm fährt. Die Nase beginnt dann zu brennen. Dann kratzen sie den Mostrich herunter und werfen ihn glatt auf die Erde. Er kostet ja nichts.

Allmählich hat sich der Platz gefüllt. Die Karussellpartei hat sich nicht verrechnet. Die Menschen kommen auch aus den Nachbargemeinden. Verwandte und Bekannte treffen sich. Man tauscht Erfahrungen und Neuigkeiten aus. Man lutscht Bonbons dabei, trinkt Bier oder buntes Kohlensäurewasser, oder man vergleicht die Kinder, die auf den lackierten Karussellpferden hängen. Es quiekt wie in einem Ferkelstall. Der kahlköpfige Karussellmann kommt beim Kassieren ins Schwitzen. Seine Frau läßt sich den dritten halben Liter Bier holen. Sie wischt sich den Schaum mit dem Handrücken vom

Mund und schlenkert ihn gegen die Hinterteile der Karussellpferde.

Auch Lope würde gern eines der sich bäumenden Karussellpferde besteigen, aber er hat seine Konfirmationshose an und zählt zu den Erwachsenen. Die Konfirmationshose ist zu kurz geworden. Sie bedeckt kaum noch seine Waden. Er geht zu Schäfer Malten hinüber. Malten sitzt auf der äußeren Kante einer Bierbank. Seine Augen blitzen.

„Jetzt weißt du nicht, ob du Kalb oder Jungbulle bist“, sagt er. Er hat wohl Lopes Gedanken erraten. „Hoahoahooo, ‚das ist des Volkes wahrer Himmel‘, hat der Goethe gesagt. Der konnte jedenfalls mehr als Brühwurst essen. Sie sind reineweg verrückt, die Menschen. Was werden sie noch alles anfangen.“

Malten scheint schlecht gelaunt zu sein. Lope will stumm weiter.

„Jetzt trinkst du mit mir ein Bier!“ Malten packt die Bedienungsfrau bei der Schürze. „Zwei Bier für uns, hast du gehört?“

Die Frau bringt das Bier, und sie stecken beide ihre Gesichter in die Gläser. Malten schlürft den Schaum von seinem Bart und schlägt derb auf Lopes Schenkel. „Was Besseres hast du nun nicht gekonnt, was?“

Lope schaut ihn fragend an.

„Da bist du nun von der Rinne in die Tonne geplumpst. Eines Tages werden sie dich runter in die Erde jagen, dann kannst du kratzen und japsen, bis deine Lunge so schwarz ist wie eine Schornsteinfegerhose. Und draußen sind die Lerchen, die Rehböcke fegen, und der Rebhahn ruft, aber du siehst nichts, du hörst nichts. Du siehst bloß den schwarzen Kohlendreck und machst ihn für die Blauärsche zu Geld. Hoahoahooo, und das sollen nun die neuen Menschen sein, die die Schriften ankündigen. Sie werden es in zehntausend Jahren nicht lernen, daß jeder für sich ein König sein könnte.“

Am Nachbartisch setzt die Musik ein. Lope fährt bei Grimkas erstem Paukenschlag zusammen. Die Gesichter auf dem Platz wenden sich zur Kapelle. Auch die Drehorgel beginnt wieder. Die Töne gehen aufeinander los wie kreischende Katzen.

„Ein Höllengejammer", sagt Malten. Er gießt den Rest seines Bieres auf die Erde und geht, ohne sich noch um Lope zu kümmern.

Am Bierstand von Wilm Tüdel hängt eine ganze Menschentraube. Wer von den Bergarbeitern noch Arbeit hat, leistet sich heute etwas. Die Arbeitslosen stehen überzählig herum. Sie warten, bis sie von einem freigebigen Kumpel an die Theke gerufen werden.

„Du bist ein armer Deibel", sagen die Spender und schieben ihnen großzügig ein Bier zu, „aber es muß ja bald anders werden. Ewig kann es nicht so bleiben ... ich meine die Knappheit mit der Arbeit."

Auch Inspektor Konrad steht in gelben Langstiefeln am Bierausschank. Ab und zu winkt er einen von den Gutsarbeitern heran. Er spendiert eine Lage und stößt wohlwollend mit ihnen an.

„Es ist nicht gesagt, du kannst vielleicht Vogt werrden, wenn du in die Parrtei eintrrittst." Das sagt Inspektor Konrad zu Liepe. Er flüstert es fast. Ihre Gläser klickern aneinander. Liepe duckt sich. Seine wässerigen Augen zwinkern.

„Der gnädige Herr ist nicht für die Partei ... und es ist eine österreichische Schnürschuhpartei, hat er gesagt. Nein, er wird ... er wird auch nicht den Bremme ... weil der Bremme gesagt hat, sie sind alle Affen, sie sollen lieber arbeiten, nein, er wird den Bremme nicht entlassen, da kann ich zehnmal in der Partei sein."

„Alter Esel, derr du bist. Werrden vielleicht bloß hierr Karrtoffeln gesteckt, bei dem dürren Gestell von einem Herrn? Außerdem ... Deutschland ist grroß, es wirrd immerr grrößer werrden ... Err wirrd sich umgucken, der dürre Halsabschneider."

„Sie werden mich auch nicht nehmen bei der Partei ... weil ich ... ich habe doch nicht den Anzug, den sie dort brauchen ... mit meinen paar Groschen ... wie soll ich den Anzug ... ich meine, sie verlangen etwas bei der Partei."

„Sie haben dir Auftrräge gegeben, du hast sie errfüllt, basta! Alles anderre hat dich nicht zu kümmerrn. Sie werrden dich nehmen, dafürr stehe ich ein ... Ich bin dein Inspektorr, immerr noch, oderr bin ich nicht dein Inspektorr?"

„Aber Sie werden fortmachen ... es wird nicht so leicht sein, wenn Sie fortmachen."

Andere Biertrinker drängen sich zwischen die beiden. Sie müssen ihr Gespräch beenden. Liepe geht an die andere Ecke des Ausschankes. Er trinkt drei Schnäpse hintereinander und schaut auf die Stiefel des Inspektors. Der Inspektor geht zum Karussell. Dort steht seine Frau. Sie steht auf der Plattform und schickt sich an, mitzufahren. Sie hält ihr Töchterchen, damit es nicht aus dem Loch im Rücken des Karussellschwanes fällt. Liepe wagt ein klein wenig daran zu denken, daß er auch einmal so glänzende braune Stiefel tragen wird.

„Ooodnung und Saubakeit", brummt er vor sich hin. Er geht zu Gutsstellmacher Blasko. Blasko hat bei Knorpel eine Rosenvase gewonnen.

Es gibt Männer auf dem Michaeliplatz, die einander mit halber Eifersucht begegnen. Auch daran hat dieser alte Michaeli schuld. Sie sind mit einem Stück Papier beschäftigt, sie schießen mit einem Gewehr danach. Sie nehmen es so wichtig, als ob der Bestand der Welt davon abhängig wäre. Diese Männer lächeln verständnisvoll über die Vogeldreher bei Bäkker Bähr. Sie vergleichen sich keineswegs mit diesen primitiven Glückssuchern. Sie halten sich für die Selbstbestimmer ihres Glückes. Sie glauben es zu erzwingen, wenn sie ein Auge zukneifen. Mit dem übrigen geöffneten Auge starren sie auf zwei Metallklümpchen. Diese Klümpchen sind auf dem Rohr der Schießmaschine befestigt, die sie „Tesching" nennen.

Es knallt. Das Bleiklümpchen aus dem Bauche des Stahlrohres fliegt vierzig Meter über Tüdels Hof. Es fliegt sehr schnell und bohrt sich nach diesem Fluge in das Stück Papier mit aufgemalten Kreisen. Das Papier ist auf ein Brett geklebt. Ein leises Klatschen. Das Bleiklümpchen reißt in Papier und Brett ein Loch.

Ein Junge kommt hervor, er hatte sich bis dahin hinter einer Stallwand versteckt gehalten. Er besieht sich den Schaden, den der kleine Bleiklumpen auf dem Stück Papier angerichtet hat. Wenn der Bleiklümpchenwerfer einen der Ringe angeschossen hat, ruft der Junge laut die Zahl, die dieser Ring trägt.

Vorn am Tisch bei der Schießmaschine sitzt ein Mann. Er hat eine Liste. In diese Liste trägt er genau ein, welchen Schaden der Bleiklümpchenwerfer auf dem Papier angerichtet hat. Die Männer sind davon überzeugt, daß es wichtig ist, den Schaden, den jeder von ihnen auf dem Papier zwischen den Ringen verursacht hat, für alle Zeiten aufzuschreiben. Es ist deshalb so wichtig, damit diese Männer nachher vergleichen können, wer den besten Schaden anrichtete. Andere Männer halten sich im Garten von Wilm Tüdel auf. Sie haben sich die Jacken ausgezogen und die Hemdsärmel aufgekrempelt. Es sieht so aus, als ob sie sich waschen wollten. Sie wollen sich aber nicht waschen. Sie kullern mit einer hölzernen Kugel. Die Kugel rollt einige Meter auf einem schmalen Brett entlang, am Ende dieses Brettes stehen neun kurze Holzkeulen. Die Kugel rennt auf diese Holzkeulen zu. Wenn sie das tut, ist der Mann, der sie abkullerte, sehr froh. Er wackelt mit dem Oberkörper hin und her, als ob er die Kugel damit lenken könnte. Die Kugel denkt gar nicht daran, sich von dem wakkelnden Manne lenken zu lassen. Sobald sie dessen Hand verlassen hat, tut sie, was ihr Gewicht und die einmal eingeschlagene Richtung vorschreiben. Die Holzkeulen haben am oberen Ende gedrechselte Köpfe, es sollen wohl Männer sein. Die mittelste von den neun Keulen hat auf dem Kopfe außerdem noch einen wulstigen Holzrand. Es soll wohl eine Krone sein. Die Männer nennen diese Keule jedenfalls den König. Wenn die Männer diesen König mit ihrer Holzkugel umgeworfen haben, sind sie sehr glücklich. Sie triumphieren, weil der König gefallen ist. Sie wissen, daß sie dann auf dem besten Wege sind, selbst König zu werden. Wer dreimal hintereinander den Holzkönig samt seinem hölzernen Hofstaat umgekullert hat, hat die größte Aussicht, Kegelkönig zu werden.

Die Männer verbrauchen viel Kraft, Mühe und Bier, um Kegelkönig zu werden. Manche von ihnen gehören sogar einem Klub an. In diesem Klub versuchen sie mehrmals in der

Woche zu ergründen, wer der beste Kegelkönig ist. Sie nehmen es sehr ernst damit. Sie kämpfen mit Reden und Umzügen dafür, daß ihr Vorhaben, den besten Kegelkönig zu ermitteln, als ernsthafter Sport gewertet wird. Sie tragen Gürtel mit gekreuzten Kegeln auf der Schnalle. Und sie tragen Abzeichen auf ihrem Rockaufschlag und Fahnen bei ihren Umzügen, damit man ihre ernsthaften Bestrebungen sofort erkennt.

Überall auf dem Michaeliplatz ist man emsig bemüht, irgend etwas zu feiern. Besonders die Männer geben sich große Mühe dabei. Die Frauen sind zurückhaltender. Sie erlauben sich höchstens eine Wurst, ein süßes Bier und einen oder zwei Bonbons aus der Tüte der Kinder. Sie wissen, daß sie die auf dem Michaeliplatz verfeierten Markscheine und Pfennige in den nächsten Wochen bei der Haushaltführung wieder einsparen müssen und stürzen sich nicht kopfüber in Unsinnigkeiten.

Am späten Nachmittag kommt auch die herrschaftliche Familie auf den Platz. Der gnädige Herr und die gnädige Frau kommen allein. Aribert und Dieter sind endlich zum Studium abgereist. Das gnädige Fräulein befindet sich noch auf der Hochzeitsreise in Paris. Der gnädige Herr und die gnädige Frau gehen eingehakt und steif durch die Menge. Es wird ihnen bereitwilligst Platz gemacht. Ein betrunkener Bergarbeiter bleibt stehen.

„Wir zahlen alle Steuern“, lallt er. Er schaut mit geröteten Augen auf das herrschaftliche Paar. Er läßt seine stieren Blicke an ihm hinauf- und hinuntergleiten. Der gnädige Herr hält das für einen Spaß. Er lächelt jedenfalls wohlwollend und geht mit der gnädigen Frau am Arm in einem kurzen Bogen um den schwankenden Bergmann herum. Der Bergmann ballt seine Rechte zur Faust. Auch er will sich umdrehen. Die Heftigkeit seiner eigenen Bewegung reißt ihn nieder. Er liegt im Sande und zappelt. Die Menge kreischt. Er erhebt sich wieder und macht ein paar Schritte nach vorn. Vielleicht will er den Gutsherrn und seine Frau verfolgen. Die beiden sind aber schon im Gewimmel untergetaucht.

Ansonsten sieht der gnädige Herr nur fröhliche Gesichter. Er und seine Frau sind glücklich darüber, daß es sich seine Gutsarbeiter so wohl sein lassen. Die Musikkapelle spielt jetzt im Saal zum Tanz auf. Das gnädige Paar schaut eine Weile bei den Männern zu, die sich damit abmühen, Kegelkönig zu werden. Das verleiht diesen Männern und ihrer Beschäftigung noch mehr Wichtigkeit. Einige spucken sich in die Hände, bevor sie die Kugel erfassen. Andere verrenken sich die Leiber, wenn die Kugel rollt. Sie sind stolz, wenn die gnädige Frau kurz und trocken darüber lacht. Der gnädige Herr und die gnädige Frau schauen auch ein Weilchen zum hinteren Saaleingang hinein. Hier spielt Leibkutscher Wenskat den Vergnügungsleiter. Kaum hat er die Herrschaften erblickt, da steht er schon auf der Bühne bei der Kapelle. Ein Tusch! Grimka läßt die große Trommel rollen wie Gewitterschläge.

„Eine Extratour für unseren hochgeschätzten gnädigen Herrn und seine hochverehrte Gemahlin." Wenskats Stimme überschlägt sich.

Die jungen Leute packen sich bei den Händen, sie bilden einen Kreis. Der Kreis drängt sich zur Tür hin, um die Herrschaften einzuketten. Der gnädige Herr winkt lässig ab. Er macht eine leichte Verbeugung zu den jungen Leuten hin und flüstert einem von den Gutsarbeitern zu: „Hol mir den Wenskat her!"

Wenskat kommt mit verschwitztem Gesicht. Der gnädige Herr redet auf ihn ein. Wenskat dreht sich um und ruft in die Menge: „Alles tanzt!"

Der Herr und die Frau gehen in den Garten zurück.

„Was hat er dir gesagt?" fragt man Wenskat.

„Er wird Schnaps schicken ... Hab man keine Bange, er schickt schon."

Eine Weile später erscheint der Gutsbrenner mit fünf Flaschen Kartoffelschnaps auf der Tanzfläche.

„Hab ich euch nicht gesagt, daß er schicken wird?" brüllt Wenskat. „Wenn ich es euch sage, dann schickt er auch."

Die Schnapsflaschen werden dem Brenner aus der Hand gerissen. Aber Wilm Tüdels Augen sind überall. Er ist erbost, daß der gnädige Herr den Schnaps nicht bei ihm kaufte. Der gnädige Herr wußte, weshalb er es nicht tat. Wilm Tüdel steht auf der Bühne und läßt einen neuen Tusch blasen.

„Mitgebrachte Getränke werden hier nicht getrunken ... Ich muß hier die Steuern zahlen." Wilm Tüdels Stimme ist drohend.

„Dann gehen wir eben raus auf den Platz", wird gegrölt.

„Auf dem Platz hab ich auch einen Ausschank. Ich zeige euch an wegen Geschäftsschädigung."

„Arsch auch!" grölt ein halb Betrunkener.

Die Männer mit den Schnapsflaschen drängen zur Tür hinaus. Ein Schwarm von Trinklustigen folgt ihnen.

„Eine Viertelstunde Pause", beeilt sich Barbier Bulke von der Bühne zu rufen. Er und seine Musiker lassen die Instrumente fahren. Tuba-Schutzka springt mit einem Satz von der Bühne auf das Parkett. Auch die Musiker folgen den Schnapsflaschenmännern.

Mit Gejohle ziehen sie über den Michaeliplatz. An seinem Rande steht eine strohgedeckte Scheune. Die gehört nicht Wilm Tüdel, sondern einem Kossäten. Sie ketteln das Tor auf, setzen sich in ihren Sonntagsröcken auf die staubige Lehmtenne und lassen die Flaschen kreisen. Der Kossät schimpft und trampelt. Er wacht ängstlich darüber, daß ihm die rauchenden Männer nicht die Scheune in Brand stekken.

„Komm her, nimm einen Zug und halt die Gusche", wird aus der Scheune gerufen. Da geht auch der Kossät hin und schiebt den Flaschenhals zwischen seine schmalen blauen Lippen.

„Valencia, deine Augen glühn und saugen mir die Seele aus dem Leib ...", spielt die Drehorgel. Frau Bäcker Bähr schneidet den letzten Rhabarberkuchen in Stücke. Die Stücke werden im allgemeinen Rummel etwas kleiner. Auf diese Weise reicht der Kuchen länger. Beim Glücksrad von Kaufmann Knorpel kann man jetzt einen Löwen mit goldener Mähne gewinnen. Der Löwe ist aus Gips und fast so groß wie ein kleiner Hund. Der zitronengelbe Löwe steht auf einem grünen Gipssockel und bemüht sich, böse auf die Menschen zu schauen. Vielleicht kann er das Tageslicht nicht vertragen, weil er solange unter dem finsteren Ladentisch von Kaufmann Knorpel hausen mußte.

Der Karussellmann hat keine Zeit mehr, nachzuprüfen, ob die Mädchen, die sich zum Drehen melden, auch Hosen anhaben. Außerdem ist die Zeit vorgeschritten. Viele halbwüchsige Burschen sind schon angetrunken; auch sie sind jetzt nicht mehr zu erwachsen, um die graugrünen und hirschroten Karussellpferde zu besteigen. Der Karussellmann will ihnen etwas bieten, damit sie ihre letzten Groschen bei ihm lassen.

Auch die Würste, die Fleischer Franzke jetzt in den Wasserkessel legt, sind nicht mehr ganz so lang wie die ersten. „Dafür sind sie jetzt aber dicker", sagt er zu einem Bergmann, der sie beanstandet. „Aber das siehst du nicht ... Du denkst an das lange Bierseidel ... Na ja, Spaß muß sein."

Die Unterhaltung wird von einem massigen Gebrumm unterbrochen. Die herumstehenden Menschen kommen in Bewegung. Alles drängt sich zum Rande des Platzes hin. Es ist ein Lastauto aus Ladenberg eingetroffen. Seine Ladung sind etwa zwanzig Windjackenkerle aus der Stadt. Inspektor Konrad begrüßt sie mit lautem Geschnarre. Die Männer springen exerziermäßig vom Wagen. Auch die Schnapstrinker aus der Scheune kommen herzu. Manche johlen den Ankommenden zu. Es sind zum Teil kleine Geschäftsleute und Handwerker aus der Stadt, die in dieser Verkleidung über Land fahren.

„Propaganda", sagt einer und schaut sich um, als ob er etwas suche.

„Die Hauptsache, ihr habt genug Pulver mitgebracht, dann werden wir schon Prompamganda ... oder wie das heißt, mit euch machen", grölt jemand. Die Ladenberger Männer mischen sich in Gruppen unter die Festmenge. Sie warten ab und mustern.

Und die Sonne fährt über den Himmel wie alle Tage. Sie beeilt sich nicht, sie fährt auch nicht langsamer. Die Bäume werfen genausoviel Blätter ab, wie es ihnen die Jahreszeit vorschreibt, nicht mehr und nicht weniger. Und die Felder duften auch am Michaelitage nach Herbst und lassen sich darin nicht beirren. Die Kühe beginnen in ihren Ständen nach dem Abendfutter zu brüllen. Willig folgen die meisten Frauen ihren Rufen. Sie ziehen sich den Sonntagsstaat aus, binden die Stallschürzen um und schleppen das kühle Herbstfutter in die Krippen.

Nur die Hunde verkriechen sich in die letzten Winkel ihrer Hütten. Dort rollen sie sich zusammen, um die aufreizenden Pfeiftöne der Drehorgel zu überstehen. Sie allein scheinen zu fühlen, daß etwas Fremdes in das Dorf und die Menschen gefahren ist.

Am Schießstand wird es immer lebendiger. Auch die Kerle aus Ladenberg halten sich für große Künstler darin, mit Bleiklümpchen kleine Löcher in die gewaltige Brust eines Hirsches zu werfen.

Einer wirft drei Mark auf den Teller. „Schreib ein: sechs Lagen für Ladenberg."

„Ladenberg? Das ist gar nichts, den Namen wollen wir wissen."

„Guckt euch den an, der kennt mich nicht. Hast du nie bei mir gekauft?"

„Hohenberg", murmelt ein Dorfschütze und beugt sich zum Schreiber. „Er hat an drei oder vier Geschäfte in der Stadt." Der Schreiber beeilt sich, den Namen hinzuschreiben.

„Peng, patsch!" Gustav Pink, der Vorsitzende des sozialdemokratischen Ortsvereins, nimmt das Gewehr von der Auflage. Er mustert die Angekommenen. Seine Stirn wird kraus. Er zwinkert zum Mann mit der Liste hin.

„Zwöööölf", wird von hinten gerufen. Es ist der älteste Junge von Grimka.

„Donnerwetter, habt ihr das gehört?" fragt der Schreiber die Umstehenden. „Fünfunddreißig Ringe sind zu schaffen, meine Herren. Er hat zwei Zwölfen und eine Elf hingelegt. Jaja, die alten Infanteristen."

Der Geschäftsmann aus Ladenberg verzieht das Gesicht. Seine Kaumuskeln spielen. Er läßt sich die Flinte fertigmachen.

„Ein bißchen schneller! Es kommen noch mehr, die fünfunddreißig hinlegen wollen."

Eine Gruppe von Windjackenkerlen kommt heran. Sie werfen nacheinander Geld auf den Teller: zwei Lagen, drei Lagen, fünf Lagen.

„Hoffentlich wird's nicht so schnell finster", brummelt der Schreiber und hat Mühe, Geld und Namen auseinanderzuhalten.

„Peng, patsch!" Spannung in den Gesichtern. Die Ladenberger schießen. Der Junge kommt aus seinem Winkel hervor. Er sucht die Scheibe ab, es dauert lange. Er dreht sich um, nimmt die Mütze vom Kopf und winkt damit hin und her.

„Fahrkarte!" brüllt jemand. Gelächter taut auf. Der Ladenberger wirft die Flinte dem Lader zu.

„Mit der Knarre muß man auf den Stall zielen, wenn man den Ochsen treffen will! Bin doch richtig abgekommen."

Das Gelächter wird stärker, die Kaumuskeln des Ladenbergers spielen wieder. Auch seine Kumpane aus der Stadt lassen es nicht an spöttischen Bemerkungen fehlen. Gustav Pink geht lächelnd davon.

Die Sonne wird schon rot und kugelig. Das Gedränge auf dem Festplatz ist dünner geworden. Die Frauen fehlen; diese Mägde der Männer bereiten in den Häusern die Abendmahlzeiten. Manche Männer sind breiter geworden. Sie fordern mehr Raum für ihre schwankenden Körper. Hier und da flammen hitzige Gespräche, kleine Streitereien auf. Bäcker Bähr kann nicht mehr recht unterscheiden, ob der pickende Holzspecht seinen Schnabel zwischen der Eins und der Zwei oder auf der Zwölf hat. Frau Bäcker Bähr muß über den Mann und den Vogel wachen, damit sie nicht leichtfertig mit dem Glück umgehen. Die Karussellfrau hat kein Zutrauen zu ihrem Gleichgewicht mehr. Sie hält sich während der Fahrt beim Kassieren an den Schwänzen der bunten Holzpferde fest. Liepe Kleinermann sitzt allein auf einer Bierbank. Er nüchtert sich aus.

Eine Gruppe der Ladenberger kommt auf ihn zugeschwenkt. Einer packt ihn bei der Schulter.

„Ach, hier ist ja auch mein Freund, der Kamerad, der in die Kolonien will. Weißt du nicht, Kamerad, wir haben doch letztens einen zusammen geschmettert?"

Der Ladenberger hat ein schäles Auge. Liepe erkennt ihn

trotzdem nicht sofort wieder. Er richtet sich auf. „Wenn ihr einen Buttcher für die Kolonüen ... Wir müssen sie wiederhaben, die Kolonüen, hat Oberst von Rendsburg gesagt ... Ja, Ooodnung und Saubakeit ..."

„Hab ich's euch nicht erzählt?" Der Ladenberger wendet sich an seine Kameraden. Er dreht sich halb um und zwinkert mit dem schälen Auge den anderen zu. „Habe ich es euch nicht gesagt? Eine hundstreue Seele, der Kamerad hier. Er will in die Kolonien. – Komm, Kamerad, komm, wir trinken einen zusammen."

Sie zerren Liepe mit an die Theke. „August, deine Haare ...", quäkt die Drehorgel. Manche Männer haben sich die ungewohnten Schlipse und die steifen Kragen abgebunden. Sie baumeln aus den Rocktaschen. „Wie soll einer mit so einem Faßring um den Hals einen gescheiten Schluck Bier runterbringen?"

Das Glücksrad am Stand von Kaufmann Knorpel schnarrt. „Wer dreht noch mal? – Ein Satz Kuchenteller ist zu gewinnen."

Einige Frauen recken die Hälse, jetzt sind sie es, die die Männer bereden, ihr Glück bei Kaufmann Knorpel zu versuchen. –

Junge Mädchen ziehen eingehenkelt über den Platz. Es ist Tanzpause. Die Karusselltouren werden kürzer. Die Tanzpause muß ausgenützt werden. Die Karussellfrau packt die angetrunkenen Burschen beim Hintern und hebt sie halb auf die Karussellpferde hinauf. Sie schwankt selbst dabei. „Für deine Braut bezahlst du doch gleich mit?"

Das lassen sich viele nicht zweimal sagen, sie bezahlen noch einen Groschen.

„Wo ist sie denn, deine Hübsche?"

„Da hinten steht sie doch, Mensch."

„Ach so, na, dann komm man rauf, mein Mädchen." Die Karussellfrau packt irgendein Mädchen und zieht es in den steifen Schwan hinein. „Komm man, komm, es ist schon bezahlt für dich."

„In Berlin, an der Ecke, an der Kaiserallee ...", zwitschert die Orgel.

„Eine Schnelltour!“ brüllt der Karussellmann zu den Drehern hinauf. Die Dreher schwitzen und stampfen keuchend über die Laufbretter.

Am Schießstand nimmt die Spannung zu. Einige von den Ladenberger Windjackenkerlen haben gut vorgelegt. Der Großkaufmann Hohenberg hat bei der fünften Lage fünfunddreißig Ringe geschossen. Gustav Pinks Königsposition ist in Gefahr. Gustav kommt eben von der Theke. Er schaut auf die Liste. „Fünfunddreißig, wer? – Schreib mal für mich ’ne Lage zwischen.“

„Das gibt’s nicht“, protestieren die Ladenberger! „Immer schön der Reihe nach.“

„Das ist doch schließlich unser Schießen. Ihr seid nur geduldete Gäste, wenn ihr was wissen wollt“, sagt Gustav Pink und legt sein Geld auf den Tisch.

„Interessiert uns nicht. – Wäre ja noch schöner!“

„Wohl vom Hamster gebissen?“ wehren sich die Ladenberger.

„Ich muß doch mein Ergebnis verbessern“, erklärt Gustav Pink.

„Kannste nachher auch.“

„Nachher ist es finster.“

„Könn wir doch nichts dafür. – Machen wir dir Funken in die Augen.“

„Nur nicht stänkrig werden. Hier bestimmen wir.“

„Wenn wir bezahlt haben, schießen wir.“

Durch das Gezänk der Männer entsteht eine längere Pause. Auch der Mann an der Auflage, der eben schießen wollte, mischt sich ein. Er hält die Mündung in die Baumwipfel und streitet mit auf der Seite der Ladenberger. Schließlich springt der Schreiber auf, schreit mit schriller Stimme in den Tumult: „Ihr langstieligen Kerle, die ihr seid, streitet euch hier herum, versäumt die Zeit, und inzwischen wird es finster wie im Bärenbauch.“ Er setzt sich wieder und flüstert Gustav Pink zu: „Laß man, Gustav, ich mach’s schon, daß die Ziege im Stall bleibt, du kommst noch dran, ehe es finster wird.“

Die Männer verteilen sich, der Mann an der Auflage beginnt wieder zu zielen. Schließlich drückt er ab. Im gleichen

Augenblick kommt der kleine Grimka aus der Ecke hervorgeschossen. Die Pause zwischen zwei Schüssen wurde ihm zu lang. Es knallt. Der Junge sinkt in der Nähe der Scheibe zusammen.

„Da habt ihr's", brüllt Gustav Pink, der eben gehen wollte. „Schlumpschützen seid ihr, elende Schlumpschützen. Die große Fresse, und hier unsere Kinder kaputtschießen."

Er entreißt dem bebenden Schützen das Tesching, packt es beim Lauf und will mit dem Kolben auf den Ladenberger los. Der Ladenberger duckt sich. Jemand entreißt Gustav Pink das Tesching. Es ist der Lehrer.

„Kümmert euch lieber um den Jungen", schreit der Lehrer. Er verschwindet mit dem Tesching in der Menge. Die Männer schauen sich betroffen an. Drüben beginnt der Junge zu brüllen: „Au, au, meine Seite, meine Seite."

Die Männer lösen sich aus der Erstarrung. Einige springen über die Absperrleine. Im Saal bricht die Musik ab. Auch Gendarm Gumprich ist plötzlich da. Sie tragen den Jungen in die Gasthausküche. Jemand bringt die Hebamme. Barbier Bulke zieht dem Jungen die Hosen aus. Grimka kommt angezappelt. Er schaut kaum auf den Jungen.

„Wo ist er, der, wo den Jungen hat angeschossen? Er muß es bezahlen. Wo ist er? Er soll mir kommen unter das Auge ..."

Von den Ladenbergern befindet sich keiner in der Gasthausküche.

„Weshalb läßt du ihn die gefährliche Arbeit machen?" fragt Leibkutscher Wenskat den sprudelnden Grimka.

„Kann ich ihn an das Tischbein bünden, du Klugscheißer? Wenn ich natürlich habe zu Hause eine mit Hoppel-Hoppelbein, brauche ich nicht fürchten, daß sie reißt aus und wird zerschossen. Bitte, wenn ich muß Musik spülen, kann ich nicht sehen, wo sind die Jungs. Muß ich sie eben lassen zerschießen von so einem Geldsack. Er soll mir kommen unter das Auge ..."

Auch der Lehrer ist wieder da. Er bringt den Mann mit, der den vertrackten Schuß abgab. Grimka stürzt sich speichelsprudelnd auf diesen Mann. Der Ladenberger bleibt ruhig.

„Hast du Schwein gehabt", sagt Barbier Bulke, „scheint nur ein Streifschuß zu sein, das kostet aber ein paar Lagen, damit du Bescheid weißt."

„Streifschuß am Schenkel", konstatiert auch der Lehrer, „es ist aber nicht gesagt, die Kugel kann auch drinsitzen."

„Na, was denn nun, Streifschuß oder nicht Streifschuß?"

„Das muß der Arzt sehen."

Man beschließt, den Jungen mit dem Lastwagen der Ladenberger zum Arzt in die Stadt zu fahren. Die Hebamme und Frau Grimka fahren zur Begleitung mit. Frau Grimka kommt mit aufgelöstem Haar vom Gutshof. Sie weint und droht mit beiden Fäusten.

„Verfluchtes Gesindel, verfluchtiges ... Machen sie alles, weil wir von Ausland sind ..."

Der Zwischenfall wirkt abkühlend auf die Feststimmung, wie ein Gewitter nach Sommerschwüle. Die Ladenberger verlangen ihr Geld zurück. Der Schreiber zögert.

„Nanu, was willst du, wir haben doch noch nicht geschossen. Außerdem ist die Flinte weg."

„Gib den Schlumpschützen das Geld raus", sagt Gustav Pink ärgerlich zum Schreiber, „sonst schießen sie uns noch alle über den Haufen."

„Mach dich nicht so stark mit deinen fünfunddreißig Ringchen", murren die Ladenberger.

Die drei Ladenberger von vorhin haben Liepe jetzt in der Gaststube beim Wickel. „Das müßtest du längst wissen, wer hier im Dorfe richtig rot ist", sagt der mit dem Schielauge zu Liepe.

Liepe weicht aus. „Ich komme weniger fort. Ich hab zu Hause meine Arbeit, bitte."

„Das ist Dienst, mußt du wissen. Das ist ein Auftrag, den wir dir geben. Wie willst du sonst zu deiner Uniform kommen? So was wird ausgeführt. Bist doch alter Frontsoldat, versteht sich doch. Für die Kolonien können wir später nur zackige Kerle gebrauchen. Du bist doch noch bei Jahren."

Das sagt ein anderer von den Ladenbergern, den sie Tüte nennen. Tüte hat die Ärmel hochgekrempelt. Seine Arme sind tätowiert. Auf dem linken Unterarm ist eine nackte Frau eintätowiert. Der Unterleib der Frau wackelt, wenn Tüte mit den Muskeln spielt.

„Ich wollte zu die Negers, weil ich Buttcher werden wollte. Weißt du, was ein Buttcher ..."

„Laß man sein, das wissen wir nun", fällt Tüte Liepe in die Rede. „Die Roten wollen wir kennen. Das nächste Mal wirst du sie uns aufzählen, verstanden? – Wirt, wir trinken noch einen! – Wenn ich Rote sage, verstehst du ..." – Tüte geht mit seinem breiten Mund an Liepes Ohr –, „wenn ich Rote sage, dann meine ich die ganz Verrückten. Die meisten Sozis sind harmlos, sie haben bloß ein Vereinsbuch, sie drehen nicht an der Erdachse, verstanden?"

„Wenn wir die Kolonien nicht wiederkriegen, dann sind wir ..."

„Ja, Mensch, klar, nun hör man auf mit deinen Kolonien, noch sind wir nicht soweit. Kommt schon alles. Jetzt muß erst andere Arbeit hingelegt werden, verstanden?"

Liepe nimmt das eingeschenkte Bier. Er reißt die Hacken zusammen. Das Bier schwappt aus.

„Prost, Herr Korporal. Es leben die deutschen Kolonien ... Wenn wir die nicht wiederkriegen ..."

„Mensch, ist das wirklich der richtige Mann für uns?" murmelt Tüte zum Schieläugigen hinüber.

Der Schieläugige grinst. „Laß man, laß, der wird schon machen. Man muß ihm nur nicht soviel zum Saufen geben. Zwei bis drei Steife, das genügt."

Lope war daheim zum Abendbrot. Die Mutter saß in der Küche auf der Ofenbank. Sie hatte ihre Tour, da ging er gleich wieder. Er zwängt sich im Saal durch das Gewimmel der Tanzenden. Orge Pink hat gewinkt. Orge sitzt mit Fritz Blemska und Paule Wenskat an einem Tisch. Paule Wenskat trinkt Bier und tut halbbetrunken. Orge Pink singt zur Musik. Fritz Blemska ist ruhig. Er ist zum Michaelifest aus der Stadt gekommen.

„Du tust wie ein feiner Herr", sagt Orge Pink zu Fritz Blemska.

„Ihr seid feine Leute in der Stadt – ihr schneuzt euch in ein Tuch und hebt es auf für schlechte Zeiten."

Paule Wenskat will sich totlachen.

„Ihr seid albern, richtige Konfirmanden seid ihr noch. Man riecht direkt noch eure Kinderhosen", sagt Fritz Blemska und schaut geradeaus auf das Gekribbel der Tanzenden.

„Und eure Martha?" fragt Orge, „die wird wohl 'ne ganz Feine, was? Die geht nur noch auf den Theaterball in Ladenberg, was?"

„Ach, laßt die Martha aus dem Spiel", wehrt Fritz Blemska ab. „Sie sitzt daheim. Zu Hause ist das große Elend. Unsere Mutter ist krank."

„Ach so, deshalb!" Orge singt wieder.

Lope kaut an einer Bockwurst und trinkt süßes Bier dazu. Seine Augen wandern umher. Es kribbelt in allen Räumen, als wenn man in einen Ameisenhaufen gestochen hätte. Die Köpfe der Menschen wirbeln und wimmeln wie dicke Erbsen, wenn sie kochen.

Geblümte Kleider, bunte Schlipse, die Haare der Burschen glänzen in Pomade. Die Mädchen schütten sich billiges Riechwasser auf die Taschentücher. Handrücken und Stirnen schimmern schweißig. Im Schenkstock baumeln halblange Pfeifen auf weißwollenen Vorhemden. Auf den Bänken an den Wänden sitzen kritisch musternde Mütter.

Von außen an den Fensterscheiben hängen lungernde Kindergesichter wie Fastnachtslarven. Die Klarinette quietscht wie eine ungeschmierte Scheunentür. Barbier Bulke fiedelt wieder. Auch Grimka sitzt wieder fahrig vor seiner großen Trommel. Der abgepaukte weiße Fleck auf dem schmutzigen Fell zittert. Sie spielen einen Walzer: Humdada, humdada ... Trude taucht unter den Tanzenden auf. Sie tanzt mit einem Burschen aus dem Nachbardorf. Lope schaut gleich wieder weg. Seit jenem Abend kann er Trudes freches Gesicht nicht mehr ausstehen.

Orge Pink hat eine Runde helles Bier bestellt. Lope versucht. Es schmeckt bitter. Weiß der Teufel, was sie an dem Bier haben! Er sagt nichts. Paule Wenskat reicht ihm eine Zigarette rüber. Er raucht und spuckt. Die verfluchten Tabakkrümchen beizen auf der Zunge. Orge Pink und Paule Wenskat stoßen sich an und kichern. Da tanzt auch Maria Schneider. Diesmal schaut Lope so lange hin, bis sie ihm zulächelt, da wird er rot und trinkt hastig von seinem Bier. Er verschluckt sich und prustet es unter den Tisch. –

Klaus Tüdel zappelt vorüber. Er hält sich steif und scheint die Tanzschritte zu zählen. Kurt Krumme wackelt wie eine Ente über das Parkett.

Auf dem Hofe wird das Schießen zum Abschluß gebracht. Gendarm Gumprich ließ neu sichern und absperren. Die Stechschüsse müssen noch gemacht werden, das sieht auch Gendarm Gumprich ein. Er steht jetzt selbst neben dem Schützen. Sie verzichten auf einen Scheibenanweiser. Wenn sie geschossen haben, übergeben sie das Tesching Gendarm Gumprich und gehen selbst nachsehen, was sie getroffen haben. Sie gehen zu zweit oder zu dritt. Einer mißtraut dem andern. Gustav Pink und der Großkaufmann Hohenberg aus der Stadt machen die letzten Stechschüsse. Es ist schon fast dunkel, und das Ziel verschwimmt. Großkaufmann Hohenberg schießt zuerst. Sie müssen lange suchen und stellen fest, daß er eine Sechs geschossen hat. Gustav Pink spuckt sich in die Hände. Er zielt lange und setzt ein paarmal ab. „Nichts zu sehen, flimmert alles."

„Du hast zuviel Zielwasser getrunken. Mach, Gustav, sonst siehst du gar nichts mehr und schießt dem Mond in die Fresse!"

„Peng, patsch!" Gumprich kassiert das Tesching. Eine ganze Meute stürzt nach hinten zur Scheibe. Sie stieren mit gekrümmten Rücken auf die Scheibe.

„Acht angekratzt", sagt einer.

„Ist nicht wahr", sagt ein anderer.

„Doch, sieh doch her!"

„Das ist ein alter Einschuß, da ist ein Blättchen abgefallen", bemängelt Großkaufmann Hohenberg.

„Paß man auf, daß du nicht abfällst", brüllt einer aus der Meute. Der Großkaufmann wird überschrien. Sie heben Gustav Pink auf die Schultern und schleppen ihn in den Saal hinein.

Das Bier tut seine Wirkung. Lope klopft jetzt mit den Füßen nach dem Takt der Musik. Eine Tour ist zu Ende. Trude kommt mit Maria Schneider am Arm auf Lopes Tisch zu.

„Warum tanzt ihr nicht, ihr Schlappschwänze?" stichelt Trude. „Ihr müßt jetzt mit uns tanzen. Oh, laß mich mal trinken."

Sie nimmt Lopes Glas und trinkt. Dann gibt sie es Maria Schneider. Auch Maria trinkt.

„So, und jetzt tanzen wir", sagt Trude einfach.

Die Musik setzt ein.

Trude packt Orge Pink beim Arm. Orge Pink geht ohne Zögern auf die Tanzfläche. Maria Schneider fragt gedehnt: „Lope, wir?"

Da kann auch Lope nicht anders.

Er mischt sich mit Maria unter die Tanzenden.

„Es ist ein Schieber, Lope", ruft Trude, „er ist leicht zu tanzen."

Lope will sich nicht blamieren. Er packt Maria und zieht sie an sich.

„Du kannst doch nicht als Dame tanzen, Lope", tadelt Maria.

„Ach, so ... Wie, ja, ja ... Ganz recht." Lope wird unsicher.

„Daß ihr Jungen alle so schwer tanzen lernt!"

„Wir?" fragt Lope und lauscht nach der Musik hin. Sie ist bei dem Geschabe und Gekratze der Tanzenden kaum noch zu hören. Orge Pink kommt mit Trude angeschoben. Orge gibt Lope einen Stoß in den Rücken. „Immer geradeaus schieben", ruft er herüber. „Ist doch weiter nichts dabei."

Gleich darauf stellt Lope fest, daß wirklich weiter nichts dabei ist. Lope schiebt Maria vor sich her. Wo er eine Lücke zwischen den Tanzenden sieht, quetscht er sie und sich hindurch. Ein älteres Paar tanzt mit ausgestreckten Armen. Lope erhält von ihm einen Schlag ins Gesicht. Das schmerzt. Lope will zurückschlagen. Maria hält lächelnd seine Hand fest, da kann er es nicht.

„Du mußt nicht nur nach einer Seite hin schieben", sagt Maria bescheiden, sie drückt Lopes Hand dabei. „Wir müssen uns mal drehen, dann mußt du mich eine Weile ziehen, dann erst wieder drehen, und dann kannst du wieder schieben."

„Jaja, das werden wir schon machen", sagt Lope. Er fühlt selbst, wie er errötet. Er versucht, sich und Maria zu drehen, und kommt dabei ins Rutschen. Ein anderes Paar kommt angetanzt. Es rammt Lope und Maria von der Seite. Da fallen sie hin. Lope fällt auf Maria. Sie liegen zwischen den scharrenden Füßen der anderen. Lope hört, wie oben bei den Köpfen der anderen gelacht wird. Die Klarinette macht einen Jauchzer. Da bekommt er endlich seinen Arm frei. Maria lag drauf. Er kann sich erheben. Auch Maria krabbelt sich hoch. Lope drückt sich durch das Gewühl der Tanzenden. Überall grinsende Gesichter. Er kümmert sich nicht mehr um Maria. Trude ist schuld, denkt er.

An der Saaltür, die nach dem Garten hinausgeht, kommt ihm ein wildes Fuder entgegen. Gustav Pink reitet auf den Schultern der Schützen in den Saal, die Tanzenden bleiben stehen.

„Hoch, hoooch, hooch!" rummelt und poltert es im Saal. Lope kann unbeachtet in den Garten schlüpfen. Er stellt sich hinter die Fliederhecke, dort will er Maria abpassen. Er will sie fragen, ob sie ihm böse sei.

Von Maria ist nichts zu sehen. Vor der Hecke stehen zwei Männer. Sie erzählen sich halblaut. Lope erkennt die Stimme von Kaufmann Hohenberg und Paul Fürwell. Paul Fürwell, der Gemeindevorsteher, sagt zu Kaufmann Hohenberg: „Pst, du mußt nicht immer so laut reden."

Kaufmann Hohenberg fragt etwas leiser: „Weißt du es bestimmt, daß er kein richtiger Deutscher ist?"

Paul Fürwell schaut sich vergewissernd um. „Er hat mir selbst einmal so etwas gesagt, als ob er ein halber Jude wär."

„Die Nase hat er so", sagt Kaufmann Hohenberg.

„Die Nase wohl weniger ...", flüstert Paul Fürwell und greift an seinen geschwungenen Kolben im Gesicht, „aber die Preise, die Preise! Und immerzu schimpft er auf den Konsum, weil der ihm die Preise verdirbt."

„Wie heißt er gleich wieder, wie hast du gesagt?"

„‚Knorpel', habe ich gesagt, aber du darfst nicht sagen, daß du es von mir hast. Es kann sein, daß darauf etwas wie Amtsgeheimnis ruht."

„Ach, Mensch, ist doch kein Amtsgeheimnis, aber ich sage sowieso nichts."

Eine Gruppe Ladenberger kommt den Gartenweg herunter. Lope kann sehen, wie der eine sich etwas aus dem Ärmel zieht, das wie eine lange Wurst aussieht. Sie bleiben bei Paul Fürwell und Kaufmann Hohenberg stehen. „Mensch, hier steht der Hohenberg." Dann schaut er sich um und sagt halblaut: „Es geht gleich los."

„Was geht los?" fragt Paul Fürwell.

„Wir fahren gleich los", sagt der Ladenberger.

Kaufmann Hohenberg gibt dem anderen Ladenberger einen Puff in die Seite. „Ach was, gehen wir erst noch einen trinken. Komm, Gemeindevorsteher. Hier, das ist der Gemeindevorsteher", stellt Hohenberg Paul Fürwell den andern vor.

„Ist die richtige Hacke, was, Gemeindevorsteher?"

Paul Fürwell grunzt nur. Sie gehen in den Saal.

Lope wartet. Es ist schön dunkel hinter der Hecke. Der Himmel ist von Sternen durchlöchert. Lope hört Schneegänse krächzen. Sie fliegen ganz niedrig. Es wird bald kalt werden. Die Karussellorgel quietscht und piept lauter als die Schneegänse.

Das Karussell fährt jetzt Extratouren ohne Beleuchtung. Die Karbidlampen werden in den Karussellbauch gestellt. Die Mädchen kreischen.

Lope sieht Trude mehrmals mit dem Förster an der offenen Tür vorübertanzen. Maria Schneider sieht er nicht. Mit dem Milchbart muß Trude nun tanzen, denkt Lope. Die Tour ist zu Ende. Die Musik schweigt. Lope hört aus dem Saal nur noch Gesumm. Hier und da wird gegrölt. Gläser scheppern. „Durch Berlin fließt immer noch die Spree . . .", dudelt die Karussellorgel. Da setzt auch die Musik im Saal wieder ein.

An der Theke singen viele Männerstimmen laut mit. Es ist kein Tanzlied, was jetzt da drin gesungen wird. Lope hat es noch nie gehört.

„. . . die Reihen fest geschlossen . . .“, versteht Lope.

Grimkas Pauke zittert wie ein Doppelgewitter. Die Paare stehen unschlüssig und wissen nicht, wie sie das Stück tanzen sollen.

Einige von den Ladenbergern gehen zu den zögernden Paaren. Sie reißen sie auseinander und brüllen: „Das wird nicht getanzt!“

„Heil, heil, heil! Deutschland, erwache!“ schreien die anderen Ladenberger an der Theke.

„. . . marschiern im Geist in unsern Reihen mit“, kann Lope jetzt wieder verstehen.

Gustav Pink schiebt sich auf die Tanzfläche. Er gibt der Musik ein Zeichen. Barbier Bulke setzt die Geige ab. Aber Flötenheinrich, Tuba-Schutzka und Grimka spielen weiter. Spille, vom Tambourkorps des sozialdemokratischen Ortsvereins, springt auf die Bühne. Er reißt Schutzka die Tuba vom Mund. Da wird es stille.

„Eine Extratour für unseren Schützenkönig, den Genossen Gustav Pink“, brüllt Spille in den Saal.

„Deutschland, erwache!“ brüllen die Ladenberger an der Theke.

Ein Gepolter geht los. Stühle fliegen, Tüte mit den tätowierten Armen hat Gustav Pink gepackt. Zwei Männer aus dem Dorfe eilen Gustav zu Hilfe. Es brüllt und tost an allen Ecken. Scherben klirren.

Wilm Tüdel ist über die Theke gesprungen. Er steht mit erhobenen Armen im Saal. „Feierabend, Feierabend!“ schreit er. Niemand kümmert sich um ihn. Frauen kreischen und rennen aus dem Saal in den Garten. Manche versuchen ihre Männer mitzuzerren. Maria Schneider huscht an Lope vorüber. Der Milchbart kommt mit Trude am Arm herausgeschossen.

„Deutschland, erwache!“ brüllt wieder jemand. Es kracht. Die Stimme des Inspektors schnarrt. Gendarm Gumprich schlägt mit dem Gummiknüppel auf eine Gruppe ein. Jemand reißt ihm von hinten den Tschako vom Kopf. Zwei Männer zotteln an seinem Seitengewehr.

„Feierabend, Feierabend!“ lärmt Wilm Tüdel.

Die Musiker tragen ihre Instrumente schützend hinter die Kulissen der Bühne. Das Licht erlischt. Jemand kommt aus dem Saal getorkelt und bleibt bei der Fliederhecke eine Weile liegen. Die Gestalt richtet sich schmatzend auf. „Ooodnung und Saubakeit ..."

Lope springt über den Staketenzaun und rennt die Dorfstraße hinunter. Er rennt bis zum Gutstor hinein und setzt sich eine Weile auf die Steintreppe beim Kücheneingang. Es ist mit 'nem Mal ganz, ganz still. Nur Lopes Herz lärmt wie ein einsamer Handwerker in seiner Werkstatt. Im Zimmer des gnädigen Herrn brennt noch Licht. Auch bei Ferdinand ist es noch nicht ganz dunkel. Herr Sekretär liegt sicher im Bett und liest. Es ist Lope, als ob er weinen müßte.

Ist der alte Michaeli vielleicht schuld, daß sie sich in seinem Namen so verdroschen haben? Hat der alte Michaeli vielleicht dem kleinen Grimka die Bleikugel in die Seite geworfen? Er weiß nichts davon. Die Menschen machen sich ihre Könige und ihre Heiligen selbst und beten sie nachher an. Tüdel, Franzke, Knorpel und Bäcker Bähr haben den alten Michaeli ausgegraben. Er hat sich an den Dorfbewohnern dafür gerächt. Tüdel, Franzke, Knorpel, Bäcker Bähr und, nicht zu vergessen, der Karussellmann schmunzeln, als sie am nächsten Morgen ihre Kassen zählen.

Auf einem Vertiko in einer Arbeiterstube steht der zitronengelbe Löwe. Es sieht aus, als ob er gähnen wollte. –

Frau Blemska ist mit Drehorgelmusik gestorben.

„Sie haben gerade das verrückte Ding vom August ohne Haare gewimmert, da ist sie noch einmal hochgefahren und hat den Kopf geschüttelt", sagt Blemska. „Es ist man gut, daß die Kinder zu Hause waren. Jaja, die Mutter", seufzt er. Seine dicken Hände mit den klumpigen Fingern fahren ganz behutsam über die Stirn der blassen, toten Frau. Auch die Lippenkerbe unter Frau Blemskas Nase ist ganz weiß und wie aus Wachs geformt.

„Es ist wohl besser für sie", meint Blemska und atmet schwer. Er deckt vorsichtig ein weißes Tuch über ihr Gesicht. Da ist es Lope, als ob er weinen müßte. Nicht wegen Frau Blemska, aber er hat Blemska noch nie so wundgeschunden gesehen wie heute. Er geht an der weinenden Martha vorüber nach Hause. Er fühlt sich krank, aber er muß zur Mittagsschicht.

Die Haspelmaschine summt. Das Läutewerk klirrt. Das Schachtmaul saugt die leeren Kohlenhunte ein. Es speit die vollen wieder aus. Das geht Schicht für Schicht, Tag für Tag, Woche für Woche, Monat für Monat. Der Frost überzieht die Eisenplatten mit Silberreif. Lope hat sich im Grubenkonsum Holzschuhe gekauft. Ein Paar Fausthandschuhe hat er sich aus alten Säcken zugeschnitten. Die Mutter hat sie ihm zusammengenäht.

Ach, die Mutter!

Die Tage sind kurz, und die Arbeit auf den Feldern ist eingeschlafen. Schon beginnt die Dreschmaschine wieder ihr eintöniges Lied. Die Mutter geht manchmal aus der Arbeit weg. „Keine Ruhe zum Überlegen", sagt sie. Sie geht in die Küche und setzt sich auf die Ofenbank. Dort stiert sie vor sich hin. Manchmal springt sie auf, macht ein paar Schritte und macht ein Gesicht, als ob sie sich auf etwas besinnen wollte. Dann schimpft sie und poltert mit den Küchengeräten. „Verfluchte Halsabschneider, Kellerasseln verfluchte!"

Sie schürt das Feuer und setzt die Töpfe auf den Herd, ohne Wasser in sie hineinzugeben. Dann sitzt sie wieder eine Weile und stiert, schließlich geht sie stracks auf den Gutshof und beginnt wieder am Strohtisch abzuraffen.

Vogt Bremme sagt: „Wenn das so weitergeht, muß sie in eine Anstalt. Man weiß ja nicht mehr, wo man sie hinstellen soll. Sie kann ja ins Getriebe kommen. Ich kann doch nicht immer Ersatzleute für sie bereithalten."

„Stopf dir dein Maul, alter Dreckfresser", sagt die Mutter, wenn sie Vogt Bremmes Nörgeleien hört. „Was ihr nur immer mit mir habt. Früher hab ich ja alles richtig gemacht. Ich weiß schon, weshalb ihr mich weghaben wollt, ihr Speichellecker. Du brauchst keine Angst zu haben, daß ich deine Brieftasche klaue, du Knispelmännchen."

Dann schweigt die Mutter wieder und arbeitet für zwei Frauen. Inspektor Konrad kümmert sich nicht um die Mutter.

Er hat andere Sachen im Kopf. Wenn Vogt Bremme sich beklagt, sagt er höchstens: „Mag sie doch machen, was sie will. Hat sie sich nicht genug abgerrackerrt fürr den rreaktionärren Kerrl da drrüben? Alterr Esel, derr du bist. Wirrst ja auch nichts mitnehmen von hierr."

Vogt Bremme knurrt und geht seiner Wege.

Bald zwanzig Mark verdient Lope jede Woche. Fünfzehn Mark gibt er davon der Mutter. Sie können sich jetzt öfter Heringe bei Kaufmann Knorpel holen. Manchmal kaufen sie auch Fleisch bei Franzke. Lope hat oft Wurst auf seinen Arbeitsbroten.

„Nun hat die Sache schon eher ein Geschick", sagt der alte Wagenschmierer. Er zwinkert mit den Äuglein beim Frühstück auf Lopes Brote. „Jetzt mußt du sehen, daß du bald zu einem Paar richtiger Hosen kommst. Du siehst ja aus wie 'n Mäusebussard mit deinen halblangen Hosenbeinen."

Wenn Lope Mutter das Geld gibt, steckt sie es weg. Sie traut wohl Vater nicht recht, doch Vater hält sich wieder einmal gut. Es gibt viele Abende, an denen er weggeht, trotzdem kommt er nüchtern heim. Manchmal weiß Mutter selbst nicht mehr, wo sie Lopes Geld versteckt hat, dann müssen sie wieder bei Bäcker Bähr anschreiben lassen.

Am Freitag wird aber alles bezahlt.

„Ich kann das Geld selbst behalten, dann gebe ich es dir, wenn du was brauchst", sagt Lope zur Mutter.

Die Mutter will nichts davon wissen, sie wird zornig.

„Nun fang man du noch an", sagt sie, „ich klau dir schon nichts."

Da wird Lope gerührt und schweigt. So hat er es nicht gemeint.

Die kleine Elektromaschine kommt angebrummt. Der Fahrer steigt aus. Er koppelt die Kette der leeren Kohlenwagen ab, fährt mit der Maschine bis zur Weiche und kommt auf dem zweiten Gleis zurück. Die Maschine prallt auf die vollen Wagen, die Lope zusammengerückt hat. Die Koppelketten klirren. Der Fahrer koppelt den vollen Zug an. Er setzt sich wieder in die Maschine und fährt singend oder pfeifend davon. Oben am elektrischen Draht knistern die Funken. –

Neue Wagen voll weicher Braunkohle kommen aus dem Schachtmaul. Wieviel Kohle eigentlich da unten sei, fragt Lope den Haspler. Er spricht wenig mit Lope. Lope hat seinen Einstand noch nicht gegeben.

„Das wirst du schon noch zeitig genug wegkriegen, wieviel Kohle da unten ist", sagt der Haspler. „Du denkst doch nicht etwa, daß sie deine ausgeruhten Knochen hier oben verfaulenzen lassen?"

„Ehe du keine Arbeitshose hast, gibst du keinen Einstand", sagt der alte Schmierer. „Sie wollen nur saufen, und nachher ist auch nichts anders."

„Hat er die Kohle geerbt?"

„Wer?"

„Der Fabrikherr?"

„Weiß der Deibel, wie die Kerle dazu gekommen sind!"

„Sie sagen einfach, das ist unsere Kohle, und fertig, was?"

„Wahrhaftig, so ist es bald. Du kannst dir oben kaum eine Blaubeere abpflücken, da verlangen sie schon Geld für einen Beerenschein. Nachher, wenn die Kohle raus ist, stürzt alles in die Bruchtrichter: Pilze und Beeren, Besenruten und alles; da brauchen sie keinen Beerenschein. Man wird nicht gescheit aus den Brüdern. Sie ernten überall."

„Wird die Kohle nicht alle?"

„Ich bin schon fünfzig Jahre hier, und sie ist immer noch nicht alle. Ich glaube nicht, daß sie schnell alle wird."

Das Läutewerk scheppert. Ein voller Wagen kommt nach oben. Lope muß wieder abrücken. Die Arbeit fällt ihm nicht mehr ganz so schwer. Die Arme haben sich daran gewöhnt. Er fällt abends nicht mehr wie tot neben Trude ins Bett. Die Gedanken piesacken ihn wieder. Es ist schon wieder wie damals, als er noch mit den Ochsen fuhr.

Lope ist jetzt auch in der Gewerkschaft. Er fragt den Haspler, was es mit der Gewerkschaft auf sich habe, weil die meisten Kumpels drin sind.

„Das ist, die Gewerkschaft vertritt deine Interessen, wenn sie dich ohne Grund entlassen oder so. Manchmal ist die

Gewerkschaft auch gut, wenn wir streiken.“ Der Haspler tut geheimnisvoll und wichtig. Aber davon hat Lope auch nichts.

„Wann wird denn wieder gestreikt?“

„Mensch, du fragst ja wie ein Amtsrichter. Wenn was los ist, wird gestreikt, oder wenn wir mit dem Lohn nicht zufrieden sind, Mensch.“

„Jetzt sind wohl alle zufrieden?“

„Kannst ja mal streiken, wo soviel Arbeitslose draußen liegen. Du machst einen dämlich mit deiner Fragerei.“

Ein paar Tage später erwischt Lope endlich eines von Blemskas Büchern. Er bohrt sich hinein wie ein Holzwurm in das Gebälk.

Und dann kommt der derbe Frost. Er leckt sich die letzten Blätter von den Bäumen. Dunkel und tot fallen sie um die Zeit der Mittagssonne von den Zweigen. Die Schlehen werden schmackhaft. Die großen Kartoffelfelder, aus denen noch grüne Stauden ragten, werden dunkelbraun. Das Kraut legt sich wie ein zähes Geschlinge auf den Boden. Die Kartoffeln haben ihren Frostknacks. Jetzt sind sie gut für die Schnapsbrennerei des gnädigen Herrn. Die arbeitslosen Bergleute hüten ihre Kartoffeln wie Kummerkinder vor dem Frost. So verschieden sind die Wünsche der Menschen.

Der Schnee fällt. Er löscht für eine Nacht alle Wege aus. Sein Tuch aus Eiskristallen bedeckt gleichmäßig die Erde. Jeden Acker und jeden Baum, jeden Weg und jedes Haus bedeckt der Schnee gleichmäßig, aber das währt nur einen kurzen Morgen, dann gehen die Tiere und Menschen über die Kristallwatte und graben ihre Spuren darin ein. Die Menschen werfen den Schnee von ihren Wegen und Höfen. Er hindert sie. Sie überziehen die Schneedecke mit einem Spinnennetz aus Wegen. Die Tiere des Waldes und der Felder sticken die Ornamente ihrer Spuren hinein. Jede Kreatur wird auf ihre Weise mit dem Schnee fertig. Viele Spuren führen aus den Bauernhäusern in den Wald. Es sind die Spuren der Obermieter. Früher waren sie Bergarbeiter. Sie hatten einen gemeinsamen Weg zum Schacht. Der Schacht lieferte ihnen die Winterkohle, aber der Schacht gab nur so lange Kohle für die Bergarbeiter, wie sie dem Herrn der Kohle willig dienten. Jetzt müssen sie hinaus in die Wälder. Sie reißen mit ihren Feuerhaken die trockenen Äste von den Bäumen. Sie sammeln sich mühsam ihre Fuderchen zusammen. Die Kohle im Schoße der Erde gehört einem einzelnen Manne, der sie sich aneignete. Der Mann weiß nicht, wieviel Kohle es ist, die er sich nahm. Er nahm sie einfach, und fertig! Die arbeitslosen Bergarbeiter, die die Kohlenflöze des Grubenherrn einst in Geld verwandelten, müssen vorsichtig sein. Sie müssen einen Leseholzschein vom Herrn der Kohle kaufen, damit sie nicht zu Holzdieben werden.

Manche der arbeitslosen Bergleute denken darüber nach. Sie sind verzweifelt über ihre Lage. Sie finden aber keinen Weg, wie sie die Herren dieser Lage werden können. Sie gehen von der Stempelstelle zu Wilm Tüdel in die Gastwirtschaft. Sie trinken dort einen und noch einen, damit sie der Verzweiflung Herr werden. Die Verzweiflung frißt wie eine Ratte in ihrem Hirn, und der Herr der Kohle, der Herr der Länder und Wälder und die Bauern mit ihren Feldern und Büschen sagen: „Da habt ihr es! Es geht ihnen doch ganz gut. Sie arbeiten nicht, sie erhalten Geld, und sie gehen in das Gasthaus und trinken."

Blemska gehört nicht zu denen, die von der Verzweiflung wie von Ratten angenagt werden. Seine Krisenunterstützung geht zu Ende. Er ist bald ausgesteuert. Er hat sich von seinem Jungen einen kleinen Schleifstein aus der Stadt mitbringen lassen. Aus einer alten Fahrradfelge, dem Untergestell eines alten Handwagens und zwei alten Leibriemen hat er sich eine Maschine gebaut. Eine Schleifmaschine hat sich Blemska gebaut. Er tritt auf ein schmales Brett, das durch ein Eisengelenk mit der Fahrradfelge verbunden ist. Die Fahrradfelge beginnt sich zu drehen. Die beiden alten Riemen übertragen die Umdrehung der Fahrradfelge auf eine kleine Welle. Auf der kleinen Welle sitzt der Schleifstein.

Blemska schleift Messer und Scheren. Es knirscht und säuselt, wenn er ein Messer oder eine Schere an den Stein hält. Die Klinge beginnt wie neu zu glänzen. Die Funken sprühen, wenn der Stein an der Klinge leckt. Von Zeit zu Zeit steckt Blemska die heißgewordene Klinge in eine mit Wasser gefüllte Konservendose. Er zieht sie wieder heraus und prüft den Stahl. Er fährt mit seinen klobigen Daumen über die geschärfte Seite der Klinge. Zuerst schärft Blemska alle Messer im eigenen Hause und macht die Schneiden von drei Scheren scharf und giftig, dann fragt er bei Fleischer Franzke an, wie es mit der Schärfe der Messer bestellt sei. Franzke gibt Blemska seine Messer zum Schärfen. Nachher flutschen sie nur so durch die Sehnen im Fleisch. Sie nehmen es auch mit knorpligen Rippenknochen auf. Blemska erhält ein Paket Wurst und ein Stück Fleisch dafür. Es kommen die Mädchen und Frauen der Bauern. Sie sitzen in den Stuben, flicken die Säcke und nähen dies und das. Ihre Scheren sind stumpf. Sie bringen sie und, damit es gleich ein Abmachen ist, ihre Küchenmesser zu Blemska. Blemska erhält reichlich zu essen. Manchmal weiß er gar nicht, wo er mit den Eßvorräten hin soll. Er ist ja allein. Blemska nimmt lieber einen Groschen oder zwanzig Pfennig für das Schleifen. Das Schleifen ist eine ruhige Arbeit. Auf die Dauer hält Blemska bei der stillen Schleiferei nicht aus, weil nur seine Finger etwas zu tun haben. Er geht hinaus, macht Wege durch den Schnee und schaufelt sich warm. Seine Hände und sein Gesicht glühen, wenn er wieder in die warme Küche an seinen Schleifstein zurückkommt. Er schleift wieder und beginnt vor sich hin zu summen. Es sind ein paar Töne und ein paar Worte, die ihm nicht aus dem Kopf gehen. Er muß an seine gestorbene Frau denken und wird wieder still.

Sie ist gut aufgehoben, denkt er nach einer Weile. Sie braucht nicht mehr zu klagen und zu jammern. Er wird wieder froh und beginnt wieder zu summen.

„Die Erde ist für alle da, für alle, ja, für alle . . .", summt er. Das Mittagbrot zischt auf dem Küchenherd. Er nimmt den Deckel vom Topf und sieht nach, ob die Kartoffeln schon gar sind.

Es vergehen einige Winterwochen, da kommen sie schon aus den Nachbardörfern zu Blemska. Sie bringen ihre stumpfen Scheren und Messer. Auch Gendarm Gumprich kommt.

Weiß der Deibel, woher er es erfuhr. Er fragt Blemska, wie es um den Gewerbeschein bestellt sei.

„Gewerbeschein?“ fragt Blemska. „Ich mache es doch nur, weil sie mich auf der Grube rausgepfeffert haben.“

„Ganz egal, Blemska, jetzt machen Sie das. Sie nehmen Geld dafür ein, da brauchen Sie einen Gewerbeschein. Sie müssen ein Gewerbe anmelden.“

„Ich bin kein Fachmann, ich stümpere nur so rum.“

„Sie lassen es sich aber bezahlen, Mann.“

Gumprich wird unwillig. Er setzt sich unaufgefordert und zieht sein Seitengewehr aus der Scheide. „Hier, Blemska, schleifen Sie das mal, dann werden wir sehen, was Sie können und was sich mit dem Gewerbeschein machen läßt.“

Blemska nimmt das Seitengewehr und schaut es sich eine Weile an. Er dreht es hin und her und läßt die Sonne auf die Schneide fallen.

„Nein“, sagt er brüsk, „nein, ich werde mir doch nicht ins eigene Fleisch schneiden.“

Der Gendarm springt auf. „Wie meinen Sie das, Blemska?“

„So, wie ich's sage.“

Gumprich steht starr wie ein Licht.

„Gut, also einen Gewerbeschein verlange ich, wie ich schon gesagt habe, und vorläufig hört das mit dem Schleifen auf, verstanden? Sie nehmen erst wieder ein Messer in die Hand, wenn Sie den Schein haben, verstanden?“

„Ich habe doch keinen Holzkopf, Gendarm, verstanden?“ parodiert Blemska.

Gumprich geht wütend zur Tür hinaus.

Das Neue kommt ins Dorf. Es sickert ein wie Tauwasser durch die Nähte der Schuhe. Die Windjackenkerle aus Ladenberg haben sich im Dorf festgesetzt.

„Stützpunkt der NSDAP“ steht mit ungelenken Buchstaben am Hause, in dem Zappel-Schulze wohnt. Zappel-Schulze ist Stützpunktleiter. Drei verschuldete Bauern, Flötenheinrich, Liepe Kleinermann, zwei arbeitslose Bergarbeiter und Albert Schneider haben sich von Inspektor Konrad in die neue Partei aufnehmen lassen. Inspektor Konrad geht in der Mietwohnung von Zappel-Schulze aus und ein. Er leitet

Zappel-Schulze an. Inspektor Konrad muß einen eingeweihten Nachfolger haben, wenn er den Gutshof des Herrn von Rendsburg verläßt und sein eigenes Pachtgut übernimmt. Vor Zappel-Schulzes Haus steht ein paarmal in der Woche das Auto von Kaufmann Hohenberg aus der Stadt. Bald jede Woche hält der Stützpunkt bei Wilm Tüdel eine Versammlung ab. Die beiden arbeitslosen Bergleute sind auf der Grube wieder eingestellt worden. Zwei Schichtlöhner flogen dafür raus.

„Wenn du sie wieder bei dir Versammlung machen läßt, kommt keiner von uns mehr in deine Kneipe", sagt Gustav Pink zu Wilm Tüdel.

„Es ist Platz für euch alle da", sagt Tüdel beruhigend und schenkt einen Schnaps für Gustav Pink ein. „Hier, auf meine Rechnung! Ihr müßt ja nicht gerade an dem Tage eure Versammlung machen, wo die Ladenberger hier sind."

Gustav Pink kippt den Schnaps hinter. „Nischt zu machen, sie müssen hier raus, oder wir kommen nicht mehr."

Wilm Tüdel schenkt einen neuen Schnaps ein. „Du redest, wie du es verstehst, Pink. Du müßtest mal in meiner Haut stecken. Bloß immer Steuern und Steuern zahlen. Ich muß sehen, wo ich bleibe. Sie verzehren ganz gut."

Gustav Pink stürzt auch den zweiten Schnaps hinter. „Du kannst reden, was du willst, wir haben es in der letzten Versammlung beschlossen."

„Ich kann es nicht, ich kann es nicht", beginnt Tüdel zu jammern. „Ich geh kaputt bei den Zeiten."

Er will wieder einschenken. Gustav Pink wehrt ab. „Wenn nicht, denn nicht. Solange waren wir jedenfalls gut. Wenn das dein letztes Wort ist?"

Gustav Pink dreht sich herrisch um, er geht.

Plautz! Die Tür knallt zu. Wilm Tüdel hält sich am Bierhahn fest. Er überlegt und zwinkert mit den Augen. Er holt Gustav Pink nicht zurück.

Der sozialdemokratische Ortsverein und die Ortsgruppe des „Arbeiter-Rad- und Kraftfahrerbundes" halten ihre Versammlungen in der Schulstube ab. Der Gesangverein, der Kegelklub und der Rauchklub bleiben in der Gastwirtschaft. Die Neuen breiten sich bei Wilm Tüdel aus. Ein paar Wochen lang holt sich der Ortsverein seinen Kasten Bier von Kaufmann Knorpel in die Schulstube. Aber die Arbeitslosigkeit verbreitet sich wie eine ansteckende Krankheit. Das Häuflein in der Schule schrumpft zusammen. Gustav Pink läßt das Bier aus der Vereinskasse bezahlen, aber auch das hält nicht lange vor.

Es läßt sich nicht vermeiden, daß sich die Mitglieder des Ortsvereins und des Radfahrervereins doch zuweilen mit den anderen bei Tüdel treffen. Sie sind nämlich gleichzeitig Mitglieder des Gesangvereins, des Kegel- oder Rauchklubs. Die Propaganda der Windjackenkerle sickert in die neugierigen Ohren der Arbeitslosen. Sie warten auf das Neue. Ihre Hände, von denen sich längst die Hornhaut geschält hat, warten auf Arbeit. Gustav Pink sagt: „Wir müssen kämpfen, sonst geht es uns dreckig, das werdet ihr sehen."

Aber die Arbeitslosen sagen: „Soll es uns noch dreckiger gehen? Das ist doch bald nicht möglich."

Kein Wort der Aufklärung. Aber Gustav Pink bringt neue Abzeichen aus der Stadt mit. Es sind drei blinkende Pfeile. Sie sehen aus wie die Gabel des alten Gottes Neptun, den man auf Bildern von der Äquatortaufe der Seefahrer gesehen hat. Die Windjackenkerle sagen: „Ach, jetzt kommen die Mistgabelstudenten und wollen Deutschland retten. Deutschland, erwache!"

Und alle Leute im Dorfe, die nichts von der Politik verstehen, nennen die Mitglieder des sozialdemokratischen Ortsvereins „Mistgabelstudenten". Es hilft nichts, daß Gustav Pink auch einen neuen Gruß für die Mitglieder des Ortsvereins aus der Stadt mitbringt. Sie sollen jetzt die gefaustete Hand ausstrecken und „Freiheit" rufen.

„Das machen wir ja bloß den Windjackenkerlen nach, die mit der flachen Hand das Hochwasser anzeigen und ‚Heil' rufen. Nee, das machen wir nicht", sagen die Mitglieder des sozialdemokratischen Ortsvereins.

Und dann bekommt Gustav Pink auf der Grube selbst die Papiere. Bis jetzt haben sie ihn dort gehalten, weil er ein guter Akkordmann war. Da wird auch Gustav Pink kleinlaut und sagt: „Man muß ja wirklich mal gespannt sein, wie der

Hindenburg die Sache wieder aus dem Dreck rauskriegen will."

Blemska geht zu Gustav Pink. „Jetzt sind wir ja beide Kollegen von der gleichen Branche."

Gustav Pink ringt sich ein saures Lächeln ab. „Ich habe gehört, du schleifst jetzt Scheren, Blemska. Kannst die von meiner Alten gleich mitnehmen.

„Deshalb komme ich nicht", sagt Blemska. Über sein faltiges Gesicht turnt ein kleines Lächeln. „Außerdem läuft mein Gewerbeantrag erst. Ich kann nichts mehr annehmen, der Grüne sitzt mir auf den Hacken."

„Da willst du jetzt Unternehmer werden? Ich denke, du bist links. Es war dir bei uns ja immer nicht links genug."

„Nu hör doch auf mit der Anstänkerei. Hättet ihr lieber eure Versammlungen bei Tüdel nicht aufgegeben. Die Ladenberger müssen sich total sicher dort fühlen."

„Tüdel soll sehen, was er gemacht hat."

„Meint ihr, der ärgert sich? Ihr hättet sie rauswerfen müssen. Noch ist es Zeit. Wollen wir es zusammen machen? Ihr müßt doch einsehen, daß wir uns nicht mehr anstänkern dürfen wie die Dachse. Oder bist du, obwohl sie dir die Flebben gegeben haben, immer noch der Vorarbeiter Pink?"

Gustav Pink schüttelt unangenehm berührt den Kopf. Er spielt mit der Schere und malt Männchen auf den Küchentisch. „Willst du bei uns eintreten?"

Wieder huscht der Sonnenstrahl eines Lächelns über Blemskas Gesicht. „Mensch, ich bin doch organisiert."

„Organisiert, organisiert ... es kommt darauf an, wo du organisiert bist."

„Euch muß das Wasser wirklich erst zum Maul reinlaufen. – Es ist doch so schon bald zu spät."

„Du kannst doch nicht in unsere Versammlung kommen und eine große Lippe riskieren, wenn du nicht bei uns organisiert bist."

„Mensch, Pink, sei doch nicht so vernagelt. Es geht doch um die Klasse."

„Wir müssen sowieso aus der Schule raus. Der Lehrer will nicht mehr mitmachen. Es ist auch ein Schreiben vom Schulrat gekommen, nicht gesagt, daß wir nicht doch wieder zu Tüdel gehen. Aber du kannst nicht so ohne weiteres bei uns mitmachen. Das verstößt gegen die Statuten."

„Na, dann setz dich man auf deine Statuten und warte auf das Neue, was dir die Windjackenauguste versprechen. Eine reife Gans muß gerupft werden."

„Siehst du, jetzt fängst du schon wieder an zu stänkern. Mit euch ist eben kein Auskommen."

Blemska schweigt. Um seine Backenmuskeln zuckt es. Er nimmt seine Mütze und geht.

Der Winter frißt sich tiefer in die Erde. Der Wind treibt körnigen Schnee vor sich her. Er heult nachts in den Schornsteinen. Die Menschen kriechen enger zusammen, ob sie sich lieben oder nicht. Der gnädige Herr knöpft auch dem Winter seinen Profit ab. Er verkauft Eis für die Brauereien in der Stadt. Die Gutsarbeiterinnen schneiden Eisblöcke aus den Teichen bei der Försterei. Sie sind froh, wenn sie dabei hinter einer Schilfwand stehen können, wo sie der messerscharfe Wind nicht so packen kann. Der Milchbart läßt den ganzen Tag das Feuer im Jägerkamin nicht ausgehen. Er hat nichts dagegen, wenn sich die Frauen von Zeit zu Zeit im Vorraum des Jagdhauses die Hände wärmen. Manchmal geht auch die eine oder andere Frau nach Feierabend schnell zum Förster hinein und wärmt sich. Es ist meist schon dunkel, wenn die Frauen von den Teichen auf den Gutshof kommen.

Die Mutter arbeitet auf den Schüttböden beim Umschaufeln des Saatgetreides.

„Man muß sie immer unter Aufsicht haben", sagt Vogt Bremme von der Mutter. „Sie ist imstande und brennt uns eines Tages die Bude über dem Kopf zusammen, wenn sie ihre Tour hat."

Liepe und Vogt Bremme sind nicht mehr gut aufeinander zu sprechen. Vogt Bremme hat Liepe erwischt, als er in der Dunkelheit mit einem Sack Hafer über den Hof wollte.

„Den laß man hier", hat Vogt Bremme nur gesagt und trat aus dem Scheunenausgang. Liepe erschrak, daß ihm fast der Sack von der Schulter fiel.

„Du klaust wohl mit deiner Alten um die Wette, was?" haspelte Vogt Bremme mit seiner Uhrfederstimme.

„Paß lieber auf deine krummen Finger auf", knurrte Liepe und trug den Sack zurück in die Futterkammer. Vogt Bremme ging hinterher.

„Sofort schüttest du ihn zurück! Außerdem kannst du mir nichts nachsagen, alter Dämel. Den Schlüssel von der Schüttbodenluke hat der Inspektor, wenn du was wissen willst."

Dabei blieb es. Aber wo die beiden sich sehen, kötern sie sich an. „Vielleicht bist du die längste Zeit Leuteschinder gewesen", knurrt Liepe.

„Dann willst du wohl Leuteschinder werden?" Vogt Bremme grient.

Drei Tage vor Weihnachten kommt Trude eines Abends mit einem Bündelchen Lebensbaumzweige von den Teichen. Sie klopft den Schnee von den Strümpfen und bringt die Zweige in die Kammer. Die Mutter wirft einen Seitenblick durch den Spalt der Kammertür. Trude kommt zurück. Ihr Blick ist unsicher.

„Was willst du mit dem Lebensbaum?" fragt die Mutter und legt Tannenzapfen auf das Feuer.

„Welchen Lebensbaum?" fragt Trude und tut beleidigt.

„Du hast doch Lebensbaum in die Kammer geschafft."

„Ach sooo, das, daaas riecht so gut, es ist für die Wäsche."

„Ich werd dir gleich von wegen Wäsche und riecht so gut!" Die Mutter holt aus. Trude hebt die Hände schützend vor das Gesicht. Zu spät. Die dicken Hände der Mutter klatschen auf Trudes Wangen. Trude schreit auf. Die Mutter packt sie bei den Armen. Sie schüttelt das Mädchen, holt wieder aus und schlägt wieder zu.

„Soweit ist es schon mit dir. So, so, sieh mal einer an. So eine Hure hat man sich erzogen. Kaum kann die Kröte über den Tisch gucken, da läßt sie sich was andrehen. Luder, wo hast du es her? Ich zermalm dich und ihn mit dazu."

Trude hat sich auf die Erde geworfen. Die Mutter zieht den Holzpantoffel aus und beginnt auf sie einzuschlagen. Lope zittert. Er kann nicht mehr zusehen und springt zwischen Trude und Mutter. Mutters Holzpantoffel schlägt dumpf auf seinen Kopf. Der Schmerz reizt ihn. Er springt die Mutter an wie ein Eichkater. Die Mutter will ihn abschütteln.

„Ich hab doch das Reisig für Frieda Wenskat geholt", jammert Trude.

„So", brüllt die Mutter, „dann ist es wohl bei der soweit mit dem dürren Hengst da drüben?"

Die Mutter packt Lope ins Gesicht und drückt ihn von sich weg. Lope plumpst auf die Fliesen. Die Mutter beugt sich mit drohendem Arm über Trude. „Schwör mir, daß es nicht bei dir ist."

„Ich schwö . . . höre . . . ich wollte . . ."

„Schwör mir, daß es nicht bei dir ist", wiederholt die Mutter.

„Ich habe doch nur . . . ich schwö . . . höre."

Die Küchentür geht quietschend auf. Der Frost sitzt in den Angeln. Vater steht mit verdutztem Gesicht in der Tür. Er wird von Leibkutscher Wenskat, der ihm folgt, zur Seite geschoben.

„Ihr seid wohl des Deibels", brüllt der Leibkutscher.

Elisabeth beginnt zu greinen und rennt auf den Vater zu. Sie versteckt sich hinter seiner blauen Kutscherschürze. Wenskat packt die Mutter beim Arm. Er zieht sie zu sich herum. Trude beginnt wieder zu jammern: „Es ist doch bei mir, ich gehe in den Teich."

Die Mutter macht sich mit einem Ruck von Wenskat los. Sie wirft ihren Pantoffel nach Trude. Der Pantoffel knallt gegen die Wand, prallt ab und durchschlägt die Scheibe des Glasschrankes.

„Gelogen hat das Luder . . . gelogen . . . gelogen . . ."

Die Stimme der Mutter wird heiser. Ihr Gesicht wird blau. Auf ihren Lippen steht der Schaum. Die Männer sehen sich einen Blick lang an. Vater schiebt Elisabeth zur Seite. Elisabeth schreit. Die Männer stürzen auf die Mutter. Jeder packt einen ihrer Arme. Aber Mutter schüttelt die Männer hin und her wie Puppen. Sie knirscht mit den Zähnen.

„Wir schaffen es nicht allein. Sie macht uns noch Ungelegenheiten", ächzt Leibkutscher Wenskat. „Hol Hilfe, Lope, hol – äch, Hil ..."

Lope springt davon. Er holt Herrn Sekretär, und er holt Frau Müller. Sie werfen sich alle auf Mutter. Trude liegt immer noch auf der Erde.

„Ist dir was?" fragt Frau Müller.

„Ich geh in den Teich ... ich will in den Teich ..."

„Stille jetzt, dummer Balg", brüllt der Vater.

Die Mutter röchelt. Frau Müller knöpft ihr die Sackjacke auf. Mutters dicke Brüste quellen über den Hemdlatz. Leibkutscher Wenskat zieht Mutters Jacke nach hinten und fesselt ihr damit die Arme. Es knackt in den Nähten der Jacke. Die Mutter verdreht die Augen. Sie droht umzufallen. Die Männer stemmen sich dagegen.

„Bringt sie ins Bett", schlägt Frau Müller vor. Herr Sekretär macht ein Tuch naß und wirft es der Mutter über den Kopf. Das Wasser tropft auf die Brüste der steifen Frau. Sie nehmen sie wie eine Leiche und tragen sie in die Kammer. –

Einen Tag lang liegt die Mutter im Bett und schläft und schläft. Frau Wenskat kommt ab und zu und sieht in die Kammer.

„Laßt sie schlafen! Das war zuviel für sie. Die Trude aber auch! So ein junges Ding nun. Wer es ihr nur angedreht hat?"

Lope nickt nur. Er macht sich für die Mittagsschicht fertig. Trude ist wieder auf den Teichen.

Auch am nächsten Tag schläft die Mutter bis zum Mittag. Ob sie gar schon tot ist? muß Lope denken. Er lauscht, bis er Atemzüge hört. Draußen steht die Mittagssonne. Sie wirft gelbe Flecken auf den karierten Bettbezug. Das Herdfeuer bubbert. Lope macht Mittagbrot für die Familie.

„Wo ist Trude?" ruft die Mutter leise aus der Kammer.

Es ist, als habe sie eine neue, zarte Stimme bekommen. Lope geht in die Kammer.

„Wo ist Trude?"

„Draußen auf dem Teich. Hast du ausgeschlafen?"

„Wo Trude ist ..."

„Eisschneiden auf dem Teich. Ist dir was, Mutter?"

„Du mußt lauter reden, ich höre nichts Richtiges."

Lope tritt an Mutters Bett.

„Auf 'm Teich, auf 'm Teich, Mutter."

„Sie muß rein, wir müssen gleich zu Malten gehen."

„So eilig wird es nicht sein. Sie kommt ja am Abend rein. Dann könnt ihr gehen."

Die Mutter schläft schon wieder. Lope macht das Essen fertig. Er packt seinen Rucksack für die Schicht. –

Am späten Nachmittag beginnt der Wind wieder zu zischeln. Der Pulverschnee wandert. Der rundrote Sonnenball hängt am Horizont über der Schneedecke. Der Schnee frißt langsam den Sonnenkürbis in sich hinein. Dann kommt die Dunkelheit. Auf den Höfen klappern Pantoffeln und Stalleimer. Das Vieh brüllt ungeduldig. Der Schnee beginnt unter den Füßen zu knirschen.

Gegen neun Uhr kommen Mathilde und Trude Kleinermann von der Schäferei. Das trübe Petroleumlicht aus Maltens Schäferstube fällt durch den oberen Türausschnitt viereckig auf den Schnee. Mathilde und Trude stampfen durch dieses Lichtviereck. In der Schäferei klappert Malten mit Blechnäpfen. Einige Blutstropfen von Trude fallen in das Lichtviereck. Die Mutter schaut zurück.

„Es geht nicht so", murmelt sie durch die Zähne. Sie gehen zurück.

„Wir verraten uns ja", sagt Mathilde zu Malten. Nach einer Weile gehen sie wieder. Trude jammert leise.

„Ja, jetzt ist Zeit zum Jammern", zischt Mathilde, „lauf man, laufe. Hättest du nur vorher gejammert."

Trude wimmert wieder.

Sie gehen noch ein Stück und verhalten dann. Mathilde ist ruhig. „Es wird wieder besser. Freilich tut es weh . . . aber jetzt kannst du mir sagen, wer es war."

Trude schaut vor sich hin. Sie geht wieder ein Stück.

„Ich friere. Mein Gott, tut das weh."

Mathilde nimmt das Mädchen auf den Arm. Trude beginnt zu schluchzen. Sie drückt ihren Kopf an die Schulter der Mutter und wimmert. „Merten war es, wenn du es wissen willst, Förster Merten. Ach, es tut ja so weh."

Mathilde setzt Trude wieder auf die Erde. Sie stemmt die Hände in die Hüften. „Der?“ Es zuckt in Mathildes Gesicht.

Trude fleht: „Nicht wieder schlagen, Mutter, nicht wieder schlagen. Es tut ja schon so weh genug.“

„Pssst, schrei nicht so, du bringst uns noch ins Zuchthaus.“

Mathilde nimmt Trude wieder auf den Arm. Sie trägt die Tochter ächzend bis vor das Gutstor. Dort stellt sie das Mädchen in den Schnee.

„Du gehst jetzt rein und trinkst den Tee, der im Ofenröhr steht. Er schmeckt nicht gut, aber du mußt ihn trinken. Dann legst du dich hin.“

„Bleibst du hier, Mutter?“

„Ich will noch einmal in den Stall.“

„Willst du zu Merten?“

„Ich weiß noch nicht. – Aber daß du Vater nicht sagst, wo wir waren . . . du kannst ja sagen . . . warte mal . . . wir haben deine Eishacke gesucht, kannst du sagen.“

Trude kann und kann nicht einschlafen. Sie hat Schmerzen. Im Mund zieht sich alles zusammen nach dem Tee. Vater schnarcht auf der Ofenbank. Er schlief dort schon, als sie in die Küche kam. Trude ist wieder ein kleines Mädchen geworden. Sie wartet auf die Mutter. Die Mutter kommt nicht. Trude schläft ein wenig ein.

Es klappert in der Küche. Sie fährt entsetzt auf und lauscht. Die Kammertür wird behutsam geöffnet. Lope ist von der Schicht gekommen. Trude wimmert leise.

„Ist dir was?“

„Du mußt sehen gehen, wo Mutter ist.“

„Hat sie dich wieder verwamst?“

„Sie wird wohl bei Merten sein.“

„Was will sie in der Nacht beim Milchbart?“

„Vielleicht hat er sie erschossen?“

„Du bist verrückt.“

„Es tut so weh, hol Mutter.“

Lope geht auf Zehenspitzen in die Küche. Er dreht seine Karbidlampe wieder auf und macht sich auf den Weg zur Försterei. Der Schnee quietscht unter seinen Holzschuhen. Grauschwarze Wolken hobeln über die Mondfratze.

Lope findet den Milchbart neben der Bank am Jägerkamin. Er blutet im Gesicht, sein rechtes Auge ist zugeschwollen. Die Petroleumlampe liegt zertrümmert am Boden.

„Mach mir die Hände los", ächzt Merten. Da gewahrt Lope, daß Förster Mertens Hände auf dem Rücken zusammengebunden sind. Er ist mit einem Riemen gefesselt. Es ist der Trageriemen von Mertens Schrotflinte. Die Flinte liegt in einer anderen Ecke des Vorraumes. Ihr Kolben ist blutig. Daneben liegen Mutters Holzpantoffeln.

„War sie hier?" fragt Lope und kann den Riemen an Förster Mertens Händen lange nicht lösen. Seine Hände zittern.

„Sie ist ein Raubtier verfluchtes", stöhnt Merten.

„Wo ist sie hingegangen?"

„Wegen mir soll sie der Deibel geholt haben."

„Sie ist in Strümpfen ..."

„Wenn ich sie treffe, erschieße ich sie." Merten kriecht auf allen vieren zu seiner Schrotflinte.

„Den Beschlag hat das Sauvieh vor Wut abgerissen", ächzt er.

Lope ist schon vor der Tür. Er findet Mutters Strumpfspuren ohne Mühe. Er findet nach einer Weile auch die Mutter. Sie liegt steif mit geballten Fäusten im Teichschilf. Er redet sie an, aber sie rührt sich nicht. Er versucht sie aufzuheben, aber sie ist zu schwer für ihn allein. Die rischelnden Schilfhalme streifen das gedunsene Gesicht der Mutter. Sie knirscht mit den Zähnen.

Lope faltet die Hände zum Gebet. „Lieber Gott, ich danke ..."

Er erschrickt vor seiner eigenen Stimme. Das Schilf raspelt im Winde. Lope rennt wieder zur Försterei.

„Herr Förster, Sie müssen mir helfen, die Mutter ..."

Das Jagdhaus ist leer. Lope rennt zum Gutshof. Er weckt den Vater. Er klopft bei Wenskats ans Fenster. Er donnert an Ferdinands Tür, er trifft Fleischer Franzke bei Frau Müller.

Noch in der gleichen Nacht bringen sie Mutter mit dem Kastenwagen zum Krankenhaus in die Stadt.

„Das habe ich gewußt, daß es mal so kommt", krächzt Vogt Bremme. „Sie muß in eine Anstalt."

„Den Drreck hast du gewußt", schnarrt Inspektor Konrad. „Wenn es nach mirr ginge ... die Papierre und rraus ... Dieser Merrten, err ist genauso ein rreaktionärrer Bulle wie derr Alte drrüben."

„Ehre sei Gott in der Höhe" und „Es ist ein Reis entsprungen" singen sie in der nächsten Nacht in der Kirche und in den Bauernhäusern. –

Lope versinkt in Schlaf wie in tiefen, tiefen Schnee. Trude und Elisabeth haben den ganzen Abend gegreint. Der Vater kam mit einem Mordsrausch nach Hause. Wie wird das Leben jetzt weitergehen?

Lope ist fast neugierig darauf. Er hat sich in Mutters Bett gelegt. Mit Trude kann er nicht mehr schlafen. Der Schlafschnee fällt wie ein wollenes Tuch über seine Augen.

Und das Leben geht weiter. Was sind die Schmerzen der einzelnen Kreatur? Das Leben erneuert sich unausgesetzt. Das Neue, mit dem die Windjackenkerle prahlen, kommt ganz und gar in das Dorf gekrochen. Es kriecht aus dem viereckigen Kasten, den die Ladenberger bei Wilm Tüdel aufgestellt haben. Eine bebende Stimme spricht von großen Aufmärschen und Fackelzügen in Berlin.

Das Neue kriecht wie eine brennende Schlange durch das Brandenburger Tor. Es frißt sich in die Straßen und Gassen der Hauptstadt. Es brodelt auf Straßen und Schienen aus der großen Stadt und überzieht die kleinen Städte zwischen Wäldern und Fabriken. Das Neue frißt sich im Dorf in die Ohren der Menschen wie eine blutsaugende Zecke. Sie bohrt bis in die Hirne hinein, diese Zecke. Tagelang wird die Gaststube bei Wilm Tüdel nicht leer.

Wilm Tüdel schmunzelt hinter dem Schenkstock. Er ist auf die richtige Kuh gesprungen. Zappel-Schulze hat keine Zeit mehr, in die Grube zu gehen. Er eilt im gelben Anzug mit langen Stiefeln durch das Dorf. Am Schaufenster von Kaufmann Knorpel steht mit weißer Schmiere geschrieben: JUDA, VERRECKE! –

Paul Fürwell muß das Gemeindevorsteheramt an den Lehrer abtreten. Wieso an den Lehrer? – Der Lehrer ist schon über ein Jahr Mitglied bei den Windjackenkerlen.

Die Tage vergehen. Auch Albert Schneider rennt die meiste Zeit im gelben Anzug spazieren. Die Zeitungen bringen große Bilder von einem Manne, dem die Haartolle in das Gesicht hängt. Später erkennen die Dorfbewohner diesen Mann auch auf anderen Bildern wieder. Er spricht darauf mit anderen Männern in Uniform oder grinst. Und die Windjackenkerle sagen „Unser Hitler" und „Unser Führer" und tun sehr heilig mit dem Mann. Und der Mann hat einen kleinen Schnurrbart und sieht nicht anders aus als jeder andere Handwerksmeister aus Ladenberg. Aber in seinem Namen geschehen große Taten und Wunder. In seinem Namen geschieht das Neue. Es wird ein neuer Postbote eingesetzt, und Barbier Bulke darf nicht mehr Fleischbeschauer sein. Es werden junge Bergarbeiter zum Arbeitsdienst eingezogen, damit sie dort das Arbeiten lernen. Das Neue hat tausend Gesichter. Eines Tages kommen sie mit dem Auto von Ladenberg und holen Blemska ab. Dann verbieten sie den sozialdemokratischen Ortsverein und den „Arbeiter-Rad- und Kraftfahrerbund Solidarität". Sie holen auch Gustav Pink mit dem Auto ab, und Orge Pink weint, daß die Uhrkette auf seiner Weste wackelt. Puppenspieler Grimka ist mit seiner Trommel ein begehrter Mann geworden. Die Neuen trommeln Tag und Nacht in den Städten. Sie beginnen auch in den Dörfern auf die Kalbfelle zu dreschen.

„Wozu habt ihr diese gelben Anzüge und die Stiefel?" fragt Lope Albert Schneider. „Wollt ihr Krieg machen?"

Nein, Albert Schneider will keinen Krieg machen. Arbeit und Brot will er machen. Adolf Hitler hat gesagt, daß er den Frieden will, und Albert Schneider will, was Adolf Hitler will.

„Hast du ihn schon mal gesehen?"

„Wen?"

„Na, den da, Hitler oder wie."

„Meinen Führer?"

„Ja, den."

„Du denkst wohl, den kann jeder sehen?"

„Ich denke, er ist ein Führer des Volkes?"

„Ich werde ihn schon sehen, wenn ich erst bei der SS bin."

„Was is 'n das?"

„Sie haben schwarze Anzüge, nicht so gelb wie wir. Sie sind eine gute Rasse."

„Sie sind wohl wie Herdbuch?"

„Ja, wenn du zur SS willst, mußt du mehr rasserein sein. Es wird alles bei dir gemessen, ob es lang genug ist."

„Und wenn alles lang genug ist, ist man dann Rasse?"

„Ach, du quatschst ja kariert. Du bist wie ein Reaktionär. Nämlich, wenn ich bei der SS bin, dann kann ich zur Leibstandarte. Da werde ich den Führer jeden Tag sehen."

„Haben sie bei dir schon nachgemessen?"

„Nein, sie werden aber bald. – Bei dir ist es ausgeschlossen. Du hast zu kurze Beine. Der Kopf wird auch ausgemessen, mußt du wissen."

„Man kann ja doch nicht wissen, was drin ist."

„Na klar, wenn er groß ist, ist viel drin."

„Der Minister, der immer so redet wie ein Pastor, hat aber einen kleinen Kopf."

„Reichsminister Goebbels meinst du?"

„Ja, den."

„Das kann ... das kann man auf den Bildern nicht so richtig sehen."

Es geht auf den Frühling zu. Die Erde tut alles wie gewohnt. Sie nimmt keine Rücksicht auf das Neue. Sie macht keine Sprünge. Die Schneedecke zerreißt. Die großen Winde stehen auf und zausen über das Land. Die Bäume drängen ihren Saft in die Zweige. Und die Stare sind wieder da. Sie machen sich auf die Suche nach den dicken vorjährigen Würmern.

Die Hypotheken auf dem Hof der Witwe Schneider sitzen so fest wie die Dachziegel. Kaufmann Knorpel merkt auch nichts von der Zerschlagung der Konzerne und Warenhäuser. Er packt seine Sachen. Er kann es nicht mehr aushalten. Jeden Tag etwas Neues. Sie schlagen ihm die Scheiben ein. Sie malen ein großes Jahve-Auge an seine Haustür. Sie schrecken die Leute ab, beschimpfen sie, die in seinem Laden kaufen wollen. Er weist nach, daß seine zerknitterte, sparsame Frau von reiner arischer Rasse sei. Er läßt das Geschäft auf ihren Namen überschreiben. Es hilft nichts. Sie wissen immer etwas Neues. Er schnürt sein Bündel und verläßt das Dorf. Das Geschäft übernimmt Großkaufmann Hohenberg aus der Stadt. –

Sie reden viel, sie singen viel und machen Märsche mit Musik und Fahnen. Sie ändern die Welt nicht, aber sie sorgen dafür, daß das Neue in den Mündern der Menschen nicht alle wird.

„Jetzt haben sie ja auch den Blemska wieder rausgelassen. Er kann kaum kriechen."

„Wie sie das bloß machen? Gustav Pink sagt, es sei nicht der Rede wert. Sie haben ihn verhört."

„Ach, sie verraten ja nichts. Sie müssen wohl unterschreiben, daß sie nichts sagen werden. Von Blemska kriegt man nichts raus. ‚Jeden Tag gutes Essen und Tanz', hat der Blemska gesagt."

„Hmm, der, wenn er kaum laufen kann."

„Jetzt haben se Tischler Tannig geholt."

„Den, was soll der denn gemacht haben?"

„Der hat . . . wo er bei Tüdel die Musik aus dem Kasten gehört hat, hat er gesagt: Jetzt geht es los. Es sind die Franfaren – oder wie das heißt – vom Weltuntergang."

„Deswegen haben sie ihn geholt? – Es muß doch immer einer alles . . . na, es muß doch einer in Ladenberg alles anzeigen."

„Das kannst du dir merken. Der Liepe hat jetzt auch so einen gelben Anzug. Alleine kann er sich den nicht geschafft haben."

„Eben, der Inspektor hat ihm Gamaschen und Schuhe von sich gegeben, wo er weggemacht ist."

„Der Liepe – sie wollen ihn zum Vogt machen, reden sie."

„Wie könn sie das? – Den Liepe, aber er sauft jetzt wohl nicht mehr ganz soviel. Sie reden, er hält es mit der Kutscher Müllern."

„Na ja, immer ohne Frau. Sie haben sie nun doch in die Anstalt gebracht, die Mathilde. – Um noch mal darauf zurückzukommen: der neue Inspektor hat den Bremme erwischt, wie er durch die Schüttbodenluke ging. Von der Häckselkammer aus. Zwei Säcke voll soll er sich schon auf die Seite gemacht haben."

„Ach, deswegen wollen sie den Liepe ... Jaja, der neue Inspektor ist wohl auch einer von den Neuen."

„Sie sind gar nicht mehr erst zurückgekommen, von Paris, oder wo sie waren."

„Wer?"

„Das gnädige Fräulein und der Baron."

„Sind sie nicht?"

„Nein, sie sind gleich nach Berlin. Er ist da was Hohes geworden, der Baron. Vorgestern sind die Möbel und alles weg für das gnädige Fräulein."

„Du sagst immer gnädiges Fräulein?"

„Na, ich kann ihn nicht behalten ... den langen Namen von dem Baron behalte ich nicht."

„Den Sekretär sieht man bald gar nicht mehr. Ich weiß nicht, wie der ist. Er ist gar nicht wie 'n Mann."

„Ja, Wenskats Humpelfrieda hatte sich ihn ja eingebildet, den Sekretär, aber der Alte hat dazwischengedonnert. Er ist garstig, der alte Wenskat. Er wird immer grilliger. Die gnädige Frau läßt sich nicht mehr von ihm durch den Wald fahren, sagen sie."

„Ach, die nicht mehr?"

„Nein, sie fürchtet sich, wie sie sagen. Ob sie wirklich was zusammen gehabt hatten, der Wenskat und die gnädige Frau?"

„Geht er jetzt nicht mehr hin?"

„Wer?"

„Der Sekretär, mein ich."

„Ach, wo der ... sie ist immer zu ihm gehumpelt. Kannst dir ja denken. Die Olga, sagen sie, das neue Stubenmädchen, die geht jetzt zum Sekretär. Sie ist ganz versessen auf die Leserei. Die andern müssen ihre Arbeit mitmachen. Sie ist nur die feine Dame, das Stubenmädchen. Sie liest."

„Ja, 'n bißchen verrückt ist die. Dann macht die jetzt wohl auch die Wäsche für den Sekretär, wo Mathilde doch weg ist."

„Ach, um solche Klatschereien kümmere ich mich weniger.“

Das Neue kommt auch auf Lope zugekrochen. Er hat sich das Buch von Blemska mit auf die Grube genommen. Seit überall neue Aufseher, Aufrücker, Haspler eingestellt sind, gibt es beim Wagenabrücken längere Pausen. Lope redet eine Weile mit dem alten Schmierer, aber der nickt in der Nachtschicht bald ein, dann hat Lope Zeit zum Lesen. Er sitzt in der Haspelbude auf einer Lage Putzwolle und liest mit krauser Stirn. Der Haspler schnitzt an einem Schippenstiel, da fliegt die Tür auf. Der neue Obersteiger kommt herein.

„Ein faules Leben habt ihr hier. Muß man schon sagen. Wird aber bald anders, das sag ich euch!“

Der Haspler stellt den Schippenstiel weg und beginnt an der Seiltrommel zu fummeln.

„Na, du jungsche Karotte?“ sagt der Obersteiger zu Lope. „Was liest ’n Schönes? Lesen ist richtig. Zeig mal!“

Lope reicht ihm das Buch. Er bleibt sitzen. Der eifrige Haspler macht hinter dem Rücken des Obersteigers ein Zeichen. Lope weiß nicht, weshalb er aufstehen soll. Es ist ja nichts zu tun.

„Friedrich Engels, Ursprung der Familie ... Familie!“ liest der Obersteiger. Er pfeift leise durch die Zähne. Dann schaut er Lope scharf an. „Woher hast du das Buch?“

Lope wird bleich. Er weiß plötzlich, daß er eine Dummheit gemacht hat.

„Ich habe es gekauft“, lügt Lope.

„Jetzt erst?“

„Es ist schon länger her.“

„Sooo, sooo“, summt der Obersteiger. „Verstehst du, was da drin steht?“

„Manches.“

„Du kannst ... das kannst du mir mal borgen.“

Lope zögert. „Jaaa“, haucht er endlich mit brüchiger Stimme. „Aber nicht lange, ich bin noch nicht durch.“

„Na, sagen wir bis morgen.“

„Jaa!“

Lope geht morgens nach der Schicht sofort zu Blemska.

„Hast du gesagt, daß du es von mir hast?"

„Nein, ich habe gesagt, daß ich es mir gekauft habe."

„Is gut", Blemska stiert auf das Bild mit dem heiligen Abendmahl. Nach einer Weile sagt er: „Die andern habe ich vergraben. Ich zeig dir nachher, wo. – Duuu ... es ist so gut wie sicher, daß du erledigt bist! Ich meine, sie schmeißen dich raus."

„Ka-kann man nicht lesen, was man will?" stottert Lope. Er wird wieder bleich. Seine Hände kramen aufgeregt in den Hosentaschen.

„Jetzt nicht mehr." Blemska nimmt plötzlich das Bild von der Wand. „Man wird jetzt manches nicht tun dürfen. Das ist ihre Freiheit."

Blemska reißt das Fenster auf. Er wirft das Bild in den Hof. „Platsch!" macht es vor dem Fenster, und es klirrt ein bißchen.

„Meinst du, daß sie mir die Papiere geben?"

Blemska ist noch mit dem Bild beschäftigt. „An solchen Sachen soll man nicht kleben ... auch wenn sie jetzt tot ist. Sie hat es nicht besser gewußt ... man hat sie von Kind an darauf dressiert ..."

„Vielleicht holen sie mich auch ab?"

„Deine Papiere? ... Bestimmt geben sie dir die Papiere. Sie werden dich ... ich glaube kaum, daß sie dich abholen." Blemska schließt das Fenster. „Wenn sie dich doch abholen, dann mußt du dabei bleiben, daß du das Buch gekauft hast ... auch wenn sie dich prügeln, mußt du dabei bleiben, sonst ... na ja, ist auch egal."

„Ich bleibe dabei."

„Na, das ist manchmal nicht so ... sie machen allerhand mit dir ... aber es ist nicht anzunehmen, daß sie dich deswegen holen ... wie alt bist du?"

„Neunzehn."

„Mach dir keine Sorgen ... Ja, es ist auf jeden Fall besser, wenn du dabei bleibst ... aber mach dir keine Gedanken ... sie lassen dich wieder ... sie können dich doch bald nicht behalten. Dann kommst du zu mir. Du gehst nicht zum alten Liepe. Verstehst du? Du kommst auch zu mir, wenn sie dich entlassen. Ich denke mir so ... ich weiß schon, was wir machen ..."

Blemska behält recht. Lope kommt am Abend zur Nachtschicht, und es ist schon ein anderer Abrücker da.

„Du sollst dir morgen früh die Papiere holen", sagt der neue Abrücker.

Der alte Schmierer kommt aus seiner Ecke. Seine Äuglein zwinkern aufgeregt. „Es hat wohl was Schlimmes dringestanden in dem Buch ... etwas, was sie jetzt nicht mehr wissen wollen. Sie haben komische Moden. – Was wirst du machen?"

Lope hebt langsam die Schultern. Er starrt noch eine Weile auf das wagenspuckende Schachtmaul. Die Lampen blitzen ihn wie feindliche Glühaugen an. Die kleine Elektrische kommt angesummt. Die Töne zersägen Lope fast. Es würgt ihm im Halse. Er schluckt. Er muß gehen. Er geht zu Blemska. Blemska kommt im Hemd zur Tür.

„Ich habe es mir überlegt. Wir reißen uns beide rein, wenn du gleich zu mir kommst. Das heißt, du kannst die Nacht bei mir bleiben. Du gehst morgen rüber zu Liepe ... ganz so, als ob du von der Schicht kommst. Wir dürfen es jetzt noch nicht auffällig machen. Es muß sich alles erst beruhigen ... Dann weiß ich schon was. Von morgen an hast du Urlaub. Für Liepe hast du Urlaub, verstehst du mich?"

Lope hat nicht gewußt, daß Urlaub so furchtbar sein kann.

„Die Hauptsache, daß sie dir nichts in die Papiere geschrieben haben. Dann hast du sozusagen noch Schwein gehabt."

Das Neue nimmt kein Ende.

„Jetzt macht Zappel-Schulze den Verkaufmann für den Hohenberg aus der Stadt, hast du schon gehört?"

„Zappel ...? Du bist doch verrückt. Der kriegt doch keine Tüte zu, der ..."

„Braucht er doch nicht, 'ne Verkäuferin hat er auch. Sie wollen überall neue Gesichter sehen, sagen sie."

„Den Liepe haben sie nun doch zum Vogt gemacht."

„Doch gemacht ...?"

„Ja, der neue Inspektor macht alles. Der gnädige Herr schließt sich ein und ist wie halb verrückt, sagen sie."

„Du bist doch nicht gescheit!"

„Was ich dir sage."

„Na, dann wird das dem Liepe aber unpaß kommen."

„Was?"

„Die Trude haben sie doch geholt. Die Polizei aus Ladenberg hat sie geholt. Die Trude und Schäfer Malten."

„Du bist verrückt."

„So wahr, wie ich hier stehe."

„Gottchen, Gottchen, was haben sie denn nun wieder ..."

„Mußt du doch wissen, die Trude hatte doch ... du weißt doch, sie war kaum konfirmiert, da hatte sie schon 'n Kerl. Beim Michaelifest soll sie der Milchbart ... sie dulden das jetzt nicht mehr, wenn eine reinfällt und sie geht zu Malten oder wohin."

„Was haben sie davon?"

„Ich weiß nicht, aber sie sagen, es gibt Zuchthaus drauf."

„Du lieber Himmel, aber sie sind wohl alle nicht mehr richtig in Hosen."

„Malten hat gelacht, wo sie ihn geholt haben. Richtig schauderlich gelacht. ‚Na, denn macht man gleich eine Zelle mit Sofa und Spülklosett für den da drüben fertig', hat er gesagt. Man kann sich ja denken, wen er gemeint hat."

„Hat er das gesagt?"

„Ja, hat er gesagt. Und die Trude hat die Faust geballt und verflucht den Milchbart. Den haben sie nicht abgeholt. Man sagt, er hätt's angezeigt, weil er's doch mit den Neuen hält. ‚Du', hat die Trude geschrien, ‚meine Mutter hast du auch so gut wie umgebracht.'"

„Was sie nicht noch alles machen werden!"

„Ja, und ‚Musik, Musik und eine Fahne ... ich brauche Musik und eine Fahne zum Abmarsch', hat Schäfer Malten gebrüllt. Man hat es noch hören können, wo sie schon im Walde waren. Nachher wurde es ganz still. Daß sie sie man nicht gefesselt haben."

„Das habe ich, so alt wie ich bin, noch nicht erlebt."

„Wahrhaftigen Gott, ich auch nicht."

Es geht auf den Mai zu. Das Land schwelgt im Blührausch. Über den Saatäckern hängt der trillernde Blauhimmel. Hummeln schaukeln an zeitigen Heidelbeerblüten.

Das Gerucke der Wildtauben tönt durch die Wälder. Der Mäusebussard mauzt. Die Kastanienkerzen steilen sich. Die Blätter der Eichen entrollen ihren Knospenbehältern. Die Nächte sind durchrauscht von Blütenfülle und Saftdrang. Die Erde will sich bewähren. In die unterdrückten Menschen fährt etwas wie Hoffnung und Mut.

„Wir sollten ihnen doch beweisen, daß wir noch da sind", sagt Blemska zu Gustav Pink. Sie treffen sich eines Tages beim Morchelnsuchen im Walde. „Jetzt kommt der erste Mai ... Sie sollen wenigstens merken ... Sie dürfen nicht denken, daß wir kuschen."

Sie haben sich ausgesöhnt, Blemska und Gustav Pink.

„Von mir aus ist nie etwas gewesen", sagt Blemska, „vielleicht war ich manchmal ein bißchen zu wild und wollte immer gleich ... Aber ihr müßt doch zugeben, daß wir das lange nicht wiedergutmachen können, was ihr verpaßt habt. Ich meine die Sache mit Hindenburg und so ..."

„Ja, wir sind ... wir hätten eben doch ...", druckst Gustav Pink. „Aber wie willst du dich bemerkbar machen am ersten Mai? Sie holen uns wieder, und dann ... und dann geht's schließlich ab."

„Sie dürfen gar nicht daraufkommen, daß wir es sind. Warte, ich werde schon etwas ausknobeln. – Wir treffen uns wieder hier. Mittag vor dem ersten Mai treffen wir uns wieder in den Morcheln. Du kannst ja auch Spille Bescheid sagen. Mehr brauchen es nicht zu wissen. Man kann ja niemand mehr über den Weg trauen."

Und zu Lope sagt Blemska am Abend. „Machst du mit? – Wir brauchen gerade noch einen leichten Kerl dazu, so einen Eichkater wie dich."

„Aber du mußt mir dann auch genau zeigen, wo du die Bücher vergraben hast", sagt Lope.

„Die Bücher? – Ja, das kann ich dir zeigen. Wir werden sie aber kaum brauchen. – Ich denke, wir hauen hier ab."

„Ab?"

„Ja, wenn alles gut abläuft mit dem ersten Mai, ziehen wir einfach Leine."

„Denkst du, daß wir anderswo Arbeit kriegen?"

„Arbeit? Hier!" Blemska zieht seine Schleifmaschine aus der Ecke. Er tritt auf das Brettchen. Die Maschine beginnt zu surren.

„Die Erde ist für alle da, für alle, ja, für alle.
Die Bäume blühn, der Halm trägt Frucht für alle,
ja, für alle.
Und ziehst du, Herr, dein Staatskleid aus,
so bist du arm, wie alle.
Dein Haus ist hoch, doch nur aus Stein,
wie unsere Hütten alle.
Du Ki-Ka-König auf dem Thron,
Einst fällt wie Herbstlaub deine Kron,
Dann bist du wie wir alle.

Wir schaffen dir den Schatz, das Schloß,
Verhelfen dir zu Rind und Roß, wir alle,
ja, wir alle.
Wir sehn dich dabei müßig stehn
Und deine Fraun in Seide gehn, wir alle,
ja, wir alle.
Sollst sehen, wenn wir einig sind,
Wir tätig Nackte, Knechtsgesind, wir alle,
ja, wir alle.
Dann sind wir wie ein großer Wind
Und wehn dich weg, wir alle.
Wir alle, ja, wir alle",

summt Blemska leise.

„Ich hatte mehr Verstand als zehn Pferde damals. Ich habe gleich das ambulante Gewerbe angemeldet. Vorgestern haben sie es mir aus Ladenberg geschickt. Daß die Himmelhunde nicht nachgeprüft haben, wundert mich. Sie haben einfach den alten Antrag befürwortet. Vorläufig scheinen sie noch nicht überall ihre Nasen drin zu haben."

„Da wollen wir einfach so losgehen?“

„Freilich, wir liefern uns unsere Arbeit selbst. Du gehst in die Häuser und holst das Zeug raus, und ich schleife. Wir kommen schon ... Du kannst sicher sein, daß wir uns nicht gerade schlecht dabei stehen.“

„Scheren? ... Haben Sie Scheren zu schleifen, gnädige Frau? Messer, mein Herr? Wir schleifen sie so gut, daß sie schon schneiden, ehe man sie in die Hand nimmt ... Ja, das werde ich sagen.“ Lope beginnt sich zu begeistern.

„Pschschtscht.“ Blemska wehrt ab. „Ich habe immer das Gefühl, als ob sie die Bude umschleichen.“ Er flüstert: „Die Ziege geben wir Frau Müller. Sie muß sich um eure Elisabeth kümmern. Auf Liepe ist doch kein Verlaß.“

„Ach so, Elisabeth“, sagt Lope und wird wieder nachdenklich.

Es ist die Nacht vor dem ersten Mai. Die Neuen bereiten sich für die Fahrt in die Stadt vor. Den gewaltigsten Aufmarsch, den Ladenberg je gesehen hat, kündigen sie an. Die Dorfstraße ist leer.

„Weshalb feiert die Jugend dieses Jahr keinen Hexenabend?“

„Na, das kannst du dir doch denken.“

„Es ist bald, als ob sie Furcht hätten. Man weiß ja nie, ob man's richtig macht. Sie wollen ja alles anders machen, die Neuen.“

Die Luft ist warm. Die Kröten trillern in den Bauerngärten. In den Lebensbäumen auf dem Friedhof schluchzt der Sprosser. Durch die Eichenwipfel auf der Dorfaue fährt leiser Wind.

Blemska ist zu Zappel-Schulze gegangen.

Wie, Blemska zu Zappel-Schulze?

Er tut recht demütig, der Blemska. Sie kommen in ein langes Gespräch. Eigentlich kommt Blemska nicht recht zu Worte. Zappel-Schulze malt mit den Händen durch die Gegend. Er entwirft vor Blemska einen fürchterlich kühnen Plan.

„Laß uns ... Ja, ihr müßt uns nur eine Weile Zeit lassen,

dann werden wir schon ... Wir werden aus Deutschland etwas machen, was ihr noch nicht gesehen habt: was ihr nie fertiggebracht hättet mit eurer Wurstelei in den Parlamenten, das kannst du dir merken. Das könnt ihr euch alle merken, wo ihr immer links gewesen seid."

„Ich bin der letzte ... Wenn ihr es schafft, mein ich ... Wenn ihr es fertigbringt: Frieden und Brot für alle, alle Achtung!"

Zappel-Schulze bläht sich vor Stolz, als ob er in seinen braunen Langstiefeln die Welt bereits erlöst hätte. „Da kannst du Gift drauf nehmen ..."

„Na, na, gleich Gift?"

„Du glaubst es nicht, aber er ist aus dem Arbeiterstande, der Führer, mußt du wissen. Er kennt die Nägel in den Schuhen der kleinen Leute."

Um die gleiche Zeit hänselt Gustav Pink bei Tüdel Großkaufmann Hohenberg. Die Männer in der Gaststube saugen aufgeregt an Pfeifen und Zigarren.

Gustav Pink und Kaufmann Hohenberg haben sich in der Wolle. Wenn das man gut geht!

„Noch bin ich arbeitslos", sagt Gustav Pink, „aber wenn ihr ohne Krieg auskommt und alle in Arbeit bringt, dann läßt sich darüber reden."

Und Kaufmann Hohenberg entwirft ein noch viel kühneres Bild vom kommenden Reich als Zappel-Schulze.

Auf der Dorfaue trillern zwei Kröten. Zwei Gestalten kriechen aus den Büschen, eine große und eine kleine. Sie huschen auf die hohe Eiche zu, die man bald bis nach Ladenberg sehen kann.

Die eine Gestalt stellt sich an den Stamm. Ein kleiner Schatten klettert über sie hinweg. Er verschwindet in den unteren Zweigen.

Der längere Schatten wieselt wieder in die Büsche. Es knispelt in den Ästen der Eiche. Wenn sich auf der Dorfstraße etwas rührt, trillert in den Büschen eine Kröte. Dann wird es in der Eiche still. Nur der Wind rauscht darin.

Am Maimorgen flattert auf der hohen Eiche eine knallrote

Fahne. Schon ganz zeitig kommen einige von den Neuen aus dem Nachbardorf. Sie holen Zappel-Schulze aus dem Bett.

„Was ist denn bei euch los? Ihr macht wohl Gegenrevolution?"

Das Dorf hält den Atem an. Es ist wie bei einer großen Windstille. Immer mehr Leute sammeln sich an. Sie schauen zaghaft aus der Ferne nach der roten Fahne auf dem höchsten und dünnsten Wipfel der Eiche. Auch Lope ist unter den Gaffern. Auf der andern Seite steht Spille und schüttelt den Kopf. Er sagt so laut, daß es Zappel-Schulze hören kann: „Na, das hat nun auch keinen Zweck, wo doch alles neu gemacht wird."

Endlich rafft sich Gendarm Gumprich auf und schmettert mit Feldwebelstimme in die Windstille: „Ja, zum Donnerwetter, wir können hier doch nicht alle gaffen. Da muß doch einer rauf, und runter mit dem Ding! Und dann einfach alles eingelocht, was hinter der roten Fahne herlief. Wir werden sie schon zum Reden kriegen."

Die Neuen schauen sich betroffen an.

„Mach du rauf, Gumprich, und hau sie mit dem Schleppsäbel runter", ruft ein Witzbold aus den Reihen der Neuen.

„Hier, ich!" kommt eine Stimme aus dem Haufen. Albert Schneider drängt sich hervor.

„Vielleicht kann man sie runterschießen. – Wer soll denn auf die dünne Spitze kriechen?" ruft der Witzbold wieder.

„Hat sie jemand raufgebracht, kann sie auch jemand runterholen."

Albert Schneider steigt wichtig auf die Schultern eines Uniformierten. Er hat sich die Stiefel ausgezogen und klettert in Strümpfen. Lope beißt sich voll Spannung auf die Lippen.

Zappel-Schulze geht auf Gendarm Gumprich zu. „Daß du mir keinen Unsinn machst", raunt er. „Ich meine, daß du mir den Blemska nicht wieder einlochst. Er ist auf dem besten Wege ... Und, und so, wie ich von Hohenberg gehört habe, hat sich Pink auch umgestellt ... So einfach liegen die Karten diesmal nicht."

„Ja, Mensch, auf wen soll man denn dann tippen?" raunt Gendarm Gumprich.

„Das ist deine Sache. Ich bin ja schließlich nicht Gendarm. Im neuen Reich brauchen wir eine Polizei, die Mäusedreck fallen hört." Gendarm Gumprich bläst die Backen auf und schweigt.

Albert Schneider nähert sich dem Wipfel. Er verschnauft eine Weile.

„Ganz schön hoch und windig hier", ruft er herunter. „Sie ist festgebunden."

„Festgebunden? Womit festgebunden?" schreit Gendarm Gumprich.

„Mit ... mit ... das kann man noch nicht sehen."

„Es ist unmöglich, der Wipfel ist zu dünn. Er kann sich das Genick abstürzen", sagt Spille diesmal so, daß es Gendarm Gumprich hört. „Es wäre nicht auszudenken, wenn er sich unter Aufsicht der Polizei das Genick bricht."

Gumprich schaut Spille von der Seite an. Er nimmt den Tschako ab und wischt sich die Stirn.

Albert Schneider klettert weiter. Er sucht sich die Zweige aus. Er prüft ihre Festigkeit zuvor mit der Hand. Aber dann kommt ein Windstoß. Der Wipfel pendelt mit der Last hin und her. Es knackt. Alberts rechter Fuß verliert den Halt. Ein zerbrochener Zweig rauscht nach unten. Albert muß wieder zurück.

„Einstellen!" ruft Gendarm Gumprich militärisch von unten. „Schneider, sofort runter! Es geht nicht."

Albert Schneider zögert eine Weile.

„Runter, runter, Schneider! Wir kommen in Teufels Küche, wenn du dir das Kreuz brichst." Gumprich wischt sich das gedunsene Gesicht.

Der Lehrer kommt.

„Die Gemeinde muß bis an sein Lebensende zahlen, wenn er ein Krüppel wird", sagt er zu Gumprich. „Man kann es nicht verantworten."

„Runter, runter, Schneider! Wir kriegen das Ding schon anderswie herab."

Albert Schneider beginnt abzusteigen. Die Menschen zerstreuen sich. Sie gehen in ihre Häuser zurück. Die rote Fahne flattert ...

Zwei Wochen später ziehen Blemska und Lope an einem glitzernden Maimorgen mit dem Schleifmaschinenwägelchen aus dem Dorf. In den Häusern ist es noch still. Hier und da quillt grauer Herdrauch aus den Schornsteinen. Auf einer Eiche, deren Wipfel man abgesägt hat, sitzt ein Star. Er pfeift, faucht und zischt die aufgehende Sonne an. Blemska und Lope karren den schmalen Hügelweg hinauf. Blemska zieht, und Lope drückt mit einer Hand.

„Geht gar nicht schwer."

„Was?"

„Wir machen uns jedenfalls nicht tot dabei."

„Vielleicht klappt es nicht, und wir müssen wieder zurück", sagt Lope. Er schaut einer Schwalbe nach. Die Schwalbe setzt sich auf einen Haufen Ochsendreck.

„Hat er Mätzchen wegen deiner Abmeldung gemacht?" fragt Blemska und schaut sich nach Lope um.

„Er hat beinahe solche Augen wie ein Mäusebussard. Er hat immer ... Wo ich mal auf der Läusebank sitzen mußte, hat er immer auf meinen Kopf gestiert. Ich möchte am liebsten reinspucken, wenn ich die Augen sehe."

„Hat er Späne machen wollen?"

„Er hat alles ganz genau wissen wollen, ob ich Arbeit habe und alles."

„Hast du ihm gesagt, daß du mit mir gehst?"

„Ich habe ihm etwas gepfiffen. Ich habe gesagt, ich will in der Nähe von Muttern arbeiten, damit ich sie besuchen kann."

„Daran hätte ich gar nicht gedacht."

„Er hat bloß gesagt: ‚Na ja, das kann man ja verstehen', und da hat er bald wie rührselig getan. Er lügt, er lügt mit jeder Miene. Seine Bussardaugen sind wahr."

„Mir hat er die Abmeldung gleich gegeben. Ich habe immerzu ‚Herr Lehrer' und ‚Bürgermeister' zu ihm gesagt. Sie sind alle gimpelig."

„Die alte Schneidern wird wohl ihren Hof doch verkloppen müssen."

„Das gibt es jetzt nicht mehr."

„Gibt's jetzt nicht mehr? – Ob die Neuen die Maria,

Schneiders Maria meine ich, auch schon verrückt gemacht haben?"

„Ja, die Frauen", seufzt Blemska und bleibt stehen. „Das ist so eine Sache. Sie müssen noch viel lernen, weißt du. Sie sind wie Schatten. Sie müssen erst Farbe kriegen. Wir alle müssen noch viel lernen und Farbe kriegen ..."

Sie sind auf dem Hügel. Im Dorfe klappern die ersten Futtereimer. Ein Rind brüllt.

„Jetzt wird Grimka die Ochsen tränken."

„Die Ochsen, ja ... Es gehören immer drei zu einem Gespann."

„Ganz schön steht die Saat dieses Jahr."

„Ja, so ist man nun ... Man freut sich über fremder Leute Korn. Der gnädige Leuteschinder schaut im Herbst in seine Brieftasche, da merkt er, wie die Saat stand."

„Der Herr Sekretär wird staunen, wenn ich nicht mehr komme."

„Der Sekretär? – Ach so, der ... Das muß man schon sagen: du hast Pech ... Pech hast du mit deinen Vätern."

Blemskas murmelrunde Augen ruhen auf Lope. Das kleine, vieldeutige Lächeln umhuscht seine Nasenwinkel.

„Laß man, wir müssen vorwärts!"

Lope schaut nachdenklich auf den Schleiferkarren. „Ich habe einmal bei Malten aufgetrumpft und hab ihm das gesagt, was du mir gesagt hattest."

„Was?"

„Tausend Jahre ... und es wird niemand mehr verstehen, daß wir so gelebt haben."

Blemska schüttelt den Kopf: „Keine hundert Jahre – hättest du sagen müssen." Er bückt sich und zieht an. Das Wägelchen schaukelt. Lope schaut sich nicht mehr um. Bei der Wegbiegung verschwinden sie im Waldschatten.

AtV

Band 5414 **Erwin Strittmatter**
Der Wundertäter I–III
Romantrilogie

1670 Seiten
42,00 DM
ISBN 3-7466-5414-9

Die Wundertäter-Trilogie (1957–1980) zeichnet humorvoll den dornenreichen Weg des Stanislaus Büdner aus Waldwiesen vom poetisierenden Bäckergesellen zum kritischen Schriftsteller nach.

AtV

Band 5410

Erwin Strittmatter
Der Laden

Romantrilogie

3 Bände in Kassette

1504 Seiten
42,00 DM
ISBN 3-7466-5410-6

Der Laden ist der magische Punkt in Erwin Strittmatters Romantrilogie. Hier treffen sich die Bossdomer, die Einwohner des kleinen Heidedorfes in der sorbischen Niederlausitz. Sie kaufen ein und erzählen sich Neuigkeiten.
Esau Matt, gelernter Bäcker und heimlicher Schriftsteller, beobachtet und sammelt menschliche Eigenarten. Er erzählt von seiner Familie, den Zerwürfnissen und Versöhnungen. Dorfalltag und Weltgeschehen vermischen sich auf amüsante und skurrile Weise: »Ob Sommer, ob Winter, ob Krieg, ob Frieden – das Merkwürdige ist stets unterwegs.«

AtV

Band 5404

Erwin Strittmatter
Ole Bienkopp

Roman

404 Seiten
19,90 DM
ISBN 3-7466-5404-1

»Was ist ein Dorf auf dieser Erde? Es kann eine Spore auf der Schale einer faulenden Kartoffel oder ein Pünktchen Rot an der besonnten Seite eines reifenden Apfels sein.«
Zwischen diesen Sätzen am Anfang und am Ende eines der wichtigsten und eindrucksvollsten Romane aus dem Osten Deutschlands erzählt Strittmatter das Leben des Bauern Ole Bienkopp, der den schönsten aller Träume, den von der Gerechtigkeit, träumt, der enttäuscht wird, am Ende tot ist und der den Leser klüger als zuvor und überhaupt nicht traurig zurückläßt.

AtV

Band 5406

Erwin Strittmatter
Ein Dienstag im September

16 Romane im Stenogramm

221 Seiten
14,90 DM
ISBN 3-7466-5406-8

In jeder dieser 16 Erzählungen schafft Strittmatter, der genaue Menschenbeobachter und Geschichtenerfinder, eine Welt für sich: mit Leidenschaften und Alltäglichem, mit den Höhen und Tiefen eines Menschenschicksals. Es gibt den alten Adam, den die Unruhe gepackt hat, weil er das Geheimnis der Elektrizität ergründen will; die lebenshungrige Kunstreiterin, die nicht seßhaft werden will und drei Männern ein Rätsel bleibt; einen Stein, der für den Traktoristen Wurzel zur Herausforderung wird; ein junges Paar, das ratlos der Kluft zwischen seinen Träumen und der Wirklichkeit gegenübersteht. Alle denkbaren menschlichen Tugenden und Untugenden kommen vor, von Strittmatter mit Wärme und ironischer Gelassenheit geschildert.